弟、去りし日に

R・J・エロリー

弟の訃報が届いたのは朝食後すぐのことだった。車で何度も轢《ひ》かれて殺されたのだという。保安官のヴィクターは、弟とは憎しみ合った末に疎遠になり、12年近く会っておらず、悲しみは湧かなかった。だが唯一の肉親となった弟の10歳の娘から、真相を調べてほしいと頼まれる。ヴィクターは捜査中の少女殺人事件に取り組みながら、弟の死の謎へも踏み込んでいくが……。まっすぐで聡明な姪《めい》との交流と真実を追う旅路が、孤独な日常を送るヴィクターの灰色の人生を、切なくも鮮やかに彩っていく。実力派作家が贈る、一人の男の再生を描くミステリ。

登場人物

ヴィクター・ランディス……ユニオン郡保安官
フランク・ランディス……デイド郡保安官。ヴィクターの弟
エレノア・ボイド……フランクの元妻
ジェニファー（ジェンナ）・ボイド……フランクとエレノアの娘
バーバラ（バーブ）・ウェドロック……ユニオン郡保安官事務所受付
マーシャル・ターナー……ユニオン郡保安官補
ポール・エイブラムス……デイド郡保安官補
マイク・フレデリクセン……トレントン市警の刑事
マーサー・ギル……『ブレアズビル・ヘラルド』の記者
エラ・メイ・レイフォード……ユニオン郡で遺体で発見された少女
ベスター・レイフォード……エラ・メイの父
ジャネット・レイフォード……エラ・メイの母
ジョージ・ミルステッド……ファニン郡保安官

ジム・トム・ムーディ……ドラッグや銃の売人
ユージーン・ラッセル……ジャネットのいとこ
スタンリー（ワスパー）・ラッセル……ユージーンの弟
レッダ……ユージーンの妻
アリス・モロー……ワスパーの恋人
ビル・ガーナー……ノースカロライナ州チェロキー郡保安官
リンダ・ビショップ……チェロキー郡で遺体で発見された少女
サラ＝ルイーズ・レイシー……ラブン郡で遺体で発見された少女
エド・レイシー……サラ＝ルイーズの父
マリオン・レイシー……サラ＝ルイーズの母
カール・パーソンズ……ラブン郡保安官
ウィラード・モンゴメリー……ウォーカー郡保安官
ケニー・グリーヴス……仮釈放中のジャンキー
ホルト・マックリン……ジャンキー
レイ・フロイド……元ファニン郡保安官補
アビゲイル・ウェブスター……州検察局司法協力ユニットの責任者

ジム・ウィーラン……………………ウェブスターの前任者
フローレンス・ウィーラン…………ジムの妻
アレン・ローウェル…………………ＦＢＩ捜査官

弟、去りし日に

R・J・エロリー
吉野弘人訳

創元推理文庫

THE LAST HIGHWAY

by

R. J. Ellory

First published in the English language
by the Orion Publishing Group Ltd, London.
This edition is published by TOKYO SOGENSHA CO., Ltd.
Japanese translation published by arrangement with
the Orion Publishing Group Ltd, London
through Tuttle-Mori Agency, Inc., Tokyo.

弟、去りし日に

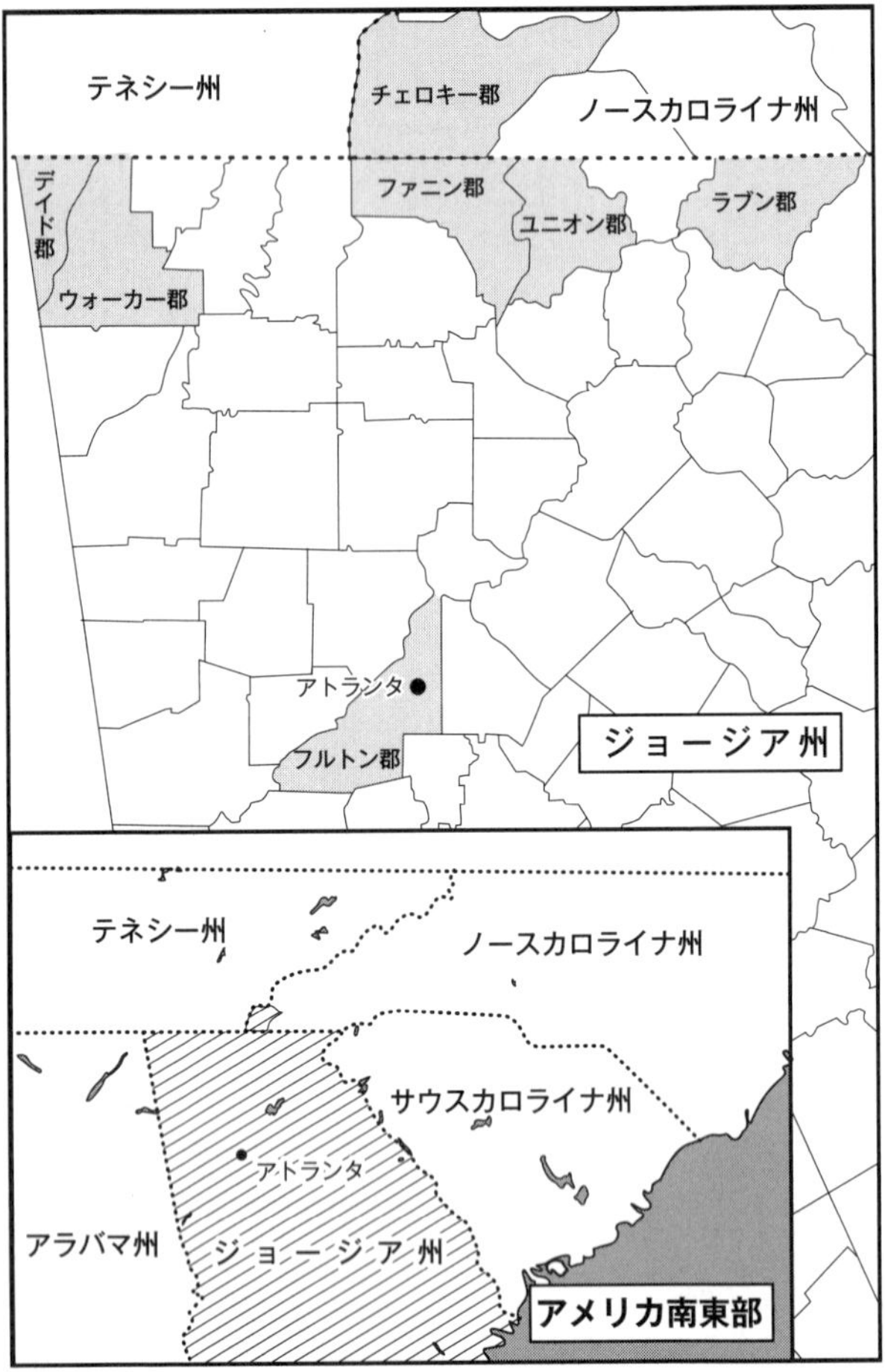

テネシー州
チェロキー郡
ノースカロライナ州
デイド郡
ファニン郡
ユニオン郡
ラブン郡
ウォーカー郡
アトランタ
フルトン郡
ジョージア州
テネシー州
ノースカロライナ州
サウスカロライナ州
アトランタ
アラバマ州
ジョージア州
アメリカ南東部

謝辞

本作をどんなときにもわたしを支えてくれた人々に捧げる。

三十年にもわたって妻でいてくれるヴィクトリアへ。今は父親になった息子へ。最初の読者にして思慮深い批評家である兄へ。偉大なる小説家にして親友であるティム・ウィロックスへ。ソナチネ・エディションのフランスの家族へ。鋭くも思いやりのある編集者であるセリア・キレンへ。わたしの十八冊の著作を通じてともに仕事をしてきたオリオンのみんなへ。

あなたがたからは決して報《むく》いることのできないほどの恩を受けている。

1

弟の訃報が届いたのは朝食後すぐのことだった。

ヴィクター・ランディスはコーヒーと煙草《たばこ》を持ってポーチに出ると、ブランコのシートに坐った。朝は明るく、晴れ渡っていた。ハイウェイに眼をやり、自分と弟が最後に話したときのことを思い出そうとした。思い出せなかった。何年も前のことなのはたしかだ。十一年、いや十二年近くになるかもしれない。ふたりが交わしていたことばは、いつしか殴り合いへと変わった。ふたりが分かち合っていた兄弟の絆がなんであれ、修復不能なまでに壊れてしまった。ふたりのあいだには歴史があり、それは語る者によって違った。

ほぼ一歳違いのヴィクターとフランクのランディス兄弟だったが、今ふたりのあいだには血のつながり以外には何もなかった。ふたりがともに法執行官になったのはたまたまだった。どちらも、若い頃に法執行官になることに憧れていたわけではなかった。それどころかヴィクターはむしろ音楽に傾倒していた。父親と同じようにギタリストを気取っていた。法執行官になるという選択がふたりにどのような影響を与えたのか――どのようにしてふたりを結びつけ、そして引き離したのか――については、過去という名の有刺鉄線に複雑に絡《から》みあっていた。ふたりにとって、過去は流砂のようなものであり、逃れようと激しくもがけばもがくほど、強く引き戻されるのだった。

フランクが死んだという知らせは、執念は必ず報《むく》われるという証左のようだった。ついに逃れたのだ。もっともそれは彼の意図していたようにではなかったが。

「ひき逃げだと思っていました」デイド郡の保安官補が電話で説明した。「検死官が来るまではそう思っていたんです。轢《ひ》いたのがだれであれ、バックして、念を入れてもう一度轢いたようです。そのあいだも逃げようとしていたようで、結局三回か、ひょっとしたら四回轢かれていました」

「弟はタフでね」とヴィクターは言った。生まれながらに最後まで生に執着する者がいることを考えていた。

「なるべく早くここに来てください」と保安官補は言った。「あなたが近親者なので」

「きみの名前を聞いてなかったな」とヴィクターは言った。

「エイブラムス。ポール・エイブラムスです。弟さんの下で保安官補になって五年以上になります」

「そうか、じゃあきみがすぐに新しい保安官になるんだな」

ヴィクターは時間をかけた。二杯目のコーヒーを飲み、二本目の煙草を吸い、それから保安官事務所にいるバーバラ・ウェドロックに電話をした。

「弟がデイド郡で殺された」と言った。自分の言っていることだとわかっていたが、だれか別人の声のように聞こえた。

「ああ、なんてこと、保安官」バーバラは言った。「なんてこと、なんてこと」

バーバラは、ヴィクターが保安官になるずっと前から、保安官事務所の受付デスクにいた。だれの仕事についても熟知しており、知らないことはなかった。

「行って身元の確認やらなんやらをしてこなければならない。何かあったらマーシャルに言ってくれ」

「わかったわ、ランディス保安官」彼女は言った。「ほんとうにご愁傷様です」

ヴィクターは感謝のことばを伝えると電話を切った。


ブレアズビルからトレントンまでは直線距離で百十キロ、道路にすると百六十キロあった。ヴィクターは七十六号線をミネラル・ブラフまで行き、北西に折れて、コナソーガ川に沿って走るハイウェイに入った。ふたたびテネシー州の州境近くまで北上し、ウィットフィールド郡を通過すると南下した。地平線にはアパラチア山脈がそびえ、そのふもとにはチェロキー国有林が広がっていた。

道すがら、ヴィクターはラジオを聴いた。バンカーヒルの放送局で、彼が演奏したいと思うような音楽を流していた。ギタリストになろうと努力はしてみたものの、彼の手は弦を弾くことよりも、ウサギの皮を剝《は》ぐことのほうが向いていた。

郡境に近づくと、アクセルを緩《ゆる》めた。弟の訃報についてはまだ充分に理解できていなかった。理解するかどうかはまた別の問題だった。わかっていることは、弟の冷たく傷ついた遺体が検死官事務所のスチールのテーブルの上に横たわっているということと、近親者というよりは見知らぬ人物について、何か言わなければならないということだった。何かを準備することはスカンクを洗濯するのと同じくらい無駄なことだ。何を計画しようが、そのときが来れば無意味になる。

ワイルドウッドの郊外で州間高速道路二十四号線に乗ると、トレントンに向かった。

トレントン市自身は、東にルックアウト山、西にサンド山を望むアパラチア山脈のふもとの肥沃な谷間に位置し、ジョージア州北部の都市が持つすべてを備えていた。デイド郡はヴィクターが保安官を務めるユニオン郡の半分ほどの大きさで、おそらく四百五十キロ平米ほどだろう。一八三〇年代半ばに、〝デイド大虐殺〟として知られる、セミノール・インディアンとの戦闘で死んだフランシス・ラングホーン・デイドにちなんで名づけられていた。チェロキー族はその後追い出され、土地はジョージア州の土地宝くじの賞品にされた。最初の百年間、ジョージア州内にはデイド郡に行く道はなく、そこに行こうとするにはアラバマ州かテネシー州の風光明媚な道を通るしかなかった。

ジョージア州の北限にあるデイド郡には、今は州を出ることなく行くことができるようになっていた。

ヴィクターが市境を越えてトレントンに入ったのは午前十一時過ぎだった。最初に見かけた食堂《ダイナー》で車を止めた。〈マウンテンビュー・グリル〉。壊れたネオンサインがやる気なさそうにそう告げていた。コーヒーを飲み、煙草を二、三本吸いたかった。少し考えをまとめる時間が必要だった。

テーブルを担当したウェイトレスは太陽のように明るく陽気だった。少し時間がかかったが、気がついたようだった。

「あら、こんな不思議なことあるかしら」と彼女は言った。「あなた、保安官以上に保安官に似てるわ。あなたが保安官の兄弟じゃないなら、あなたのお父さんはどこかで浮気をしていたに違いないわ」

ヴィクターは彼女のバッジをちらっと見た。「ああそうだよ、シャーリー。フランク・ランディスは弟だ」

「まあ、なんてこと。大変。あなたも保安官なの？」

「ああ、ユニオン郡のね」

どうやらフランクの死の知らせは、トレントンの人々にはまだ伝わっていないようだ。

シャーリーはコーヒーを注ぎながら、西へ沈む道を見失ってしまった太陽のようにまだ微笑《ほほえ》んでいた。

「注文はそれでいい、保安官？」と彼女は尋ねた。「カウンターには美味《おい》しいパイもありますよ」

「コーヒーで充分だ」とヴィクターは言った。

「じゃあ、ほかに注文があったら呼んでね、いいかしら?」

「親切にありがとう、シャーリー」

制服を着替えてくればよかったと思った。公的な立場で訪れるわけではなかったし、隣の席の客から絶えずじろじろ見られるのもいやだった。

コーヒーは美味しかった。お代わりをした。外で煙草を一本吸ってから、検死官事務所に向かうつもりだった。

カウンターでは金を受け取ってもらえなかった。

「弟さんのところに行くんでしょ」と彼女は言った。「お金はいらないわ、保安官」

ヴィクターはすぐにダイナーをあとにし、一ブロックかそこら走ってから車を止めた。ダイナーのウインドウ越しにじろじろ見られるのは勘弁願いたかった。

ヴィクターはどんな真実にもひと握りの嘘が織り込まれていることを知っていた。多くの人人にとって、真実とは出来事の最も受け入れやすい解釈でしかない。彼の弟がどんな状況で死んだにせよ、それはトレントンの警察が捜査するべきことだった。たとえ彼とフランクが疎遠だったにしても、法律上は近親者なのだ。フランクがヴィクターの管轄のブレアズビルで死んでいたとしても、近親者である彼が事件を捜査することはできなかった。それに、トレントンには保安官事務所だけではなく、市警もあった。ヴィクターが弟について知っているわずかばかりの情報は喜んで彼らに話すつもりだ。それがなんの助けにもならないとわかっていたが。

ヴィクターは煙草を二本吸い、三本目に火をつけたが、自分が弟の死について何も感じていないという事実と闘っているうちに、フィルターまで燃えていた。この数年間、フランクを恋しく思ったことはなかった。そしてフランクが死んだ今、あらためて恋しく思う理由もなかった。わずか二時間のドライブで、まるで地球の裏側に来たような気分だった。

催事場の風船のようなからっぽの心で、ヴィクターは車に戻り、検死官事務所へと向かった。再会のときが来た。そしてこれまでと同じように、彼とフランクにはたがいに何も話すことはないだろう。

2

フランクとヴィクターの兄弟は、勤勉で質素な家系に生まれた。彼らの祖先は三音節以上のことばを話すことはあまりなく、銀行や保険会社、自動機械、ヴェジタリアンを信用せず、忍耐と時間を要することを手早くすませるのを嫌った。彼らの祖父母、曽祖父母は中西部の出身で、そこは、干上がった風景と何もない空のあいだに不格好に傾いて立つ頑丈な納屋が、人の手が大地に触れたことを示す唯一の証拠であるような場所だった。ふたりの父、ウォルター・ランディスは、未来が過去を凌駕《りょうが》することをどこまでも信じている、妄信的な希望の持ち主だった。肩幅が狭く、角ばった体格で、ダンスを踊ったことはなく、踊るつもりもなかった。質屋で買った腕時計をしており、その傷だらけのクリスタルの奥では秒針が緩《ゆる》んでガタガタしていた。秒針は必要ないとよく言っていた。分針も。時間や、記念日などのときは日付を知る必要もあるが、ここでは季節単位で物事が過ぎていった。父は仕事に精通していた。四六時中働いていた。そして働いているときは、まるで指示を待っているかのように、静かにぎこちなく立っていた。働いていないときにはポーチにいた。まるで地球と、自分がもっと自然に属することができたかもしれないほかの世界との距離を測っているかのように、空を見上げていた。

よりよい時間と未来は常に地平線の上にあり、そこに留《とど》まってランディス一家がやって来るのを待っているはずだった。そんなウォルター・ランディスのような人々は、より安全な場所へ向かおうとする途中で機械事故や洪水で溺《おぼ》れて死んだりするのだった。酒の飲みすぎで死ぬ者もいた。肝臓が腫《は》れて壊死し、石のように固くなるのだ。ウォルターはそれらの者とは異なり、一九六七年の秋に癌《がん》と診断された。だれもがクリスマスを迎えることはないと思ったが、生き延びて迎えた。それどころかさらに二度、クリスマスを迎えた。一九七〇年十二月二十三日、ついに力尽きた。人生でずっとしていたように苦渋の表情を浮かべて。

ふたりの息子のうち、兄のヴィクターは父のようには騙《だま》されなかった。東へ行き、そのあと北へ行き、計画が実現しないとジョージアに戻ってきた。弟のことばに促されて保安官事務所に職を得た。フランクは一九七二年の十一月、二十五歳のときに保安官事務所に入っていた。ヴィクターは一九七四年の秋に弟のあとを追った。保安官補の仕事は制服が支給され、衣服について悩む必要もなかった。高給、家、車といった目標を持つこともできた。だれもが自分が安定した地面の上を歩いていると感じたいと思う。その仕事はその安定を与えてくれた。交通違反、治安紊乱《びんらん》、飲酒、すりや置き引き、詐欺に窃盗。そして死者もいた。自然死、溺死《できし》、農作業中の事故、転落、殺人、自殺。死者は嘘をつかなかった。だれかが真実を隠すために死を利用した場合を除いて。

ヴィクター・ランディスは未来を推測しようとしたことはなかったし、未知のことを心配することもなかった。歴史は教訓となるはずだったが、普通はそうはならなかった。多くの場合、彼は自分が人生の表よりも裏のほうを好んでいると信じていたが、気がつくと不たしかなもの、説明のつかない謎に惹かれていた。ヴィクターはよく「トンネルの入口に光はない」と言った。本気だった。それを探し求め、探し求めることで自分が生かされているように思えた。

ブレアズビルに戻って保安官事務所に入る前、ヴィクターはひとりの女性と出会った。一九七六年六月に結婚したふたりは、わずかな年月を精いっぱい過ごした。彼はあまり頻繁に家に帰ることはできなかった。ふたりがいっしょの時間は堅苦しく、とげとげしかった。彼女は雑誌や新聞の断片を声に出して彼に読み上げた。まるでそれらのことばがそれまでの不完全な会話を補うかのように。メアリー・ランディス、旧姓シマンスキー。ポーランドの家系——ウィスコンシンに住み着いて、その後の一世紀に渡って各地に移り住んでいった移民の農民——だと彼は信じていた。彼女は夫の沈黙を喜んでいるようだった。やがて一年近い闘病の末、一九八〇年十二月、血液の病気でこの世を去った。ふたりは子供という魔法を知らず、ほかの人々が感じるような寂しさを感じることもなかった。ヴィクターは、人はひとりでも歴史に名を残すことができると信じていた。子孫を残す必要などないのだ。

メアリーの死後、ヴィクターは仕事に打ち込んだ。四年後、ユニオン郡の保安官になった。ほかにだれもなり手がいなかったので、その仕事に就けたのだと信じていた。

今、ヴィクターの友は本だった。静かに、系統だって読んだ。通っている街の図書館の本をからっぽにするほどの勢いで。ヘミングウェイが好きだった。ヘミングウェイは〝人は何よりも耐えなければならない〟と言った。これは彼にも理解できる感情だった。

四十六歳。妻も子もなく、両親もとうの昔に亡くなっていた。人々の記憶に残る以外には、自分のあとには何も残らないとわかっていた。自分自身の記憶も持っていくことになるだろう。そのうちのひとつ——おそらく最も鮮明なもの——は、一九九二年八月十五日土曜日の朝、弟の遺体を見たときの記憶のはずだ。

3

いっとき、ヴィクターは立ち尽くして、弟の顔を見つめていた。

フランクの眼は頭蓋骨の奥に陥没《かんぼつ》していた。顔立ちはやつれ、すべての色が剝《は》ぎ取られていた。髪の毛さえも生気がなく、まるでマネキンのようだった。

ことばを失ったまま、検死官にフランクの遺体を覆っているシーツを取るように言った。

検死官は一瞬ためらってから、シーツを引き下げた。

ヴィクターはこれまでにも少なからず死体を見てきた。両親、祖父母、妻。それ以外にも交通事故の犠牲者、朝起きたら死んでいた者、木やビルから転落した者、自分のほうがすばやいと信じて、列車の前に飛び出した者。

これは違っていた。まったくもって違っていた。

フランクは十カ所以上骨折していた。腕や足の肉はすでに青白く、こわばっていた。折れた骨が腐った歯のように突き出ていた。

検死官は無言のまま後ろに下がり、ヴィクターが自分の見ているものを吸収し、認識するための空間と時間を彼に与えた。ようやく詳細についてヴィクターが尋ねると、彼は前に進み出た。

「見てのとおりです」検死官は答えた。「腰の高さで車にはねられています。最初の衝撃で骨盤を骨折し、右の大腿骨《だいたいこつ》と脛骨《けいこつ》も折れました。われわれが見るかぎりでは、彼はうつぶせになっていましたが、体を起こして引きずり、前に進んだようです。二度目の衝撃で左の肋骨《ろっこつ》が七本から十二本、鎖骨、肩甲骨、上腕骨が折れています。最後の三度目の衝撃で、第四と第五腰椎が砕け、両足のくるぶしも折れています」

「どの時点で死んだんだ？」ヴィクターは尋ねた。

「そのあと、どのくらい生きていたかはなんとも言えません」

ヴィクターは顔を上げた。「運転手が去ったとき、弟はまだ生きていたのか？」

検死官はうなずいた。「最終的にあきらめるまで、二メートル近く体を引きずったようです。どうしてそんなことをしたのかはだれにもわかりません」

「タフなやつだった」とヴィクターは言った。「何よりもあきらめが悪かった」

「そして通報されるまで、数時間そこに横たわっていました」

「ほんとうに？」

検死官は咳払いをした。「ひとつ個人的な質問をしてもいいですか、保安官？」

「なんでも訊いてくれ」

「あなたの弟さんはここで保安官になって十年になります。彼のことはずっと知っていましたが……」

「兄がいるとは知らなかった」

「ええ、そうです」

ヴィクターは苦笑いを浮かべた。「意外だとは思わんよ。フランクはそれ以上の年月をかけて、兄弟はいないと自分自身に信じ込ませてきたんだ」

気まずい沈黙が流れたあと、検死官が言った。「それで、この遺体があなたの弟さん、フランク・ランディスだとご確認いただけましたか?」

「ああ、間違いない」とヴィクターは答えた。

「書類を持ってきます」と検死官は言った。

「ひとつ訊いていいか? 弟は、制服は着ていなかったんだな?」

「ええ」と検死官は答えた。「彼は非番でした」


保安官事務所までは歩いてすぐだった。エイブラムス保安官補がフランクの私物をまとめてくれていた。

自己紹介のあと、エイブラムスが言った。「遺品を持って帰りたいだろうと思いましてね」

箱のなかを見た。価値のないがらくたの山だった。おそらくフランクにしかわからない感傷的な理由で取っておいたものなのだろう。小さな額《がく》に入った写真がヴィクターの眼に留《と》まった。女性と六歳か七歳くらいの少女の写真だった。

「これはだれだろう?」ヴィクターは訊いた。

「フランクの元の奥さんのエレノアと娘さんのジェニファーです。ちょっと前に撮ったものですが」

「ふたりはトレントンにいるのか？」

「ええ」とエイブラムスは答えた。

ヴィクターはエイブラムスの視線を受け止めた。「きみはここの出身じゃないんだろう、違うかね？」

「もとは違います。進学のためにここに来て、そのまま住み着いています」

「故郷はどこなんだ？」

「北のほうです。オハイオ州コロンバスの郊外です」

「よそ者ってわけだ」

エイブラムスは微笑《ほほえ》んだ。「ええ。これからもずっとね」

「ここで認めてもらうのにどのくらいかかった？」

「今もまだですよ。わかるでしょ」

ヴィクターは写真に眼を戻した。

「弟の娘はいくつになる？」

「十歳か、十一歳だと思います」

「奥さんはまだランディス姓なのか？」

「いいえ、旧姓に戻っています。ボイドです」

ヴィクターは写真のなかのふたりを見た。そこには彼自身の人生の一部だったはずなのに、自分がまったく知らなかった人生があった。

「家族がいることを知らなかったんですか？」エイブラムスは訊いた。

ヴィクターは首を振った。額を開くと写真を取り出し、空《から》の額を箱に戻した。

「残りは処分してかまわない」と彼は言った。

エイブラムスは箱を床に下ろした。

ヴィクターは窓際まで行くと、通りを眺めた。見慣れないものに戸惑っていた。ここで起きていることになぜか自分が関係しているというのは、彼にとっては未知の感覚だった。まるで目隠しをされてだれの助けも借りずに歩き、どこに向かっているのかもわかっていないような気分だった。

「何か知りたいことはありますか？」エイブラムスが尋ねた。

「現場はどこだ？」ヴィクターは振り向くことなく訊いた。

「ワイルドウッド郊外の州間高速道路二十四号線を少し北に行ったところです」

「あいつはそこで何をしてたんだ？」

「正直なところわからないんです。郡の外にいました」

「というと？」

「二十四号線はデイド郡を出て、ウォーカー郡の端を横切って、テネシー州に入ります」

「じゃあ、あいつはテネシー州にいたのか？」

「いいえ、まだジョージア州でした。ですが、北に向かっていました」

「自分の車で？」

「はい」

「何か手がかりは？」ヴィクターは訊いた。

「ありません」

「だれが通報したんだ？」

「匿名でした」とエイブラムスは言った。「男が電話をしてきて、路上に死体があると言ってきました」

「検死官は通報されるまで、弟はしばらくそこに横たわっていたと言っていた。つまり夜遅くにそこにいたということだ」

「そのようです、ランディス保安官」

「何か考えがあるのか？」

エイブラムスは一瞬の間《ま》をおいてから答えた。「いいえ、ありません」

「あいつはまっすぐだったのか？」

「すみません、なんと？」

「弟だ。まっすぐな警官だったのか？　法に忠実な」

「あなたの弟さんが法でしたよ、保安官」

「今となってはたいした意味はない、そうだろ？」

「まあわたしに言えるのは、五年間ずっと保安官補を務めてきましたが、保安官はわたしにはいい人に見えたということだけです」

「五年か。このあとはどうするんだ？　選挙は大統領選と同じサイクルで行なわれる。前回の選挙は一九八九年だった。きみがあとを引き継ぐのか？」

「はい、そうします」エイブラムスは答えた。

「いくつだ？」

「三十一歳です」

「そうは見えないな」

「よく言われます」

「うちの保安官補はもう少し若い。賢いやつだ」

またしても空虚な沈黙が流れた。訊きあぐねている質問がふたりのあいだの宙に漂っていた。

「ところで」ヴィクターはようやく口を開いた。「きみが捜査の指揮を執るのか、それとも市警に任せるのか？」

「市警です」エイブラムスは答えた。「熟練した刑事や科学捜査の専門家もいます。この手の事件に関しては、彼らのほうが装備も経験も豊富だと思ったんです」

「きみが電話で言っていたように、これはただのひき逃げ事件ではない。明らかに殺人だ」

「担当の刑事に会うつもりですか？」

「会わないのも礼儀を欠くだろう」とヴィクターは答えた。「どちらにしろ、彼のほうからわたしを探しに来るだろう。手間を省いてやったほうがいい」

「担当刑事の名前はフレデリクセンです。マイク・フレデリクセン。市警まで案内しましょうか？」

「その必要はないよ、保安官補。自分の車がある。道順を教えてくれるだけでいい」

4

マイク・フレデリクセンの人生の物語は、辛辣《しんらつ》な裏切りとくだらない失敗によってその表情に刻み込まれていた。彼の魂は傷つき、溺《おぼ》れていた。もう一度沈んで、空気を求めて上がってくるのを忘れてしまおうかと思うこともしばしばあったのだろう。

優秀な警官であり、優秀な刑事だったが、人生は厳しい選択によって彼を打ちのめした。

ヴィクターは会って最初の数分ですぐにこれらのことを察した。その兆《きざ》しは、彼のまなざしや、ボディ・ランゲージ、癖《くせ》、話し方に見られた。ヴィクターの父親と同じように、そこには今の自分以上にもそれ以下にもなれないことを悟った男がいた。自分自身のなかに深い失望を抱えて生きることは、まったく生きていないのと同じだった。

「これだけは言っておこう、あんたは弟さんに似てるな」ふたりがフレデリクセンのオフィスの席に着くと、彼はそう言った。

ヴィクターは答えなかった。家に帰るまではこれが続きそうだった。

「ひどい事件だ。彼はいいやつで、優秀な保安官だった」

「だれかとトラブルになっていたようなことは？」ヴィクターは訊いた。「だれかが弟の死を望んでいたのはたしかだ」

「今のところ、何もわかっていない。彼が郡の外にいた理由もわかっていない。相手の車種もわかっていないし、目撃者もいない。少なくとも話してくれようという者はいない」

「保安官補は、あいつがテネシー州との州境近くにいたと言っていた」

「ああ、そうだ」

「そして北に向かっていた」

「そのようだ」

ヴィクターはフレデリクセンが話すのを待った。が、彼は舌をポケットのなかにしまい込んだかのようだった。

「で、どうやってこの事件に着手するんだ?」ヴィクターは訊いた。

フレデリクセンは椅子の背にもたれかかった。しばらく天井を見て、それからため息をついた。「あんたは遺体の身元を確認しに来たんだろ?」

「終わった」

「で、葬式やらなんやらのためにここに留《とど》まる」

「そうするかどうかはわからない。ユニオン郡にいる。向こうでの仕事もある」

「だが、葬儀の手配はあんたがするんだろ、違うか? 結局のところ、近親者なんだから。引き受けてくれる親戚もいないいんじゃないか?」

「保安官事務所や市がやってくれるだろう。弟は公務員だった。あいつがあんたの言ったような男だったのなら、彼らのほうがいい仕事をしてくれるだろう」

「仲はよくなかったんだな」

ヴィクターはうなずいた。

「どうして？」

「なぜなら、ときに兄弟というのはそういうものだからだ」とヴィクターは言った。「もうどうでもいいことだ」

「いずれにしろ、おれには関係ないがな」

「弟が殺された理由と関係があるなら別だが。まあ、それはない」

フレデリクセンは煙草《たばこ》に火をつけた。ヴィクターには差し出さなかった。

「まわりくどい話はやめて、はっきり訊こう。この事件を捜査するつもりでここに来たのか？」

ヴィクターはフレデリクセンをじっと見た。この男の態度にはどこか気に入らないところがあった。裏付けるものは何もないにもかかわらず、話し方に優越感をにじませていた。

「弟の遺体の身元確認をする以外の目的でここに来たわけじゃない」とヴィクターは言った。

「わたしにここにいてほしくないと言うんじゃなければな。もしそうならその理由を知りたい」

フレデリクセンは微笑《ほほえ》んだ。「考えすぎだ」と彼は言った。「家族としてあんたがここにいることにはなんの問題もない。ただ、ユニオン郡の保安官がこの事件に首を突っ込むのはあまり気に入らないだけだ」

「首を突っ込むつもりはないよ、刑事さん」

「ならよかった」とフレデリクセンは言った。

「終わりかな?」

「この事件に関して、あんたが正しい方向に導いてくれるようなことを教えてくれるんじゃないかぎりは、これ以上話すことはないと思うよ」

「事件の現場まで行って、見てきても問題はないか?」

「犯行現場を荒らさないかぎりは、止める理由はない」

ヴィクターはフレデリクセンの侮辱に怒らないことにした。立ち上がった。この男と握手をしたくなかったが、それでも努力した。

警察をあとにするとき、人々から見られていることに気づいた。おそらくフランク・ランディスが、みんなの罪を責めるために死から甦《よみがえ》ってきたと恐れているのだろう。

5

ワイルドウッドは州間高速道路二十四号線を北東に十五キロほど行ったところにあり、その先にはあちこちへと向かう小さな道路がいくつもつながっていた。目的地は、曲がり角《かど》に置かれた木挽《こび》き台とそのあいだに張られた立入禁止のテープからすぐにわかった。車を止めると歩きだした。

エイブラムスがパトカーで先に来ていた。ヴィクターを認めると車を降りて、彼のほうに向かって歩いてきた。

「ここで見張っているのか？」とヴィクターは訊いた。

「鑑識が弟さんの車を取りに来るまでです」

「弟が発見された場所を教えてくれ」

エイブラムスは案内した。乾いた血の跡が砂の上のあちこちに今も残っていた。

ヴィクターは注意して距離を取った。フレデリクセンのコメントとは関係なく、彼も犯罪現場を汚染することの意味はよくわかっていた。

「マイクに会いましたか？」とエイブラムスが訊いた。

「会った」

「あいかわらず冷たかったですか?」

「ケツにスズメバチの巣ができたみたいにな」

エイブラムスは笑った。「あなたのせいじゃないから、気にしないでください」

「してないし、そのつもりもない」

ヴィクターは弟が息を引き取った場所を一周した。二度、三度と轢《ひ》こうと戻ってきた車から弟が逃れようと必死だったのはたしかだった。

テネシー州に向かって北上してきたヴィクターは、そこに何があるのか充分よく知っていた。アパラチア山脈はアラバマ州、ケンタッキー州からノースカロライナ州、ニューヨーク州に至るまで、十三の州、四百以上の郡を横断している。山脈は自然の障壁としてほとんど個別の文化を創り出していたが、豊富な鉱物資源ももたらしてくれていた。よそ者たちによって開拓された土地だったが、アメリカ先住民、スコットランド人、イギリス人、アイルランド人、ドイツ人そしてポーランド人といったアパラチア地方に住む人々は、自らの土地から恩恵を受けることを拒《こば》まれ、この国で最も貧しい人々として生き延びてきた。コミュニティは強固で自給自足的だった。よそ者は疑いの眼で見られたが、助けを必要としている者は、期待した以上の支援を受けることもしばしばだった。地元の出身でなければ、決して受け入れられることはない。この地を離れてから戻ってきた者は、一生〝出戻り〟と呼ばれることになる。ヴィクターの住むユニオン郡も、ノースカロライナとの州境から十六キロしか離れていない。アイヴィ・ログを通って北に向かうとナンタハラ国有林に入る。酔っぱらって向こう見ずになったティーンエイジャーたちがそこに入っていって、二度と姿を見せないことがあったという話も伝えられていた。それが事実であろうとなかろうと、そこで何が起こりうるかは容易に想像できた。

「弟はこの先で何か用事があったんだろうか？」

「テネシー州で？　もしそうだとしてもおれは聞いていませんでした」

「もしそうなら、きみに話していただろうか？」

「今となってはわかりませんね」

「だれかが尋ねようとしないかぎりは」とヴィクターは言った。

「ええ、そうですね」

「このあたりの人たちとはあまり関わりはないのか？」

「この山のなかで？」エイブラムスは首を振った。「何人かとは会ったことがあります。いい人そうでした。保安官事務所の仕事としては必要性を感じたことはありません。彼らは自分たちのことは自分たちでやります」

「強固なコミュニティというわけだ」とヴィクターは言った。「自分たちのことは自分たちでするが、人が困っているときは助けてくれる」

「おれはそういったステレオタイプな見方はしていません」とエイブラムスは言った。

「いいことだ。そんなものはないからな」

「自分で事件を捜査するつもりですか？」

「家族としてここにいるだけだ」

「マイク・フレデリクセンは事件には鼻を突っ込むなと言ったんですか?」

「そこまではっきりとは言わなかったが、メッセージは受け取ったよ」

「それで?」

ヴィクターは振り向くとエイブラムスを見た。「もしこれがきみの兄弟だったらどうする?」

「おれには兄弟はいません」

「仮定の質問だ」

「たしかに知りたいとは思いますが、警察が解明してくれることを信じるでしょうね」

「連中がそうしてくれると思うか?」ヴィクターは訊いた。

「そうしない理由がありますか?」

「わたしの知るかぎりではない」

「なら、彼らに任せて、どうなるか見ているのが一番だと思います」

「ああ、そのとおりだ」とヴィクターは言った。「それにそのつもりだよ」

エイブラムスはいっとき黙っていたが、その眼は質問があると言っていた。

「訊きたいことがあるなら、なんでも訊いてくれ」ヴィクターは言った。

「おれには関係ないことですが、保安官、おふたりがどうしてこれほど長いあいだ疎遠だったのか不思議に思ってるんです。とくにふたりとも保安官で、とてもよく似ているのに。しかもこんなに近くに住んでいるのに」

「明らかにそうだと見えることと、実際にどうなのかが同じであることはめったにない。覆水盆に返らずと言うじゃないか。説明することはできるが、今となってはすべて無駄だ。それによりよい説明を考えるつもりもない」

「余計なことを訊いてすみませんでした」とエイブラムスは言った。「おれには関係ないことでした」

「悪気はないんだ。気にしないでくれ」ヴィクターは言った。「わたしがここにいるかぎり、人々は同じことを考えるんだろうな」

「車のなかにコーヒーを持ってきています」とエイブラムスは言った。「いっしょにいかがですか?」

「いいね」とヴィクターは答えた。「急ぐ旅でもないからな」

6

ユニオン郡への帰途、ヴィクターはいつもよりもいろいろなことを考えていた。頭のなかはだれにも——とりわけ自分自身にも——理解できないことでいっぱいだった。

後知恵《あと》とは、過去にあったものを、あったかもしれない何かに作り変える最良の方法だ。それはだれもが知っている事実であり、だれもわざわざ口に出して言ったりはしなかった。

ヴィクターは自分とフランクとのあいだにあったことについて、なんら後悔していないと自分自身に言い聞かせてきた。物事はなるようにしかならず、どうにも変えられないことも多い。なぜ、どうしてそうなったかは推測でしかない。運命がひと役買ったのかもしれないし、そうではないのかもしれない。

フランクの顔を思い出していた。子供の頃、若き日々、敵として、そして遺体となった顔を。憎しみを駆り立てていたものは、今は揺らめき、ちらついていた。彼が長年背負ってきた憎しみの力は、今や無用な重荷となっていた。それを今後も持ち続けてもなんの意味もなかったが、その重さはとてもなじみ深く、下ろす決意をすることができるかどうかわからなかった。

ブレアズビルの保安官事務所に戻ると、バーバラが様子を尋ねてきた。

「弟だった」ヴィクターは言った。「間違いなかった」

「事故だったの？」

「いや、明らかに殺人だ」

「ああ、なんてことなの。で、だれかが捜査に当たってるの？」

「今のところ、まだ遺体を運び出しただけだ。車はまだそこにある。トレントン市警が捜査に当たる。どんなショーになるか見ものだ」

「今日一日、マーシャルにカバーさせましょうか、保安官？」

「なぜ、そうさせる必要がある？」

「いろいろと考える時間も必要でしょ。弟さんが死んだんだから。普通ならひとりで考える時間が必要よ」

「考えることなんかないよ、バーバラ。あいつは死んだ。それだけのことだ」

「そう言うなら、お願いするけど、ガーランド通りの新しい住人が、三日前から家の前に車が放置されているって言ってきたの。たぶん盗難車じゃないかって」

「行って、調べてみよう」とヴィクターは言った。腕時計をちらっと見た。四時近かった。

「ほかにもうなければ、帰っていいぞ」

「少し書類仕事があるからそれを終わらせて帰るわ」とバーバラは言った。

　ヴィクターは帽子をかぶるとドアに向かった。

「月曜日に会おう、バーバラ」

「きっといい天気になるわ、保安官」

車は盗難車ではなかった。電話をして持ち主を確認するのに一分もかからなかった。ヴィクターは通報してきた住人の家の電話を使った。

「デリー・バックか?」

「そっちはだれだい?」

「保安官のランディスだ。あんたの車がガーランド通りにある。ミスター・プレンティスによるとしばらくここにあるそうじゃないか」

「ああ、ミスター・プレンティスの言うとおりだ」

「取りに来るか、どうにかしてくれないか?」

「壊れてるんだ」

「そうかもしれないが、デリー、ずっとここに置いておくわけにはいかんだろう」

「レッカー代が用意できたらすぐに取りに行く。何か問題でもあるのか?」

「今すぐにはないさ、デリー。だが二度目に連絡したときにはそうなるぞ」

デリー・バックは何も言わずに電話を切った。

「明日の夕方になってもまだあったら、バーバラに電話をしてくれ」と彼はプレンティスに言った。

ミセス・プレンティスはヴィクターがわざわざ来てくれたことに礼を言い、お礼にコーヒーを一杯どうかと訊いた。

「ご親切にどうも、奥《マアム》さん。ですが、今日は失礼します」


事務所に戻ると、バーバラはすでに帰っていた。ヴィクターは灯りをつけると、夕闇が訪れるなか、ひとり坐っていた。ファイル・キャビネットからライウィスキーのボトルを取り出し、コーヒーカップに三センチほど注ぐと、煙草《たばこ》を吸いながらゆっくりと飲んだ。

まだ子供だった頃、母親は、彼が世界に特別な足跡を残すことが運命づけられていると言った。子供を溺愛《できあい》する母親が言いそうなことばだ。母親は弟のフランクにもまったく同じことを言ったに違いない。問題はそれが嘘であるかでもなければ、子供がそれを信じていたかどうかでもなかった。問題はあらゆる事実が、それが正しくないことを示しているにもかかわらず、それを信じ続けることにあった。

両親のあいだに起きたことに関して、当時のヴィクターはことの重大さを正しく理解していなかった。父は酔っ払いで暴力的な父親だった。自分自身を権威的な家長であると自認する一方で、自分が無価値であるという深い絶望感と闘っていた。父はあらゆることに怒り狂いながらも、自分自身の怒りを持続することができなかった。多くの人々は、ほんとうは必要ではないものを追い求めるか、すでに自分のなかにある何かから逃げようとする。ウォルター・ランディスも同じだった。あとになって人々は、彼がどうしてあんなふうになってしまったのか不思議に思ったことだろう。実際にはそんなに難しいことではなかったのだ。実際は、たまたま生きているにすぎなかったのに、愚かすぎてそれを自覚していなかったのだ。あまりにも愚かで、人としての魅力も乏《とぼ》しかったのだ。

だれもが間違いを犯す。それは人間の性《さが》である。だが人が何をしたかは、その人が次に何をするかほどは重要ではない。父親はいつも過《あやま》ちを犯したあと、さらにひどい過ちを重ねた。自分自身こそが最大の敵であるにもかかわらず、避けられない失敗を他人のせいにした。悲しむべきは、その敵意の矢面に立たされた彼の妻の精神が、先に折れてしまったことだった。自殺だった。ヴィクターは十五歳、フランクは一歳下だった。母親の死が殺人であると思えるようになってきたのは、あとになってのことだった。緩《ゆる》やかな殺人。だが殺人は殺人だ。

当時起こったことの意味を理解するのはひとつの道のようなものだった。まっすぐな道だ。ヴィクターが何を想像していたにせよ、その道は行き止まりだった。まだ見つかっていなかった。今も見つけようと努力していた。そしてその努力をやめたら、死んだも同然になってしまうかもしれなかった。

結局のところ、彼が過去に関して一番懐かしく思っていたのは、母親のことでもなければ、彼とフランクがとても仲がよかったことでもなかった。

何よりも懐かしかったのは希望だった。年を重ねれば、すべてが理解できるという希望だった。

7

金曜日になって初めて、ヴィクターは葬儀についての話を聞いた。エイブラムス保安官補が電話をしてきて、だれも彼に伝えていないことを知って驚いた。

「明日です」と彼は言った。「正午に、トレントン・コミュニティ・バプティスト教会で」

ヴィクターは返事をしなかった。この一週間、フランクのことはほとんど考えていなかった。

「来るんですよね?」エイブラムスはなんの疑問も持たずにそう言った。

「行かないのもまずいだろう」

「花輪を手配しておきましょうか?」

「どうしてそこまで気を使ってくれるんだ、エイブラムス保安官補」

「どうやら、あなたとフランクのあいだには意見の相違があったようですね、保安官。おれが口を出すことじゃないけれど、ふたりのあいだの喧嘩も一方が死んでしまったら、終わりじゃないんですか?」

「わかった、花輪の手配を頼む」とヴィクターは言った。「そちらに着いたらいくらかかったか教えてくれ」

「葬儀のあと、教会のホールで集まりがあります」とエイブラムスは言った。「保安官事務所、市警、それに市長も。義理の妹さんと姪《めい》にも会いたいんじゃないかと思ってね」

「存在したことも知らなかった人たちなのにか?」

ヴィクターは電話の向こう側でエイブラムスの忍耐も限界に達してきているのがわかった。

「いいですか、おれはあなたの弟さんのことを悪く言ったこともないし、あなたたちふたりに何があったにしろ、巻き込まれたくもない。おれはただ礼儀を尽くしているだけです。おれに口出ししてほしくないならはっきりと言ってください、ランディス保安官」

「謝るよ」ヴィクターは言った。「きみも大変なんだよな。知らせてくれてありがとう。花輪の手配をよろしく頼む。明日、会おう」


その夜は寒さが厳しくなり、物干し紐に掛けてあった衣類は凍って、干し肉のように固くなっていた。

ヴィクターは寝室の窓から、それが店の看板のように前後に揺れているのを見ていた。どこから来たのかはわからなかったが、季節はずれの寒さだった。

寝つきが悪いほうではなかったが、その夜はフランクの葬儀のこと――フランクの元妻にどんなことばをかけたらいいのか――を考えながら、気まずい感情と闘っていた。その感情はあまりにも曖昧模糊《あいまいもこ》としていて、具体的にどうしたらいいのかは何もわからなかった。ただ深い不安を感じていた。いっとき、フランクが自分に何かを伝えようとしているのだろうかと思った。ヴィクターは信仰とはずっと縁《えん》遠く、母の死後は教会にもほとんど行ったことはなかった。

ほかの人々の心を悩ますような、より大きな質問に時間を割く余裕はなかった。自分たちは何者なのか？　自分たちはどこから来たのか？　死んだらどうなるのか？　だれも知らなかった。レポートを提出するためにあの世から戻ってきてくれる者はいなかった。

　フランクは死んだ。彼はもういない。制服を着せられ、木の棺に入った遺体だけが残された。彼があの世からメッセージを伝えようとすることはなかった。

　深夜三時か四時になって、ようやくヴィクターは眠りに就いた。夢は見なかった。だが起きたとき、夢を見ていたような気がした。何か思い出せることがあるような気がしたが、何も思い出せなかった。


　十年ぶりにスーツを着たヴィクターは、鏡で自分の姿を見ていた。実際の年齢よりも老けて見えた。だれもが自分にふさわしい顔をすると聞いたことがあった。彼は、自分がこの顔にふさわしい何をいったいしてきたのだろうかと思った。

　それでも、彼は人に見られるためにそこに行くのであり、そのためにはそれなりの努力はするつもりだった。

　この一週間で二度目となるデイド郡への道すがら、これが習慣にならないことを願った。彼にとっては、葬儀がこの問題の最後となるだろう。できるかぎりの敬意を払ったら、家に帰る。だれがなぜフランクを殺したのかは、フレデリクセンと彼の同僚の問題だ。彼らが事件を解決すれば、それでよし。そうでなければ、フランクの事件は彼とともにあの世に行くことになる。

ヴィクターにはわかっていた。結局のところ、この小さなドラマの役割が兄弟で逆だったとしても、フランクも自ら捜査しなければならないとは思わなかっただろう。

道中は順調だった。早く着いたので〈マウンテンビュー・グリル〉でコーヒーを飲む余裕さえあった。

シャーリーは、今回はヴィクターのテーブルの担当ではなかったが、店の反対側から彼を見つけて近づいてきた。

「弟さんのこと、お悔やみが言いたくて」と彼女は言った。「全然知らなかったの……その、前回あなたがここに来たときには何があったのか。あとになって知って、なんてひどいこと言ってしまったんだろうって思って。弟さんとの再会を愉《たの》しんでなんて言ってしまって」

「気にしてないよ、シャーリー」とヴィクターは言った。「きみは知らなかったんだから。それにほんとうのところ、温かく迎えてくれてありがたかったよ」

「でも、ほんとうにお気の毒に。ひどい事件だわ。とてもいい人で、いい保安官だったのに。どんなことがあったにせよ、今はきっとよりよい場所にいるはずよ」

そうだろうかと思ったが、口にはしなかった。

「ほかに何か必要なものはある?」とシャーリーが訊いた。

「大丈夫だ、けど訊いてくれてありがとう」

シャーリーは一瞬、気まずそうな顔をした。まるで何か言わなければならないことがあったのに、うまく言えなかったかのように。

ヴィクターは彼女がリラックスするまでただ微笑《ほほえ》んでいた。やがて彼女は自分の仕事に戻っていった。


トレントン・コミュニティ・バプティスト教会は人であふれかえっていた。狭くて背の高い造りの教会だったが、それでも二百名以上は収容できる席を備えていた。すべて埋まっているようだった。

目立たないようにしていると、エイブラムスが彼を見つけて挨拶をしようと近づいてきた。

「前のほうに来て、市長や市警本部長に会ってください」と彼は言った。「みんな来てます。たいした参列者ですよ」

「差し支えなければ、保安官補、自分はここにいて――」

「なら、少なくともおれのかみさんには会ってください」とエイブラムスは言った。

気がつくと部屋の右側のほうまで案内されていた。エイブラムスの妻――二歳か三歳の子供を抱いたきれいなブルネットの女性――が席から立ち上がって、手を差し出した。

「妻のキャロルです」とエイブラムスが言った。

「お会いできて光栄です、ランディス保安官」とキャロルは言った。「こんな悲しい場であることが残念です。弟さんを何度も夕食に招いて、テレビでフットボールの試合を観たりしました。彼のことがとても好きでした。ほんとうにお悔やみ申し上げます」

ヴィクターは簡潔に礼を述べた。

エイブラムスは、ヴィクターにキャロルの隣に坐るよう言い張った。そして断る間《ま》も与えず、トレントン市長、市警本部長、名前や肩書を覚えきれない役人たちを連れてきた。彼らはそれぞれに哀悼の意を表し、フランクがいかに善人であり、すばらしい保安官だったかを語った。彼を知る幸運に恵まれた人ならだれでも彼の死を惜しむことだろうと。

ヴィクターは彼らのことばを受け入れたが、自分からは何も言わなかった。話すときと沈黙すべきときがある。ほとんどの人間はその違いがわかっていない。沈黙すべきときに口にすることばは、意図しない意味にねじ曲げられる。皮肉なことに、彼は自分の言いたいことをフランクに向けた手紙のなかで書いたことがあった。はっきりと覚えていた。その手紙が投函されることはなかった。紙に書くだけで、自分を悩ませていた考えから解き放ってくれたのだ。その手紙は今もどこかにあり、箱のなかで写真や絵葉書などとともに埋《うず》もれていた。

そのときだった。人々が自分たちの席に戻ろうとしているとき、彼は少女を見た。

その顔立ちに母親の、祖母の、そして自分自身の面影さえをも見た。彼女は無言のまま、眼を大きく見開いて坐っていた。少女は突き刺すようなまなざしでヴィクターを見ていた。彼は他人の肌に包まれているような感覚を覚えた。少女は見つめ続けていた。ヴィクターはなんとか弱々しい笑みを浮かべたが、少女の固まった表情は少しも変わらなかった。母親が軽くつついた。少女は前を向いたが、しばらくするとまた肩越しにヴィクターをちらちらと見た。そのあとは石のようにじっと坐っていた。

姪のジェニファーだ。そしてその隣にいるのがフランクの元妻のエレノアだ。

葬儀が始まった。ヴィクターは人々のことばをほとんど聞いていなかった。彼の意識は何度も何度もその女性とその娘に引き戻された。

人々は立ち上がり、自分たちの思いを語った。なかには感極まってことばに詰まったり、呼吸を整えなければならなかったり、同じことばを何度も繰り返したりする人もいた。また群衆の前に出ることに慣れておらず、形式的で堅苦しく、感情がこもってないように見える人もいた。

彼らはひとりの男について語っていた。その部屋のなかのだれよりもヴィクターに近いはずの男のことを。フランクの肉親であるあの少女でさえ、彼女がフランクの人生の四分の一しかいっしょにいなかったという事実を考えると、自分に次いで二番目のポジションに甘んじるはずだ。ヴィクターは初めから彼といっしょにいたのに、だれよりも彼から遠い存在だった。

ここでフランクが作りあげた世界――彼のしたこと、彼が知っていた人々、彼が残した思い出――がなんであれ、それはヴィクターにはまったく無縁のものだった。悲しみや喪失感といった具体的なものは感じなかった。彼が感じていたものはなんとも定義できなかった。自分が持っていることさえ知らなかった何かが、なくなってしまったと告げられたようなものだった。

エイブラムスと彼の妻は葬儀のあとも残るようにヴィクターに言い張った。

ヴィクターはなんとか頑張ったが、彼の固辞もエイブラムスの執拗《しつよう》さにはかなわなかった。

フランクを知る人々が感謝のことばを述べ、彼の人生を讃えた。彼に兄がいたことだけでなく、その兄が実際に現れたという目新《めあたら》しい事実を無視することができなかったのだ。

顔や声が波のように訪れては消えていった。際限がないように思えた。やがて目新しさも薄れたこともあって、ヴィクターはライウィスキーのグラス——もはや酒というよりも氷水になっていた——を手に、教会の広間の後ろから外に出た。

建物の裏から十メートルほど離れたところに低いフェンスがあった。グラスを柱の上に置き、煙草《たばこ》とライターを取り出した。火をつける前に、背後にだれかがいるのを感じた。

「あなたがどなたなのか知っています」エレノア・ボイドが言った。

ヴィクターは振り向いた。

「彼はあそこにいる人たちにはあなたのことは話していなかったかもしれないけど、わたしには話してくれてました」

ヴィクターは微笑むと、手を差し出した。「ミズ・ボイドですね」と彼は言った。「お会いできて光栄です。フランクのことは残念でした。フランクとは意見の相違があって、長いあいだ話をしていませんでした。だからあなたの悲しみのほうがわたしの悲しみよりも大きいはずです。娘さんもね」

「ジェンナです。たしかに。娘は彼のことが大好きでした。彼のことを特別な存在だと思っていた。それに公平を期すために言っておくと、わたしたちは決して生活に不自由はしていなかった。離婚したけれど、ずっと彼はわたしたちの面倒を見てくれていた。毎月お金を送ってくれていたし、ちゃんとやってくれていた。彼にずっと借りがある人もいて、家のこととかをなんとかしてくれました。配管とかヒューズとか、なんでも」

「そうなんですね」ヴィクターはそう言いながらも、どうやってこの状況から抜け出し、自分の車に戻ろうか考えていた。

「ごめんなさい、フランクのことを話しに来たんじゃなくて、あなたを家に招待しに来たの」

「お宅に？」

「好むと好まざるとにかかわらず、あなたはわたしの娘の伯父さんなのよ。あの子は父親譲りの強い意志を持っている。自分の思いどおりに曲げるまで、ずっと叩き続けるわ」

「申しわけない、ミズ・ボイド、わたしにも自分の――」

エレノア・ボイドは視線で彼を断って捨てた。「だめよ」彼女は言った。「あなたとフランクのあいだに何があったかなんて知ったこっちゃないわ。けどあなたがどう思っていようが、あなたには十一歳になろうとしている姪がいる。その子が、あなたが帰る前に家に来てしばらくいっしょにいてくれないか礼儀正しく頼んでいるのよ。まさに彼女の父親の葬儀の日に。ノーって言うの？　そうするつもりなの、保安官のランディス伯父さん？」

「断らないほうがいいようだな」とヴィクターは答えた。

エレノア・ボイドは微笑んだ。「しばらくしたら出発する。案内するから、わたしたちの車のあとをついてきて。そんなに遠くない。それにどっちにしろ、あなたの帰る方向と同じよ」

そう言うと、彼女は背を向けて去っていった。

ヴィクターは彼女を見送りながら、もう一度煙草を取り出した。
火をつけると、手が震えていることに気づいた。少しだけ、だがたしかに震えていた。

8

母親が死んだとき、ヴィクター・ランディスはそれまでに経験したことのないような孤独感を覚えた。十五歳だったが、自分が子供のように感じた。

家庭という場所がなくなると、だれにとっても物事は一変する。家庭を作りあげていたのは母だった。そして母親がいなくなることで、すべてのつなぎ目がばらばらになってしまった。

エレノア・ボイドの車を追って彼女の家に向かいながら、思い出そうとしていたのは、このぎこちない別離と断絶の感覚だった。彼はフランクの娘が父の死を知った瞬間にどう感じたのか想像しようとし、彼女の気持ちになって考えようとした。彼女の家に着いたとき、迷ってことばを失わないようにしなければならないと思っていた。

前方の車のなかで、ふたりが話しているのが見えた。自分のことを話しているのだろうか？　エレノアは少女が自分の存在を知っていたのかどうか言っていなかった。すぐにわかるだろう。

前方の車がスピードを落として左折し、質素だがよく手入れのされた家の私道に入った。芝生があり、境界に沿って花壇があった。ポーチには椅子が二脚と錬鉄製のテーブルがあった。

ヴィクターは縁石《えんせき》に寄せて車を止めた。私道には止めたくなかった。できるだけ早く、さっさと逃げ出すことを第一に考えていた。

車から降りると、開いたドアの横にしばらく立っていた。ジェンナは母親の車から降りると、彼のほうを見て、微笑《ほほえ》んだ。それは自然な純真さにあふれた微笑みで、思わず微笑みを返さずにはいられなかった。

ヴィクターがドアを閉めると、ジェンナが彼のほうに歩いてきた。真ん中あたりで彼女を出迎えた。

手を差し出すと、彼女は言った。「ジェンナ・ランディス、あなたの姪《めい》よ」

ヴィクターは彼女のたいそうビジネスライクな握手に応えた。「きみにとってはヴィクター伯父さんになるんだろうね」

「遠くからだとパパに似てるけど」とジェンナは言った。「近くで見るとそうでもないのね」

「似てるっていう話なら、きみはおばあちゃんに似てるね」

「きれいだった？」

「自分に奥さんがいなければいいのにって思う男が何人もいるくらいきれいだったよ」

ジェンナは笑った。「おもしろい人ね」

彼女は家のほうを向いた。「来て。なかに入って」と彼女は言った。

ヴィクターは黙って彼女についていった。

三人は明るい黄色のキッチンに坐った。フランクはここに住んでいたことがあるのだろうか？　その痕跡はなかった。まさに母親と娘の家だった。ひょっとしたら、エレノア・ボイドの人生には今は別な男がいるのかもしれない。もしそうなら、その男は時折訪れるだけで、泊まってはいないのだろう。

「で、あなたはユニオン郡の保安官なのね」とエレノアは尋ねた。

「ああ、そうだ」

「どのくらい？」

「えーと、七年半かそこらになる。一九七四年から保安官事務所にいて、保安官になったのは八五年だ」

「じゃあ、あなたのほうが年上だけど、保安官事務所に入ったのはフランクのあとだったのね」

「そのとおりだ。放浪してたんだ。北のほうへね。ジョージアに戻ってきたときは、フランクはすでに保安官事務所に入っていた。あいつにはそれが合っていたようだ。先のことを読む力とか、規律性とかいったことに。若い頃にあったことを考えると、ふたりにとっては当然のように思えた」

「若かったときに何があったの？」とジェンナが訊いた。

「えーと、早くに母親を亡くしたんだ、わかるかい？」

「わたしがパパを亡くしたみたいに？」

「そうだね」とヴィクターは言った。「わたしたちのほうがもう少し年上だったけど、あまり変わらないね」

「おじさんのパパも死んじゃったの？」

「そうだけど、それから何年かしてからだった」

「どんな人だったの？」とジェンナは訊いた。

「ジェンナ、あなた」エレノアが割って入った。「おじさんはきっと質問攻めで困ってるわよ」

ジェンナは彼を見た。その眼はサーチライトのようだった。「質問攻めで困ってるの、ヴィクターおじさん？」

ヴィクターは笑った。「慣れてはいないけど、きみに質問されても全然問題ないよ」

「で、どんな人だったの？」

「きみのおじいちゃんのことかい？　そうだな、タフなク……とてもタフな人だったよ。そう、タフな性格だった。材木と鞍《くら》の革を打ちつけたみたいにね。あまり話をしなかった。おしゃべりな人じゃなかった、わかるかい？」

ジェンナは微笑んだ。「おかしなこと言うのね」

「ジェンナ、ちょっと」とエレノアは言った。

「だって、そうなんだもん」

ヴィクターはエレノアを見た。エレノアは肩をすくめた。ヴィクターは微笑み、声に出して笑った。

「そうかもね」とヴィクターは言った。「こんな話し方しか知らないんだ」

「じゃあ、ずっと保安官になりたかったの？」

「ほんとうはギタリストになりたかった。父親みたいにね」

「おじいちゃんはギタリストだったの？」

「いいや、でもなりたかったみたいだ」

ジェンナは母親のほうを見た。「ね？」と彼女は言った。「おかしなこと言うでしょ」彼女はヴィクターのほうに向きなおった。「それにわたしのパパによく似てる」

「オーケイ」エレノアが言った。「質問攻めはそのくらいにしておきましょう、お嬢様。みんなで何か飲まない？　そうしたら保安官をお家に帰してあげましょう」

「ありがとう」とヴィクターは言った。「コーヒーを、ミズ・ボイド。迷惑でなければ」

「気つけがわりにそのなかに何か入れる？」と彼女は訊いた。

「いや、遠慮しておこう。運転があるので」

ジェンナが立ち上がった。「ママ、ヴィクターおじさんとふたりでしばらく外に坐ってる。レモネードを持ってきてくれる？」

「もちろんよ、スイートハート」

ジェンナはヴィクターの手をつかんだ。

「いっしょに来て」と彼女は言った。

ヴィクターは彼女といっしょに外へ出た。彼女はポーチに坐るまで手を離さなかった。

「で」と彼女は言った。「わたし、ママが言ったことはほんとうのことじゃないって知ってるの」

ヴィクターは顔をしかめた。

「ママは、パパが交通事故で死んだって言ってた。でもそれは嘘だって知ってる」

「嘘じゃないよ。お父さんは車に乗っただれかに殺されたんだ」

「でもそれは事故じゃない」

ヴィクターは姪を見た。クマに追い詰められているような気分だった。

「事故じゃなかったんでしょ、そうよね?」

「何が起きたか、詳しいことは知らないんだ、ジェンナ」ヴィクターは答えた。「それにここの警察、それとエイブラムス保安官補もそのことを調べて、きみのお父さんに何が起きたか突き止めるはずだ、いいかい?」

「でも、おじさんも助けてくれるんでしょ?」

ヴィクターは椅子のなかで居心地悪そうに動いた。「いいや、実は違うんだ。できないんだよ」

「できないの、それともしたくないの?」

「親族だから捜査には関われないんだ。見ていることしかできないんだよ」

「パパに何があったのか気にならないの?」

「もちろん気になるさ」

「気にしてるようには見えない」

「人によって気持ちの表し方はいろいろだからね」

「何も見せないことで自分の気持ちを表してるんだ」

「いいかい、ジェンナ、きみが動揺してるのはわかるけど、わたしはこの事件には関係ない――」

「関係ある。パパのお兄さんなんだもの。死んだのはわたしのパパで、あなたはわたしのおじさん。そしてわたしはパパに何が起きたのかが知りたいの」

「警察がやってくれるよ。マイク・フレデリクセンという刑事さんがいて、その人が全部やってくれる」

「いい、わたしはばかじゃない。ふたつのことをわかってる。マイク・フレデリクセンはパパのお兄さんじゃない。そしてマイク・フレデリクセンはここに来てないし、だれからも話を聞いていない」

「きっと来るよ」

ジェンナはすぐには何も言わなかった。彼女は例のサーチライトのような眼でただヴィクターを見つめていた。思わず、眼をそらしてしまった。そのまなざしは彼の心に直接踏み入ってくるようだった。エレノアが言っていたように、彼女は自分の思いどおりに曲げるまで、ずっと叩き続けるのだ。

「もしわたしがあなただったら」彼女はようやく口を開いた。眼は涙でにじんでいた。「わたしたちのあいだに何があったとしても、どうしてパパが体じゅうぼろぼろになるまで車で轢《ひ》かれたのか知りたいと思う」

彼女の下唇《したくちびる》は震えていた。全身が時計のゼンマイが巻き上げられたように固くなっていた。

「それにもしわたしが知りたくないと思うなら、どうしてなのって、自分自身を問い詰めるわ」

9

月曜日の昼食のあと、ヴィクターはトレントン市警のマイク・フレデリクセンに電話をした。

「フレデリクセン刑事、ユニオン郡のランディス保安官だ。捜査の状況が知りたくてね」

「あー、保安官、残念だが、進展しているとは言いがたい状況だ。できることはすべてやっているが、だれも事件を目撃していない。鑑識の証拠についても何も話せることはない」

「弟の向かっていた先にだれかを行かせて、聞き込みはしたのか？」

「保安官、言ったとおり、おれたちはできることはすべてやっているが、絵札もなく、二や三のカードばかりしか手札にない状況なんだ。言ってる意味はわかるだろ？」

「もちろんだ」とヴィクターは言った。「言いたいことはわかるよ」

いっとき、沈黙が流れた。

「それで？」とヴィクターは訊いた。「きみのところの保安官が殺されたんだ――」

「おれたちはあらゆる手段を尽くしている。情報提供には報奨金も出しているし、できるかぎりの警官を動員してあらゆる方面に聞き込みをさせている。遅かれ早かれ、何かわかるはずだ」

「土曜日の葬儀のあと、エレノア・ボイドの家に招待された」とヴィクターは言った。「聞いたところでは、だれも彼女に事情聴取してないそうじゃないか」

「なぜ彼女に事情聴取をする必要があると言うんだね、ランディス保安官？　彼女が轢《ひ》き殺したとでも？」

「なぜ彼女に事情聴取するかって？　なぜならふたりが以前は夫婦だったからだよ、フレデリクセン刑事。彼女はだれよりも弟のことを知っている。事件や容疑者とのトラブルや、あいつに逮捕されたことで恨みを持っている人物について、彼女に何か話していたかもしれないからだ」

「もちろんだ」フレデリクセンは言った。「もちろん考えている。おれたちはどんな殺人事件のときにもするように、標準的な手順に従って捜査している。自分たちが何をしているかはちゃんとわかっている」

ヴィクターはフレデリクセンに訊きたかった。なぜ彼らが自分たちのしていることをまったくわかっていないという印象を受けているのか。あるいは彼らが積極的に捜査をしていないという印象を受けているのか。が、黙っていることにした。

「あいつはトレントンに住んでいたのか？」

「ああ、そうだ。クーパー・ロードのはずれに家がある」

「そこは徹底的に捜索したんだな？」

「もちろんだ。言ったように、できることはすべてしている。あんたにできることはおれたちに任せることだ。新しい情報が入ったら、その都度、連絡する」

「感謝するよ、フレデリクセン刑事」

「オーケイ、じゃあ」フレデリクセンはそう言うと電話を切った。

ヴィクターは椅子の背にもたれかかって天井を見た。何かが心に引っかかっていた。少女の感情的な尋問から、フレデリクセンの無関心に見える態度まで、何かがしっくりこなかった。そのひとつは自分がエレノア・ボイドに、彼女がどう思っているか訊かなかったことだった。自分は実の弟に何が起きたのかをほんとうは知りたくないのだろうか？　それが今、心のなかにある一番の疑問だった。

その瞬間、葬儀によって記憶が甦《よみがえ》ったせいか、フランクと最後に会ったときのことを思い出した。それは一九八一年の初めのことだった。ふたりは話し合っているうちに口論になり、またも殴り合いになりかかった。フランクの最後のことばは苦く、飲み込みがたいものだった。「兄さんはおれが思っていたとおりの人間だ。明日になったら、またおれの心を打ち砕くんだろう。今日はもう充分打ち砕かれたよ」

だが、その明日は訪れることはなかった。そして今となっては二度と訪れることはなかった。

ヴィクターは自分の机から立ち上がると、受付デスクに向かった。

「マーシャルがどこにいるか知ってるか？」彼はバーバラに訊いた。

「ウィルバーの店よ。昨日の晩も喧嘩があったの。どこかのよそ者が鼻の骨を折られたそうよ」

「デリー・バックは言われたとおり、ガーランド通りから車を移動させたか知ってるか？」

「調べるわ、保安官」

「じゃあ、自分はウィルバーのところに行ってくる。マーシャルにやってもらいたいことがあるんだ」

「了解《オーキー・ドーキー》」


ウィルバー・コブはヴィクターが知るかぎり、だれよりも指の数が少なかった。彼がどうして指を失うことになったかは、尋ねる人によって違う答えが返ってきたが、どれも真実ではなかった。男たちは指のあいだをナイフですばやく刺すゲームで失ったという話に喜び、女たちはクマとレスリングをした話や燃えるビルから子供たちを腕に抱えて助けた話に喜んだ。真実は、コブが行方不明の少女を探しに車で中西部を横断したとき、帰りにミネソタで猛吹雪《ふぶき》に巻き込まれ、雪だまりから掘り出されるまで車のなかで四日間過ごしたことによるものだった。凍傷で右手の親指とほかの二本、左手の指三本を失ったのだ。彼のバーは〈オールド・タヴァーン〉と呼ばれていた。八〇年代の初めに、母方の伯父から引き継いだ店だった。喧嘩っ早い人間や酔っ払いが多く集まる店で、夏場は特に喧嘩が絶えなかったが、たいていはビリヤードで負けたとか、酒をこぼしたとかいうような、どうでもいいことが原因だった。

マーシャルの車は建物の横に止めてあった。ヴィクターは表に車を止めてなかに入った。

マーシャルはバーカウンターでサンドイッチを半分食べたところだった。

「保安官」とコブが言った。「あんたんとこの坊主《サン》の様子を見に来たのかい?」

「彼は坊主じゃないし、わたしの息子《サン》でもないよ」とヴィクターは言った。

マーシャルはヴィクターに挨拶し、もう昼食は摂ったか尋ねた。

「コーヒーを一杯だけもらおうか」とヴィクターは言った。

「ウィルバー、保安官にコーヒーを一杯頼む。新しいのをな。煮立たせすぎたコールタールみたいのなんか出すんじゃないぞ」

ウィルバーはぶつぶつ言いながら奥に入っていった。

「ここの件は解決したのか？」とヴィクターは訊いた。

「問題ありません。いつもの話です。ガキが暴言を吐いて、トレント・ケルシーに殴りかかったんです。ケルシーがそのガキの鼻を折って、倒れたところに蹴《け》りを入れた。五、六人の人間が正当防衛だと言ってます」

「鼻の骨が折れたのか？」

「午前中に治療して、慌てて逃げ出していきました。告訴はしないと言っています」

ウィルバーがコーヒーを持って現れ、マーシャルのカップにもお代わりを注いだ。

「弟の事件のことは知ってるよな」とヴィクターは言った。

「ええ、聞きました。ほんとうにお気の毒です。この二、三日はここにいなかったんです。いろいろあって郡内を飛びまわっていたもんで」

「問題ない」とヴィクターは言った。「おまえは気にしなくていい。だが、訊きたいことがあるんだ」

「どうぞ」

「東のほうに親戚がいたな?」

「叔父さんやその親戚がスノーバード山脈の近くにいます。もしそのことを言っているのなら。マーフィーに住んでいます」

「ああ、そうか。叔父さんにはデイド郡の北のほうに知り合いがいないだろうか?」

「きっといると思いますよ、叔父はとても社交的な人間ですから。それにあのあたりの連中はみんな仲がいい。どうしてそんなこと訊くんですか?」

「殺されたとき、弟はそのあたりにいたんだ。テネシーとの州境の近くで、車で北に向かっていた。金曜の夜遅くだった。あいつがそんなところでいったい何をしていたのか知りたいんだ」

「事故じゃなかったと聞いてますが」

「そのとおりだ。三回か、四回轢かれていた」

「なんてこった、弟さんは保安官だったんでしょ。州兵の半分とFBIの三つのユニットが、あのあたりを捜索してるに違いない」

「そこが問題でな。眠った犬程度の興味しか示していない刑事がひとりいるだけなんだ」

マーシャルはヴィクターを見て、顔をしかめた。「弟さんが何か悪事に手を染めていたとでも?」

「今のところ、そうは考えていない」

「訊いてまわることはできます」

「慎重に頼む」

「もちろんです」

ヴィクターはコーヒーを飲むと顔をしかめた。「くそっ、ほんとうにコールタールみたいじゃないか」

10

情報が手に入ったのは水曜日の遅い時間だった。

バーバラはすでに帰宅していた。ずっと放ったらかしにしていた書類仕事を終えたところに、保安官補が戸口に現れた。

「マーシャル、どうした」

マーシャルは部屋に入ってくると、何も言わずに坐った。

「どうした?」

「弟さんの事件のことです」と彼は言った。「いくつか電話をして、叔父とも話をしました。直接は何も知らないと言っていましたが、ジム・トム・ムーディという名の男のことを言っていました。聞いたことありますか?」

「いや、ないな」

「調べてみました。昔からいろいろあったみたいで、まだ十代のときに過失致死で服役しています。ほかにもいろいろあるんですが、裏付けが取れず、だれも証言しないし、目撃者もいなくて捕まっていません。とにかく、捕まったのはそのときだけです。叔父によると、このムーディってやつはカロライナやテネシー、それからこのあたりでドラッグや銃、その他もろもろを扱ってるそうです」

「そのムーディという男がフランクのことを何か知っているかもしれないと言うのか？」

「あなたの弟さんが何かに関心を持っていたとしたら、ムーディに尋ねればいいって言ってました」

「ジム・トム・ムーディ」

「ええ、そいつです」

「ノースカロライナ州マーフィー」

マーシャルはうなずいた。「叔父はそこに行けば見つかると言ってました」

「ありがとう」

「ほかにも何かフォローしますか？」

「いや、大丈夫だ」ヴィクターは答えた。「当面のあいだは放《ほう》っておこう。トレントンの捜査状況を見守りたい」

「その後、進展は？」

「まったくない」とヴィクターは言った。

「マジですか？」

「ああ、あまりすぐに結論に飛びつくことはしないんだが、今はそうしたい気分だ」

二日が過ぎた。その間《かん》、ヴィクターは通常の業務で忙しくしていた。デリー・バックはまだ車をガーランド通りから移動させていなかったので、ヴィクターはレッカー移動するように指示した。バックにも連絡し、費用の五十ドルを支払うように言った。

「待ってくれよ、いったい全体どこから五十ドルなんて金を手に入れろって言うんだよ、保安官？　そんな金があったら自分であの車を引きずってくさ」

「わたしの知ったことじゃない、デリー。車は預かっている。取り返したかったら、金を払うんだ。六週間経っても引き取らないなら、売却してスクラップにするぞ」

「なら、おたがいの手間を省こうじゃないか、あ？　フェンスを越えていって、そいつに火をつけてやるよ。そうすりゃ終わりだ」

ヴィクターは黙っていようと思ったができなかった。「いいか、デリー・バック、おまえは三人分の役立たずの上にさらにばかを重ねたようなやつだ。おまえのことはよく知ってるが、いつも何かしら言いわけをつけて他人のせいにばかりしている。まともになるか、それとも一生ガキみたいに過ごすのか、どっちなんだ？」

「まだわかんねえよ」

「そろそろ大人になれ。自分の道は自分で切り拓くしかないんだぞ」

「切り拓きたくねえかもな」

「さっさとなんとかしろ、デリー」ヴィクターはそう言うと電話を切った。

ほとんど同時に電話が鳴った。取った。

「女性からあなたに電話よ」とバーバラが言った。「エレノア・ボイド」

「つないでくれ、バーバラ——ミズ・ボイド？」

「ランディス保安官、ハイ。電話してごめんなさい。ほかに相談できる人がいなくて」

「どうした？」

「その……お金のことで問題があって」

「お金のこと？」とヴィクターは訊いた。

「人がフランクのことをどう思ってるかわからないけど、あの人はジェンナのことをとても大切に思っていた。あの子のためならなんでもしたの。離婚して七年以上になるけど、毎月お金を送ってくれていた。彼の給料から直接払ってるんだと思っていたんだけど、どうやら別のところだったみたいなの」

「どういう意味だ？」

「毎月、最後の週に千ドルが口座に振り込まれていたの」

「千ドル？」

「多いように見えるかもしれないけど、育ち盛りの子供がいるの。歯医者や学校、着るもの、いろいろとかかるのよ」

「単に事務的な問題だろう、ミズ・ボイド。まだ亡くなってから二週間しか経っていない。年金の手続きをしているはずで、その大半はあなたの元に入るはずだ」

「ええ、そうも思ったんだけど」と彼女は言った。「電話をしてみたら、フランクは彼の給料から直接お金を送っていないそうなの。銀行に電話をしてそのお金がどこから送られてきてるか尋ねたら、なんと現金で直接口座に入金されていた。銀行が言うにはだれが入金したのかは記録がないそうなの」

「なら、あいつには別の口座があったのかもしれない」

「そうかもしれない。けど、それをどうやって調べたらいいかわからないの。わかっているのは、そのお金が今は入ってこなくて、とても困ってるってことなの」

「わかった。で、わたしにどうしてほしい？」

「さっきも言ったように、こんなことをお願いして申しわけないんだけど、ほかに公務員の知り合いがいなくて。こちらの保安官事務所も助けてくれる気はないようだし、それで、その……あなたの姪《めい》のためだと思って……」

エレノア・ボイドは最後のことばをふたりのあいだに漂わせるように少し間《ま》を置いた。

「いくつか問い合わせることはできるけど、違う郡の話だし、銀行やらなんやらの話だ。どこまで役に立てるかわからない」

「できることをしてもらえればとても助かる」と彼女は言った。「請求書が山のように送られてくるし、家賃も払わないといけないの」

「わかった。任せてくれ。何ができるか考えてみる。電話番号を教えてもらえるか？」

彼女は伝えた。ヴィクターはそれを書き留めた。

「ありがとう、ヴィクター」

ヴィクターは戸惑った。彼女が彼をファーストネームで呼んだという事実が、彼の思考の歯車を狂わせた。

「どういたしまして、ミズ・ボイド」

「エレノアと呼んで」と彼女は言った。「なんだかんだいっても、わたしたちは家族も同然なんだから、そうでしょ?」

「ええと……ええ、そうだね」

電話は切れた。

ヴィクターは受話器を置くと、椅子の背にもたれかかり、自分はいったい何に巻き込まれているんだろうと戸惑いを覚えた。

11

エイブラムス保安官補の第一声を聞いて、すぐに訊いても無駄だと悟った。

「ちょっとわかりませんね、保安官」とエイブラムスは言った。「あなたの弟さんのことはよく知ってましたが、仕事上でのことだけです。私生活についてはよく知らないんです」

「もちろん、そうだろう」とヴィクターは答えた。「だが、どうしても知りたいんだ。娘さんのためにも」

「ミズ・ボイドから管理部門に電話するしかないんじゃないですかね?」

「もうしている。だがその金については答えてくれなかったそうだ。この件についてはわたしたち同様、何も知らないようなんだ」

「おれだったら、そんな厄介ごとには首を突っ込みませんね。きっと別の銀行口座があって、そこから払ってたんでしょう」

「それでもその金がどこから出てきたのかが問題になる」

「給料からじゃないんですか」

「デイド郡の保安官の給料が、ユニオン郡と同じなら、千ドルは給料の三分の一になる。彼女の話では、彼の銀行口座の記録からは、そこから彼女の口座や別の口座に移した記録はないそうだ」

　エイブラムスは何も答えなかった。

「今話していて、気になったことがある。その金が合法的なものでないとしたら、銀行口座に入金したりはしないだろう。あいつにほかの収入源があったのなら、なぜ自分の口座から彼女に払って、ほかの収入源からの金は自分で取っておかなかったんだろう？」

「さっき言ったように」とエイブラムスは言った。「弟さんの私生活については何も知らないんです」

「弟の年金については手続きが進められてるんだな？」

「ええ、そのはずです」

「そして、エレノア・ボイドがフランクとのあいだの子供の面倒を見ていることを考えれば、彼女はその大部分を受け取ることになる」

「話す相手を間違えてますよ、保安官。年金事務所に尋ねたほうがいい」

「たしかにそのとおりだな。ところでそっちのほうはどうだね。今はきみが保安官なのか？」

「ええ、そのようです。名目上ですがね。選挙があるまでは。それまでに上層部がだれか別の人間を連れてきたがるか見届けないと」

「そうか、わたしに投票権があったら、きみに入れるんだがな」ヴィクターは友好的に会話を終えたいと思ってそう言った。

「そう言っていただけると心強いです、ランディス保安官。あまりお役に立てなくて申しわけありません」

「気にしないでくれ、保安官補。じゃあ、頑張ってくれ」

ヴィクターは電話を切ると、バーバラに内線電話をかけた。

「バーブ、ジョージア州保安官局年金事務所に電話をしてくれるか。アトランタにあるはずだ」

「わかりました、保安官」

一分もしないうちに電話がつながった。

「マージョリー・ウィットマーです」若い女性が出た。「どんなご用でしょうか?」

「こちらはヴィクター・ランディス。ユニオン郡の保安官だ。実は弟がいて、デイド郡の保安官をしていた。二週間ほど前に殺されて——」

「ああ、心からお悔やみ申し上げます、保安官」とマージョリーは言った。

「弟の年金について調べている。おそらく、今、手続きを進めているところだと思う」

「ええ、そうだと思います」とマージョリーは言った。「ですが、電話ではお話しすることはできないんです。個人情報なので。書面で照会してもらう必要があります。それと弟さんの遺産を管理している人物を通してもらう必要があります」

「必要な手続きが取られているかどうかだけでも教えてくれないか?」

「申しわけありません、保安官。できればお教えしたいんですが、だめなんです」

「そうか、わかった。時間を割いてくれてありがとう、マージョリー」

「いいえ、どういたしまして。ではよい一日を」

電話が終わると、ヴィクターは部屋のなかを行ったり来たりした。フレデリクセンからその後連絡はなかった。事件から二週間が経過した今、捜査——あるいはデイド郡で行なわれているのがなんであれ——は遅々として進んでいないように思えた。今、七年間、毎月送られてきた、出どころのわからない千ドルの金があることがわかっていた。七年間で八万四千ドルだ。保安官の給料が年三万五千ドル程度であることを考えると、出どころが不明の金としては大金だ。

ヴィクターはもう一度トレントン市警に電話をし、フレデリクセンの頭越しに彼の上司と話をしようと思ったが、さすがにそれは賢い行動ではないと直感的に思った。この件を調べるなら、知る人はなるべく少ないほうがいい。

もう一度バーバラに内線で電話をした。

「バーバラ、住所を調べてほしい。ノースカロライナ州マーフィーのジム・トム・ムーディだ」

「いくつか電話をしなければならないの」とバーバラは言った。「そのあとで調べるわ」

「急がなくていい。今日じゅうでかまわない。今からランチを買いに行ってくる。きみにも何か買ってこようか?」

「いいえ、大丈夫よ、保安官。またダイエットを始めたから」

ヴィクターは街を横切って、お気に入りのリブ料理の店に行った。どう料理しているのかはわからなかったが、その店のリブロースはとにかく美味《うま》かった。

食べているあいだ、彼は直面している問題について考えた。フランクの死をめぐる状況を解決するためには、弟の人生についてかなり深く理解しなければならなかった。それは自分の望んでいることでは決してなかったし、その考えを変えるつもりもなかった。このまま放《ほう》っておくほうが簡単なのだが、父親の死の真相を調べてほしいという、フランクの娘の心からの嘆願に気持ちを揺さぶられていた。彼女には父親の身に何が起こったのかを知る権利がある。エレノアだけなら、これ以上調べようとは思わなかったかもしれない。どんなに否定しようが、彼にも心というものはある。時折、妻とのあいだに子供がいたらどうだっただろうと思うこともあった。結婚して一年かそこらで子供ができていたとしても、妻の死を防ぐことはできなかっただろう。そうしたら幼い子供を抱えた男やもめになっていたかもしれない。保安官事務所に留《とど》まっただろうか？　それともほかの道を選んだだろうか？　すべて仮定に過ぎず、考えても仕方のないことだった。だがその思いはたしかに存在した。背後の物陰にあって、どちらの方向に曲がろうと、自分についてくるように思えた。

フランクとのあいだに起きたすべてのことや、ふたりがたがいに持っていた敵意や苛立《いらだ》ちにもかかわらず、それでも彼とフランクは兄弟だった。母親の自殺、父親の死を経験しても、それでもふたりは同じ場所から来て、同じ場所にたどり着く可能性が高かった。

弟がどこにたどり着いたのか、それは何よりも答えのない問題だった。そしてどこかのだれかが真実を知っていて、それを隠しているのだと思うと、苦々しいものを感じた。フレデリクセンは穴の開いたバケツと同じくらい役立たずのようだし、エイブラムス保安官補は、若いわりには優秀そうだったが、弟の仕事を引き継ぐので精いっぱいだった。

手についたリブソースをナプキンで拭《ぬぐ》うと煙草《たばこ》に火をつけた。ジム・トム・ムーディに会いに行くしかないという結論に達した。法執行官である自分が歓迎されるとは思わなかったが、その男を逮捕しに行くわけではない。知りたいのは、フランクが何に巻き込まれていたせいで殺されなければならなかったのかということだけだ。

12

ブレアズビルからマーフィーまでは三十キロちょっとだった。

ノースカロライナの州境を越えると、ハイオスシー湖の東端をまわって、七十四号線を進んだ。周囲にはアメリカで最も美しい風景のひとつが広がっていた。ニューファンドランドからアラバマ州中央まで二千四百キロを走るアパラチア山脈に、ヴィクターはずっと息を呑まずにはいられなかった。無煙炭やガス、鉄、亜鉛を求めて開発され、荒れ尽くされた広大な土地がそこには広がっていた。残された耕作不能な土地は〝火傷《スカルド》〟と呼ばれたが、その周囲には、悲惨な傷痕を覆い隠すかのように、ヒッコリー、ブラックオーク、栗やスカーレット・オークの森が広がり、木々の足元にはアメリカシャクナゲやハックルベリーが群生していた。アパラチー・インディアンが最初にこの土地に住み着いたが、この国のほかの地域と同様、追いたてられ、追い詰められ、やがて追い払われた。遠くフロリダ・パンハンドル（フロリダ州北西部に位置する地域）からこの土地にやって来た彼らは、人間の強欲さこそが自然がもたらすどんなものよりも、大きな脅威であることを悟ったのだった。

　マーフィー自体にも歴史があった。一八〇〇年代初頭に最初の交易所が開かれたこの土地は、後にバトラー砦《フォート・バトラー》のあった場所として知られるようになる。バトラーは山の東に住んでいたチェロキー・インディアンが政府によって集められた場所で、彼らはそこから、フォート・キャスの収容所に連れていかれ、さらにミシシッピ川を越えて西へ行き、オクラホマまで行くことになった。マーフィーはチェロキー郡の郡庁所在地で、ブレアズビルやトレントンと同様、市独自の警察組織が存在した。保安官事務所はチェロキー郡保安官局が直接管轄していた。

バーバラが調べたジム・トム・ムーディの住所は、市の境界から少しはずれたところにあった。とはいえ、もしまばたきをしていたら、見落としていただろう。市の境界から境界までの距離はわずか二キロ半ほどで、そこから側道を北へ進み、さらに東に向かうと、ナンタハラ国有林に入った。

ヴィクターもこのような地域の人々のあいだで育っていた。テレビで描かれるステレオタイプなイメージとは異なり、彼らはほかの人々と変わらなかった。よく真似され、パロディにされる山岳地方のことばは、この国のどこよりもチョーサーやシェイクスピアの英語に近かった。勤勉で自分たちのコミュニティとの結びつきが強く、家族や伝統の維持に献身的で、とてもすばらしい人たちだった。

制服と保安官事務所の車両ではなく、私服とぼろぼろの愛車〈ビュイック・スカイホーク〉でやって来たヴィクターは、ムーディと書いてある郵便受けの近くの路上に車を止めた。後部座席からライウィスキーのボトルと燻製肉の入った箱を取った。手ぶらで訪問するのは失礼だと思ったのだ。

高いオークの木のあいだに切り開かれた小道を歩いていくと、さまざまな種類のフェンスに囲まれた広々とした土地に出た。フェンスの向こう側には横長の土地が広がっていた。だれかが豆を植えているようだった。右のほうに三頭の犬が入った囲いがあり、左のほうには、トラック一台に、乗用車二台、台車が一台、使い古したタイヤと錆《さ》びたハブキャップの古いトレーラーがあった。

家そのものは立派だった。高さはないが幅広く、部屋をどんどん継ぎ足していったせいで、まるで未完成のジグソーパズルの真ん中のように見えた。

十メートルも歩かないうちに、若い女性がポーチに出てきた。陽射しをさえぎるように、手で眼を覆っていた。髪の毛は深い赤褐色で、大きなウェーブを描いて肩のあたりに掛かっていた。

「なんの用？」

ヴィクターは帽子を取った。「こんにちは、マァム」と彼は言った。「ジム・トム・ムーディに会いに来たんだ」

「どなた？」

「たいした用じゃないんだが、あることで彼に力になってもらうために話を聞きに来た」

「じゃあ、彼が呼んだんじゃないのね？」

「いいや、違う」

「で、だれがあなたに彼と話したらいいって言ったの？」

「わたしの友人の叔父さんがここのことを教えてくれた」

「あなたの名前は？」

「ランディス。ヴィクター・ランディス」

「銃は？」

「持ってない。ここにあるウィスキーと燻製肉だけだ」

「ジム・トムのために持ってきたの？」

「ああ、そうだ」

「しばらくここで待ってて。会うかどうか訊いてくるから」

優に十五分待たされた。家のなかではカーテンが揺れていた。奥のほうから子供たちの声が聞こえ、小さな子供がふたり、戸口から飛び出してきて、彼に気づくことなく、木立のなかに走っていった。

若い女性が戻ってきた。

「入って」と彼女は言った。

ジム・トム・ムーディは気さくに挨拶をし、ライウィスキーと燻製肉を受け取った。若い女性が先を歩いて家のなかに入り、ヴィクターとムーディがその後ろに続いた。

三人が入った部屋はカーテンが閉めてあり、薄暗かった。ヴィクターは坐ると、眼の前の男を見た。五十代後半かそれ以上だろうか、肌は風雨とつらい仕事にさらされてきて、くたびれた革のようだった。きゃしゃだったが、断固とした強靭《きょうじん》さを備えていた。一度怒ったら、電光石火の勢いで骨ばった拳の猛威が襲ってくるとヴィクターは疑わなかった。

ムーディは苔のような緑色の眼をしていて、冷たく超然とヴィクターを見ていた。ここでは彼が主《あるじ》だった。

「警官だと名乗らないのには何か理由があるのか?」とムーディは訊いた。

「簡単だ。ここには警察の仕事で来たんじゃない。オフィシャルじゃない」

「どこから来た」

「ブレアズビル。ユニオン郡の保安官だ」

「郡が違うだけじゃなく、州も違うというわけだ」

「ああ、そうだ」

ムーディはライウィスキーを手に取った。「あんたも飲むか?」

「あんたがかまわないなら」

ムーディは女性を呼んだ。「ドビー、グラスをふたつ持ってきてくれ」

ドビーがグラスを持ってきて、ボトルを開けるとふたりのために注いだ。

「そこの箱に入った肉を持っていってくれ、ダーリン。あとで食べよう」

ドビーが去ると、ムーディはウィスキーを飲み干した。もう一杯注ぎ、ヴィクターにも同じように注いだ。

「で、おれがユニオン郡の保安官殿のために何ができると言うんだ?」

「わたしには弟がいる」とヴィクターは言った。「フランク・ランディスという名前だ。デイド郡の保安官だった。二週間前、弟はこのあたりに向かっていて、何者かに轢《ひ》き殺された。だれも何も知らないようだ」

「聞いたよ」とムーディは言った。「ひどかったそうだな」

「同僚に話した。その同僚にはこのあたりに叔父さんがいて、わたしの弟に関して何か知っている人物がいるとしたら、あんただと教えてくれた」

ムーディは微笑《ほほえ》んだ。「ランディス保安官、率直に話してくれて感謝するが、その話しぶりからは、今のおれをあまりよくは思っていないようだ。そうじゃないか？」

「賢ければ悪人だろうと気にしない」

ムーディは一瞬ためらい、そして突然笑いだした。

ヴィクターも思わずつられて笑った。

「なるほど、保安官の学校じゃそう教わるのか？」

ヴィクターは首を振った。「いいや、自分で学んだ」

ムーディはまたウィスキーを注いだ。ヴィクターは帰りの運転のことを考えた。州外で車を止められたらどうしよう？　今はそんなことはどうでもよかった。今はここにいるのだから、たとえ車のなかで眠らなければならなくなったとしても、できるかぎりのことを知りたかった。

「かぎられた経験から言わせてもらえば、おれの知っている警官のほとんどはまともなやつじゃない。そいつはたしかだ。あることを言っておきながら、陰では違うことをする。右手で握手しながら、左手で盗む。コルク栓抜きの後ろに隠れられるほどねじ曲がった連中がほとんどだ。人々がおれたちのことをどう見てるかは知っている。無知で読み書きもできず、ひどく貧しい。今ならわかるが、ビリー・グラハム（著名なキリスト教福音伝道師）のようなやつがやって来て、哀れなほど貧しいと教えてくれるまでは、自分たちが貧しいなんて思ってもいなかった。おれたちは自分の持てるものを持っている。ほかの連中が持っているものも変わりはしない。おれたち以外の連中とおれたちとの違いは、連中は眼にしたものをなんでも手に入れるということだ。たしかにおれたちのなかには泥棒や人殺しがうじゃうじゃいたが、今は違う。法を守ると誓っておいて、何事もなかったかのように破るやつはもういない」

「弟について何か知っていると言ってるのか？」

「直接は知らない。だれがなぜやったのかは知らない。おれが知っているのは、彼はおそらく車で行って、途中でトラブルに巻き込まれたんだろうということだけだ」

「具体的にはトレントンでということか？」

「デイド郡全体がシラミにあふれているということだよ、保安官。腐った死体みたいなものだ。あんな悪臭のまわりをうろつくくらいなら、ここで背中を折られるほうがましだ」

「詳しいことを知ってるのか？」

ムーディは答えなかった。心得顔で微笑んでいた。知っていたとしても、それを法執行官に話すつもりはないのだろう。

「あんたの弟は、ほかの多くの警官と同様、いろいろな連中と付き合いがあった可能性が高いとだけ言っておこう」

「まあ、あとは掘り続けるしかないだろう」とヴィクターは言った。

「それが自分の墓でないかぎりな。どうしてもしたいなら別だが。正直者がばかを見ると言うじゃないか、違うか？」

「たしかに」

「真実というのはおかしなものだ。そこに向かって歩けば歩くほど、遠ざかっていってしまうように思える。ときには旅を始めないほうがいいこともある」

「弟には子供がいて、自分はその子に良心の呵責《かしゃく》を感じている。自分が何が起きたかを知りたくないとしても、彼女には知る権利があると思うんだ」

「家族というのは決して解けない結び目だ、保安官。おれはそのことをだれよりもよく知っている」

「時間を割いてくれてありがとう、ミスター・ムーディ」

「ウィスキーをありがとう、保安官」

ヴィクターは立ち上がった。手を差し出し、ムーディがその手を取った。

「しっかり歩けよ」とムーディは言った。「足元の道は狭く、両脇は深い崖になっている」

13

八月三十日日曜日の朝、ヴィクターは自宅で電話を受けた。

マーシャルの口調は張り詰めており、まるで喉が空気を求めてあえいでいるか、何かわからない感情に詰まってしまったかのようだった。

「保安官、ノッテリー湖のほとりの十一号線沿いのあたりで事件がありました」

「どんな事件だ、マーシャル？」

「少女の死体を発見しました。十五歳か十六歳くらい。しばらくここにあったようです」

「だれかに電話したか？」

「あなただけです」

「オーケイ。検死官を捕まえる。そのままにしておくんだ、マーシャル。だれも近くに入れるんじゃないぞ。すぐに行く」

ヴィクターは郡検死官に電話をした。

「ジェフ、ヴィクターだ。マーシャルによると、十一号線で少女の死体を発見したそうだ」

「今、そこにいるのか？」

「直接、向かう」

「オーケイ、わたしも向かう。着いたら、現場がどこか探してみる」

ヴィクターは制服を着てから出発した。十一号線はブレアズビルを北西に向かい、アイヴィ・ログを通って、ノースカロライナ州に入ると十九号線になる。正確にはノッテリー湖は貯水池だ。一九四〇年代にノッテリー川をせき止めて造られたこの貯水池は、全長は優に三十キロ以上に及び、湖岸周辺の三分の二は未開発のままだった。貯水池はテネシー峡谷開発公社の管理下にあり、湖岸線は米国森林局の管轄となっていた。そこには民家があり、あらゆる種類のレクリエーション施設があったが、もし発見されないことを望むなら、死体を捨てるにはうってつけの場所だった。

ヴィクターが保安官を務める七年間で、ブレアズビルで二件、サッチズで一件の殺人事件があった。湖での少女の死体の発見は、事故か過失致死の可能性も高かったが、現場に到着する前から、いやな予感がしていた。マーシャルはしっかりした若者だ。冷静な判断力を持っている。その彼が、少女が溺《おぼ》れていたとも倒れていたとも言っていなかった。彼は事件だと言っていた。

マーシャルはパトカーのトランクから折りたたみ式のバリアを取り出して、道路脇に設置していた。ヴィクターはその横を車で通り過ぎると、マーシャルの車の後ろに止めた。ノッテリー・ダムは八キロ先にあった。

傾斜が森のあいだを抜け、水際の石と砂の堤防まで続いていた。そこにマーシャルがいた。もうひとりの男といっしょだった。年配でがっしりとした体格の男で、ふたりは同時に何か言い合っているようだった。左のほうに警察支給の毛布にくるまった死体があった。

「こちらはエンリー・ランドルフ」ヴィクターがふたりのところに着くとマーシャルがそう言った。「彼が少し前に死体を発見しました」

ランドルフはひどく青ざめていた。

「ちょうどここを散歩してたんです」とランドルフは説明した。「おれはあのすぐ裏手、一キロも行かないあたりに住んでます。日曜日に教会に行く前に散歩がてらよくここに来るんです。ひとりで考え事をしに。そこで見つけました」

彼は地面の毛布にくるまれた死体をちらっと見た。

「可哀そうに、裸で風船みたいに膨らんでいた。思い出すだけでも気分が悪くなる」

ヴィクターは理解したというようにうなずいた。

「保安官補、ミスター・ランドルフといっしょに上に行ってくれ。検死官がこちらに向かっているから、彼を迎えてくれ、いいな?」

マーシャルはランドルフの肩に手を置いた。「さあ、行こう」と言った。「ここから離れよう」

ヴィクターはふたりが傾斜の上まで登るのを待ってから、毛布を剥《は》いで死体に眼をやった。

血管が大理石模様になり、皮膚が変色し、屍《し》蠟《ろう》や水ぶくれができるなど、しばらく水のなかにいたことを示す痕跡があったにもかかわらず、喉と足首、手首にははっきりと結紮《けっさつ》の痕跡があった。検死官が確認するだろうが、ヴィクターは、現在の気温から判断して、少女は一週間から十日は水のなかにいたのではないかと見積もった。マーシャルが言っていたように、十代の半ばから後半のようだが、この変わり果てた姿からははっきりとはわからなかった。裸で、右の太ももにはトンボのタトゥーがあり、その下にローマ数字が並んでいた。少女が膨れ上がる前は何か特別なものだったのだろう。今はひどく粗雑で不釣り合いにさえ見えた。

少女の眼は空《くう》を見つめ、虚《うつ》ろで生気がなかった。まるで黒い真珠のようで、何も見ていないのにすべてを映していた。

ヴィクターは毛布を掛けなおした。見ているだけで痛ましいということもあったが、死んでもなお彼女に残されていた尊厳を、守ってやりたいという思いからだった。

少し離れて、彼女の周囲に人の通った足跡や痕跡などの明らかな兆候がないか調べた。マーシャルとエンリー・ランドルフが立っていたところ以外には何もなかった。マーシャルはしっかりと距離を取るよう、充分に注意をしていたようだ。

車が近づいてくる音が検死官の到着をヴィクターに知らせた。ジェフ・ネルソンは検死官を五年以上務めており、その前は、彼の父親が務めていた。

ヴィクターはその場に留《とど》まっていた。ネルソンがマーシャルとひと言、ふた言、ことばを交わしているのを見ていた。やがてネルソンが傾斜を下りてきた。

「どんな様子だ？」

「少女の死体。ティーンエイジャー。結紮痕がある。一週間から十日間、湖のなかにいたと思う」

「じゃあ見てみようか」

ヴィクターは検死官に仕事を任せた。道路まで戻ると、ネルソンが写真を撮り、フラッシュが突然光った。

ランドルフはまだ神経がたかぶっているようだった。足元に煙草《たばこ》の吸い殻の山があった。次から次へと煙草を吸っていたに違いない。

「ミスター・ランドルフを車で家まで送ってくれ」ヴィクターはマーシャルに言った。「しっかり調書を取って、落ち着いたのを見届けたら、ここに戻ってきてくれ」

マーシャルとランドルフは去った。ヴィクターは立ち止まって、地面に落ちている吸い殻を拾った。

検死官が傾斜を上がって戻ってくるのを待つあいだ、ヴィクターは自身の犯行現場の観察結果を書き留めた。死体以外に物的証拠はなし。周辺に乱れた痕跡もなし。死体はどこか別の場所から運ばれていた。ここは本来、死体を届ける場所ではなかったのだろう。ネルソンは検死を行ない、死亡時刻と死因を特定し、性的暴行の兆候を調べ、血液型、薬物に関する分析を実施する。それらすべてがやがてヴィクターのデスクに届くだろう。彼自身がまずしなければならないのは、身元の特定だ。行方不明者や家出人の捜索願から取り掛かることになる。

ネルソンが下から声をかけた。

「ヴィクター、担架をワゴン車の荷台から引っ張り出して、ここまで運んでくれないか?」

ヴィクターは頼まれたとおりにし、それからふたりで、損傷を与えないように気をつけながら、遺体をやさしく持ち上げた。少女の肉体は膨らんでいて、滑りやすかったが、ふたりはなんとか担架に乗せた。

道路まで戻る道のりは足場が不安定だった。ネルソンが一瞬、足元を滑らせ、担架を安定させるのに、ヴィクターが頑張ってバランスを取らなければならなかった。

「大丈夫か?」

ネルソンは時間をかけて体を安定させた。ふたりはまた登り始めた。

担架をワゴン車に収納すると、ヴィクターはネルソンが迅速に出動してくれたことに感謝した。

「彼女を運んだら」と彼は言った。「すぐに検死に取り掛かる」

ふたりは握手をし、それぞれの車に乗り込んだ。


事務所に戻ったヴィクターは、過去二週間に行方不明となった十代の少女に関するあらゆる情報をシステムから呼び出した。全部で六名だったが、そのうちの三名は四十八時間以内に発見され、一名はチョーストーの祖母の元で無事だということが確認されていた。残りのふたりはまだ消息が確認されていなかったが、どちらもノッテリー湖で発見された少女とは体格や外見がまったく異なっていた。

死体の状況から考えても、ネルソンが指紋を採取できる可能性は低かったし、取れたとしても、指紋がリストに登録されているという保証もなかった。

ほかに身元を特定できる特徴はタトゥーだった。歪《ゆが》んでいなければ、特定のタトゥーショップに絞り込めるかもしれなかったが、それも望み薄だ。ローマ数字は、なんらかの日付、誕生日、特定の出来事の日など、何か重要なことを意味しているのだろう。

ヴィクターは事務所を出て、家に向かった。ネルソンがもっと詳しい事実を持って戻ってくるまで、あるいはだれかが新たに行方不明の少女の捜索願を出すまで、できることはほとんどなかった。

経験上、ヴィクターにはわかっていた。何かを心配していたところで、その何かがよくなったり、容易になったりすることはないのだ。

なるようにしかならない。彼の手元にはだれかの死んだ娘がいた。そして追うべきものが出てくるまでは、何も追うことはできなかった。

14

検死報告書が届いたのは、九月一日火曜日の午前中だった。

ネルソンは指紋を採取できなかったが、顔の写真とタトゥーのアップの写真を送ってきた。

死亡推定時刻は八月二十日から二十三日のあいだのどこかとしかわからなかった。少女は湖に入る前に死んでいた。どのくらい前かはわからなかったが、肺に水が入っていなかったことが決定的な証拠だった。

足首と手首の結紮痕《けっさつこん》は、直径一・二センチのコードと一致した。血行を阻害するほどきつく締めつけられていた。体のあちこちに打撲と擦《す》り傷があったが、鈍器による外傷が死因であることを示すものはなかった。レイプや性的暴行の痕跡もなかった。内臓の鬱血《うっけつ》と点状出血から、ネルソンは、少女が窒息死したと結論付けていた。最後に、そしてヴィクターを最も悩ませたのが、薬物に関する記載だった。報告書によると、血液からは明らかに鎮静剤が検出されていた。

ネルソンはローマ数字も解読していた。それは一九七六年十一月十一日という日付だった。

ヴィクターは坐ったまま、かつては可愛らしいティーンエイジャーだった少女の肥大した顔を見ていた。彼女がどこにいるのかも、何が起きたのかも知らない家族がどこかにいるのだ。

それは彼の姪《めい》——なぜ父親が死んだのかを知りたいと思っている少女——に起きたことの逆だった。

ファイルを閉じた。州内のすべての保安官事務所にその写真を送ることを別にすると、袋小路に行き当たってしまった。顔の歪曲と腐敗が激しいため、保安官事務所のファイルにある写真とは似ても似つかないだろう。彼はバーバラに内線で電話をかけ、少女の身長、体重、おおよその年齢、髪と眼の色、そして右の太もものタトゥーについて伝えた。

「ファニン、ギルマー、ランプキン、タウンズ、ホワイト、そしてハーバーシャムの各郡の保安官事務所に電話してくれ」と彼は言った。「わたしが今伝えたことを話して、該当する行方不明者がいないか確認するんだ」

バーバラがそれに取り組んでいるあいだ、ヴィクターは早めの昼食に出た。

戻ってくると、『ブレアズビル・ヘラルド』のマーサー・ギルが待合室に坐っていた。彼はラバのように鼻が高く、膝《ひざ》と肘《ひじ》が何かの角《かど》のように曲がった不格好な男だった。

「マーサー・ギル」とヴィクターは言った。「こんな午後になんできみがこんなところにいるんだ？」

ギルはヴィクターに続いて彼のオフィスに入った。

「湖の近くで少女の死体を発見したという噂を聞いてね」

「どこから聞いたんだ？」

「情報源からだよ、わかるだろ」

ヴィクターは坐った。「その情報源とやらについてはよく聞くな、マーサー。おれも仲間に入れてほしいもんだ」

「ほんとうなのか、嘘なのか、どうなんだ？」

「火花を炎にするつもりなのか？」

「少女が死んだのなら、人々には知る権利がある」とギルは答えた。

「またそのゲームをするのか、あ？」

「質問に答えるつもりはあるのか、保安官？」

「何も話すつもりはない」ヴィクターは答えた。

「それでも書く」

「でっち上げるのか？」

「ありのままを書くさ。少女が殺され、死体がノッテリー湖の近くで発見された。何か教えてくれれば、詳細がより正確になると思うがな」

「正確な詳細を教えてやって、あんたが記事を書くのをやめたことがあったか？」

ギルは黙った。椅子の背にもたれかかった。「いいか」と彼は言った。「おれたちにはするべき仕事がある、そうだろ？　みんな、食っていかなければならない。これがおれの仕事だ。それ以外にやり方を知らないし、正直なところやりたいとも思わない。交通事故や牛の脱走、学校行事にはもううんざりなんだ。前回起きて以来、殺人事件は久しぶりだし、それに――」

「そのくらいにしておくんだ、友よ」ヴィクターがさえぎった。「ほんの少しだけほかの人間の立場にも立ってみてくれ。あんたの言うとおり、死んだ少女がいるとする。死んだこと以外、彼女のことは何もわかっていない。もしそうなら、彼女の家族も何も知らない。あんた、子供はいるのか、マーサー。たしか三人いたんじゃないか？　そのうちのひとりが殺されて、最初に知るのが、『ブレアズビル・ヘラルド』の記事だとしたら、どうだ？」

ギルは答えなかった。

「自分はそのことを心配している」とヴィクターは言った。「だから、もうしばらくはわたしに仕事をさせてくれ。わたしがこの件を把握して、彼女の家族を探し出して伝える機会を得てから、もう一度話をするというのはどうだ。そのときになればあんたは自分の話を書けるというわけだ」

「独占取材させてくれると約束するか？」

「おいおい、マーサー、どっちにしろブレアズビルで人々が読む新聞なんて、ひとつしかないじゃないか」

ギルは考え込んだ。そして言った。「四十八時間だ」

「また来るのか？」

「四十八時間経ったら、とにかく書く」

「三流紙の記者が保安官に期限を突き付けるなんて、いったいどこの星の話だ？」

「ジャーナリズムの責任ってもんがある」

ヴィクターは笑った。「気のすむまで好きにするがいいさ、マーサー。印刷のインクに見合うだけのものが出てきたら教えてやるよ」

不満そうな様子で、マーサー・ギルはヴィクターのオフィスを出ると、保安官事務所の建物をあとにした。ヴィクターは、二度とあの男をなかに入れるなとバーバラに言おうと思ったがやめた。ギルのことだ、そうなれば夕飯どきにヴィクターの家に現れ、帰ろうとしないだろう。

一時間後、バーバラがデスクから電話をかけてきた。

「あの女の子を見つけたみたい」と彼女は言った。「ファニン郡マッケイズビル。二週間以上前に届け出が出ている。エラ・メイ・レイフォード、十六歳。身長、体重、タトゥーがすべて一致。生年月日は一九七六年十一月十一日」

ヴィクターはファニン郡の保安官、ジョージ・ミルステッドを知っていた。昔気質《かたぎ》の、チーク材のようにタフな男で、六世代にも及ぶ法執行官の家系の出身だった。野球の大ファンでもあり、ファニン出身のジョー・ティプトンがメジャー・リーグに六年間在籍し、打率二割三分六厘の成績を収めたこと、太平洋戦争で神風特攻隊の攻撃を生き延びたことを、ありとあらゆる人に思い出させることを誇りに思っていた。

ヴィクターはミルステッドに電話をつなぐよう、バーバラに頼んだ。

ミルステッドはすぐにつかまった。

「ヴィクター」と彼は言った。「ずいぶんと久しぶりだな」

「声を聞けてうれしいですよ、ジョージ。あなたのところの人間がこちらで見つかったかもしれないんで、電話したんです」

「ああ、聞いている」とミルステッドは言った。「レイフォードの娘の件だな?」

「ええ、その娘《こ》のようです。タトゥーがある。一九七六年十一月十一日という日付です。誕生日でしょう」

「そのまま待っていてくれ、ヴィクター」

ミルステッドはすぐに電話口に戻ってきた。

「ああ、その娘《こ》だ」と彼は言った。「家族のことも知っている。もしそうなら、ひどく残念なことだ。もっとも、だれの娘でもひどく残念だが」

「そちらに行こうと思っています。わたしとあなたで家族に知らせに行くのがいいと思う」

「そうしてくれ」ミルステッドは言った。「それがいい。力を合わせてな」

「今から出発します」

「もっといい状況ならよかったんだが、それでもきみに会えるのが愉《たの》しみだ」

「わたしもです、ジョージ」ヴィクターはそう言うと、電話を切った。

自分のオフィスを出るとバーバラのデスクまで歩いた。

「ジョージ・ミルステッドに会いに行く」と言った。「リコリス風味の葉巻をひと箱買ってきてくれないか。たしか彼がとても好きだったのを覚えている」

「了解しました、保安官」

ヴィクターは微笑《ほほえ》むと言った。「いつになったら、わたしのことをヴィクターと呼んでくれるのかな」

「すぐにそのつもりはないわ」とバーバラは言った。「あなたのとても忙しい人付き合いの予定表に、わたしの世界的に有名なバーベキュー・パーティーに来る予定を入れてくれたら考えてもいいかも。せっかくなんだから、仕事以外で会ってもいいんじゃない?」

「次の予定が決まったら教えてくれ、スケジュールをチェックするから」とヴィクターは言った。

「言わせてもらうけど、知り合ってもう何年にもなるのに、まだあなたのことを理解できないでいるわ」

「それはたぶん、わたしには何もないからだよ、バーバラ」

15

ファニン郡保安官事務所は郡庁所在地のブルー・リッジにあった。市としては非常に小さい都市だった。

ここはマリエッタ&ノースジョージア鉄道が延伸されたときに開発された都市で、それ以前はモーガントンに郡庁所在地があった。

七十六号線がそこからまっすぐ西に三十キロから四十キロほど走っていた。運転しながらヴィクターは、この悲劇的な事件が、フランクや月千ドルの収入、自分がだれかの伯父さんなのだという事実から気をそらしてくれていることに気づいていた。結婚していたときでさえ、自分が父親になることなど考えもしなかった。フランクが父親になっている可能性についても考えたことすらなかった。ランディス家の家系は、遠く離れ、疎遠になったふたりで終わる。そう思っていた。それが今は弟の娘がいる。名前は残らないかもしれないが、血筋は受け継がれる。そう考えるだけで、どういうわけか物事が違って見えた。

マッケイズビルはブルー・リッジから北に十六キロほど行ったところにあり、ジョージア州とテネシー州の州境に位置していた。ヴィクターはミルステッドと二、三、ことばを交わして、死んだ少女がエラ・メイ・レイフォードであることをできるかぎり確認してから家族を訪ねようと思っていた。両親に子供の死を伝えることほどつらい仕事はない。物事の道理に反していた。子供が親を弔《とむら》うべきであって、その逆ではない。

ミルステッドは葉巻を喜んでくれた。

「オフィスに置いておくよ」と彼は言った。「かみさんが、タール坑（天然のタールが浸み出した穴。動物が落ちて沈み、死骸が保存されることがある）でブタが焼かれたようなにおいだって言うんだ」

「どうしてました？」とヴィクターは訊いた。

「トラブルばかりだ」ミルステッドは言った。「だが文句を言っても仕方がない。半分の人間は文句を言ったところで気にしないし、もう半分の人間は文句を言われることを喜ぶ」

「息子さんは元気ですか？」

「アトランタで車の何かをやってる。車を修理するんだったか、盗むんだったか忘れちまったよ」

ヴィクターはミルステッドのあとについて彼のオフィスに入り、席に着いた。

「少女のことを教えてください」と言った。

「あまり話せることはない。父親のベスター・レイフォードが先月の十六日に捜索願を出した。その時点で彼女は三日、家に帰っていなかった。以前にも失踪したことがあり、いつもきまり悪そうな顔で帰ってきていたそうだ。いつものとおりの捜査をした。友達や学校の関係者から話を聞いた。だれも彼女を見かけていなかった」

「家族は?」

「ベスターは墓場までトラブルを持っていきそうな男だが、女房のほうはそういうわけじゃない。心配性だ。何に対してもそうなのかもしれない。けど善人だ。礼儀正しく、働き者だ」

「少女が彼らの娘だということはたしかなんですね?」

「この状況から見て間違いないだろう。身長、体重、眼の色、そしてタトゥーも一致している」

「いっしょに伝えに行くつもりです」

「ああ、彼女はきみの郡で発見された。きみの郡で捜査することになる」とミルステッドは言った。「われわれもできるかぎり協力することは言うまでもないが、みんな規則のなかで動かなければならない。わかるだろ」

「ええ、わたしもそのつもりです、ジョージ」

「わかってる、ヴィクター。だが、少しでもチャンスがあれば、わしは徹底的に調べてやる」

「どんな助けでもありがたいです。今はとにかくこの少女の身元を特定することです。そうすれば彼女がどこにいたのか、だれといたのか、どんな持ち物を持っていたのか、捜査を始めることができます」

ミルステッドは立ち上がった。「待っていても始まらない」と彼は言った。「行って家族に伝えるとしよう」

道すがら、ヴィクターとミルステッドはほとんどことばを交わさなかった。それぞれ、ある種の回想にふけっているようだった。

マッケイズビルの郊外で彼らは側道に入った。地平線に向かって緩《ゆる》やかに上る道を進むと、未舗装道路になった。下生えの茂る土手のあいだに茶色いリボンのように道路が延びていくだけで、くぼみにはまったり、横滑りしたりするたびに、そのリボンが見えなくなって、立ち往生してしまいそうだった。

右手のうっそうと茂る並木の向こうに、無造作に散在する、風雨に傷んだ小屋が見えてきた。荷造り用のワイヤーと希望だけでつなぎ留められているように見えた。パターンも連続性もなく、まるで飛行機から無造作に落とされ、そのまま落ちた場所に留《とど》まっているようだった。

しばらくするとミルステッドが車を止めた。

「あっちだ」と彼は言い、木々のあいだの小道を指さした。

ヴィクターは車を降りて、彼のあとに続いた。五十メートルほど進むと、緩やかな傾斜の上に出た。その下の右手には平屋の家と広い庭、鶏小屋があり、何かを取り合って喧嘩をしている二匹の猫がいた。二匹の猫はふたりの足音を聞いて動きを止め、しばらくふたりを見ていたが、また喧嘩を始めた。

ヴィクターは傾斜の上で立ち止まった。深呼吸をし、自分を待っているもののことを考えた。子供たちが行方不明になって死んでしまう。どの街でも、どの郡でも関係ない。どこだろうが同じだ。消えてしまうのと、死んでしまうのとではどちらがいいのだろう?

死んでいれば、たぶんなんらかの区切りをつけることはできるだろう。たぶんだ。だが、消えてしまったのであれば、戻ってくるという希望が常に残る。それは、それ自体で、残りの人生をずっと待ち続けるためには充分なものだ。忘れて前に進むことは最悪の裏切りのように感じられる。まるで忘れることが彼らを歴史の彼方に追いやるかのように思えるのだ。

ミルステッドは何も言わずに、家に向かって傾斜を下りていった。

ヴィクターは両肩に世界の重さを感じながら、そのあとをついていった。

ポーチの階段に着くと、ベスター・レイフォードが奥から現れた。まるで沈黙と不安の塊《かたまり》だった。左の鼻孔は逆向きのVの字に切り裂かれていた。傷がひどすぎて、癒《い》えることもふさがることもなかった。シュラブナイフを上に向けたときのような弧を描く傷痕が、青白い線となって頬、まぶた、額《ひたい》を切り裂き、髪のなかに消えていった。小柄で、どこか小ずるそうな男で、土気色の肌をしていた。黙ったまま、まるで予期していたかのようにふたりの訪問者を見つめて立っていた。

「ジャネット」レイフォードが声をかけた。「出てくるんだ」

だれも動かなかった。空気が重く、息をするのも難しかった。

玄関のドアが開き、ジャネット・レイフォードが戸口から一歩だけ出てきた。

彼女はミルステッドにかすかな笑みを見せた。そしてヴィクターを見た。その瞬間、ヴィクターには、彼女がこれは何か別なこと、関係ないことなのだと自分自身を納得させようとしているのがわかった。眼の前にいるふたりの男が帽子を手に持って厳粛に沈黙し、その眼には希望を告げるものが何もなかったにもかかわらず。

ジャネットは壁に向かって手を伸ばして体を支えた。

ミルステッドが進み出た。ジャネットが問いかけるように眉《まゆ》を上げた。その質問は彼女の唇《くちびる》に留まり、ことばとなって発せられることはなかった。そのとき、ミルステッドがゆっくりと首を振り、彼女は悟った。

そしてどのくらいひどかったのかという質問になった。苦痛を与えられたのか、傷ついていたのか、殴られていたのか？　まさかレイプされていたのか？

「なかに入ろう」とミルステッドが言った。

ジャネットは振り向くと、家のなかに戻った。ベスターが彼女のあとに続いた。

ミルステッドが持ってきた写真を見せた。

ジャネットにとって、悲しみは段階的にやって来た。その段階は波のようなもので、一度来ると止めることはできなかった。不信感、ショック、無力感。そのすぐあとに罪悪感が襲い、さらに不信感が襲う。自分が最後に言ったこと、自分が最後にしたこと、自分と娘のあいだで最後に交わされたことばを思い出そうとして、どこかあやふやな混乱に陥《おちい》った。

このことが何を意味するのかを彼女が理解するにはしばらく時間がかかるだろう。そしてそのときになって初めて痛みがやって来る。その痛みは深く、まるで世界が彼女を包む拳を握り、彼女の体を押しつぶそうとするかのように感じるだろう。

ベスター・レイフォードのほうはまるで心が滑り落ちてしまったかのようだった。広大な深淵が彼の前に横たわり、そのなかに落ちていく。落下を遅らせるものはなく、落下が終わると確信させるものもない。

「どれくらいひどかったの？」とジャネットが訊いた。その声は不安に震え、その眼には言い終わる前から、あきらめの色が濃く浮かんでいた。

ミルステッドは床に眼を落とした。

彼女はもう一度ヴィクターのほうを見た。何かの間違いなのかもしれない。ミルステッドは間違っているのだ。何か別なこと、だれか別の人物だったと言うためにヴィクターがここに来たのだと信じていた。

ジャネットは真ん中から折れ曲がってしまったように見えた。まるですでにそこにあったしわが、これまでの喪失感や失望によってしっかりとした折り目になったかのように。悲痛はあらゆる種類の悪夢を引き連れてやって来た。彼女はうなだれ、階段の横に両膝《りょうひざ》をついた。

ミルステッドとヴィクターは彼女を支えて立たせようとしたが、彼女はそれに抵抗した。

やがて彼女は床から自分の体を引きずり起こすと、キッチンのほうへ歩いていった。

ベスターは玄関ホールに留《とど》まり、肩を震わせて、速く短い呼吸をしていた。

ミルステッドとヴィクターはジャネットのあとを追ってキッチンに入った。キッチンは幅二・五メートル、奥行き三・五メートルくらいの大きさだった。窓がぼんやりとした油っぽい光を放っていた。窓には汚れたガラスが三枚あり、四枚目があったところは、乱暴に切られた木の板で穴がふさいであった。窓の下には、シートカバーの穴から綿が飛び出しているぼろぼろの椅子が置かれ、右側には質素なテーブル、左側には煉瓦の上でバランスを取って置かれた重い陶器製の流し台があった。流し台の上にはハエよけのネットで覆われた二段の食器棚があった。床には不揃いの油布とリノリウムが地面の上に直接置かれていた。

ジャネットはゆっくりと腰を下ろした。

彼女は初めて見るようにヴィクターをじっと見た。

「こちらはユニオン郡のランディス保安官だ」とミルステッドが説明した。「彼がエラ・メイを発見した」

ジャネットは遠くを見つめていた。ヴィクターは、彼女が娘と最後に会ったときのことを見ているのだと想像した。おそらく、彼女は眠っているだけなのだと自分自身を納得させようとしているのだ。これは悪夢なのだ、すぐにでも眼が覚めるのだと。家のすぐそこにエラ・メイの存在を感じていて、やがて覚える安堵のほうが、今経験している悲しみよりも大きいのだと。

だが眼が覚めることはなく、安堵もなかった。

ヴィクターは一歩前に出た。彼女の視線を受け止めようとかがみ込んだ。

心臓の鼓動がゆっくりになり、意識して呼吸しなければならなかった。山あいの渓谷で鹿に狙いを定めるハンターのように、周囲の世界が後退し、消えていった。その瞬間、ほとんどすべては意味をなさなくなった。このような感覚があることはずっと知っていたが、自分自身が経験することはなかった。だが今となっては、自分自身の一部のようであり、決してこの感覚から解き放たれることはないと感じていた。

ジャネット・レイフォードがその知らせの真の衝撃を知ったのはそのときだった。彼女はヴィクターに倒れ込んだ。彼は抱き留め、自分のなかに閉じこもろうとする彼女に腕をまわした。彼女のまなざしは険しく、憎しみに満ちていた。まるでついに世界が共謀して、彼女から唯一大切なものを奪い去ろうとしていると言っているかのようであった。

ヴィクターは十五分ほどそうしていた。やがて彼女は泣きだした。体を紐の結び目のように固くし、拳を握りしめた。呼吸は浅かった。

自分の娘は死んだ。彼女はそのことは理解した。詳細はまだわかっていなかった。ヴィクターは事実が必要なところに、噂や憶測が入り込むことは好まなかった。もしジャネットが自分の娘の死に関する真実を告げられるとすれば、それは自分から告げられるべきだった。彼こそが法であり、法の果たすべき機能を他人に委ねることはできなかった。

「ジャネット」と彼は言った。彼女はぴくりとも反応せず、彼の存在を認めなかった。ヴィクターは少し待ってから、もう一度彼女の名前を呼んだ。

「ジャネット、きみに頼みたいことがある」

ヴィクターはいやな予感が腹の底で冷たい塊となるような感覚を覚えた。両手は汗で湿っていた。顔にも汗をかいていたが、ズボンのポケットからハンカチを取り出そうにも動けなかった。

「ジャネット、聞こえてるか？」

彼女の肩が無意識にぴくっと反応した。

「きみにしてほしいことがある」とヴィクターは言った。「きみときみのご主人にブレアズビルの検死官事務所に来てもらって……」

ジャネットはかすかに眼を向けた。

「何があったのか話して」と彼女は言った。一瞬、呼吸が乱れ、止まった。

その下には否定できない断固としたものがあった。その声は激しい感情のせいでかすれていた。だが
「あの子に何があったのか話して。娘に何があったの？」

ヴィクターはゆっくりと首を振った。「できない——」

「あなたがあの子を見つけたんでしょ」ジャネットがさえぎるように言った。「だったら、できないなんて言わないで。あなたはそこの保安官で、なんでも好きなことができるんでしょ。あの子に何が起きたのか話して」

「だれかが彼女を殺したんだ、ジャネット。今、わかっているのはそれだけだ」ジャネットは突然、心ここにあらずといった様子になった。まるで娘の姿を思い浮かべるのに充分な想像力を呼び起こそうとするかのように。

「保安官」ジャネットは話し始めた。その眼には何か別のものが浮かんでいた。彼女をずたずたに引き裂く何かが。その表情は一瞬で悲しみから恐怖へと変わった。

「れ、連中は……その……」彼女は話しだしたが、ぎこちなく声を詰まらせた。「連中は……何を訊いてるかわかるでしょ、保安官」

「いいや、ジャネット、それはなかった」

娘が暴行を受けていなかったという事実に、一瞬、安堵が顔に浮かんだ。そして彼女は震えると、ヴィクターを押しのけるようにして体を離した。

ヴィクターは彼女の肩を強く握った。「ジャネット、さっき言ったように、きみとベスターにはわたしといっしょに検死官事務所まで来てもらう必要がある。勇気を、できるかぎりの勇気を出してもらわなければならない。エラ・メイを見て、それが彼女だと確認してほしい」

ジャネットの眼のまわりは赤く、顔は怒りに歪《ゆが》んでいた。「あなたはそれがだれなのか知ってるんでしょ！」そう言い放った。そして突然動いて体をひねり、ミルステッドに眼をやった。「今さら、間違いだったなんて言わせないわよ。あなたは写真を見せてくれた。あの子よ。わたしのベイビーよ」彼女は眼を大きく見開いた。まるで希望の火花がずっとそこにあり、ヴィクターのことばによってそれが煽《あお》られたかのようだった。

ミルステッドは厳しい表情で首を振った。「ああ、ジャネット。間違いはない。だが法では近親者が身元を確認することになってるんだ。わかるだろ？」

ジャネットの眼が怒りに燃えた。「法ですって？」と彼女は言った。「法について話すためにここに来たの？　あの子が殺されたとき、法はいったいどこにあったの？　今すぐ、教えてよ！　わたしの可愛いベイビーが殺されたときに、法はどこにあったの？」

「明らかにならないかぎり、真実は存在しない」とミルステッドは言った。「われわれはだれがこれをやったのか、なぜやったのかもわかっていない。ここのだれかかもしれないし、この街以外のだれかかもしれない。捜査はまだ始まったばかりで――」

「だったら、こんなところで何をしてるのよ？　こんなことをやっただれかを探しに行くべきなのに」

「ジャネット、わしは真剣だ、ちゃんと聞いてくれ。わしとランディス保安官はこの件でやるべきことが山ほどある。まずは何よりも、きみたちの協力が必要で……」

ジャネットはヴィクターを見た。握った拳を振り上げ、彼の腕、肩、胸を叩いた。力は強かったが、彼は止めなかった。完全なる絶望と喪失を解き放つための唯一の方法なのだ。

やがてヴィクターはジャネットの手首をつかんで引き寄せた。彼女は崩れるように彼に倒れ込んだ。ヴィクターは強く抱きしめた。離すと彼女が消えてしまうかというように。彼女の涙をシャツの薄い綿を通して感じた。髪の毛からは野性的で苦い何か独特なにおいがした。部屋のなかのにおいだ。そして彼が感じたのは絶望だった。絶望と無力感。それを以前にも見たことがあった。エラ・メイ・レイフォードの人生はなんの意味もなかったかのように奪われてしまったのだ。

ヴィクターはミルステッドに眼をやった。彼は視線を落として、頭を振っていた。その瞬間、ヴィクターはいったいだれがこの世界を作ったのだろうと思った。弟の死、そして今度はこの少女の殺害、神の仕業とは思えなかった。

どこかのだれかが彼の道を破滅させようと躍起になっているようだった。

16

ミルステッドがベスターとジャネットといっしょにいるあいだ、ヴィクターはエラ・メイの部屋を調べ、彼女の身のまわりの品に眼を通した。特に重要なものは見つからなかった。何を期待していたのか、自分にもわからなかった。日記だろうか？　関与している者の身元を特定できるもの？　そういったものが見つかるということは、本や映画のなかでは起きるが、現実ではめったにない。

調べ終わると、ブレアズビルの検死官事務所に向かった。ありがたいことに、ミルステッドがベスターとジャネットを乗せてついてきてくれた。

ベスターとジャネットが娘の遺体を見る頃には、ふたりの怒りと悲しみも収まり、感覚のない絶望へと変わっていた。

正式な身元確認が終わると、ミルステッドはふたりをマッケイズビルへと連れて帰った。ふたりの壊れた人生の残りへと。

ヴィクターは検死官のジェフ・ネルソンに礼を言うと、保安官事務所に向かった。今日はもう飽和状態だった。以前にもこういったことはしたことがあったが、回数も少なく、慣れることも、冷静でいることもできなかった。ジャネット・レイフォードの泣き声と罵《のの》りが彼を心の底から動揺させていた。無駄な願いだとわかっていたが、家族にこのような知らせを伝えなければならないのは、これが最後であってほしいと思った。

バーバラはすでに帰宅していた。ヴィクターはメッセージが残されていないかチェックしたがなかった。

帰り道、食料品とライウィスキーのボトルを買った。以前はよく酒を飲んだが、最近は控えるようにし、特別な日やストレスを感じた日だけに飲むようにしていた。飲みすぎると、たとえだれかがナイフで刺されても、コーヒーが冷めたほどの意味しか持たないように、物事に無感覚になってしまうのだ。

ハンバーグを焼き、タマネギを炒め、皿に盛ってホットソースをたっぷりとかけると、皿とグラスを持ってポーチに坐った。そして人は理解しあえるのだろうかと考えた。自分がテレビで観ることは、人が現実にしていることに比べると、ほんのわずかでしかなかった。だれかを傷つけることについての、人間の想像力には際限がないように思えた。

食べ終わると、家のなかに戻ってギターを取ってきた。しばらく爪弾いていたが、うまく弾けないことにイライラし、脇に置いた。その意味では彼は父親に似ていた。何かに打ち込むと、達成感よりも挫折感をより強く感じるのだ。こんなはずじゃなかったとひたすら自分に言い聞かせる。父ウォルター・ランディスはよく彼とフランクのふたりに同じことを言ったものだ。

「おまえはあきらめてばかりで、あきらめが決して底をつくことはないな」ほかにも言った。

「どうした、坊主？　片眼が見えないのに、もう片方の眼でも見ることができないのか？」「ことばは聞こえるが、おまえの言っていることは、ハエ二匹と壊れたバックルほどの価値しかない」

たぶん父は自分が言われたことを息子たちにも言っただけなのだろう。まるで自分自身に言い聞かせているように聞こえた。

立ち上がって、飲み物のお代わりを作ろうとしたところに電話がかかってきた。今日はどれだけ悪いニュースが立て続けにあるのだろうかと思った。出ないわけにはいかなかった。それが重要なことなのに無視したなら、電話をかけてきた人物がやって来て、彼をつかまえかねない。

話す前に、エレノア・ボイドが言った。「もしもしヴィクター？」

「ミズ・ボイド」と彼は言った。

「ええ、ヴィクター、エレノアよ」

「どうしたんだ、エレノア？」

「娘があなたとあなたのおもしろい話し方を気に入ったみたいで、また招待してほしいって頼まれたの」

「えーと、ミズ・ボイド、とてもうれしいと伝えてください。けど今日はとんでもない一日だったので、ベッドに行くエネルギーしか残っていないんだ」

エレノアは笑った。「あら、やだ、今日じゃないわ。あの子の誕生日のことよ」

「誕生日？」

「四日後には十一歳になる。友達とケーキやアイスクリームを食べたりするの。あなたが保安官の仕事で忙しいのはわかってるけど、都合のいいときにいつでもいいから来てくれたらうれしいって言ってる」

「ああ、なるほど。けど、行けるかどうか、ちょっとわからないんだ」

「土曜日よ、ヴィクター。週末よ」

「ミズ・ボイド、土曜日が週末なのは充分承知してるけど、保安官の仕事は誕生日とかクリスマスとかのためにストップさせるわけにはいかないんだ」

「あなたって、あなたの弟と同じで不器用な人なのね。あの人もほんとうに嘘の下手な人だったわ」

「そんなつもりじゃないんだ」とヴィクターは言った。「ただ……その、彼女と何を話したらいいかもわからない。親戚だとはわかってるけど、彼女にとっては見知らぬ人間だし」

「あの子は父親を亡くしたばかりなの。そのことはわかってるでしょ。父親を亡くして、今まで知らなかった伯父さんに出会った。努力して話をするというのもマナーってもんじゃないかしら。これからまだまだ先もあるというのに」

「最善を尽くすよ」とヴィクターは言った。

「これだけは言っておくわ、ヴィクター。フランクとのあいだにどんな過去があったにせよ、それを乗り越えなければ、あなたはそれを抱えて死ぬことになる。でもジェンナには関係ない。

あなたが弟とのことで抱え込んでいることがなんであれ、それをあの子に押しつけないで」

「土曜日に会おう、ミズ・ボイド」

「ええ、ランディス保安官」

電話は切れた。ヴィクターは受話器を置いた。ボトルを手に取り、グラスにダブルで注いだ。ポーチに戻って煙草《たばこ》を吸った。フランクが墓のなかから手を伸ばしてきているようだった。自分の娘を通して、彼の思考に入り込んできているように感じた。生きているときより、死んでからのほうが長い影を落とす人物もいる。

酒を二杯飲むと、ヴィクターはベッドに向かった。

眠りに就こうとしながらもある疑問を抱いていた。父親の死の真相はさておくとして、十一歳の女の子は誕生日に何をほしがるのだろうか？

17

ジョージ・ミルステッドからの電話を受けたのは、ヴィクターが木曜日に事務所を出る一時間前のことだった。ユージーン・ラッセルという名前を聞くのは初めてだった。が、決して最後ではなさそうだった。

「聞くところによると、ジャネット・レイフォードのいとこだそうだ。わしの知るかぎりでは母方だ。いずれにしろ、ふたりに血のつながりがあるとは初耳だった。あいつだけでも腹いっぱいなくらいだが、あいつの家族はファニン、ギルマー、マレイの各郡を経て、テネシーやノースカロライナまで広がっている。最近は弟とひと悶着《もんちゃく》あった。弟の名前はスタンリー、みんなからはワスパーと呼ばれている」

「悪党なのか?」

「人間としてのやさしさというミルクが腐って台無しになっているとだけ言っておこう」

「で、ジャネットはエラ・メイの件で、そいつのところに行ったんだな」

「彼女が彼のところに行ったかどうかは問題じゃない。このあたりじゃ秘密なんてものはない。彼女が話したか、ベスターが話したのかもしれない。あるいはあいつが自分で知ったのかもしれない。いずれにしろ、彼女は一時間前にここに来て、恐ろしい話をしていった」

「なんと?」

「もしわしが進んで、この事件の捜査の手綱を取らないなら、ユージーンが自ら乗り出すかもしれないと」

「ジャネットには、わたしがこの事件を捜査すると言ったんですよね」

「彼女はもう知ってるよ、ヴィクター。そして言ったように、このあたりではどちらか一方が死んでいないかぎり、ふたりの人間のあいだに秘密なんてものはない」

「じゃあ、彼はわたしと話したがっていると言うんですね」

「ああ、そうだ。ひとつアドバイスしておく。行って、あいつと会うんだ。感謝してくれるだろう」

「そしてわたしは彼の要求に応えるために時間を費やすことになる――」

「そのへんにしておけ、ヴィクター」ミルステッドは言った。「普通なら、わざわざ中途半端にトラブルに巻き込まれには行くなと言うところだ。じっとしていれば、トラブルに巻き込まれることはない。だがこれは違う。この郡出身のレイフォードの娘が別の郡で死んでいたということで充分混乱している。それでもここには牧師の財布よりも固いコミュニティがあり、それが大きな力になることもある。このあたりでは彼らが見ていないことは何もない」

「そいつはどこに?」

「コルウェルのはずれ、六十八号線からジャックス川沿いに走る道路沿いだ」

「それであなたは彼が力になると思うんですね?」ヴィクターは尋ねた。

「まあ、ユージーン・ラッセルは、坐って真実を語るというよりは、立って嘘をついていることのほうが多いやつだが、こういうことはわからんもんだ。わしが言いたいのは、きみがこの事件に取り組んでいて、決して放《ほう》っておかないということを人々に知らせておくことには価値があるかもしれないということだ。あの少女は彼らの仲間だったんだし、彼らはそのことを個人的なことととして考えるだろうからな」

「明日、会いに行きますよ」とヴィクターは言った。「早ければ早いほうがいい。フランクの元妻と彼の娘につかまってしまって、土曜日にはトレントンに行かなければならないんです」

「なんでまた？」

「その子の誕生日なんです。母親によると、わたしのことをたいそう気に入ってくれたようで。行って誕生日を祝うよう、特別に頼まれたんです」

「きみ自身は家族を持ったことはないのか、ヴィクター？」

「何年か妻がいたことがありました。妻はそのままだとどうなるか察して出ていきました」

「わしは、三人の子が成人していて、そのうちのひとりには赤ん坊がいる」

「すばらしいですね、ジョージ」

「金がかかるよ」彼は冗談ぽく言った。「だが自分が死んだあとも親族がいるというのは、自分の居場所を感じさせてくれる」

「そうなんでしょうね」ヴィクターは答えた。そのような感覚は一生知ることはないだろうと思いながら。

「さて、わしはもう帰るとしよう」ミルステッドは言った。「ラッセルに会いに行ってくれ。もしよければ、ここに立ち寄ってどんな様子だったか教えてくれ」

「一番に連絡します」

「それと慎重にな、ヴィクター。悪魔とメシを食いに行くなら、長いスプーンが必要だ」

そう言って、ミルステッドは電話を切った。


「明日、コルウェルに行ってくる」ヴィクターはバーバラに言った。「自宅から直接向かうと思う。マーシャルは休みじゃなかったよな？」

バーバラは微笑《ほほえ》んだ。「マーシャルはめったなことじゃ休みは取らないよ。彼はあなたの仕事を追いかけてる。できるだけ早く追いつきたいのよ」

「じゃあ、彼に会ったら、わたしがどこに行ったか伝えておいてくれ」

「了解、保安官」

「まだ帰れないのか？」

「交通違反切符。半ダースほどあるのよ。そんなにはかからないけど」

ヴィクターは上着を着て、帽子をかぶった。「オーケイ、じゃあまた明日会おう」

彼はドアのところまで行ったが立ち止まった。振り向くと言った。「土曜日に弟の娘の誕生日パーティーに行かなければならないんだ。十一歳の女の子にはどんなプレゼントがいいと思う？」

「十一歳？　わたしの出身地では、いい皮剝《は》ぎ用ナイフか自分用のピストルかしらね」

「そりゃいいアイデアだ。武器庫からセミオートマチックを調達できるかもしれないな」

「きっと大喜びするよ」

「おやすみ、バーバラ」

「おやすみ、保安官」

18

ヴィクターはユージーン・ラッセルが自分より五歳くらい上だと見積もっていたが、思っていた以上に老けて見えた。

ジム・トム・ムーディと同じように、屋外での生活のせいで肌が風雨にさらされて硬くなっていた。眼は小川の水のように澄んでいたが、その奥には暗いものを感じさせる陰があった。

ヴィクターはパラフィン紙に包んだ鹿肉の塊《かたまり》を持ってきた。ラッセルの妻、レッダ——三十歳は超えていないようだった——は快くそれを受け取った。彼女はヴィクターを夫がいる場所へ案内した。

彼らが坐っている部屋は幅広く奥行きもあった。リサイクルショップよりも多くの家具があり、手織りの敷物が壁に留《と》めてあった。床にはさまざまな動物の毛皮が敷かれていた。

レッダが出ていく前に、ラッセルが彼女に言った。「しばらく子供たちをこの部屋に入れないでくれ。わざわざおれが出ていって言い聞かせる必要はないだろう」

「あの子たちはよくわかってるよ、ユージーン」とレッダは答えた。

「じゃあ、もし何か言うようなら、キャンディを一本やると言っておけ」

レッダは鹿肉と伝言を持って部屋を出ていった。

ユージーンは、ヴィクターのほうを見て言った。「招待状は送っていないはずだが」

「ああ、わかってる。ジャネット・レイフォードがミルステッドのところに行って、ミルステッドが捜査の手綱を取らないなら、あんたが乗り出してくると言った」

「ミルステッドがここに来るように言ったのか」

「アドバイスされた」

「あいつはまともなやつだ」とユージーンは言った。「保安官にしては」

「彼のことは昔から知っている」とヴィクターは言った。

「で、あんたの弟はしばらく前に殺されたんだったな。ひき逃げだと聞いた」

「ああ、そうだ」とヴィクターは言った。

「あいかわらずだな」

「どういう意味だ?」

「スカンクといっしょにいると、スカンクのにおいがするって意味だ」

フランクが何かよくないことに関与していたと間接的に言及されるのはこれで二度目だった。ヴィクターは問いたださなかった。ラッセルがさらに説明する気があるのなら、促さなくともそうするだろう。

「ジャネット・レイフォードはいとこだそうだな」

「みたいなもんだ。母方の。どの程度近いのかはよくわからんが、親族は親族だ」

「エラ・メイのことは知ってたのか?」

「並んでいるなかから選べるほどではない。何かの集まりで会ったことがある。もう何年も前だがな。おれはずっとこの近くで仕事をしてきた」

「それでもお悔やみを言わせてくれ」とヴィクターは言った。「若者の死ほどつらいものはない」

「で、あんたは弟のことで真実を掘り起こそうとしてるのか、それとも墓穴を掘ろうとしてるのか?」

「今は何も掘り起こしてはいない」とヴィクターは言った。「トレントンの警察はどうやら――」

ユージーンの笑みがそのことばをさえぎった。

「トレントンの連中に期待したところで、クソ以外になにも出てきやしない」と彼は言った。「あいつらは狩りをしない猟犬だ」

「そうなのか……」

ユージーンは身を乗り出した。「いいか」と言った。「あんたに借りはないし、あんたもおれには借りはない。おれが知っているのはジョージ・ミルステッドから聞いたことだけで、あいつはあんたが腐った警官じゃないと言っていた。ここでおれと話をしているのは、それが理由だ。もし一瞬でも悪いビジネスに関係していると思ったなら、あんたはポーチまでたどり着けなかっただろう」

ヴィクターは問いたげに眉《まゆ》を上げた。

ユージーンは顔をしかめた。「ほんとうにそこまで世間知らずなのか、それともそのふりをしてるだけなのか？」

「ほんとうに世間知らずなんだと思うよ」とヴィクターは答えた。

ユージーンは椅子の背にもたれかかると、ゆっくりと息を吐いた。「トレントンに蜜を置けば、一カ月じゃ追い払えないくらいのハエが集まってくるだろう。そこじゃ関心があるのはひとつだけだ。あそこには警察や保安官事務所、市議会、市長、さらには裁判所や判事までいるのに、何度揺さぶろうがその樽のなかから次から次へとヘビが這い出てくる」

「弟について何か具体的なことを知ってるのか？」

「いや、具体的には何も。だが、彼は保安官だった。実情は知っていたはずだ。もし知らなかったとしたら、とんでもない間抜けだ」

「街全体が腐敗していると言ってるのか？」

「連中はそれぞれが他人のポケットに手を突っ込んでるというのがおれの好きな言い方だが、まあそういうことだ」

「なぜわたしにそのことを話すんだ？」

「つまり、あんたの弟は何もしていなかったかもしれないが、自分の熾《おこ》していない火を囲んで暖を取っていたからだ、違うか？　やつに何が起きたのか、その真の原因を知るために役に立つかもしれないことを教えてやろうと思ったんだ。あんたはいとこの娘を殺した犯人を見つけだそうとしてるんだろ？　だからさ」

「たしかに彼女を殺した犯人を捕まえるためならなんでもするつもりだ」

いっとき、ふたりのあいだに沈黙が流れた。

「あんたたち兄弟は仲がよくなかった」ユージーンがようやく口を開いた。

「なぜそんなことを言う?」

「あまり熱心に訊こうとしているようには見えない」

「あんたが言いたくないことを訊こうとしていないだけだ」とヴィクターは言った。「だがわたしと弟との仲については言うとおりだ」

「どのくらい会ってなかったんだ?」

「三週間前に遺体と会った。その前は十二年近く前になる」

「おれには弟がいる。ワスパーだ。そう呼ばれている。あんたも見かけたことがあるかもしれない。〈ハウリン・デイヴィス・モーターサイクル〉のひとつをやってる。うぬぼれ屋だ。いろいろ話すが、中身のあることは何もない。脳みそを叩き出したいって思うこともあるが、そもそも脳みそもないんじゃないかと思うこともある。だがそれでもおれの弟だ。神だろうが、だれだろうが、その事実を変えることはできない。あんたとあんたの弟のあいだにそれだけの溝を広げるなんて、よほどのレンチが必要だったんだろうな」

「たぶんそんなに大きなレンチじゃないだろう。それにその溝も最初はそれほど広くはなかった。時間があっという間にほころびを作り、突然、反対側が見えないほどの谷になってしまうんだ」

「まあ、あんたの家族のことはあんたの問題だ。おれはおれ自身の面倒を見なければならない。あの女の子のこともその一部だ」
「言ったとおり、すぐに彼女に何が起きたのかを見つける」
「あんたの弟に関して言えば、あれは事故じゃなかった。だれが何を言おうと、嘘を剝《は》いでいけば、犯人は見つかるだろう」

帰路、ヴィクターはジョージ・ミルステッドとの会話を思い出していた。様子を知らせると言ったが、しばらくは自分の胸にしまっておくことにした。どう言ったらいいのだろう。ユージーン・ラッセルはデイド郡全体が腐敗しているとほのめかしていた。今、一番避けたかったのは、噂が一週間分の洗濯物のように乱雑に広がることだった。

いっとき、無言で車を走らせた。やがて雨が降りだした。その雨音は奇妙なことに彼の悩める心をなだめてくれた。

19

ヴィクターは他人の誕生日に招待されたことはおろか、自分の誕生日を祝ったことさえ思い出せなかった。

サルのぬいぐるみの入った紙袋を抱えてエレノア・ボイドの家のポーチに立っていた。売春宿にいる牧師のように場違いな感じがしていた。

ドア越しに子供たちの叫び声と笑い声が聞こえてきた。ぬいぐるみに二十ドル紙幣を添えて、ポーチに置いて去ろうかと思ったが、ドアが開き、エレノアが満足そうな表情で彼を見た。

「ミズ・ボイド」と彼は言い、帽子を取った。

「ヴィクター」と彼女は言うと、横によけて彼に入るよう促した。

「何を持ってきたの?」と彼女は言った。

ヴィクターは袋を開けてなかを見せた。

「十一歳の女の子についてあまり知らないのね、そうでしょ?」

「どの年齢の女の子についてもあまり知ってるとは言えないよ」ヴィクターは答えた。

しばらくすると、ジェンナがキッチンから飛び出してきた。その歓迎ぶりにヴィクターは驚いた。彼女は両手をヴィクターの腰にまわして抱きついてきた。

彼女が手を離すのを待ってから、袋を渡した。

「誕生日のプレゼントに何を贈ったらいいかわからなかったんだよ、ジェンナ」と彼は言った。

ジェンナはサルのぬいぐるみを取り出した。眼が輝いた。心からの反応だった。

「大好き！」と彼女は言った。「ヴィクターって呼ぶわ」

ジェンナは、ヴィクターをもう一度抱きしめると、キッチンの喧騒に向かって駆けだしていった。

「わたしが間違ってたみたい」とエレノアが言った。「サルこそが、あの子の一番ほしいものだったようね」

「彼女は元気そうだね。あんなことがあったのに」

「そうね。大変だけど、若いから立ち直れる。子供というのはわたしたちよりもタフにできてる。そう簡単に困難や試練に負けないわ」

「お金のことはまだ追えていないんだ。忘れてないが――」

「刑事さんのひとりから電話をもらったわ。万事、問題ないって。昨日、お金も受け取った」

ヴィクターは当惑した。「刑事？　市警の？　保安官事務所ではなく？」

「刑事だって言ってた。市警だと思う」

「名前は言ってた？」

エレノアはしばらく考えた。「フレデリクスだったかしら？」

「フレデリクセン？　マイク・フレデリクセン？」

「そのはずよ。たしか」

「オーケイ、じゃあ少なくとも解決したんだな」とヴィクターは言った。

「さて、ここに来たからには、金切り声の女の子たちと遊ぶか、わたしと何か飲むかのどちらかを選ばなければならないわよ」

「それは難しい選択だな」とヴィクターは言った。「けど飲み物のほうにしとくよ」


エレノア・ボイドに訊くべきことを訊こうとしたものの、微妙な訊き方も間接的な訊き方も思いつかなかったので、ストレートにいくことにした。

ふたりはリビングルームにいた。騒音から逃れるためにドアは閉めてあった。どちらもどこか他人行儀だった。


「四年間結婚していたんだよね？」とヴィクターが訊いた。

「四年とちょっと。一九八一年の二月から八五年の七月まで」

「結婚したときには妊娠していたんだね」

「ええ、でもだから結婚したわけじゃない」彼女は思い出し笑いをした。「あなたの弟は変わってた。あなたのことは何も知らないけど、全然違うみたい」

「どんなふうに？」

「あの人はつむじ風みたいな人だった。だれよりも情熱的だった。嘘をつけなかった。わたしの心を奪ったわ。二ドルのバイオリンの弦みたいに張り詰めていることもあれば、とてもやさしいこともあった。時折、彼にキスをしてるのか、彼を困らせているのかわからないこともあった。でもどこにいても彼はわたしがわが家にいるような気持ちにさせてくれた」

「仕事の話はした？」

「いいえ、聞き出すのは大根から血を絞り出すくらい大変だった。それでも、酔っぱらっていろいろ話すこともあって、待遇が悪いとか、やりたくないことをやらなければならないとか言ってたわ」

「彼は正直な男だと思う？」

エレノアは平手打ちをくらったような顔で見た。

「変な意味じゃないんだ」とヴィクターは言った。「いろいろなことを聞いて、自分には答えられない疑問が浮かんできた」

「だれから何を聞いたの？」

「これまでに何度か。保安官事務所や市警のことが多かった。具体的なことは何も聞いていないし、フランクについて直接何かを聞いたわけでもない。けど訊いてもいないのに向こうから話してくるんだ」

「彼が送ってくれていたお金のこと？」とエレノアは訊いた。

「だれもそのことについては話さなかった。わたしが知っているのはそれが彼の給料から払われていたわけじゃないということだ。わたしにはあいつがどうやって月に千ドルもの大金を給料以外から手に入れていたのかわからない。それにもしそれが汚い金だとしたら、なぜ銀行を通したのだろう?」

「その答えは簡単よ。選択肢がなかったのよ」

「どうして?」

「親権について取り決めるときの裁判所の条件だった。彼が払ったという記録が必要だったんでしょう」

「そうかもしれない」とヴィクターは言った。「けれど、それならばなぜあいつは給料の一部をあなたに払って、それをすべて記録に残し、あなたに渡していた金は自分のものにしなかったんだろう?」

エレノアは椅子の背にもたれかかった。あきらめたようにため息をついた。「いいかしら、あなたが今、どこへ車を走らせているのかわからないけど、わたしはそれには乗りたくない。フランクはあのお金について約束を守ってくれたし、ジェンナにも献身的だった。彼女といっしょのときは、あなたが持ってきてくれたサルのぬいぐるみみたいにタフだった。いい夫ではなかったかもしれないけど、娘にとっては最高の父親だった。もしあの人のことについて汚れた部分を掘り返しているのなら、お願いしたいのはひとつだけよ。それをあの子から遠ざけておいて。父親が亡くなった今、あの子が父親に対して持っている想いは彼が太陽のような存在だったということだけなの。わたしはあの子からそれを奪うつもりはない」

「彼女から何も奪うつもりはないよ」

「それを聞けてうれしいわ」

「余計なことを言ってすまなかった。悪気はないんだが、どうしても訊かなければならなかった」

「もう訊いたわよね。わたしの答えも聞いた。彼は自分がトラブルに巻き込まれていると言ったことはなかったし、疑わしいと思えることも何もしていない」

「オーケイ」とヴィクターは言った。「わかった」

「じゃあ、お返しに質問させて。ここ何年も、ふたりのあいだには会話もなかったのに、今は彼について知ることがあなたの人生の目的になってるの？」

「そんなことはない」とヴィクターは言った。「けれど、弟が死んだという事実は避けて通れない。何かが喉に引っかかっているような気がするんだ」

「呟き込んでいるうちに窒息しないでよ」

ヴィクターはうなずいた。ほかに言うことはなかった。

「お代わりはいかが？」

「お願いしよう」ヴィクターはそう答えるとグラスを差し出した。

20

ヴィクターにとって、自分の人生は、覚えていたほうがいいことは忘れてしまい、忘れてしまったほうがいいことを覚えて生きてきたように思えた。記憶のいくつかは荒々しく、突然に甦《よみがえ》った。それらは宙に浮かび、膨らんで重くなっていった。彼は一日、あるいはそれ以上それらと闘いながら過ごし、世界を普通の状態に戻そうとした。だがもう普通ではなかったし、そのあとも普通に戻ることはないだろう。

月曜日の朝、ポーチに出た。まだ早く、雨が降り、少し風が吹いていた。煙草《たばこ》を吸い、コーヒーを飲んだ。毎朝の日課で、思い出せるかぎりずっとそうしてきた。その数分間で、自分が何者で、何をしているのかについての理由を少しでも見つけようとするのだ。自分の存在を正当化しようとしているのかもしれない。だれもが人生のある時点で同じことをするのかもしれない。

ここ最近の出来事は、自分がいかに孤独であるかを浮き彫りにした。両親もなく、妻もなく、子供もいない。そして今は弟もいなかった。

エレノア・ボイドとは血縁関係があるわけではないが、彼女の娘とはあった。この事実が自分のなかで物事を違った色に染めていた。今はだれかがいるという事実が、だれもいなかった年月のことを思い出させた。だれかがそこに存在していたかもしれないことを教えてもらうまで、そこになかったものを見ることはない。

違う人生に憧れていたわけではなかった。そんなことはまったくない。それよりも自分こそが自分の現実の設計者であることを強く意識することのほうが多かった。彼は壁を作ってきた。それは際限がないように思えた。やがて自分が作っていたのはなんのことはない、刑務所なのだと悟った。彼はその刑務所のたったひとりの囚人だった。孤独は彼が世間に対しかぶっていた仮面だった。だれにも依存しないでいるふりをしたり、ひとりで生きていくと決意を固めるふりをしたりすることで、これは世界が自分にしたことなのだと自分自身を納得させようとしていた。それはすべてでたらめだった。すべて自分自身で作り出したもので、その出来栄えに喜びを感じてさえいた。

エレノアがフランクについて話してくれたことについて考えた。自分とフランクが正反対に見えることについては驚かなかった。ふたりはいつも違っていた。だが彼の記憶では、ふたりはよく似てもいた。母親はよく言っていた。「どちらかが始めると、どちらかが終わらせる」あるいは「どちらかがやって来ると、もうひとりがそのあとを追いかける」

だが母が自殺したことですべてが変わった。世界は傾き、すべては二度と元には戻らなかった。

母親を失ったことで、兄弟は岸につながれていないボートとなった。ふたりはどんな流れにも流された。最初は同じ方向に漂い、やがては別々の方向に漂った。しばらくすると、たがいに相手の姿が見えなくなった。はるか水平線の彼方にも。それからしばらくして、ふたりとも相手を探すのをやめた。

ヴィクターはそれらの考えをいったん脇に置いておくことにした。保安官事務所に行かなければならなかった。死んだ少女のことがあった。それにその少女を殺した犯人を見つけるまで、ユージーン・ラッセルがうるさく付きまとうだろうという予感もあった。さらに弟の殺害の動機に関する大きな疑問があった。これほど多くのことで頭がいっぱいになるのは久しぶりだった。自分がコントロールできないほど不安になり、どの話にもよい結末を見いだせそうになかった。

「あのムーディって男から電話があったよ」ヴィクターが保安官事務所に入ると、開口一番、バーバラがそう言った。「マーシャルが話を聞くって言ったんだけど、取り合わなかった。あなたにしか話せないって言って」

「電話番号は?」ヴィクターは訊いた。

「言わなかった。どこにいるかは知ってるはずだし、直接来るくらい重要なことだからって」

「この手の連中はわたしがある種の民衆のしもべ《パブリック・サーバント》だと思ってるんだろうな」

バーバラは顔をしかめた。「あら、公務員《パブリック・サーバント》じゃないなら、なんなの?」

ヴィクターは自分のオフィスに向かった。どすんと椅子に腰かけた。自分のまわりに振り払えない重苦しさがあるように感じた。マーフィーまでドライブし、また遠まわしな話を聞かされる可能性が高かった。無駄足を踏むような予感がしていた。

それでも行かなければならなかった。避けることはできない。もしかしたら今回は何か実《み》のある話が聞け、どこへ向かうべきかを示してくれるかもしれなかった。

ヴィクターはバーバラに声をかけた。

「ヘイ、バーブ、チェロキー郡の保安官がだれだか知ってるか?」

「ビル・ガーナーよ」と彼女は言った。「けど、かなりの年齢だから、引退したかもしれない。調べてみる」

バーバラは調べ、すぐにヴィクターのところに戻ってきた。

「まだマーフィーにいるわ。電話する?」

「いやいい。出かけて、ジム・トム・ムーディに会ってくるから、だれの管轄に足を入れてるか知っておきたかったんだ」

「ビル・ガーナーはもうろくしてるから気がつかないでしょ」

「おや、バーバラ、きみこそいつからそんなに眼尻にしわができたんだい?」

バーバラは素っ気なく笑った。「わたしはずっとこうよ。あなたが自分のベーコンを焼くのに忙しくて気づかなかったんでしょ」

「どういう意味だ?」

「言ったとおりよ」とバーバラは言った。

「わたしが〝自己陶酔〟してるって言いたいのか?」

バーバラはどこかあきれたような表情をした。「ずいぶんとお高く止まったことばを使うのね。最近は本ばかり読んでるんじゃないの?」

ヴィクターは微笑《ほほえ》んだ。「口の悪いばあさんだな、バーバラ・ウェドロック」

「そして公務員《パブリック・サーバント》よ。あなたと同じくね」

21

事務所を出たヴィクターは裏の駐車場の通りを挟んだ向かいにマーサー・ギルがいることに気づいた。

「ランディス保安官」ギルが声をかけた。ヴィクターが車に乗り込む前に捕まえようと歩みを速めた。

「わたしにいやがらせをするのが仕事じゃないんだろ、マーサー?」

「たまたまだよ、保安官」ギルが答えた。

「保安官事務所の裏の駐車場の前を通ったたって、どこにも行けやしないだろうが。そんなことは知ってるはずだ」

「一週間になるぞ、保安官」

「六日だよ、マーサー。きみが会いに来たのは先週の火曜日だ」

「六日も一週間もほとんどいっしょじゃないか。書くべき話があるんだ。もう充分待った」

「我慢できなくなったからって、待ち時間が短くなることはない」

「少女を殺した犯人の手がかりをつかんだのか?」

「あんたとは長い付き合いだ。わたしがあることを言って、違うことをしたことがあるか?」

ギルは答えなかった。

「そんなことはないはずだ。わたしが火曜日と言ったら火曜日だ。書く価値のあることがわかったら真っ先に知らせるよ」

「だが保安官――」

「だがじゃない、ギル。わたしには仕事がある。そこをどくんだ」

ギルは動かなかった。

ヴィクターは深く息を吸った。冷たいまなざしでギルを見つめた。「ギル、今すぐそこをどけ、さもないとおまえに手錠を掛け、戻ってくるまでトラ箱に入れて置くぞ」

ギルは言われたとおりにした。ヴィクターは裏の駐車場から車を出し、ハイウェイに向かった。


ジム・トム・ムーディは家の裏の森にいた。ドビー――ムーディの三人の娘のうちのひとりだとわかった――がヴィクターに居場所を教えてくれた。

「いっしょに食べてく?」彼女が訊いた。

「招待があればね」とヴィクターは答えた。

「あら、父が話したがってるようだったから、親友なんだと思ったわ」

「そこまでじゃないよ、ドビー」

「カボチャの花か何かの世話をしてるわ、手伝ってあげて」

「どんな料理を作るんだい?」

ドビーは微笑《ほほえ》んだ。「そうね、あるもので作るわ。まあ、豚肉料理でしょうね。このあたりでは豚の鳴き声以外なんでも食べるのよ」

ジム・トム・ムーディは手押し車に野菜や花をいっぱい積んでいた。

「ドビーが夕食に招待してくれたよ」とヴィクターは言った。

「あいつが?」とムーディは言った。

「もしそうなら――」

「晩メシを食ってくほど長居はしないほうがいい、保安官」

ヴィクターは煙草《たばこ》を取り出し、火をつけた。

「ユージーン・ラッセルに会いに行ったそうだな」

「ああ、行った」

ムーディは収穫を中断し、木の幹にもたれかかった。

「意見の相違はさておくとしても、ほんとうなら残念なことだ」

「あんたとユージーンは意見が合わないのか?」とヴィクターは訊いた。

「おれに言わせれば、あいつはとんでもないイカレ野郎だ」とムーディは言った。「あんたに数が数えられるなら、あいつは当てにしないほうがいい。とはいえ、あいつのいとこの娘が殺され、それが間違ったことだというのもたしかじゃあるがな」

「事件について何か知ってるのか?」ヴィクターは訊いた。

「いや、だが以前にも似たようなことがあったと聞いている」

「具体的にはどういうことだ、ムーディ?」

「似たような女の子。エラ・メイくらいの年齢だ。その子は両手両足を縛られて、レイプされ、森に捨てられていた」

「いつ?　どこでだ?」

「半年ほど前だったと思う。ナンタハラで死体が見つかった。七十四号線のはずれの森のなかだ。たぶん、ここととアンドリュースの真ん中くらいだと思う」

「なぜわたしにそんな話をするんだ?」ヴィクターは訊いた。

「そうしたいからだ。特に理由はない」とムーディは答えた。

「見返りに何かほしいのか?」

ムーディは首を振った。「今は特にない」

「調べてみよう」とヴィクターは言った。

「あんたの弟のことでは何かわかったのか?」

「いいや。だがユージーンがあんたと同じようなことを言っていた。トレントンで何かが起きてるのかもしれないと」

「なら、ユージーンはおれが思ってるよりは頭がいいのかもしれんな」

「彼はあんたと何かあったのか?」

「あの男は出戻りだ」とムーディは言った。「一度ここを離れ、戻ってきたやつは決して同じようには扱われない。おれはあいつの父親を知っている。天気が悪くなくても、悪天候を運んでくるような男だった。ほかの家族はいい連中だ。だがユージーンにはどこかおれの気に入らないひねくれたところがある」

「ベスター・レイフォードと奥さんを知ってるか?」

「いや、ふたりのことは聞いたことはない」

「それで六カ月前の少女だが、名前はわかってるのか?」

「リンダ」とムーディは言った。「リンダ・ビショップ」


家の近くまで戻ると、ドビーがもう帰るのかと訊いた。

「ああ」とヴィクターは答えた。

「父が夕食には招待しないと言ったの?」

「いいや、直接には」

「時々、父がもっと愛想のいい人ならって思うことがある」とドビーは言った。「まあ、高望みはいけないわよね」

「個人的にどうこうってわけじゃないよ、ドビー」ヴィクターは言った。「おれは保安官だし、ひとりで食べるのには慣れている」

「奥さんはいないの?」

「前はいた。十年以上前に死んだ」

「新しい女性《ひと》はいないの？」

「探していたとは言えないな」

ドビーは微笑んだ。「あなたはハンサムだし、たまにはダンスにでも出かければいいのに。きっとみんな放《ほう》っておかないよ」

「そうしよう」とヴィクターは言った。「その前にいくつか片付けなきゃならないことがある。聞いてるだろ？」

「弟さんのこととか？」

「お父さんから聞いたのか？」

「殺されたとだけ」

「そうだな。それは答えのない質問だ。だからずっと問い続けなければならない」

「人生は道のようなものよ、保安官」ドビーは言った。「ときにはいやになるくらい長い。けどよい道連れはそれを短くしてくれる」

「心に留《とど》めておくよ」とヴィクターは言った。

「ちょっと待ってて」とドビーは言った。

ヴィクターが答える前に、背を向けて家のなかに入っていった。

一分ほどで戻ってきた。手にはアルミホイルの包みを持っていた。ポーチの階段を下りてきてそれをヴィクターに渡した。

「これはなんだい？」ヴィクターは訊いた。

「ブーマーを食べたことある？」

「いや、たぶんない」

「シマリスと灰色リスの交配種よ。ジャガイモといっしょに炒めるの。美味《おい》しいわよ」

「親切にありがとう、ドビー」

「どういたしまして」

ヴィクターは車に向かって歩きだし、ふと立ち止まった。振り返ると彼女を見た。

「だれにでもこんなに親切なのかい？」

「いいえ」とドビーは言った。「迷っている人や孤独な人にだけよ」

22

チェロキー郡のビル・ガーナー保安官はこの日は休みで、自宅にいるだろうとのことだった。ヴィクターは受付の女性から住所を聞き、車で向かった。

ガーナーはドアを開けると、ヴィクターを上から下までゆっくりと見てから言った。「おれを逮捕しに来たのか、それともだれか別のやつを追ってるのか?」

「別のやつのほうです」とヴィクターは言った。

ガーナーは暗いあきらめの表情を浮かべた。あまりにも長く人々の闇を掘り下げてきたため、よきにつけ、悪しきにつけ、あまり予想はしないようになっていたのだ。どちらにしろ、心がすり減るだけだった。

「今日は休みなんだ」とガーナーは言った。「クリスマス以来初めてだ。いろいろと片付けるつもりだった」

「まあ、保安官の仕事に休みはありませんから」

「どこから来た?」

「ジョージア州のユニオン郡です」

「そこについてはよく知ってる。末の娘がアイヴィ・ログ出身の男と結婚したんだ。その男のことはあまり好きじゃなかったが、治らないものには我慢するしかないからな。きみの名前は？」

「ランディス。ヴィクター・ランディスです」

「まあ、入りたまえ。悩みを聞いてやろうじゃないか」

制服を着ていないガーナーは、あまり服が似合っているとはいえなかった。服の色が彼の肌の色と合っていなかった。彼の家はヴィクターの家と似ていた。機能的で飾りけがなかった。妻を亡くしたのか、逃げられたのかのどちらかだろう。

ふたりはキッチンに向かった。コンロにコーヒーがあり、ヴィクターはそれを飲んだ。

席に着くと、ガーナーが訪問の理由を訊いた。

「リンダ・ビショップという名の少女の件です」とヴィクターは言った。「七十四号線のはずれで発見されたと聞きました」

「ああ、そうだ」とガーナーは答えた。「よく覚えている。二月のことだった」

「わたしも似たような事件を抱えていて、こちらの事件について詳しく聞きたいと思ったんです」

「十七歳。ロープで首を絞められていた。死ぬ前にしばらく縛られていたようだ。だれがやったにせよ、わざわざ穴を掘ることさえしなかった。裸のまま、森に置き去りにされていた。車でそこに運ばれてきたと考えている。森に入って二十メートルかそこらのところにごみのように捨てられていた」

「こちらも似た点があります」とヴィクターは言った。「同じように縛られ、ノッテリー湖に打ち上げられていた。ファニン郡のマッケイズビル出身だった」

「間違っていなければ、ジョージ・ミルステッドの管轄じゃなかったか？」

「そのとおりですが、遺体が見つかったのがユニオン郡なんで、わたしが捜査しています」

「ビショップという少女はロック・スプリングの出身だ」

「何かわかったんですか？」

ガーナーは首を振った。「一、二カ月間は雲をつかむようなものだった。ちゃんとした家庭で、家出をする理由もなかった。週末に友達と出かけて、帰ってこなかったらしい。月曜日に捜索願が出された。死体を発見したのは二週間後だった」

「だれが見つけたんですか？」

「散歩をしていた連中だ。キャンプか何かをしに、郡の外から来ていた」

「事務所に戻って、捜査書類を見せてもらっても構いませんか？」

「もちろんだ。保安官補にわしがいいと言っていたと伝えてくれ。リーヴ・ミルソンという男だ」

「感謝します」

「行く前にコーヒーのお代わりはどうだね？」

「いいえ、でも話し相手が必要なら、もうしばらくいますよ」

「いや、もうしばらく前に話し相手が必要だとも思わなくなったよ」とガーナーは言った。

「行って調べてみてくれ。もしあの少女に何があったかわかったら、ぜひ教えてほしい」

ファイルには写真の束があった。いくつかは現場の写真で、そのほかは検死結果だった。

足首と手首の結紮痕《けっさつこん》は、よりはっきりしていた。エラ・メイ・レイフォードのように湖に数日間浮かんでいたわけでも、膨れあがっていたわけでもなかったからだ。ブロンドのスリムな美少女で、検死の結果から、ひどく殴られているだけでなく、繰り返し性的暴行を受けていることもわかっていた。彼女もまた、バルビツール酸系催眠薬を投与されていた。

現場検証の報告書は詳細についてはあまり書かれていなかった。湖のほとりと同様、下生えには足跡も乱れた跡も残されていなかった。チェロキー郡の検死官は、彼女がそこに運ばれてきたのは二十四時間以内だと推定していた。それ以上経てば、さまざまな野生動物が彼女のにおいを嗅ぎつけて、食べに来ただろうと考えたのだ。

ヴィクターはミルソン保安官補にファイルのなかのあらゆる資料をコピーするよう頼んだ。ミルソンはガーナーに電話をして許可を得なければならないと言った。許可を得た彼はコピーを取ってヴィクターに渡した。

「同一犯の犯行だと思いますか?」書類を渡すときにミルソンが訊いた。

「可能性はある」

「複雑な気持ちですよ」とミルソンは言った。「同一犯じゃないことを願っている一方で、そうであることも願っている。犯人が手に負えないくらい特別に頭のイカれたやつだということを意味する一方で、そのクソ野郎を捕まえるための情報が増えたことを意味するわけですからね」

「そういうものだ」とヴィクターは言った。「力になってくれてありがとう。ガーナー保安官にも言ったが、何かわかったら、真っ先にこちらに知らせるよ」


ブレアズビルに戻ったときには昼過ぎになっていた。

バーバラにブーマーを食べたことがあるかと尋ねた。

「もちろんよ。動いていないものなら、なんでも食べるわ」

「それをくれた女性はジャガイモといっしょに炒めると美味《おい》しいと言っていた」

「それとタマネギとピーマンもね。美味しいわよ」

「どんなだったか教えるよ」

「で、どんな女性があなたの食事を引き受けてくれたの？」

「親切な女性さ、バーバラ。火のないところに煙を立てないでくれよ」

「火花くらいはあったかもね」

ヴィクターは笑った。「きみの旦那さんはどうやってきみに我慢してるんだい」

「行って訊いてみたら？　地下に鍵をかけて閉じこもってるけど、大声を出せば聞こえるはずよ」

23

ヴィクターのこれまでの経験では、死者はたいていは自然死で、賃貸の狭い部屋で静かに息を引き取っていた。あるいは高所から墜落したり、高速道路でトラックにはねられたり、機械に引きずり込まれて押しつぶされたりといった事故もあった。

今、彼はふたりのティーンエイジャーの遺体に遭遇していた。ひとりは彼の管轄内で、もうひとりは管轄外だったが、両者には類似点があった。これらの少女の殺害——六カ月の間隔があり、州をまたいでいた——が同一犯によるものであれば、FBIの管轄になってしまう。ヴィクターが最も避けたいのは背広組に関与させることだった。以前にも同じことがあったので、彼ら抜きで捜査をしたかった。ひとりで仕事をするのが一番なのは別にしても、糊《のり》のきいたシャツを着た、経験の浅い大卒のガキに、仕事の進め方を指図されるのは我慢がならなかった。彼はここの人々のことを知っており、人々も彼に何を期待できるかを理解するぐらいには彼のことを知っていた。彼ならひと言で言うことができた。みんな彼がどこに向かおうとしているのかわかってくれた。FBIの人間だったら同じことを言うのに文章を丸々話さなければならず、それでもだれも注意を払わないだろう。同一犯の可能性はまだ明らかにせず、エラ・メイ・レイフォード殺害事件を追いつつ、リンダ・ビショップに何が起きたのかを明らかにするのが最善の手だった。

そしてもちろん弟のこともあった。関係はなかったが、予想外であることに変わりはなかった。フランクの死後、三週間が経っていたが、トレントンから連絡が何もないということは、捜査が進展していないことを意味していた。フレデリクセンに電話をすることを心に留《とど》めておいた。


ヴィクターはバーバラの薦めどおりにブーマーを炒めた。料理は空腹を満たしてくれたが、もう一度食べようとは思わなかった。硬いというほどではなかったが、食感があまり好きではなかった。

しばらくテレビを観ていたが、関心を引くものはなかった。眼の前のことに集中しようとしたが、できなかった。何度も少女たちの遺体や検死官事務所の台の上に置かれた傷だらけの弟の遺体の映像、トレントンのフレデリクセン刑事が、エレノア・ボイドが受け取るべき金――それがなんであれ――の手配をしてくれたという事実に思いが戻っていった。問題がなくなったことはよい知らせだったが、なぜ市警がその金に関与するのだろうか？　何か説明がつくはずなのだろうが、彼にはわからなかった。

十一時頃には坐ったまま、いつの間にか眠ってしまった。三時少し前に眼を覚まし、体を引きずって二階のベッドに向かった。そのあと、浅く落ち着きのない眠りに落ちるまで一時間ほどかかった。カーテンを閉めていなかったため、太陽の光に七時前には眼を覚まされた。一睡もしていないような気分だった。

事務所に着くと、『ブレアズビル・ヘラルド』の見出しが彼を迎えた。

地元の少女、惨殺死体で発見される

マーサー・ギルがまたもや抜け駆けをし、人々を誤った方向に導いていた。彼はヴィクター・ランディス保安官がコメントを拒否したことまで報じていた。脅《おど》したとおり、彼をトラ箱に入れておけばよかった。

ギルを呼び出して怒鳴りつけてやろうと思ったが、やめておくことにした。復讐心は満たされるだろうが、それ以上にギルがこの件を将来まで恨みに思う可能性が高かった。予想していたとおり、ギルはエラ・メイ・レイフォードの何年か前の写真をどこからか掘り出してきていた。彼女を天使のような子供として描くのは、可能なかぎり多くの議論を巻き起こそうと計算してのことだった。ヴィクターはウィリアム・シャーマン（元アメリカ陸軍総司令官）のことばに賛成だった。ジャーナリストを皆殺しにすれば、翌日の朝食の頃には地獄からニュースが届くだろう。

苛立《いらだ》ちが収まると、彼はジョージア州保安官局年金事務所に電話をした。ハロルド・デイヴィスという男性が電話に出た。はなから、以前に応対したマージョリー・ウィットマーよりもはるかに協力的だった。

「まだ、手続き中です」とデイヴィスは言った。「正直に言うと、この手のことはシステム上、登録が終わるまで数週間はかかるんです。よくないとはわかってるんですが、そういうものなんです」

「じゃあ、弟の元奥さんはまだすぐには年金を受け取れないのか?」

「保安官、あなたが交渉してるのは政府機関なんです。わたしとしてはあまり期待させたくはありません」

「トレントン市警からはこの件で何か連絡はあっただろうか?」

「市警?」デイヴィスはおうむ返しにそう言った。「市警とは関係ありませんよ。これは保安官事務所の話ですから。まったく別の組織です」

「そうだよな」

「もちろん、だれかが電話をしてきた可能性はありますが、彼らが何か情報を得たとは思えません。厳密にいえば、ほんとうはあなたにも何も話してはいけないんですが、あなたの弟さんに起きたことを考えると……」

「ああ、わかっている。それにとても感謝している、ミスター・デイヴィス。知りたいことはすべて教えてもらった」

「彼の記録からは被扶養者がいることがわかっています。間違いでなければ、彼の娘さんです」

「ああ、間違いじゃないよ」

「ご家族が苦労することはないと思っています、保安官」

「それはよかった、ミスター・デイヴィス。きっとみんなもその子の母親の力になってくれるだろう」

「そうですか、わかりました、もちろん、可能なかぎり迅速にお支払いできるよう、全力を尽くします」

「時間を割いてくれてありがとう」とヴィクターは言った。

「いいえ、どういたしまして」デイヴィスは答えた。「よい一日を」

ヴィクターは悩んだ。エレノア・ボイドはすでに金を受け取っている。いくらなのかは言っていなかったが、そこは問題ではなかった。マイク・フレデリクセン自身が彼女に連絡をしてきて、解決済みだと告げ、支払いがされていた。それは年金ではなかった。ならどこから来た金なのだろうか？　そしてもっと重要なのは〝なぜなのか〟だった。その種の金の目的にはふたつしかない。だれかに話をさせるためか、だれかを黙らせておくためだ。フレデリクセンやトレントン市警が隠したがっていることを、フランクの元妻が知っているという可能性はあるだろうか？　彼女が何かを知っているのだろうか、それとも彼らが単に彼女を味方につけようとしているだけなのだろうか？　彼の知るかぎり、エレノアは率直で、自分の考えを臆することなくぶつけてくる女性のように見えた。金の問題がすぐに解決したのは、フランクに注目が集まらないようにするためなのだろうか？　故人の子供を養育する元妻が、年金の未払いについて騒ぎを起こせば、新聞は大喜びするだろう。マーサー・ギルなら国家的な大失態のように脚色することだろう。トレントンのマスコミも同じはずだ。

ヴィクターにとって、このことはトレントンで汚職が蔓延しているという噂に真実味を与えるようにしか思えなかった。エレノアに電話をし、その金がいくらで、どのように支払われたのかを直接訊いてみようと思ったが、やはり思いとどまった。この件を掘り下げるなら、彼女はできるだけ知らないほうがいい。彼女が嘘をついている可能性や、フランクが何に関与していたかよく知っていた可能性、そして彼女がだれかと結託して何かを隠しているという可能性は捨てきれなかった。利に動かされない人間は少ない。

フレデリクセンは彼自身が言っていた以上のことを知っている。ヴィクターはそう確信していた。彼はエレノアに金を払うことには躍起になる一方で、フランクを殺した犯人を突き止めることにはあまり熱心ではなかった。そこには説明のつかない矛盾があった。

それでも、ヴィクターは何事も決めつけてはいなかった。それらは細い糸であり、それ以上ではなかった。脚色はマーサー・ギルの十八番《おはこ》であり、警察の捜査には必要のないものだ。

24

暗い泥は彼女を捕らえて放そうとしなかった。泥は彼女の伸ばした指のあいだを埋め、肩の下とまわりまで伸びてきて、腕と胴体のあいだを埋め尽くした。さらには彼女の耳をふさぎ、髪を落ち着いた色合いの漠然とした形の塊《かたまり》にした。

雨はまるで階段の手すりの柱のようにまっすぐに降り注ぎ、彼女の収容作業を妨《さまた》げた。腐敗の度合いから、死後しばらく経っていることは明らかだったが、埋まっていた深さが腐敗の進行を遅らせていた。その後、身元が特定され、サラ＝ルイーズ・レイシーに昨年の十二月に何が起きたのかという疑問が、ようやく解き明かされた。

彼女が発見されたのはまったくの偶然だった。もしそんなものが存在するとしての話だが。

ジョージア州ラブン郡サトラーは、ノースカロライナ州境から五、六キロ南に位置していた。これら東にはすぐにサウスカロライナの州境があり、広大なサムター国有林が広がっていた。これら三つの州をチャトゥーガ川が横切っていた。この川はジェイムズ・ディッキーという小説家によってカフラワシー川という架空の川のモデルにされた。一九七〇年、ディッキーは『わが心の川』という小説を上梓し、ハリウッドがこれを映画化した。この映画《脱出》によって、このあたりの住民は、無知で人種差別主義者の社会病質者《ソシオパス》であるという誤解が定着してしまった。実際には事実とはほど遠かったのだが、この映画は大ヒットしたことから、だれも気にしなかった。

川自体は、ミシシッピ川以東で唯一、商業的にラフティングのできる水路だった。〝南東部の至宝〟として知られる両岸には、五百メートルにわたる保護林が回廊のように広がっていた。その回廊は米国森林局《USFS》によって管理され、長年に渡る土壌侵食と大規模な伐採のあと、森林を復元する取組みの一環として、エキナタマツやヤニマツ、テーブル・マウンテン・パインの目録作りが行なわれていた。

サラ＝ルイーズを見つけたのは、ミッチェル・ラザフォードという名前の米国森林局の職員だった。彼はゲインズビルの出身だったが、サムター・プロジェクトが始まってから三カ月間の大部分をクレイトンに滞在して過ごしていた。

ラザフォードが土のなかから少女の手が現れたのに気づかなかったら、永遠に発見されないままだっただろう。一面のシダが根っこごと持ち上げられているとき、ラザフォードが掘削機のオペレーターにすぐに機械を止めるように言ったのだった。

初めラザフォードは、それを掘削機によって樹皮が剝《は》がされた、白い木材の露出した枝だと思った。だが枝にしてはあまりにも長さが均一だった。そのときのラザフォードの心のなかでは、得体の知れないものの正体を知りたいと思う気持ちと、見まがいようがないものをたしかめることに抵抗しようとする気持ちが闘っていた。彼が作業を止めたのは、何かがおかしいと直感的にわかったからだった。

よく見ると、疑問の余地はなかった。それは人の手だった。きゃしゃで白かった。ラザフォードはいっとき過呼吸になったが、ショックから立ち直ると無線で上司に連絡した。上司はラブン郡保安官事務所に電話をした。九月十一日金曜日の正午少し前、カール・パーソンズ保安官とジェリー・マーヴィン保安官補は、クレイトンからサトラーまでの二十五キロの道のりを車を走らせた。

出発前から降りだしていた雨は、到着する頃には大雨になっていた。

まともな犯罪現場分析は不可能だった。パーソンズは検死官を現地に向かわせ、少女を掘り出す決断をした。どんな証拠が集められるにせよ、死体自体から得るしかなかった。周囲は掘削の作業ですでにかなり乱されていた。

ラブン郡の検死官、ランドール・ワーナーがクレイトンから現場に到着するまでさらに一時間かかった。

彼が到着するまでに、パーソンズ、マーヴィン、ラザフォード、そして森林局のスタッフがサラ＝ルイーズを泥のなかから掘り起こした。彼女は倒れたシダのベッドの上に黒ずんだ裸のまま横たわっていた。マーヴィン保安官補が彼女を覆うために毛布を持ってきたが、パーソンズは検死官が現場での予備的な検査を行なうまではこれ以上何もするべきではないと言った。到着してもワーナーにできることはほとんどなかったのだが。

「彼女を検死官事務所に運びます」ワーナーはパーソンズに言った。「くそっ、このひどい雨じゃ、写真も撮れやしない」

マーヴィンとラザフォードが彼女を担架で道路まで運ぶのを手伝い、ワーナーが車に乗せたあと、保安官と話をするために戻ってきた。

「彼女を発見した男から何か聞いていますか？」

「彼らはここで掘削作業をしていた」パーソンズは言った。「何週間か前からここにいた。彼女の手を見て機械を止め、すぐに上司に連絡したと言っていた。上司がわたしに連絡してきて、あとは知ってのとおりだ」

ワーナーは困った顔をしていた。彼は検死官になったばかりで、まだ一年も経っていなかった。

「初めての殺人か？」パーソンズが訊いた。

「検死官としては、そうです。検死官補時代に二件ほど経験があります」

「ここラブンで？」

ワーナーは首を振った。「ドーソンで。ここに赴任する前に、しばらくそこにいました」

「逃げることはできない」とパーソンズは言った。「それがわれわれの仕事だ、違うか？」

「彼女は十六歳か、十七歳というところでしょうか。こんなふうにここに放置されるなんて、人が人にすることはなんともひどいもんだ」

「あんたがどんなことを頭に描こうが、人はさらにひどいことを頭に描くもんだ」

「戻ります」とワーナーは言った。「いっしょに来ますか？」

「ああ」とパーソンズは言った。「できるだけ早く、彼女の身元を特定する必要がある。間違いなくどこかのだれかが悲しい思いをすることになる」

ワーナーは車に乗り込んだ。

パーソンズはマーヴィン保安官補に話をするために戻り、できるかぎり現場保存用のテープで封鎖しておくよう命じた。

「なんのためかは自分にもわからんがな」とパーソンズは言った。「彼女の状態から見て、かなり以前からここにいたようだ。わたしたちが見つけるはずだったものはとっくに埋められているか、流されてしまっているだろう」

「それでも、周辺を注意深く見てみます」とマーヴィンは言った。「何があるかわかりませんからね」

「だといいな」パーソンズは暗い面持ちでそう答えると、自分の車のほうに向かった。

25

ランドール・ワーナーがラブン郡の検死官事務所でサラ＝ルイーズ・レイシーの遺体を開いている頃、ヴィクターはエラ・メイ・レイフォードとリンダ・ビショップの事件のあいだの類似点について、できるかぎり詳細な報告書を作成していた。彼がラブン郡で発見されたサラ＝ルイーズのこと——彼女が縛られ、レイプされ、残忍に殴られていたこと、血液中から鎮静剤が検出されたこと、そして九カ月あまり行方不明だったこと——を知るのはもう少し先のことであった。

ヴィクターの報告書の宛先はアトランタのジョージア州捜査局だったが、すぐに送るつもりはなかった。要は、これはこの件が明るみに出たときに、批判を和《やわ》らげるための方便だった。報告書は間違いなく書いてあったが、提出するのを失念していたと言うつもりだった。故意に情報を隠蔽《いんぺい》していたと非難されるよりは、過失を非難されるほうがまだましだ。最終的な防御ラインとして、少女たちの死の状況は似ているものの、誘拐、縛られ方、鎮静剤の有無という観点だけであり、犯人が同一である決定的な証拠はないと言い張ることができた。

報告書を書き終わる頃には、ヴィクターの心は疲れのあまり千々に乱れていた。

不思議に思った。人は、何か超自然的な感覚によって、自分がいつ最後の旅に出るかわかるのだろうかと。エラ・メイは自分が十七歳の誕生日を迎えることがないと知っていたのだろうか？　リンダ・ビショップは、新年を迎えることはないと知っていたのだろうか？　フランクは八月十四日金曜日の夜、テネシー州境に差しかかる州間高速道路二十四号線で、虫の知らせを感じていたのだろうか？

ヴィクターには、そもそもなぜフランクがその場所にいたのかがなによりの疑問であるように思えた。その疑問に答えることでおそらくいくつかの糸口が見えてきて、その結果、容疑者と動機もわかるはずだ。弟はどこへ行こうとしていたのだろうか？　だれかと会うつもりだったのだろうか？　もしそれが公務なのだったら、制服を着ていたはずだし、保安官事務所の車で行っていたはずだった。ヴィクターは決して憶測で動くタイプではなかったが、それでもフランクが個人的な問題に対処していたに違いないと感じていた。新鮮な空気と景色を愉《たの》しむためにドライブしたのではないはずだ。

ヴィクターはバーバラがいなくなるのを待ってから、事務所に鍵を掛けた。家に帰り、制服を着替えた。今日はタマネギとピーマンといっしょに炒める、ドビー・ムーディからもらっためずらしい肉もなかったので、〈オールド・タヴァーン〉に行くことにした。

ウィルバー・コブは美味《うま》いチキンフライドステーキ（衣をつけて揚げた薄切り牛肉の料理）を作ってくれる。それを二杯のビールとともに食べることを考えると、ヴィクターはいくらか気持ちが楽になった。

起きたことすべてについて静かに考える時間がほしかった。

　車で向かう途中、心は暗い考えへと向かっていった。彼はいつも自分の身の丈に合った行動をし、できるかぎりプロフェッショナルで誠実な方法で職務に取り組んできた。法執行官は、決して天職ではなかった。そのことはわかっていたし、それを認めることを恐れていなかったが、今や仕事が私生活に入り込み、住み込んでしまっていた。フランクの娘に惹かれ、彼女が幸せになれるように注意を払わなければならないという義務感を抱くようになっていた。エレノアが言ったように、子供というものはある意味タフで、柔軟で状況に応じて適応し、ふたたびバランスを取り戻すことができる。だが、それが積もり積もった結果、ひとたび大人になると、ショックやトラウマに伴う感情はより強く、深い傷となって残るものなのだ。

　ヴィクターは自分の両親が人知れず傷ついていたことを知っていた。ふたりとも家庭を築き上げる能力がなかった。それどころか、結婚生活を維持するだけで精いっぱいだった。今になって考えると、ヴィクターは弟のことをあまりにも厳しい眼で見すぎていたのかもしれない。だが長年そうしてきたため、それを改めることはほとんど不可能だった。人はたとえ間違っているときでも、自分は正しいと信じていなければならない。間違いを認めることは、ふたりの関係の破綻《はたん》に自分自身もひと役買っていることを認めることだった。罪悪感は重いコートを着るようなものだ。それがたとえ自分が仕立てたものであっても。

　彼とフランクはふたりとも、その程度に差はあれど、それぞれの育ってきた環境によって作られていた。かつては仲がよかったことが、ふたりの亀裂をより深いものにしていた。母親の現実からの逃避、父親の虐待と暴力のなかで、ふたりは力を合わせた。彼らには共通の敵がいた。そしてその敵がいなくなったとき、ふたりは何かほかに戦うべきものを見つけなければならなかった。そうしてふたりはたがいを敵とみなした。それは複雑なことではなかった。人間の本性だった。それぞれが、相手こそが起きたことすべての責めを負うべきだと信じ込むという罠に陥《おちい》り、そこから逃れることができないのだ。

だがフランクが死んだ今、こういったことは別の見方で捉えることができるようになった。それはフランクがいないからこそであった。もしフランクが生きていたら、どちらからも和解を申し出ることはなかっただろう。和解らしき何かを自分から持ち出すことは、負けを認めるに等しかっただろう。ふたりが似ていなかったとしても、頑固さだけは共通していた。

〈オールド・タヴァーン〉に着くと、料理を注文し、飲み物をブースに運んだ。金曜の夜で店は混雑していた。喧騒、笑い声。ジュークボックスからの音楽さえ、それでも人生は続いていくのだということを思い出させた。そう、今、彼にはふたりの死んだ少女がいて、死んだ弟がいて、自分のことを不可解なほど気に入ってくれている姪《めい》がいた。だが、ここではいつもと変わらぬ人々がいつもと変わらぬこと——ビリヤードをしたり、下品なジョークを飛ばしたり、ウェイトレスを口説いたり——をしていた。

人生は一本のロープほどの長さしかない。いつかは尽きる。そのときになって振り返り、ほかにどんな糸が織り込まれていたのかをたしかめても遅いのだ。

ヴィクターはステーキを食べ、ビールとウィスキーを飲み、やがて帰ろうと席を立った。ちょうどそのとき、デリー・バックが現れた。

「あの車は引き取った」と彼は言った。「けどその件で来たんじゃない」

ヴィクターは坐った。バックは向かいの席に坐った。

「新聞で読んだ」とバックは言った。「レイフォードの娘のことだ。おれとそこの何人かでそのことについて議論していて、犯人がこのあたりの人間かどうか知りたかったんだ」

「なぜ知りたい、デリー?」ヴィクターは訊いた。「酒を飲んでだれかをリンチしに行くつもりか?」

「何か知ってるんだろ、保安官。賢いくせにばかなことを言うなよ」

「専門家としての意見か?」

バックは笑った。「おれはずっとあんたのことが好きだった。今でもだ。あんたに投票したし、これからもまたそうするだろう。たまにおれたちに厳しいことも言うけど、公正な男だ。あえて名前は言わないが、ほかのだれかさんみたいに、偉ぶって見下すようなこともしない」

「わたしはほかの人と何も変わらないよ、デリー」とヴィクターは言った。「ほかのみんなと同じように帰る家がある」

ヴィクターは行こうとしたが、バックが手を伸ばしてヴィクターの腕をつかんだ。

「待ってくれよ」とバックは言った。「怒らないでくれ。礼儀正しくしてんじゃないか。いくつか質問したかっただけなんだから」

「あの少女のことを知ってたのか、デリー?」

「いや、知らない」

「家族のことは?」

「もちろん、知ってる。ダンのいとこが少し前にベスター・レイフォードから車を買ったんだ」

「いいか、あんたが『ブレアズビル・ヘラルド』で読んだものは公式発表じゃないし、マーサー・ギルが書いているように、わたしからの声明もない。今も捜査中で、捜査中である以上、言えることは何もない。この件でだれかを捕まえたら、手錠を掛ける前に街じゅうのニュースになるだろう。今現在、容疑者はいないし、だれも尋問を受けていない。だからビリヤード台に戻って酒でも飲んで、ブレアズビルの自警団が自分たちの手で正義を果たすなんて考えは忘れてくれ」

バックは椅子の背にもたれかかり、うなずいた。「子供たちはここのようなコミュニティにとっては活力源だ」と彼は言った。「その子のことを知ってるか、知らないかに関係なく、みんな個人的なものとして考える。子供殺しには何かある――」

「そのへんにしておけ、デリー」とヴィクターはさえぎった。

バックは立ち上がった。彼はヴィクターを見下ろすと言った。「態度をはっきりするんだ、保安官。言いたいのはそれだけだ。みんなは、あんたが手をこまねいていると思うと動揺してしまう」

「メッセージはしっかりと受け取ったよ」とヴィクターは言った。

バックはもうしばらく立っていたが、背を向けて去っていった。

ヴィクターはデリー・バックを追いかけていって、殴り倒したいという気持ちと必死で闘った。

26

その後の六日間で、ヴィクターはトレントンのマイク・フレデリクセンに三回電話をした。一度も折り返しの電話はなかった。

十七日の午後、車で出向いて、直接、対決しようとしたが、デイド郡の保安官補、ポール・エイブラムスからの電話により足止めを食ってしまった。

サラ＝ルイーズ・レイシーの遺体が発見されたことをヴィクターに伝えたのはエイブラムスだった。

「たまたま知ったんです」エイブラムスはヴィクターにそう言った。「ラブン郡の保安官補ジェリー・マーヴィンが弟の飲み友達なんです。個人的に知ってるわけじゃないけど、一、二度会ったことがあります。そっちでも死体が見つかってるんですよね」

ヴィクターは驚かなかった。この州ではだれもがだれかのことを知っているようだ。保安官事務所や市警の職員となると特にそうだった。

「あそこの保安官はカール・パーソンズだったな？」

「ええ、そうです」

「電話してみよう」とヴィクターは言った。「教えてくれてありがとう」

電話の向こう側で間《ま》があった。ヴィクターはエイブラムスがフランクのことについて訊きたいのだと悟った。エイブラムスに気まずい思いをさせないよう、先にヴィクターのほうから訊いた。

「フランクがあの晩、何をしていたのかについてはその後、何も聞いていないのか?」

「まったく聞いてません」とエイブラムスは答えた。「トレントン市警のフレデリクセン刑事には何度か電話をしたんですが、まだ返事はありません。正直言って、どう考えていいかわからないんです」

フレデリクセンに避けられているのはヴィクターだけではなかったようだ。

「仕事のほうはどうだ?」

「変わりはありません」とエイブラムスは言った。「おれの見たところ、保安官と保安官補の仕事については書類仕事を除けばたいして違いはありません。まあ、ここには死んだ少女はいませんがね。このままそうであることを願っています」

「わたしのほうでも注意しておくので、何か情報があったら知らせよう」

「ありがとうございます、保安官。ラブン郡の事件がユニオン郡の事件とは関係ないことを願っています」

「わたしもだ。じゃ、気をつけてな」

ヴィクターはラブン郡に電話をし、さんざんたらいまわしにされたあげく、ようやくパーソンズにたどり着いた。

「カール、こちらはユニオン郡のヴィクター・ランディスだ。そちらで少女の死体が発見されたと聞いた」

「そのとおりだ」とパーソンズは言った。「名前はサラ＝ルイーズ・レイシー。十六歳。川沿いのサムターの森で発見された」

「最近のことなのか?」

「いや、昨年の十二月に家族から捜索願が出されていた。もっとも検死官の話では死後、三週間か四週間しか経っていないそうだ。なぜ訊く?」

「詳細を見てみたい。先月末にこちらで見つかった少女と関係があるかもしれない。同じくらいの年齢で、ノッテリー湖に捨てられていた」

「なら来てくれ」とパーソンズは言った。「差し支えなければ、明日の午前中なら助かる」

「いいだろう、カール。じゃあそのとき」


ヴィクターは、チェロキー郡のリーヴ・ミルソン保安官補がリンダ・ビショップのファイルをコピーしてくれたときに言っていたことを思い出した。殺人が増えれば、心を痛める人もまた増えるが、パターンを特定するチャンスも増える。証拠となる関連性が見つかれば、そのときはFBIに報告せざるをえなくなるだろう。そう考えただけで胃が痛くなった。

ヴィクターはエラ・メイ・レイフォードとリンダ・ビショップの写真と報告書をすべて集め

た。それを封筒に分け、出発するときに助手席に置いた。自宅から直接向かうつもりだった。悪いニュースはできるだけ早く聞くのが一番だ。先延ばしにしても事態は悪くなるばかりだ。もしこれらの少女たちが同じ人物に誘拐され、殺されたのだとしたら、彼は新たな厄介事に直面することになる。もちろん、ほかのふたつは放《ほう》っておくことはできる。エラ・メイの事件だけを追い、リンダ・ビショップは無視し、ノースカロライナには近づかないでいることもできた。だが彼自身の捜査もまったく進展していなかった。マーサー・ギルの煽情的な記事をもってしても、だれも情報を提供してこなかった。ヴィクターは、引退した法執行官を知っており、そのうちの何人かといっしょに過ごしたこともあった。そのなかで、何年経っても、今も彼らにつきまとう事件や挫折した捜査、犠牲者のことを語らない者はいなかった。

もし彼が残りの人生をひとりで過ごす運命にあるなら、ほんとうにひとりでありたかった。十代の死んだ少女たちは、そのような衰えつつある黄昏《たそがれ》の日々に、いっしょにいたいと願うような相手ではなかった。

27

カール・パーソンズ保安官は、葉巻の青くかすむ煙越しにヴィクターを見た。

「なんて言ったかな？　〝飢えたサルは胡椒《こしょう》でも食べる〟だったか？」

「わたしが自分で面倒を招いてると？」

パーソンズは皮肉っぽく微笑《ほほえ》んだ。「おれが言ってるのは、おれだったら関係のない事柄をわざわざ結びつけたりはしないということだ」

「三人の少女」とヴィクターは言った。「ふたりは十六歳、ひとりは十七歳。明らかに誘拐され、その後縛られ、クスリ漬けにされて捨てられた。ファニン郡マッケイズビル出身のエラ・メイ・レイフォード。知ってのとおり、ファニン郡はジョージ・ミルステッドの管轄だ。彼女はユニオン郡で捨てられていたのでわたしが捜査している。リンダ・ビショップはウォーカー郡のロック・スプリング出身だ。チェロキー郡のマーフィー近く、ビル・ガーナー保安官の管轄で発見された。そしてきみの事件だ。マウンテン・シティ出身の少女。同じ手口だが、彼女は少なくとも同じ郡内に捨てられた。あとのふたりはレイプされ殴られている。エラ・メイ・レイフォードについては同じことをするつもりだったが、その前に死んでしまった可能性も排除できない」

「おれたちが何を得ているかはわかった、ヴィクター」とパーソンズは言った。「何を得ていないのかも。そして今、あんたは頼りにならないFBIに話を持っていこうとしてるのか?」

「FBIに行くつもりはないんだ、カール。そうせざるをえなくならないかぎりは。それにきみの言うとおり、彼女たちが同一人物に殺害されたということを裏付ける決定的な証拠はない。だが、われわれで協力して、これがどう進展するのか見極めるのに充分な状況証拠はある」

「間違っていたら言ってくれ、あんたはユニオン郡、ファニン郡、ウォーカー郡、チェロキー郡の保安官も集めて、ある種の捜査本部のようなものを作ろうと言ってるんだな」

「派手にするつもりはないよ、カール。多少は注意をするべき状況だから、協力し合ったほうがいいんじゃないかと言ってるんだ。どう思う?」

「誤解しないでくれ、ヴィクター、その考えには反対じゃない。もうほかの連中には話したのか?」

「きみが最初だ」

「じゃあ、手配してくれ。どこで会うつもりだ?」

「ウォーカー郡はかなり西のほうだ。あそこが一番離れている――」

「あそこの保安官はだれだ」パーソンズがさえぎった。

「ウィラード・モンゴメリーだ。知ってるか?」

「いや、知らない」

「リンダ・ビショップは彼の管轄の出身だ」

「たいていの場合おれは、人は他人の面倒ごとに首を突っ込むべきじゃないと言う」とパーソンズは言った。「あくまでも、たいていの場合だ。今回はどうかな?」

「この件は、これまでわたしが見てきたものとは違う」

「よし、わかった、それならおれも数に入れてくれてかまわない。時間と場所を教えてくれ」

「ありがとう、カール」

面談が終わり、ヴィクターは事務所に戻った。彼はバーバラに指示して、関係するすべての保安官に連絡を取り、そのような会合をどうやって行なうか確認させた。

「鉄は熱いうちに打てと言うからな」と彼は言った。「時間が経てば経つほど、できることは少なくなる」

「それが物事の道理ってもんだね」バーバラは答えた。

自分のオフィスに戻ったヴィクターは、ジョージア州とノースカロライナ州をカバーする地図に三つの遺体の発見現場を書き込み、線で結んだ。その三角形の中心はタウンズ郡ハイアシーだった。タウンズ郡はこの事件とは関係ないので会合の場所として適切とは思えなかった。理想としてはここブレアズビルで会うのが一番だ。自分のテリトリーのほうが居心地がよいとわかっていた。バーバラを呼んで、彼女が連絡した人々にこのアイデアを相談するように言った。

「ねえ、いい考えがあるわ」と彼女は言った。「世界的に有名なウェドロック家のバーベキュ

ようだった。

「バーバラ……」ヴィクターは言いかけてやめた。中立の場所なら注目されることもない。マーサー・ギルのような人物に気づかれるわけにはいかなかった。その日の見出しが眼に浮かぶようだった。

複数の郡からなる捜査本部によりティーンエイジャー惨殺事件に対応

「バーバラ、思ったほどクレイジーじゃないぞ。保安官補もいっしょに来るだろうから、十人ぐらい入《はい》れるか？」

「何言ってんのよ、保安官、うちの家族の集まりだけでも二十人は超えるのよ」

「食料やらなんやらの費用は保安官事務所が負担する」とヴィクターは言った。

「そうしてくれるなら、助かるわ」と彼女は言った。

「問題ない。彼らの意見を聞いてくれ」

バーバラは生まれながらの仕切り屋であり、天性のまとめ役だった。それぞれの保安官が義務感を覚えることのないよう、ヒッコリーでスモークしたプルドポークと自家製のコールスローを売り込んだ。

すぐに彼女の笑い声が聞こえてきた。

「わたしのママがよく言ってたわ」彼女がだれかに話していた。「料理については女にまかせーを愉《たの》しむためにみんなをわが家に呼ぶといいわ」

なさい。女は男がシャベルで持ち帰ることのできる以上のものをスプーンで捨てることができるのよ」

ヴィクターは彼女に任せることにした。いつしかフランクのこと、とりわけジム・トム・ムーディとユージーン・ラッセルが話していたトレントンでの不正に関するコメントについて思いを馳せていた。

28

土曜日の午後遅く、ヴィクターは三件の殺人に関するあらゆる資料をもう一度検討した。各事件に共通する内容を一ページにまとめた。あらためて見ると、それらはすべて状況証拠だった。ほんとうに確固たる証拠はひとつもなかった。だがそれで満足するしかなかった。

電話が鳴った。バーバラが家からかけてきた。

「明日よ」と彼女が言った。

「明日？」

「明日、みんなここに集まるわ」

「明日？」

「ほんとうにそこにいるの、やまびこでも聞いてるのかしら」

「驚いたな」とヴィクターは言った。

「みんなが来ることに？　それともわたしの説得のスキルに？」

「両方だと思う」

「まあ、驚くのはさておいて、あなたも準備してちょうだい」とバーバラは言った。「みんな午後五時頃に来るわ」

「何か手伝おうか？」

「いいえ、大丈夫よ。夫を地下室から出して、彼にも手伝ってもらうわ」

バーバラの甲高《かんだか》い笑い声を電話の向こう側に聞きながら、ヴィクターは電話を切った。


なぜだかわからなかったが、椅子の背にもたれかかり、エレノアと姪《めい》のことを考えていた。最後にエレノアと話したのは、二週間前、ジェンナの誕生日パーティーのときだった。フランクのことをあまりにも直截《ちょくせつ》に尋ねたことで、彼女の気分を損ねてしまったのではないかと思った。弟に対して自分の抱える恨みがなんであれ、それでもあの女性が四年以上も弟と結婚していたという事実は変わらなかった。ふたりで子供を育て、離婚したあとも、その協力関係はずっと続いていた。

ヴィクターは彼女の電話番号を調べ、電話をかけた。もう切ろうとしたときにつながった。

「もしもし、エレノア？」と彼は訊いた。

「そうよ、ハイ、ヴィクター」

ヴィクターは顔をしかめた。「どうしてわたしだとわかった？」

「まあ、あなたの弟とよく似た声だから」と彼女は言った。「だからあなただと思った。それかフランクが天国から電話をしてきたのかもって」

「どうしてるかと思って」とヴィクターは言った。「それにジェンナのことを訊きたくて」

「ちょっと待って」とエレノアは言った。

電話から離れ、娘に声をかけていた。

「エレノア」とヴィクターは言った。突然、不安の波に襲われた。「エレノア、違うんだ……彼女を呼んできてもらうつもりはないんだ」

「ジェンナ！」エレノアが叫んだ。「電話よ！　ヴィクターおじさんから！」

ヴィクターは眼を閉じて深呼吸をした。

「ハイ、ヴィクターおじさん」とジェンナは言った。

「ハイ、ジェンナ」

一瞬、ぎこちない沈黙が流れた。

「あ、えーと、そのどうしてるかなと思って」とヴィクターは言った。「元気だったかな？何か必要なものがあればと思って」

「どんな？」

「ああ、いや、わからない。またサルのぬいぐるみとか？」

ジェンナは笑った。「サルはもう大丈夫よ」と彼女は言った。「今のところは」

「オーケイ、それはよかった」ヴィクターは何か——なんでもよかった——言うことを探した。

「そう、学校はどうなんだい？」

「たぶん、大丈夫よ。そのうちもっとよくわかると思う」

「ああ、そうか。なるほど夏休みだったんだね」

「うん」

「えーと、休みはどうだったんだい？」とヴィクターは訊いた。言ってすぐに後悔した。

「まあまあ。普通かな。でもパパが死んじゃったから」

ヴィクターは眼を閉じた。大地にまるごと呑み込まれて、二度と吐き出されなければいいと思った。

「パパに何があったのかまだわからないんでしょ、ヴィクターおじさん？」

「ごめん、まだなんだ」

「見つけることできると思う？」

「わかるまではあきらめないよ、約束する」

「ママがおじさんとパパはたくさん喧嘩をしたって言ってた。ほんとうなの？」

ヴィクターは驚いた。「いや、たくさん喧嘩はしなかったよ。一度だけ大喧嘩をして、それから長いあいだ会わなかったんだ」

「何について喧嘩したの？」とジェンナは訊いた。

「家族のこととかかな。兄弟が喧嘩するようなことだよ」

「覚えてないの、それとも言いたくないの？」

「特に何かっていうのはわからないんだ」とヴィクターは言った。真実とはほど遠いとわかっていた。「小さなことがたくさんあって、それが積もり積もったんだと思う」

「仲直りできなかったことを後悔してる？」

ヴィクターは一瞬、ことばに詰まった。少女はパンチを緩《ゆる》めてはくれなかった。

「後悔しても意味はないし、自慢できることでもない」とヴィクターは言った。「なおせないことをあれこれ考えてもしょうがない」

「そうかもね」とジェンナは言った。

「いずれにしろ、きみのお父さんに起きたことはほんとうに残念だ。それを正すために全力を尽くしている」

「ママも悲しんでる」

「そうだろうね」

「ママがヴィクターおじさんにも奥さんがいたって言ってた」

「ああ、そうだよ。何年か前にね」

「奥さんはどうしたの？」

「死んじゃったんだ、ジェンナ。病気で」

「ああ、そうなんだ」

「名前はメアリーという。きみのメアリー伯母さんになるはずだった」

「おばさんがいるとは知らなかった」とジェンナは言った。「けど、おじさんがいるとも思っていなかった」

「ああ、わたしも姪がいるなんて思ってもいなかった。特に十一歳になる姪がいるとはね」

「十一歳なんてまだまだだよ。わたし十三歳になりたいの」

「どうして？」とヴィクターは尋ねた。

「ティーンエイジャーになるから」

「ああ、そうだね。ティーンエイジャーだ」

「わたしの十三歳の誕生日にも来てね」と彼女は言った。「でもそんなに待たなくてもまた来てちょうだい」

「わかった」

「ママに言って、夕ご飯を作ってもらう。何がいい？」

ヴィクターは微笑《ほほえ》んだ。バーバラが言っていたことを思い出した。「ああ、動いていないものならなんでも食べるよ」

ジェンナは笑った。「わかった、ちゃんと動かないようにするわ」

「もう切らないと、気をつけてね」

「ヴィクターおじさんもね。またすぐ会おうね」

そう言うと、彼女は電話を切った。

ヴィクターはいっとき、その場に坐ったままでいた。電話の切れた音が耳のなかで響いて離れなかった。

29

ヴィクターとバーバラ・ウェドロックは、ヴィクターが保安官になる前からの長い付き合いだったが、彼は一度も彼女の家を訪れたことはなかった。

日曜日の午後四時過ぎ、バーバラの夫のエメットに出迎えられた。エメットは文字の書かれたエプロンをしていた。〝ここで食べた者は多いが、死んだ者は少ない〟

「ようこそ、保安官」とエメットが言った。ふたりは握手を交わした。

彼の顔に見覚えはあったが、何人か並んでいるなかからバーバラの夫として選ぶことはできなかっただろう。

バーベキューの香りが家じゅうを満たしていた。

「たくさんの人が来るそうだね」とエメットは言った。「ひどい事件だと聞いた」

「ほんとうに」とヴィクターは言った。バーバラがどこまで詳しく夫に話したのか気になった。

「バーバラは裏庭にいる。ついてきてくれ」

ヴィクターは廊下を通ってキッチンに入った。そこから洗濯機や乾燥機のあるユーティリティルームを通り、ドアから出て広い庭に出た。右手のほうに両側にベンチのついたテーブルがふたつあり、そこにバーバラが坐っていた。

ヴィクターが近づくと立ち上がった。

「ヴィクター」と彼女は言った。「わが家へようこそ」

「ありがとう、バーバラ」微笑《ほほえ》んだ。「ようやくきみの家に来られたよ」

「今回だけにしないでよ、ね？」

エメットはしばらくあたりにいて、ヴィクターに何か飲むか尋ねた。

「ビールがいいな、エメット」

「何かお気に入りはあるかい、保安官？」

「いいや、なんでもいい。ヴィクターと呼んでくれ」

エメットはビールを取りに行った。

バーバラはふたたび席に着くと、ヴィクターにも坐るように示した。ビールが運ばれると、エメットはキッチンに戻った。

「結婚してどれくらいになる、バーバラ？」ヴィクターは訊いた。

「生きているのとほとんど同じくらいよ」と彼女は言った。

「子供は？」

「いいえ、子供はいないわ」と彼女は言った。「作ろうとはした。何度もね。けどそうはならなかった」

「すまなかった」

「親になることには向いていないという神の思し召しかもしれない」

バーバラは煙草《たばこ》を勧めた。彼は受け取った。

「で、今日は何を成し遂げたいの?」と彼女は訊いた。

「この件にどう対処するのがベストなのか、決断を下せれば充分だ。最も重要な疑問は、これらの三人の少女が、全員同じ犯人の犠牲者なのかということだ」

「あなたの机の上にあるものを見た」バーバラは言った。「そうじゃないにしては、あまりにも共通点が多すぎるように思えた」

「それでも状況証拠でしかない。状況証拠だけでは、世間にも、マスコミにも、裁判所にも訴えられない」

「まあ、ほかの人たちが来たら、彼らがなんと言うか聞いてみましょう」

「ああ、そうだな」

「ところで弟さんとの関係はどうだったの?」

意外な方向からの質問にヴィクターは面食らった。

「関係?」

「お願いよ、ヴィクター。ここは小さな街よ。みんな顔見知りなのよ。みんなが質問し始めるのにそう時間はかからない。あなたはずっとここにいたのに、弟さんは一度も訪ねてこなかった。簡単に説明のつかないことは、まだ肉のついた骨みたいなものよ。みんなきれいになるまでしゃぶり尽くす」

「弟とわたしは喧嘩別れした」

「そして空は青く、芝生は緑」

ヴィクターはバーバラを見た。「何が知りたいんだ?」

「あなたが喜んで話してくれることだけ」と彼女は答えた。

「くそっ。長いこと逃げまわっていると、自分がどこから来て、どこへ行くのかわからなくなってしまうことがある。フランクとのこともそうだ。それぞれに話を聞けば、違う話になるし、次の日に訊けば、また違う話が返ってくる」

「家族の関係は、たいていの場合、つらいものよ。でも過去は将来に影響を与える」

「どういう意味だい?」

「ほんとうはどういう意味かわかってるんでしょ」とバーバラは言った。「部屋の隅に何かを隠せば、いつもそこにあるとわかる。それから逃げると、実際にはそうでないときも、いつもそれに追いかけられているように思えるのよ」

「あいつは死んだんだ、バーバラ。トレントン市警が捜査している」

「トレントンは何もしていない。そしてあなたはそのことを知っている」

「じゃあ、どうしろと言うんだ? 家をまわって、聞き込みでもしろと? ノッテリー湖で少女の死体が見つかって、同じやつがほかにもふたり殺しているかもしれないんだぞ」

「ええ、それはあなたの仕事よ。でもわたしは仕事の話をしてるんじゃないの。あなたの家族の話をしているのよ」

「フランクは長いあいだ、家族じゃなかった」

「なんなのよ、あなたの言うことを聞いてると、神様が与えてくれた脳みそがリス以下なんじゃないかと思う。それか、自分がやったことにしろ、やらなかったことにしろ、正当化するのに忙しすぎて、物事をまっすぐ見ることができなくなっているかのどちらかね。教えてあげる。自分自身のヘビは自分で殺すのよ。さもないと戻ってきて、もっと強く嚙んでくる」

「フランクの話をするためにここに来たんじゃないんだ、バーバラ」

「あなたは彼のことは話してない。話してるのはわたしよ」

「じゃあ、ほかの話をしてくれないか?」

「答えてくれたら、解放してあげる。何か間違いを犯したの? そうなの? あなたがひどい過《あやま》ちをしたの、それとも彼のほうがしたの?」

「両方だ。たぶんわたしだ。あいつよりもわたしのほうだ。くそっ、わからない」

バーバラは彼を見つめた。「だれもが間違いを犯す」と彼女は言った。「でも、どうして人は他人のことは簡単に赦《ゆる》せるのに、自分自身を赦すことはできないのかしら」

「答えがほしいなら、訊く相手を間違っている。わたしは考えようとしたこともない」

バーバラは微笑んだ。が、どこかしら険があった。「あなたはときどきそんなふうになる」彼女は家のほうを顎《あご》で示した。「うちの人も同じよ。ラバみたいに頑固になる」

ヴィクターは思わず言いわけをしそうになったが思いとどまった。バーバラと言い争うつもりはなかった。彼女とは毎日いっしょに働かなければならないのだ。それに自分で言ったように、フランクのことを話すためにここに来たのではなかった。ビールを取ると、ひと口飲んだ。

「今日のことはありがとう、バーバラ」と彼は言った。「もてなし役を買ってくれて助かるよ。いくらかかったか教えてくれ、いいね?」

「もちろんよ」と彼女は言った。「頑固者に頭を悩まさせられたから、二倍にして請求するつもりよ」

30

五人の保安官と、四人の保安官補が輪になって庭のベンチに坐り、エメット・ウェドロックのヒッコリーでスモークされたプルドポークに舌つづみを打った。いっしょにポテトサラダや野菜、ケイジャンライスと豆料理も出た。

ウォーカー郡ラファイエットのウィラード・モンゴメリーだけがヴィクターが面識のない保安官だった。彼はヴィクターと同い年かそこらで、手足が長く、風雨にさらされた風貌をしていた。彼はこの集まりのことを自分たちのアパラチン会議だと軽口を叩いた。リーヴ・ミルソンは意味がわからないようだった。

「ニューヨーク州北部の街だ」とモンゴメリーが説明した。「一九五七年十一月。ヴィト・ジェノヴェーゼのことは知ってるよな?」

「ええ」とミルソンは言った。「マフィアのボスですよね」

「ああ、そいつだ。彼が百人かそこらのマフィアのボスを集めて会議を開き、全員が集まった。FBI捜査官が総出で取り囲んで、半分かそれ以上を逮捕したはずだ」

バーバラと彼女の夫が料理と皿を片付けに来た。

モンゴメリーの保安官補のスコット・ホイットマンが手を貸そうと立ち上がった。

「坐っててちょうだい、保安官補」とバーバラが言った。「わたしたちで片付ける。あなたたちは仕事の話があるんでしょ」

ヴィクターがモンゴメリーを見て、それからカール・パーソンズを見た。彼らは、ヴィクターがミルステッドとともにレイフォード家に行ったように、それぞれ被害者の家族に最悪の知らせを告げに行っていた。

ヴィクターは自分が始めなければならないとわかっていた。みんなは彼の郡、彼の街に来ており、招待したのはヴィクターだった。

「まず突き止めなければならないのは」と彼は始めた。「これら三人の少女が同じ人物に殺されたかどうかということだ」

それぞれがヴィクターを見た。

「ふたりは出身地とは違う郡で発見されているが、マウンテン・シティのサラ＝ルイーズ・レイシーだけが出身地であるラブン郡で発見されている」

「わしには同一犯であることに大きな疑いはないように思える」とミルステッドは言った。

「そうでないなら、とんでもない偶然の一致ということになる」

「おれもジョージに賛成だ」とパーソンズは言った。「縛られていたこと、肉体的かつ性的な暴行、薬物。ふたりが十六歳で、もうひとりは十七歳。これは連続殺人事件だ」

「そしてもしそうだとしたら」とヴィクターは言った。「州境を越えて犯罪を行なっている人物を追うことになり、ＦＢＩの管轄ということになる」

あきらめたような短いざわめきのあと、ぎこちない沈黙が流れた。

「だれも関わり合いたくないようだな」とモンゴメリーは言った。

「わしはこのなかでは唯一、州外から来ている」とビル・ガーナーは言い、モンゴメリーを見た。「きみのところのリンダ・ビショップはノースカロライナ州チェロキー郡で発見された。残りはすべてジョージア州だ」

ヴィクターは体を乗り出した。「この三人の接点が判明した場合、うちの事件もジョージア州捜査局に引き渡さなければならないことに変わりはない」

「そうしたらどうなる？」モンゴメリーが訊いた。

「そうしたら煙草《たばこ》を一本吸う間もなく、あっという間にテカテカの髪をした、態度のでかい大卒の捜査官の指揮する捜査に膝《ひざ》まで浸かることになる」とパーソンズは言った。

「そして書類仕事だ」モンゴメリーが付け加えた。「二重、三重に記入しなければならない書類が山ほどあって、ジョージア州の森から木が一本もなくなってしまうぞ」

「わしには簡単なことのように思える」とガーナーが言った。「リンダ・ビショップはチェロキー郡で見つかった。検死の際の血液分析からわかっているかぎりでは、彼女は別の場所で殺されたとされている」

「ええ、そうです」とヴィクターは言った。「その結論のようです」

「ということは、殺人はジョージア州で行なわれ、死体が州境を越えて運ばれてきた可能性も高い。つまりノースカロライナ州のマーフィーは犯行現場ではないということだ。あくまでも二次的な場所だ」

「それは好都合だ」とヴィクターは言った。「殺人が第一級の重罪であると同時に、死体損壊も第三級の重罪だということを除けばですが。彼女がノースカロライナに置き去りにされただけならおっしゃるとおり問題はありません。もし、遺棄した犯人が彼女を殺していないとしても、死体損壊で五年から十年になる。ですが殺害犯が遺棄したのだとすれば、両方の州で重罪を犯したことになり、連邦の管轄になります」

「おれは彼女の家族に伝えた」とモンゴメリーは言った。「以前にも同じようなことをしたことはあるが、交通事故とかで、殺人事件じゃなかった。二週間前に行方不明になった十七歳の少女が、違う州の道路脇で、裸で死んでいると伝えなければならないのは初めてだった」

「とんでもないことだ」とヴィクターは言った。「わたしとジョージはレイフォード家に同じことを伝えに行かなければならなかった」

いっとき、テーブルは沈黙に包まれた。

「彼女がおれになんと言ったかわかるか?」とモンゴメリーは言った。「あの娘《こ》の母親は、娘と喧嘩をしたと言っていた。深刻なものではなかった。普通の母娘喧嘩だ。けど、母親は娘に何かを言い、それを正確に覚えていて、娘が行方不明になったあと、ずっと頭のなかで何度も何度もそのことばを繰り返しているんだ。母親はロック・スプリングにいても彼女の望む人生は得られないとリンダに言ったそうだ」

だれもひと言も発さなかった。集まった人々のあいだの温度がさらに十度下がったかのようだった。

「自分を責めていたんだろうな。そのせいで娘が出ていったと思ったんだ」

「死体遺棄の捜査をラファイエット市警に引き渡すというのはどうですか?」とホイットマンが提案した。

「どこが扱うかは問題じゃない」とヴィクターは言った。「単に州をまたいでいるということだ」

「正直、おれたちは先のことを考えすぎている」パーソンズが言った。「これらの事件の犯人が同一人物だという確証はない。それがはっきりするまでは、三つ別々の捜査になる」

「わしは確証が得られるまでは、だれかに三件すべてを取りまとめてもらうのもやぶさかではない」とガーナーが言った。「わかった時点で、だれであれその人間がＦＢＩにゆだねるという決断を下すことができる」

また沈黙が流れた。その場にいた全員がほかの全員と顔を見合わせた。それぞれがだれかほかの人間がその任に就いてくれることを願っていた。

ヴィクターは自分が引き受けなければならないとわかっていた。あとになって、彼はそれは弟の死から距離を置くための方便だったのだろうかと自問することになる。だが、その瞬間はそんな分析はしていなかったし、この役目を引き受けなければならない理由の背後にあるものを見つけようともしていなかった。

「レイフォードの娘が最初だった」とヴィクターは言った。「そこから始まった。自分が引き受けるのが理にかなっているだろう」

　ヴィクターが進んで引き受けてくれたことにだれも異を唱えなかった。

「リンダ・ビショップとサラ＝ルイーズ・レイシーについて必要なことはわかっているのか？」とモンゴメリーが訊いた。

「大部分の書類は手に入れた」とヴィクターは言った。「けど、全部をコピーして送ってもらうのが一番簡単だ。見落としがないか確認したい」

「言うまでもないと思うが、おれたちのだれかから何か必要なものがあったら、遠慮なく言ってくれ」とガーナーは言った。

「それは保安官補についても同じだ」とパーソンズは言った。「手が足りなかったら、喜んでジェリーを向かわせる」

「感謝するよ、カール。覚えておく。だが、この件は注目されないようにしたい。そのほうが新聞に載る可能性も低くなる」

「じゃあ、決まりだな」とモンゴメリーは言った。「おれたちが持ってるものをすべて送る。家族に関する情報、事情聴取のメモ。カールもサラ＝ルイーズに関して持ってるすべてを送る」

「よく引き受けてくれた」とガーナーが付け加えた。「もしＦＢＩがこのことを嗅ぎつけ、面倒なことになったら、そのときはわしたちが立ち上がって、責任を分担することを約束する」

　ヴィクターは微笑《ほほえ》んだ。「そうなったときは、自分が集中砲火を浴びるでしょう。出る釘は打たれると言いますからね」

31

まだまだ料理はあった。ハミングバード・ケーキ（ジャマイカ発祥のバナナとパイナップルにスパイスを加えたケーキ）やスイートポテト・パイも。バーバラと彼女の夫はとても親切なホストで、集まりが解散になる頃には八時近くになっていた。パーソンズ保安官とマーヴィン保安官補はクレイトンへ、ガーナーとリーヴ・ミルソンはマーフィーへ、モンゴメリーとホイットマンはラファイエットへと帰っていった。

ジョージ・ミルステッドとトム・シーハンはしばらく居残っていたが、ミルステッドがシーハンに車のなかで待っているように言ったとき、ヴィクターは何かあると悟った。

ミルステッドは家から一番遠い庭の端に向かった。煙草《たばこ》に火をつけた。ヴィクターも付き合った。

「ジョージ、何か問題でも？」ヴィクターが訊いた。

「ああ、そうなんだ、ヴィクター」ミルステッドが答えた。「レイフォードの娘というよりはラッセル兄弟の件だ」

「どうしたんですか？」

ミルステッドは眼をそらした。その表情が不安を物語っていた。

「ユージーン・ラッセルと会ったと言ってたな」とミルステッドは言った。「あいつは弟のスタンリーについて何か言ってたか？」

「たいしたことは聞いてません。ワスパーと呼ばれていて、ハーレーダビッドソンに乗っていて、大口を叩くということくらいです」

「まあ、やつはそれだけじゃない」

ヴィクターはさらに詳しい話を待った。

「以前、言ったようにラッセル家とレイフォード家は一応親戚同士だ。ユージーンがギャングのボス的存在だが、ワスパーはその陰に隠れているつもりはないようだ。ワスパーがだれと手を組むかで諍《いさか》いが生じたこともある。そのなかにはかなり悪いやつもいる。だが、わしが心配してるのはフランクのことなんだ」

ミルステッドは地面に尻をついて、爪先を投げ出した。二本目の煙草に火をつけた。

「フランク？」ヴィクターは訊いた。「どうしてワスパー・ラッセルがフランクと関係あるんですか？」

「なんでもないかもしれない、ヴィクター。だがあることを聞いたんだ。きみがほかの場所に行って聞いてしまう前に直接話しておきたかった」

「教えてください、ジョージ」

「この件には背景がある。手短に話そう。二年か二年半前の話だ。ワスパーはジョージア州立刑務所を出たばかりだった。強盗で何年か食らってたんだ。捕まる前に銃を捨てていたから、刑期はそれほど長くはなかった。それでもワスパーはユージーンが見るべき面倒を見てくれなかったと思った。塀のなかでいろいろトラブルに巻き込まれたんだろう。ワスパーは兄があちこちに話を通して、彼の面倒を見てくれると思っていたに違いない。だがそうはならなかった。病院に担ぎ込まれたこともあった。一度は肋骨《ろっこつ》を折って、もう一度はだれかに階段から突き落とされて。それでワスパーは怒り心頭で出所した。彼にとっては楽な道のりじゃなかったんだ。ところがユージーンは、ワスパーがそのことで何を考えていようが気にかけもしなかった。ユージーンは大物だ。自分のビジネスがあった。あいつにとっちゃ、弟がどんなトラブルに巻き込まれようが、本人の責任だ。弟の尻拭《しりぬぐ》いをするのはあいつの責任じゃない」

「これが、フランクとなんの関係があるんですか、ジョージ?」ヴィクターは訊いた。すでに腹の底に不安を覚えていた。

「これから話すところだ」ミルステッドは言った。「我慢してくれ」

ヴィクターはもう一本煙草に火をつけた。

「だからワスパーは恨みを抱いた。ことの是非は置いておくとして、彼は裏切られたと感じた。だがワスパーにはユージーンとまっすぐ顔を突き合わせて事をかまえる度胸はない。言いたいことはあったが、自分がしたんじゃないと見えるように遠まわしにすることにした。彼はユージーンがまとめた麻薬取引の話を聞いた。が、ワスパーは今回も蚊帳《かや》の外に置かれていた。そんなこんなで、ワスパーはなんとかして取引を失敗させようとした。密告をするつもりはなかったが、混乱させようとした。あいつはチンピラを二、三人雇って、取引現場に突然現せさせて、混乱させようとした。その結果、取引は失敗して、チンピラのうちのひとりが肩を撃たれて病院に担ぎ込まれた」

「そいつの名前は？」

「それはどうでもいい」とミルステッドは言った。「そいつは関係ない。そのチンピラはどちらも関係ない。その連中が現場にいたという事実は問題じゃなかった。撃たれたほうのチンピラは警察に尋問されたときに、ヤクやらなんやらをたくさん持っていた。麻薬をやらないことがその男の仮釈放の条件になっていたから、そいつはまた塀のなかに十八カ月、逆戻りすることになった。そこでそいつはワスパー・ラッセルについて情報があると持ち出してきた。この情報を〝刑務所から釈放〟カードと交換したいと申し出た。わしは話を聞こうと言った。そいつはワスパーが警官と関係があると言った。そいつが言うにはワスパーはデイド郡のある警官の情報提供者だと――」

「マイク・フレデリクセン。そこに行き着くのか、ジョージ？」

「そうだが、話はまだある」

「ちょっと待ってください」とヴィクターは言った。「まず、ファニン郡の小悪党がどうやったらデイド郡の刑事の情報提供者になれるというんですか。それにあなたはわたしがユージーン・ラッセルに会いに行ったとき、なぜそのことを言ってくれなかったんですか？　やつの弟が、フランクの事件を捜査している刑事の情報提供者なのだと」

「最後の件についてては、思いつきもしなかったと言わざるを得ない。それがほんとうのところなんだ、ヴィクター。言ったように二年以上も前のことだ」

「それでワスパー・ラッセルとマイク・フレデリクセンとの関係は？　ふたりのあいだには五つか六つの郡があるはずです」

「ワスパー・ラッセルの人生はトラブルにまみれていた。あちこちで逮捕されている。詳しくはわからんが、やつがトレントンでもトラブルを引き起こしたことは充分ありうる」

「オーケイ、それがどうしてフランクに関係してくるんですか？」

「今話すところだ。実は昨日、もうひとりのほうを捕まえたんだ。ワスパーがユージーンの取引を邪魔するために雇ったチンピラのひとりだ。それでまたこの話が浮上してきた」

「そいつの名前は？」

「ケニー・グリーヴス。同じ繰り返しだ。仮釈放中の下っ端のジャンキー。おれたちはあれやこれや話していた。そしてそいつとそいつの仲間が二年前にワスパー・ラッセルのためにやったひと仕事の話になった。するとそいつが言った。ワスパーについて情報があると。ドラッグでの逮捕を見逃してくれれば、それを話すと。そいつは、ワスパーはマイク・フレデリクセンの情報提供者じゃないと言った。ワスパーは保安官事務所のだれかと親しかったと言ったんだ。そしてそのだれかは殺されたと」

「そのグリーヴスという男はワスパーがフランクの情報提供者だと言ったんですか？　そう言ってるんですか？」

「わしはそう考えた。グリーヴスはそれがだれなのか名前を知らなかったが、その人物はだれかに会うためにテネシーに行くときに轢《ひ》き殺されたと言っていた」

「ユージーンはこのことを知ってるんですか？」

「わからんよ、ヴィクター。彼とワスパーは仲違《なかたが》いをした過去がある。ユージーンが何も知らなかったとしても驚かん。ユージーンは、法執行官と仲よくしていると知ったら、自分の弟だろうと殺しているだろう」

ヴィクターはしばらく無言のままだった。ユージーン・ラッセルと会ったときのこと、彼がトレントンの腐敗について暗に話していたこと、トレントン全体が不正に関与していると言っていた事実を思い出していた。

「だから、きみはワスパー・ラッセルについて調べることになるだろうと思った」ミルステッドは言った。「だが、ユージーンに気づかれないように進める必要がある。おそらくワスパーならきみの弟さんに何があったのかに光を当ててくれるかもしれん」

ヴィクターはうなずいた。まだ考えていた。問題はワスパーとフランクのあいだになんらかの関係があったかもしれないというだけではなく、フランクとフレデリクセンがともに何かに関与していたのではないかということだった。その場合、フレデリクセンが捜査に乗り気でないように見える理由も説明がついた。もし自分が事実を葬《ほうむ》ることに関与しているのなら、それを再び掘り起こすのに励むはずはない。もう五週間になるのに、なんの進展の兆《きざ》しもないのだ。

「今日は来てくれてありがとう、ジョージ」とヴィクターは言った。「グリーヴスとの取引はどうなったんですか？」

「少しのあいだだけ勾留して釈放した」とミルステッドは言った。「小銭稼ぎの麻薬取引の捜査なんかには関心はない。わしらは州全体の監房よりも多くの悪党を抱えている。わしは彼が与えたものを受け取った。それはきみに伝える価値があると思った。罪もないのに勾留しておくことはできないが、やつはおつむが弱いから、わしが取引に応じて釈放したと信じているだろう。話したいと言えば、すぐに現れるはずだ」

ヴィクターは皮肉な状況にショックを受けた。彼はこの会合を招集し、三件の殺人事件の指揮を執ることに同意した。フランクの死から逃れるために無意識のうちにそれを引き受けたのだとわかっていた。今、彼はまた弟の死の渦中に投げ込まれるような情報を与えられていた。それでも、ミルステッドの言うとおりだ。ワスパー・ラッセルと話をしなければならなかった。それもひそかに。一番したくなかったのは、ラッセル兄弟のビジネスという沼をかき分けて進むことだった。それは自ら進んで溺《おぼ》れ死ぬようなものだった。

32

突破口。

ワスパー・ラッセルのことを考えたとき、ヴィクターの頭をよぎったのはそのことばだった。現実的には、ワスパーがユニオン郡の保安官であるヴィクターに会う理由はひとつもなかった。が、それでも彼と話さなければならないということに変わりはなかった。そしてケニー・グリーヴスがヴィクターの苦境を救う答えのように見えた。

月曜日の朝から昼過ぎまでは書類仕事が山積みだった。分別のない議会のおせっかい焼きが新たなゾーニング侵害と歩行者アクセス規則を提案してきたのだ。

ヴィクターはそれをマーシャルとバーバラに任せようと思っていたが、最初にふたりから、その書類の要件と効果をしっかりと理解しているかどうかを質問されるだろうと思った。書類に眼を通したところ、この提案者は暇なせいで、自分で仕事をでっち上げているだけなのだとわかった。

書類仕事を終えたときには午後二時をまわっていた。自分の知性を石を使って叩きつぶされ、容赦なく鈍《にぶ》らされたような感覚だった。

自分のオフィスから外のバーバラを呼んだ。

「まず何よりも」と彼は言った。「昨日のもてなしについてほんとうに感謝していることを伝えたかった。それにきみの旦那さんはなかなかのシェフだ」

「彼にも取り柄はあるのよ」とバーバラは言った。「愉《たの》しかった。何かいいことがあったのならよかったけど」

ヴィクターは皮肉っぽく微笑《ほほえ》んだ。「いいことの定義にもよるな。あったことはといえば、わたしが三人の少女の死に関する捜査の指揮を執ることになったということだ。同一犯であることが明らかになれば、ＦＢＩに事件を渡さなければならない。それまでは保安官事務所で捜査することになる。カール・パーソンズとビル・ガーナーから書類が送られてくることになっている。ラファイエットのウィラード・モンゴメリーからも何か送られてくるかもしれない」

「オーケイ、気をつけておくわ」

ヴィクターはことばを切ると、バーバラの視線を受け止めた。「もうひとつの問題は」彼はようやく言った。「弟に関することだ」

一瞬の間《ま》があった。

「オーケイ」バーバラはゆっくりと言った。

「ジョージ・ミルステッドからあることを聞いた。それがほんとうなら、あまりよい兆《きざ》しとはいえない」

「犯人がだれかについて？」

「弟が関与していたか、関与していなかったかもしれないことのせいで殺されたことについてだ」

「ああ」

「聞いたことについて検証しなければならないが、デリケートな問題なんだ」

「どんなふうに？」とバーバラは訊いた。

「数週間前にコルウェル近くのユージーン・ラッセルという男に会いに行った」

「その家族のことは知ってる」とバーバラがさえぎるように言った。

ヴィクターは眉《まゆ》を上げた。「彼らを知っているのか？　それとも彼らのことを聞いたことがあるということなのか？」

「父親を知っている。子供たちはそうでもない。二十年以上も前の話だけどね。悪いニュースばかりだった。波止場のネズミほども大物じゃなかったけど、気に入らないことがあるとすぐにかんしゃくを起こした。ひとりで部屋に閉じ込めていても喧嘩を始めるような男だった。あいつのことを考えるだけでもイライラしてくるわ」

「わたしが関心があるのは弟のスタンリーだ。ワスパーという名で通っている」

「きっと父親似なんでしょうね」

「問題はそいつと話をする必要があるということなんだ。彼はジョージ・ミルステッドの管轄にいるから、わたしにとってはそもそも管轄外だ。もうひとつは彼の兄のユージーンが麻薬取引のボスだということだ。彼にはわたしが彼の弟と話をしたことについて知られたくない」

「あの一家はセーターみたいにきつく編まれている」

「なるほど」

「で、それをどうしてわたしに話すの？」

「きみに何か真珠のごとき知恵でもあるんじゃないかと思ってね。あるいは口に出して言うだけで違った見方ができるかもしれないからかもな」

「ワスパーについては何か知っているの？」

「いいや。ユージーンはわたしと同い年くらいかな。ワスパーはもっと若いが、何歳くらいかはわからない」

「ふたりはファニン郡にいるの？」

「そうだ。言ったとおり、コルウェルの近くだ」

「ジョージから必要な情報をすべて得ることはできないの？」とバーバラは訊いた。

「ジョージはこの件にはあまり関わりたくないような気がする。それに彼にはすでに別のことを頼もうとしていて……まあ、示し合わせているように見えないほうがいいとだけ言っておこう」

「でも、昨日、彼はこの件を伝えにあなたのところに来たのよね？　あなたたちふたりが庭の端のほうにいたとき」

「そうだ」

「だと思った」とバーバラは言った。「陰謀をめぐらせてるように見えたわ」彼女は心得顔で微笑んだ。「わたしが訊いてまわって調べてみる。犯罪歴についてはすぐにわかるでしょう。

郡登記局や陸運局で過去の住所を調べることもできる。そういったことでしょ？」

「ああ、だが慎重に頼む、バーバラ」

「わたしが慎重じゃなかったことなんてある？」

ヴィクターは苦笑いを浮かべた。「ジョージに電話をして、ケニー・グリーヴスがいつワスパー・ラッセルのためにひと仕事したのか訊いてくれ」

「どんな仕事だったかわたしが聞いておく必要はない？」

「それは重要じゃない。ジョージならわかるはずだ」

バーバラは立ち上がった。ドアの前で立ち止まると振り返った。「そういえば、姪御《めいご》さんの誕生日にプレゼントは用意したの？」

「ああ。サルのぬいぐるみだ。言われる前に言っておくけど、彼女はすごく気に入ってくれた。ヴィクターって呼ぶことにしたそうだ」

「まあ、そう言うなら、そういうことにしておきましょう」

「おいおい、たいていの人は思っていることを口にしないものだぞ、バーバラ」

「でしょうね。そして一生それを後悔して過ごすのよ」

33

バーバラはいつものように根気よく調べ、水曜日の午後には多くの情報を持って、ヴィクターの元に戻ってきた。郡の記録と犯罪歴を調べただけでなく、地方紙の過去のアーカイブまで眼を通して、さらにジョージ・ミルステッドからも話を聞いていた。

ユージーンとスタンリーのラッセル兄弟は、長年続く悪党の家系を継いでいた。ふたりの父親のヴァージルは一九一二年六月生まれで、七十二年の人生のうちの三分の一以上をさまざまな矯正施設や拘置所、刑務所で過ごしていた。その父のトラヴィス・ラッセルも密造酒の製造・販売をしていた。一八九〇年に生まれたトラヴィスは禁酒法が施行されるとすぐにその仕事を始めた。テネシー州セール・クリークで商売を始めたのは二十九歳のときで、ジョージア州やカロライナ両州のアパラチア山脈のふもとに五カ所以上の蒸留所を所有し、経営していた。有能な起業家だったようだ。政府がエチルアルコールをピリジンとメタノールで毒化するよう命じたことから、トラヴィスは自ら科学者を雇い、この変性アルコールから酒を製造するようにした。彼はまたヴァイン・グロ（ブドウを濃縮した液体。これからワインをつくることができた）、スターノ（缶に入った固形燃料。メチル・アルコールを含んでいた）、薬用ワインなど手に入るものをなんでも手に入れて酒を醸造《じょうぞう》した。トラヴィスの命運は禁酒法が廃止されるわずか一年前に尽きた。ソディー・デイジーからシグナル・マウンテンまでの追跡の末、歳入庁の捜査官に撃たれた彼は、溝に落ちた車から這い出し、さらにふたりの捜査官を傷つけたあと、Gメンによる鉛の銃弾を吹雪《ふぶき》のように浴びた。享年四十二歳。妻とふたりの愛人、そして彼女らのあいだにできた七人の子供たちを残してこの世を去った。

父親が死んだとき、ヴァージル・ラッセルは二十歳だった。彼の母ウィラは彼と三人のきょうだいとともにコルウェルに移り住んだ。愛人や隠し子の消息については記録されていなかった。ウィラは土地を買って家を建てるのに充分な金を蓄えていた。その家は今日までラッセル家に残っており、ヴィクターがユージーンと会ったのもその家だった。

ユージーンは現在四十七歳で、ヴィクターより一歳上だった。ワスパーは一九五三年生まれの三十九歳だった。ふたりとも過去に法を犯していた。一九五六年初め、ユージーンはわずか十一歳のとき、車を盗もうとして捕まった。その注意には、実際には盗むところまでいっていないし、注意されただけですんだ。その注意には、意図していた魔法の効果はなかったようだった。十代を通してずっと、彼は母親と当局の両方にとっての頭痛の種だった。十五歳のとき、初めてエプワース少年院に収監された。このとき弟のワスパーはまだ七歳だった。一方、ワスパーのほうは、十三歳のとき、不登校の生徒の指導員をナイフで脅《おど》した罪で同じ施設に一年間収監された。

次にワスパーが法に触れたのが、ミルステッドが言っていた強盗事件だった。一九八六年十月から一九九〇年五月まで、ワスパーはジョージア州立刑務所に収監された。仮釈放されたあとは、仮釈放期間が終わるまでは、なんとか法の手から逃れた。ワスパーがユージーンの麻薬取引を邪魔したのは一九九一年一月のことだった。ケニー・グリーヴスのほかに、ワスパーはホルト・マックリンという名のジャンキーを雇っていた。ユージーンの運び屋のひとりに撃たれた男がマックリンだった。マックリンはそれまでに二件の暴行のほかにも自動車窃盗、公務執行妨害で逮捕されたことがあった。ユージーン・ラッセルとのひと騒動については口をつぐんでいたが、それでも麻薬不法所持の罪で州刑務所に三年から五年服役することになった。

マックリンは一九九一年六月から刑期を勤めたが、その年の八月、監房で首を吊っているところを発見された。一見、自殺のように見えたが、検死官はそのようには断定しなかった。捜査が行なわれたが、結果についてはそれ以上の記録はなかった。

ユージーンの概要には、彼のアーリアン・ブラザーフッド（米国の刑務所内を本拠とするギャング組織）との関係についても言及されていた。証明はされていなかったが、彼が既知のメンバーと関わりがあり、ジョージア州とサウスカロライナ州で開かれた集会で目撃されるなど、その関係は明らかだった。

ワスパーは仮釈放期間の終了後も、武器密売から児童ポルノに至るまで広範囲にわたるあらゆる捜査の対象となっていた。逮捕も起訴もされていなかったが、何度も取調べを受けていた。

ヴィクターは自分が読んだ内容をすべて考えた上で、果たしてユージーンはワスパーが麻薬取引を邪魔したことを知っているのか疑問に思った。もし知らないのなら、それを暴露すると脅すことで、ワスパーの口を割らせることができるだろうか？　実際にやってみなければわからなかったし、標準的な法執行の手順や手続きからは大きくはずれた方法だった。ヴィクター自身が、強要、脅迫、虚偽説明、管轄外での活動などを理由に責任を問われる可能性があった。そしてもしワスパーがほんとうに情報提供者で継続中の捜査に関与している場合、なんらかの司法妨害に問われる可能性もあった。

それは永遠の課題をヴィクターに突きつけた。もし最悪の選択肢が、それでも最良の選択肢だったらどうすればいい？

ヴィクターにとっては姪《めい》との最初の出会いを思い出すだけでよかった。彼女のことばが今も頭のなかでこだましていた。

もしわたしがあなただったら、わたしたちのあいだに何があったとしても、どうしてパパが体じゅうぼろぼろになるまで車で轢《ひ》かれたのか知りたいと思う。それにもしわたしが知りたくないと思うなら、どうしてなのって、自分自身を問い詰めるわ。

ワスパー・ラッセルを追い詰めることはヴィクターが考えていた以上に難しいことだった。コルウェルの家がラッセルの住まいとされていたが、彼はあちこちを旅するように移動して生活しているようだった。ジョージ・ミルステッドに頼んでも、ヴィクター自身の努力以上の成果は得られなかった。ひとつだけ確実なのは、ワスパーにはブルー・リッジ湖近くのパデナにアリス・モローという女性がいるということだった。アリスにはふたりの子供――四歳のステイシーと二歳のタイラー――がいた。ふたりの姓はモローとなっており、ワスパーの子供かどうかは定かではなかった。

金曜日の夕方、ヴィクターはジョージ・ミルステッドの自宅に電話をかけた。

「いずれワスパーにコンタクトしてみるつもりです。パデナのやつの女のところで捕まえようと思っています。名前はアリス・モロー。聞いたことはありますか?」

「いや、ないな。だがもし彼女がラッセル兄弟のどちらかとできているとしたら、彼女は生まれながらの被害者か、ほんとうに頭がおかしいかのどちらかだろう」

「すぐにわかりますよ」とヴィクターは言った。

「ケニー・グリーヴスをもう一度連行してこようか?」

「今のところは必要ありません。たぶん、あとで。今は、最近あなたが彼を捕まえたという事実だけで充分なはずです」

電話の向こう側ではっきり聞こえるような沈黙があった。そしてミルステッドが言った。

「きみが行こうとしているこの線はかなり細い線だぞ、ヴィクター」

「ふたりで行くには細すぎる線です、ジョージ。あなたは関わらないのが一番です。断って当然です」

「これはきみの弟の事件だ」とミルステッドは言った。「もしわしの近親者だったらきっと――」

「あなたに頼まれれば自分はなんでもします」ヴィクターはさえぎるように言った。「でも、今はあなたに頼んでいませんし、頼むつもりもありません」

「わしがどこにいるかわかってるな、ヴィクター」

「ええ、ジョージ、それにあなたが力になってくれたことに感謝しています」


土曜日の朝、ヴィクターは保安官補のマーシャルの自宅を訪れた。ワスパー・ラッセルの最新の写真を持っていた。

マーシャルの妻リリーはヴィクターがポーチに立っているのを見て、不機嫌そうな顔をした。

「週末なのにあの人を連れていくの？」と彼女は訊いた。

「おはよう、リリー」とヴィクターは言った。「最近は天気がいいみたいだね」

彼女はふてくされたように腕を組んでいた。が、やがて笑みをこぼした。

「元気だった、ヴィクター？」

「ああ、元気だ」とヴィクターは言った。「ありがとう」

「入るならどうぞ。マーシャルは裏の庭にいるわ」

ヴィクターは帽子を取って家のなかに入った。

「コーヒーでも飲む？」とリリーが訊いた。「コンロの上に新しいのがあるわ」

「ありがとう。是非いただきたいな」

ヴィクターは彼女のあとについて、キッチンに向かった。庭から丸太を割る音が聞こえた。

「で、どうしてた？」ヴィクターはコーヒーを飲みながら訊いた。

「うまくいってるわ。たぶんマーシャルが話してると思うけど、子供を作ろうとしているの。

彼はそのことで頭がいっぱいよ。心配性になることもある」

「きっと大丈夫だよ」

リリーは黙っていた。ヴィクターが何か言うと思っていたのだろう。

「じゃあ、彼のところに行ってきなさい」と彼女は言った。「わたしに会いに来たわけじゃないんでしょ?」

ヴィクターは帽子をテーブルの上に置いたまま、庭に出た。

マーシャルは薪割《まきわり》の作業で顔を真っ赤にしていた。Tシャツは汗で濡れていた。斧を置いた。

「ハイ、保安官」

「マーシャル」

「なんのご用ですか?　コーヒーは別として」

「頼みたいことがある。ワスパー・ラッセルという男を追ってるんだが、車でパデナまで行って、ある人物を見張ってほしい」

「そこはファニン郡ですよ、保安官」

「そこがどこだかはわかっているよ、マーシャル」

「あそこの保安官補のトム・シーハンじゃだめなんですか?」

「だめだ。これは公務じゃないんだ」

「あの死んだ少女たちに関係があるんですか?」

ヴィクターは首を振った。「弟に関することだ」

「なるほど、わかりました。じゃあ、デイド郡もこれについては知らないんですね」

「必要な人間しか知らない。マーシャル、きみもそのひとりだ。週末だということは承知してるが、重要なことなんだ」

マーシャルの表情からは、なぜヴィクター自身が監視できないのか不思議に思っていることがわかった。が、マーシャルはその疑問を口にしなかった。

「今日ですか?」とマーシャルは訊いた。

「今日がいい。奥さんを説得してくれ。細かいことは言わないでほしい。それからこの件にどれだけ時間がかかるかにかかわらず、二倍にして返すと奥さんには言っておいてくれ」

マーシャルはためらっていたが、やがて大きく息を吸った。

「妻と話してきます」マーシャルはあきらめたようにそう言った。「わたしがナイフで刺される音を聞いたら、駆け込んできてくださいよ」

34

　マーシャルから電話がかかってきたのは日曜日の夕方頃だった。ヴィクターはギターの弦を張りなおしているところだった。何か変化があることを期待してのことだったが、作業しているあいだもずっと無駄だろうと思っていた。頭のなかは答えのない質問と、中途半端なアイデアでいっぱいだった。どちらの捜査にも明確な道筋は見えず、無力感と苛立《いらだ》ちが耐えられないものになっていたところだった。

「やつが現れました、保安官」それがマーシャルの最初のことばだった。「十分ほど前に。言ってたようにハーレーダビッドソンで」

「七十六号線と六十号線で行く」とヴィクターは言った。「三十分ほどで着くから、それまで待っていてくれ」

　ヴィクターはコートを着て、ブーツを履いた。自分の車に乗ると、マーシャルの電話から十分後には道を急いでいた。

　到着するとすぐに、マーシャルを家に帰した。

「行って、奥さんを安心させてこい」とヴィクターは言った。「明日は休んでいい」

「もしおれが必要なら――」

「行け、マーシャル」

アリス・モローの家は、ショットガン・ハウスとして知られる、直線的な設計の平屋だった。玄関から散弾銃を撃つと、裏庭まで通り抜けることからそう呼ばれていた。

八時近かった。灯りはついていたが、子供たちは寝ているだろうとヴィクターは思った。近づくと、一瞬だけ間《ま》を置いてから、ドアをノックした。

なかから声と足音が聞こえた。沈黙があり、さらに声がした。

「だれだ?」

「ドアを開けてたしかめてみろ」とヴィクターは言った。

「だれなのか言うか、とっとと消え失せろ」

「ドアを開けろ、さもないとぶち壊すぞ、ワスパー」

女性の声。なかでドアがバタンと閉まる音がした。

掛け金がはずされ、ドアが少しずつ開いていく。チェーンで固定されていた。

ワスパー・ラッセルはヴィクターを見て、一瞬考えてから気づいた。

「おまえがだれなのか知っている。ここには用はないはずだ」

「わたしがだれなのか知ってるなら、どんな用なのかよくわかってるはずだ」

「兄貴はおまえがいろいろと嗅ぎまわる可能性が高いと言っていた。いっさい相手をするなと言われている」

「彼には何も言わなくていい、ワスパー」とヴィクターは言った。「ユージーンに隠し事をするのはこれが最初ってわけじゃないだろ？」

ワスパーは悪態を垂れ流しながら、いったんドアを閉めた。チェーンがはずされ、ドアが開いた。

彼はまるで手ひどい平手打ちを食らったかのように、立ったままヴィクターをにらんでいた。まわりには恨みのオーラが漂っていた。

ヴィクターが入《はい》れるように脇によけ、それから通りの左右に眼をやった。

ドアを閉め、ヴィクターをリビングルームに案内した。アリスは不在のようだった。

ワスパーは薄汚れたソファに坐った。ヴィクターが坐ったソファもそれに劣らず薄汚く、ぼろぼろだった。

ボリュームを落としたテレビがついていた。食料油と汗のにおいがした。

裸電球の光に照らされたワスパーは元気がないように見えた。どうして彼がワスパーと呼ばれるようになったのかは知らなかったが、想像していた以上にぴったりな気がした（ワスプには蜂、気難しい人の意がある）。肌は黄色く、血色が悪かった。腕には刑務所で入れたのであろう粗雑なタトゥーがあった。髪は薄く、黒く脂ぎっていて、頭皮にぴったりと貼りつくように梳かしてあった。じっと坐っていることができないようで、存在そのものが激しい動揺と緊張を表していた。

「で、なんの用だ？」

「いくつか質問をしたい、ワスパー」

「おまえに話すことなど何もない」

「わたしの弟は殺された。おまえの親戚のエラ・メイ・レイフォードもだ。ケニー・グリーヴスはブルー・リッジの拘置所にいる。やつは一九九一年にホルト・マックリンといっしょにやったひと騒ぎについて話したいことがあるそうだ。ユージーンは麻薬取引がうまくいかなかったことについてはまだ何も知らないんじゃないか、そうだろ？」

ワスパーはヴィクターをじっと見た。わずかにあった色が顔から消えた。

「ユージーンを訪ねた」ヴィクターは続けた。「彼はトレントンについてあまりいいことを言っていなかった。あそこは沼だと。わたしはおまえが弟について知っていることを聞きたいんであって、クソみたいなヤクの包みのことはどうでもいい」

「おまえの弟のことなんか何も知らない」ワスパーは言い放った。

ヴィクターは効果的になるようにあえて間《ま》を置いた。煙草《たばこ》を取り出して火をつけた。

「ミルステッド保安官とは古い付き合いなんだ」とヴィクターは言った。「ケニー・グリーヴスは今勾留されている。トラブルに巻き込まれている。ミルステッドに電話をしてケニーと取引するように言えば、あいつがおまえとマックリンといっしょに何をしたのかユージーンの知るところとなる。マックリンは州刑務所に入って首を吊った。あいつは楽な道を選んだようだ。おまえの兄貴のことはよく知らないが、機嫌を損ねたいとは思わんな」

「なんだよ、クソが、あ？」とワスパーが言った。「これはなんなんだ？　おれはだれがおまえの弟を殺したか知らねえ。だれがやったかも、なぜやったのかも知らねえんだ」

「だが弟のことは知っていた、そうなんだろ？」とヴィクターは言った。

「なんなんだよ。だれもがおまえの弟のことは知ってたさ。おまえの弟は悪徳警官だったんだ、そうだろ？　あいつはクソ悪徳警官で、多くの連中を怒らせたんだ」

「どんな連中だ？」

ワスパーはあざ笑った。「おいおい、それはおれの知ったこっちゃない。幽霊を追いかけたいなら、勝手にしろ。このクソはおまえが考えてる以上に根が深いんだ。おまえの弟は長い棒の先っぽでしかない。連中はおまえの弟を使ってクソを突っついていた。ずっとな。あいつは言われたとおりにそれをやった。連中からカネを受け取り、そっぽを向いてたんだ。長いことそうしてるうちに、自分がクソの深みにはまって溺《おぼ》れてしまったのさ」

「どういう意味だ？　具体的に話したほうがいいぞ、ワスパー。電話一本で、ケニー・グリーヴスがおまえを葬《ほうむ》るんだぞ。おまえの兄貴は時間を無駄にしたりはしないんじゃないか？　麻薬取引をだめにしたのがおまえとケニーだったと知ったら、おまえを探しに来るぞ。そしてもしあいつがおれの思ってるような男なら、マックリンを始末したように、ケニーも始末するだろう」

ワスパーは顔をしかめた。ほんとうに驚いているようだ。「おまえはユージーンがホルト・マックリンを殺したと言っているのか？　そう考えてるのか？　知らないんだろ、違うか？ここで何をしてるのか、わかってないんだろ、どうだ？」

「なら、教えてくれ、ワスパー」

ワスパーはいきなり立ち上がった。窓まで歩き、カーテンを小さく開けて、隙間から通りを見た。ヴィクターが現れたときに彼が見せた不安は、今や絶え間ない動揺へと高まっていた。ソファに戻ると、深く坐り、また立ち上がって部屋を横切り、ドアが閉まっていることをたしかめた。

ふたたび話しだしたときには、ヴィクターもピリピリとした状態になっていた。

「おまえの弟はデイド郡で十年以上保安官をやっていた」と彼は言った。「選挙とかは関係なく、あのゲームをやっているあいだはずっと保安官でいられた」

「どんなゲームだ?」

「テネシーからあのクソが流れ込んできている」

「ドラッグか?」とヴィクターは訊いた。

「ドラッグ、銃、偽造ＩＤ、盗難車。なんでもだ。パイプラインだ。クソ氷山の一角だ。どんどん入ってきて、すべての場所のネットワークの中心のようになっている」

「どこのことだ?」

今度もワスパーは驚きをあらわにした。「このクソについて知らないと言うのか、あ? チヤタヌーガ、ハンツビル、アトランタ、メンフィス、アラバマの南部さえもだ、わかるか? モントゴメリー、バーミングハム。デイドは州境に接しているため重要な場所だが、このゲームにはいろんな場所やいろんな連中が関わっている。桃の州《ピーチ・ステート》（ジョージア州の俗称）はクソみたいに芯から腐りきってるんだよ、そしておまえの弟はそのど真ん中にいたんだ」

「おまえを信じる根拠はない」とヴィクターは言った。そう言いながら、自分の声に保身の響きを聞いていた。

「おれが嘘を言っていると考える根拠もないだろ」とワスパーは答えた。「おまえはケニー・グリーヴスを捕まえていて、あいつにおれを裏切らせると言ってるのか、あ？　おれがあいつとホルト・マックリンといっしょに兄貴に対して起こした騒ぎについて、おまえに全部話す。そう言ってるのか？　たしかにケニーのことは知ってるさ。あいつが他人よりも自分のケツを守ることを優先させると知ってるぐらいにはな。だがおれはおまえが抱えているどんなトラブルにも巻き込まれるつもりはねえし、おまえの弟みたいに車に轢《ひ》かれたりする気もさらさらねえ」

「弟の件に、おまえの兄貴が絡《から》んでるのか？」

ワスパーはあきれたように笑った。「おまえらはおれたち兄弟みたいに厳しい環境で育ってきたわけじゃない。おれたちの人生は最悪だ。始まる前からめちゃくちゃだ。だからっておまえたちがおれたちよりすぐれてるってわけじゃねえ。それは事実だ。おまえらは言っていることと、することが違う。みんななんでも手に入れることができるようにポケットを広げている。警官だからって、いいやつだってわけじゃない。法を味方につけて、法の外でやりたい放題をするために利用してるだけだ。おまえの弟は悪徳警官だった。おまえがどう思っているかは知らんが、あいつはそのなかでも最低の部類だった。ブツを受け取って運び、それを届けて、見て見ぬふりをした。ほかの連中が行きたい場所に行けるよう、邪魔な人間を排除した。そうやって金を受け取っていたのはたしかだ。どんなやつがいくら払っていたのかは知らないし、知りたくもない。あいつのまわりを掘ってみれば、たくさんのクソが埋まってるのが見つかるだろうよ」

ワスパーはことばを切ると、頭を振った。「話は終わりだ。おれが言ったことに関しては、好きなようにすればいい。だがジョージ・ミルステッドに電話をして、ケニー・グリーヴスをこの件からはずさせろ。それにほんとうのところ、おまえが兄貴に何を言おうが、おれは知ったこっちゃない。家族のことはおれたちの問題だ。おまえらには関係ない」

ヴィクターは何も言わなかった。ワスパーはかなり話してくれた。そして常に嘘つきは話しすぎるものだ。それでも彼はそのなかに真実の糸が織り込まれているのではないかと思っていた。沈黙こそがワスパーにもっと話をさせる最良の方法だということもわかっていた。

ワスパーが振り向いてヴィクターを見た。その眼にはあきらめの色が浮かんでいた。

「おれがおまえだったら、そしておまえの弟に何があったのかをほんとうに知りたかったら、おれやユージーン、ケニー・グリーヴス、おれの知っているほかの人物に眼を向けたりはしない。澄んだ水がほしければ、川上の水源を探せばいい。おれにはそれはデイド郡やトレントンで金を受け取っている連中だと思えるがな」

「そのことをわたしに話すのはおまえが最初じゃない」

「まあ、しっかりと考えるんだな、さもないとおれが最後になるぞ」

35

金《カネ》を追え。

問題はいつも金《カネ》だ。

月曜日の朝、不安から断続的にしか眠れなかったあと、オフィスに着くと、机の上に書類の山が積まれていた。そこにはリンダ・ビショップとサラ＝ルイーズ・レイシーに関するすべての事件記録、事情聴取の記録、写真があった。バーバラはエラ・メイ・レイフォードに関してもあらゆる資料を集めていた。

三つの殺人事件を最優先にするべきだったが、ヴィクターはフランクについて聞いたことで頭がいっぱいだった。ワスパー・ラッセルのことは政治家と同じ程度にしか信用していなかったが、ユージーン・ラッセルもジム・トム・ムーディもフランクの道徳心のコンパスの指す方向について意見を語ったという単純な事実が気になっていた。一度目は偶然、二度目もたまたま、だが三度目ともなると陰謀だ。その考えが頭から離れなかった。さらに重要なことは、彼自身、その考えを手放したくなかったのだ。

月千ドル。それが出発点のようだった。その金はフランクからエレノアに渡り、フランクの死後もその支払いは続いていた。エレノアの話ではマイク・フレデリクセンがその中心にいるか、少なくとも何かを知っているようだった。

トレントン市警の爪先を踏むのはいい考えとは言えなかった。やむをえず、もう一度エレノアにこの件について尋ねることにした。彼女が何を知っているのか、もっと言えば、何か知っているのかどうかは、訊いてみなければわからなかった。彼女が知っていて、フランクの死にどういう形であれ関与しているという可能性もずっとヴィクターの頭のなかにはあった。藪《やぶ》を突っつけば、警鐘を鳴らすことになる。だれが駆けつけてくるかはわからなかった。

ヴィクターは違う角度から攻めることも懸命に考えたが、その線はなかった。自分以外にはこれをやる人間はいないのだ。直接会って話をするのがベストかもしれないと思ったが、考えなおした。公式のように見えれば見えるほど、注意を引くだろう。エレノアにもジェンナにも三週間前の誕生日パーティー以来会っていなかった。戦略的には、もっと頻繁に連絡を取り合っていたほうが賢明だったが、人と距離を置くというのが、ずっと習慣になっていたため、そんなことを考えもしなかったのだ。フランクの人生は、西に百五十キロしか離れていなかったものの、まるで地球の裏側のことのようだった。自分の家族を持ちたいと思わず、弟の家族を自分の家族のように考えることもまったく望んでいなかった。

エレノアが電話に出るまで、呼び出し音は二回しか鳴らなかった。

「エレノア・ボイドです」

「エレノア、ヴィクターだ」

「ハイ、ヴィクター。どうやらまた他人同士に戻ってしまったみたいね」

「電話をしたかったんだけど」とヴィクターは言った。「いろいろあって、なかなか抜け出せなくてね」

「もちろん、わかってるわ」とエレノアは言った。「わたしも何日もフランクの姿を見ないことがあったもの」

「きみは元気だった？　ジェンナはどうしてる？」

「なんとか元気よ。あの子はそうでもない。悪夢にうなされてるの。今は落ち着いているようだけど、あの人のことを話さない日はないわ。あなたは元気だった？」

「自分？」

「そう、あなたよ、ヴィクター。だれかがあなたのことを尋ねたからって、そんなに驚かないでよ」

「ああ、変わりはないよ、エレノア。いつも同じだから、わたしを見て時計を合わせてもらってもかまわないくらいだ」

「どうやら孤独な生活を送ってるみたいね」

「まあ、それほど悪くはないよ。ひとりだということと孤独というのは違うからね」

「で、何か理由があって電話をしてきたのかしら、それともわたしとおしゃべりするために電話してきたの？」

「実は」とヴィクターは言った。「フランクの遺産やらなんやらに関する書類を山のように受け取ってるんだ。法的にはきみとジェンナが近親者だから、ほとんどはわたしには関係ない。ひとつだけ訊かれたのは、きみが彼の年金を受け取っているかどうかなんだ。細かく訊いてきていてね、面倒なのはわかってるけど、さっさと終わらせて弁護士に回答しなければならないんだ」

「何を知りたいの？」

「フランクから毎月千ドル受け取ってるって言っていたけど、それは今も続いてるんだよな？解決したんだよな」

「ええ、そうよ。前に言ったとおりよ。少し時間がかかったけど、解決した。トレントン市警の人が電話をしてきて、彼がすべて解決するって言ってくれたの。それ以来、何も聞いていない」

「それはどこから来てるんだ？」

「年金だと思うわ、ヴィクター。ほかにどこから来るというの？」

「ああ。年金からだというのは知っている」とヴィクターは言った。「小切手か何かで支払われてるのかい？」

「直接、銀行の口座に入ってる。フランクがやってたときと同じように」

「送金してくる銀行の名前はわかったりするかな？」

エレノアは一瞬黙った。「いったいどうしたっていうの、ヴィクター？　どんな書類があるの？」

ヴィクターは机の上の書類を探すふりをした。「ああ、あったあった」嘘をついた。「受益者および被扶養者の管理に関する規定。第一部第五節。前述の死亡した者または資格を失った者が、年金または俸給を受領していた場合――」

「もういいわ、充分よ」とエレノアは言った。「ちょっと待ってて」

エレノアは受話器を置いた。引出しが開く音がした。

ふたたび電話に出た。「デイド郡第一地方銀行。いつもと同じよ」

「トレントンの?」

「ええ、トレントンよ」

「参照名や番号はないかい?」とヴィクターは訊いた。

「F・ランディスとだけある。番号はない」

「わかった」とヴィクターは言った。「ほかに必要なものがあれば、連中が自分で取り寄せるだろう」

「で、また近いうちに来てくれるの?」

「もちろんだよ」

「じゃあ、土曜日のディナーに来てくれたら、ジェンナも喜ぶわ」

「電話する」とヴィクターは言った。「次の週末は厳しいかもしれないけど、その次の週末なら」

「日程を決めるつもりはないのね、そうでしょ?」

「休みは事前に申請しないとだめなんだ。勤務していないときでも待機していなければならないから」

「ねえ、あなたはあの人とは違うところもいっぱいあるけど、嘘をつくのが下手なのはいっしょよね。したくないことをする義務はないわ。招待はした。あとは受けるか受けないかよ」

「受けるよ」とヴィクターは言った。「ごまかしたりしてすまなかった。迷惑をかけたくなかったんだ」

「あなたのためにディナーを作ることが迷惑だなんて思うのなら、あなたはたいした人生を送ってないってことになるわよ、ヴィクター・ランディス。保安官の仕事やらなんやらで忙しくなったときは、電話をしてくれれば次の週にする。それでどう?」

「それでいいよ、エレノア。ありがとう。ジェンナによろしく言っておいてくれ」

「そうするわ、ヴィクター」エレノアはそう答えると電話を切った。

36

フランクの保安官補、ポール・エイブラムスに会うことにしたのは、ふたつの理由からだった。ひとつはエイブラムスが捜査に心から関心があるように見えたこと、そしてマイク・フレデリクセンがエイブラムスの電話に折り返しの電話を返していないという事実からだった。

エイブラムスのことはよく知らなかったが、フランクのオフィスであったときと、殺害現場であったときは、率直なプロフェッショナルという印象を受けた。

もしフランクがトレントンという沼に腰まではまっていたとしたら、エイブラムスがそのことを知っていたか、彼も関与している可能性が高かった。エイブラムスが何かに関与しているという根拠はいっさいなかった。つまり彼はまともな男なのか、恐ろしく嘘がうまいかのどちらかだ。ヴィクターの心は本能的に前者に傾いていた。

バーバラは難なくエイブラムスの住所を探り出した。ヴィクターは五時に事務所を閉めると、トレントンへ車を走らせた。ブルー・リッジ近く——州間高速道路七十六号線がルシウスに向かって南西に向かうあたり——で渋滞に巻き込まれてしまった。自分が何をしようとしているのか、不安に思ったり、考えなおしたりしたものの、いったん、それは脇に置いて、ひたすら車を走らせることにした。七時半にはトレントン郊外に着き、エイブラムスの家を見つけた。

エイブラムスの家の敷地はそこそこの広さだった。庭はきちんと手入れされており、正面と横の窓の下にはフラワーボックスが置かれていた。小道は小さな黄色い花の咲く花壇に囲まれていた。全体的に、できるだけ家庭的で歓迎する雰囲気を作ろうと気を配っているという印象を与えていた。

もう一度、ヴィクターは自問した。エイブラムスをこのごたごたに巻き込むことが正しいことなのだろうか？　そして、ほかに現実的な選択肢はないのだと自分自身を納得させた。

奇妙なことだったが、ヴィクターは、ポール・エイブラムス保安官補がポーチに立っている自分を見ても驚かないような気がしていた。

エイブラムスは内扉を開け、一瞬戸惑ってからスクリーンを開けた。ヴィクターはそこにいるのは避けられない現実を受け入れている男だと感じた。

ある種、無理やり驚かされたような表情でヴィクターを認めたエイブラムスは、最初はなかに招き入れずに自分がポーチに出ようとした。

「こんなところでいったい何をしてるんですか？」エイブラムスが尋ねた。

「頭のなかを整理しようと思ってね、保安官補」とヴィクターは言った。「いろいろなことが頭に浮かんできていて、それをまとめるのを手伝ってほしい」

「ここではだめです」エイブラムスは言った。「おれの家では——」

エイブラムスが続きを言う前に、内扉がもう一度開き、キャロルが現れた。

夫にしかめ顔を向けながら、彼女は言った。「ふたりともそんなところで何してるの？　ポール、お客様をなかに入れてあげて」

エイブラムスは振り向いて妻を見た。「ちょっと出かけてくるよ」と彼は言った。

キャロルは顔をしかめた。「何言ってるのよ、ポール？」

「わたしのせいなんだ」ヴィクターは口を挟んだ。「弟に関することだ。オフィスに弟のものがあって、それが必要なんだ」

キャロルは理解したようにうなずいた。「ええ、もちろんです。あらためてお悔やみ申し上げます」

「ありがとう、ミセス・エイブラムス」

「どうか、キャロルと呼んでください」と彼女は言った。「お出かけの前にコーヒーでもいかが？　夕飯はもう食べたの？」

「大丈夫だ。ほんとうにありがとう、キャロル」とヴィクターは言った。「来る途中で夕飯は食べてきたから」

「あら、そうなのね。じゃあ、わたしは行くから、お仕事の話をしてちょうだい。またお会いできてうれしかったわ」

キャロルは別れのことばを言うと、キッチンに戻っていった。

「〈マウンテンビュー・グリル〉を知ってるか？」ヴィクターはエイブラムスに訊いた。

エイブラムスはうなずいた。「もちろんです」

「そこで会おう」

ヴィクターは答えを待たなかった。背を向けると車に戻った。通りの端でルームミラーを見た。エイブラムスはまだ庭に立っていた。

ヴィクターがハンバーガーをたいらげ、コーヒーを二杯飲んだところでエイブラムスが現れた。

立ち上がって彼を迎えようとしたが、エイブラムスが手を振って坐らせた。まるで自分たちの会合を注目されたくないかのようだった。

「仕事とは区別してほしい」とエイブラムスは言った。「おれの家庭に持ち込まないでくださ い、いいですね？」

「わかった。だが八方ふさがりなんだ、保安官補」とヴィクターは言った。「質問が山ほどあって、それに対する答えも山ほどある。混乱のど真ん中にいて、そこから抜け出す手助けが必要なんだ」

「それは理解しますが、事務所に来てください。電話でもいい。家には来ないでください」

「わかった。二度としない。疑問があるのに、答えを待つのにうんざりしていたんだ」

「で、おれが何か知ってると？」

「というよりも、きみが何かを見つける手助けをしてくれるんじゃないかと思ってるんだ」

「弟さんに関してですね」

ウェイトレスが近づいてくると、ヴィクターはそのほうを見た。

「何か頼むか?」とヴィクターは訊いた。

エイブラムスは首を振った。

「お代わりをくれ」とヴィクターはウェイトレスに言った。「友人にはいらない」

エイブラムスは体を乗り出し、抑えた声で言った。「前にも言いましたが、弟さんが何かのトラブルに巻き込まれていたとしても、おれはそれについてはほんとうに何も知らないんです」

「きみを疑う理由はないよ、保安官補。だが、掘り続けて、訊き続けて、さらに掘り続けていけば、何か見つかることもあるんだ。今のところ、この謎を解き明かすことができそうな人間はきみしか思い当たらないんだ」

エイブラムスはヴィクターを見て、質問を待った。

「弟の年金はまだ手続きが終わっていない。それ自体は驚くことじゃない。死んでからまだ七週間しか経っていないからな。腑《ふ》に落ちないのは、弟が元妻に支払っていた月千ドルが、今もまだ支払われていることなんだ」

エイブラムスは顔をしかめた。

「エレノア・ボイドは、フランクが毎月この金を彼女の口座に入金していたと言っていた。別れてからずっとそうしていた。わたしの知るかぎり、給料から支払われてはいない。どこから支払われていたかはわからないが、元妻の口座に直接現金で入金されていたということは、証跡がまったく残らないことになる。正しい金ならなぜそんなことをしたんだ? そして弟は死んだ。間違いなく年金をもらえるはずだし、彼の子供はその年金から経済的な支援を受ける権利がある。理解できないのは、毎月千ドルの入金が今も続いていることなんだ。まるでフランクがまだ生きているかのようにエレノアの口座に入金されているそうなんだ」

「年金の支払いがまだだというのは間違いないんですか?」

「担当者と話したところではまだのようだ」

「ということはだれかが彼女のためにそうしている」

「そのようだ」

「彼女を黙らせておくために?」とエイブラムスは言った。

「わからない。彼女とフランクのことについて話した。彼女は弟のことをかばって、いい父親で、いつも彼女と娘を支えていたと言っていた。何かに関与していたかどうかについては知らないと言っていた。わたしの勘では、弟が悪事に手を染めていたとしても、彼女はそれを知らなかったと思う」

「この金のほかに、彼が手を染めてはいけないものに関与していたことを示唆《しさ》するものはあるんですか?」

ヴィクターは深く息を吸った。エイブラムスを味方につけようとするなら、何が起きているのか、より詳しい説明をしなければならなかった。

「ファニン郡のラッセルという一家を知ってるか?」

エイブラムスは顔をしかめて考え込んだ。「ラッセル……ラッセル」首を振った。「知りません」

「ユージーンとスタンリーのふたり兄弟だ。スタンリーはワスパーと呼ばれている」

「ワスパーなら知ってます」とエイブラムスは言った。「以前に名前を聞いたことがある。忘れられない名前です」

「どこで聞いた？」

「フランクから。電話で、たしか二、三回。ワスパーという名前の男と話していた。間違いありません」

「兄のユージーンについては？」

「いいえ、心当たりはないですね」

「ジム・トム・ムーディ。ケニー・グリーヴス。ホルト・マックリン。これらの名前を聞いたことは？」

「記憶にありませんね、保安官」とエイブラムスは言った。

「ワスパーとその兄のユージーン、それからノースカロライナ州チェロキー郡のムーディという男が、三人ともトレントンは沼のような場所だと言っていた」

「沼？　いったいどういう意味ですか？」

「聞いたとおりだ」とヴィクターは言った。「泥だらけで、汚れたものが山のように埋まっている。やってはならないことをしている人間がおおぜいいる」

「で、トレントンという場合、それは保安官事務所を意味するということですね」

「保安官事務所、市警、市長、わからない。一部なのか、全部なのか。詳しくはわからないが、三人の違う人間から三回同じことを聞いていて、放《ほう》ってはおけない」

「けどその連中は――」

「その連中がどういうやつらかはわかっている」ヴィクターはさえぎるように言った。「それにこの連中のことはつゆほども信用しちゃいない。だが今、この千ドルがどこからか払われていて、そこのつじつまが合わない」

「それがここに来た理由ですか？　おれにその金がどこから来たか調べてほしいんですか？」

「調べてくれるかどうか訊きに来た。ああ、そうだ」

エイブラムスはいっとき無言でいた。そして尋ねた。「どの銀行かわかりますか？」

「デイド郡第一地方銀行」

「現金で支払われているんですか？」

「エレノアが言うには参照番号も何もないそうだ。つまりだれかが銀行に行って、現金で入金してるということだ」

「それで？　銀行の人間が、だれが毎月来て、彼女の口座に千ドルを入金していたか覚えているかもしれないと思ってるんですか？　たとえ知っていたにしても、令状もなしに金融取引の情報を教える義務は彼らにはない。そうですよね？」

「ああ、そうだ」

「で、おれに何をしてほしいんですか？　令状を偽造するとか？」

「きみがやりたくないことをさせるつもりはないよ、保安官補」とヴィクターは言った。「今、ここでノーと言ってもかまわない。そうしたらわたしは帰る」

　エイブラムスはすべてわかっているという表情で言った。「わかってますよ。もしノーと言えば、おれが何か隠してると疑うんでしょ」

「何も疑ったりするつもりはない」とヴィクターは言った。「きみには奥さんも子供もいるし、これからのキャリアもある。州で最年少の保安官になれるかもしれない。わたしにはきみはまっとうで正直な人間に見える。フランクもきみを保安官補として抱えていることを誇りに思っていただろう。だがあいつは死んだ。そして死んだ理由もわからなければ、その場所についても腑に落ちない。詐欺師みたいにねじ曲がった連中が、弟は悪党だったと言う。説明のつかない千ドルの金もある。元妻と子供もいて――」

「オーケイ」

　ヴィクターはエイブラムスを見た。

「オーケイ」エイブラムスは繰り返した。「できることをしましょう。だれがその金をエレノアに払っているのか調べてみます」

「感謝する」とヴィクターは言った。「だがひとつ言っておく。気が変わってもかまわない。もしひと晩考えて、リスクを負う覚悟がないと思うなら、わたしはその考えを尊重する」

　エイブラムスは微笑《ほほえ》んだ。「そういうわけにはいきませんよ、そうでしょ？　人は約束をしたら、それを守る義務がある。あなたが話しているあいだ、考えていたんです。フランクはいい人だった。少なくともおれはそう思っています。あの人はおれのボスで、おれによくしてくれました。彼が何か悪事に関与していることがわかったら、見方も変わるかもしれません。ですが、それまではこれまでと同じです。だからあなたを助けます。彼がおれを助けてくれたから」

37

火曜日の朝、すべての事件の調書を見なおし、現場の写真をもう一度じっくりと見たヴィクターは、三つの殺人事件が同一犯の犯行であることを疑わなかった。

決定的な証拠はなく、いまだにすべてが状況証拠にすぎなかったが、被害者の年齢、手足を縛っていたこと、薬物の投与、遺棄方法など、あまりにも類似点が多かった。足りないのは少女たちや現場そのものの物理的な関係だった。

サラ＝ルイーズ・レイシーの場合、昨年の十二月二十七日から行方不明になっていたが、死後三、四週間しか経っていなかった。その事実は彼女がその間《かん》、どこかで生きていたことを意味した。エラ・メイ・レイフォードもリンダ・ビショップも捜索願が出されてから、二週間ほどで発見されていた。

なぜ、サラ＝ルイーズは同じタイムフレームのなかで殺されなかったのだろう？　その何カ月間に何があったのだろう？　どこにいたのか？　だれといたのか？　その連中は彼女と何をしていたのか？

最も重要な疑問は、三人の少女にどんなものであれ、つながりがあるのかどうかだった。三人は異なる郡の異なる街の出身だった。そのうちのふたりは出身地とはまったく違う郡に遺棄されていた。なぜこれらの少女たちが？　そしてなぜこのようにさまざまな場所から？　連絡先、場所、状況など、誘拐された理由を説明できる共通点はあるのだろうか？　まったくの行き当たりばったりの犯行という可能性もあった。犯人は常に移動している旅行者なのか？　セールスマン、トラック運転手、農場労働者。連邦職員さえもその職務上、州境を越えて行き来している。どこかで少女を拾い、どこかに監禁して殺し、連れ去られた場所から遠く離れた場所に埋める。それでもサラ＝ルイーズはそのパターンには当てはまらない。彼女はラブン郡出身で、同じ郡内に遺棄されていたというだけでなく、誘拐から殺害までの数カ月間、ずっとどこかにいたのに、だれにも気づかれなかったのだ。そして性的暴行を受けていたのはふたりだけだった。エラ・メイはその運命から逃れることができたが、それは彼が以前考えたように、単にそのようなことが起こる前に死んだというだけなのかもしれなかった。

ヴィクターには、このようなシナリオが十代の少女にもたらす絶望的な恐怖について想像すらできなかった。どこかの地下室、ひょっとしたら離れや納屋の地下の貯蔵室、人の通る道から離れ、近隣からも距離のある場所に監禁されていたのだろう。あるいはもっと大胆だったのかもしれない。郊外の民家の、マットレスが壁に立てかけられ、窓を板でふさいで防音が施された部屋で、猿ぐつわをされて縛られていたのかもしれない。

いずれにせよ、悪夢のような出来事に変わりはなかった。何日も、何週間も、そして何カ月も、自分に何が起きるのかわからないまま過ごすのだ。純真さや尊厳、人間性を引き剝《は》がされながら。

ヴィクターは三人の少女の写真――発見された死体ではなく、生きていたときの写真――を選び、机の上に並べた。窓際まで歩き、振り返って彼女たちを見た。かつてはみなジェンナと同じ年齢だったときがあったのだ。みんな大切にされ、甘やかされ、愛されていた。そして今、彼女たちはいない。人生は始まる前に終わってしまった。

それを悲劇と呼んでしまうのは、人命に対する基本的な尊厳の軽視と無関心を正しく言い表していなかった。

ミルステッド、パーソンズ、ガーナー、そしてモンゴメリーと交わした合意には、いやというほどの現実が含まれていた。レイフォード家、ビショップ家、レイシー家を訪ねなければならないだろう。友人や知人、それぞれの少女を最後に見た人物からも話を聞かなければならない。学校、職場、最後に目撃された場所にも行かなければならない。マーシャルにも協力してもらい、必要なら各郡の保安官や保安官補にも声をかけなければならない。とんでもない大仕事だが、今となっては断れなかった。エイブラムスが前の晩に言ったように、人は約束をしたなら、それを守る義務があるのだ。

ヴィクターは内線でバーバラを呼んだ。

「マーシャルがどこにいるか知ってるか?」

「今はわからないけど、すぐにわかると思う」

「バーバラ、あいつを探してくれ。できるだけ早くここに戻ってくるように伝えてほしい」

「彼は褒められるの、叱られるの、どっち?」

「どちらでもない。やってほしいことがある。それもいろいろとな」

「わかったわ、マーシャルについてひとつだけ言えるのは」とバーバラは言った。「あの子は仕事を厭《いと》わないということね」

38

過去の悲しみが未来への希望に永遠に影を落としている。

それがマウンテン・シティのレイシー家のキッチンに坐っているとき、ヴィクターが心の奥底で本能的に抱いた感覚だった。娘の死によって、彼らの生活はバラバラになってしまった。彼らが安らぎを得られる理由も根拠もなかった。どうやって立てなおすか、どうやって前に進むか、両親にとって最悪の恐怖が現実となったという事実とどうやって折り合いをつけるか、それらに関するガイドラインも取扱説明書もなかった。

レイシー夫妻がレイフォード夫妻より裕福であるという事実も、彼らの悲しみを変えることはなかった。彼らは教会に通い、慈善団体に寄付をし、ガールスカウトのクッキーを箱で買い、ハロウィンでは山のようにキャンディを配った。それらすべては起きたことの前ではなんの意味もなさなかった。悪は差別しなかった。

彼らは世界を創造していた。その世界には毎日があった。それがいつもそこにあるのは当然だと思っていた。そうではなかった。

エドとマリオンのレイシー夫妻は、ヴィクターの会ってほしいという要請に疑問を覚えなかったようだ。その事実は、自分たちの娘に何が起きたのかという真実を、だれが明らかにしようが、彼らはまったく気にしないということを物語っていた。ただ知りたかった。まるで知ることによって、悲しみと痛みの重荷が少しでも取り除かれるかもしれないと思っているかのようだった。

火曜日の夕方から水曜日にかけて、ヴィクターは日常業務にたびたび邪魔されながらも、三件の殺人事件について、できるかぎりマーシャルに説明した。

十月一日木曜日の午前中遅く、ヴィクターは、マーシャルをリンダ・ビショップの家族から話を聞くためにロック・スプリングに向かわせた。もし少女の家族がなぜユニオン郡の保安官補が訪ねてきたのか疑問に思った場合は、ウィラード・モンゴメリー保安官に問い合わさせるよう指示しておいた。

昼下がりとなっていた。マーシャルはまだウォーカー郡にいるか、なんとか集めた情報を持って、ブレアズビルに向かっているところだろう。

一方で今、ヴィクターはレイシー家にいて、娘の死を知って以来、知っていること、覚えていること、考えていたことをすべて思い出すよう、両親に頼んでいた。

ヴィクターはここに来たいと思っていた。三件のなかでも彼をもっとも落ち着かない気持ちにさせる事件だったのだ。彼は知りたかった。知る必要があった。サラ＝ルイーズが行方不明になってから殺されるまでの数カ月間、どこにいたのかを。

「パーソンズ保安官も来ましたよ」エドはヴィクターに言った。「ジェリー・マーヴィン保安官補も。あなたが訊いたことは全部彼らからも訊かれました。できるかぎり話しました。何度も繰り返し話すことがどれだけ役に立つかはわからない」

「まだ動揺しています」とマリオンは言った。「今週、埋葬したばかりなの」彼女は深く息を吸い、眼を閉じた。

「わかります、ミセス・レイシー。心から。何度もこのことを話してもらわなければならないことを申しわけなく思っています。わたしは保安官事務所のカール・パーソンズ保安官と協力して仕事をしています。おふたりが彼にすべて話していて、わたしがそれをすべて読んでいたとしても、あとになって思い出すこともたまにあるんです。その……このような悲劇をことばにすることはできません。直後のショックに対処しているときに思い出すことを期待するのは、あまりにも酷というものです。だから、しばらくしてからまた来て、何か新たに明らかになったことがないかお伺いするんです」

エドは妻を見た。マリオンは夫を見た。ふたりはヴィクターに顔を向けた。部屋のなかは気まずい不信感に満ちていた。

「クリスマスを過ごしました」エドが話し始めた。「いつものように。あの子はひとりっ子なんです。わたしたちの親が亡くなってからは、クリスマスはいつもわたしたち三人で過ごしてきました。二、三年前に一度だけ、娘は友人を招いたことがありました。可哀そうに、その娘《こ》の両親は離婚しかかっていたんです。協議中だった。その娘《こ》もその渦中にあった。クリスマスにそんなことされたらたまりません。サラ＝ルイーズがその友人を家に呼んでもいいかと訊いてきたので、もちろんだと答えました。最近で、クリスマスがわたしたち三人だけじゃなかったのはそのときだけでした。友人たちとパーティーに行ったりするのが好きなんだろうって思うかもしれませんが、そういうタイプじゃなかった。やさしく穏やかで思いやりがあった。勉強にも熱心に取り組んでいた。大学に行かせられないことはなんとなく察していたみたいだけど、少しも気にしていなかった。ボランティア活動もしていて、日曜の教会のあとも残って、椅子や本を片付けるのを手伝っていました」

エドは天井を見た。心が折れないよう、持てる力をすべて振り絞っていた。ふたたび話しだしたときには、感情がたかぶって声がかすれていた。「あ、あの子はいい子でした。ほんとうにいい子だったんです、ランディス保安官。問題を起こしたこともなかったし、ダンスに行ったり、ほかのティーンエイジャーの子と煙草《たばこ》を吸ったり、お酒を飲んだりすることもなかった。ほんとうにやさしい子だった。わたしたちの娘だった……」

エドはうなだれた。マリオンが手を差し出し、彼の肩に置いた。

「間違ってる」と彼女は言った。「フェアじゃない。いったいどうして十六歳の女の子が通りから連れ去られて、消えてしまうというの？　あの子が行方不明になったとき、七十二時間以内に発見されなければ、生きている可能性はないに等しいと言われました。でもあの子は生きていた、そうでしょ？　行方不明になってから数カ月間は生きていた。どこで？　あの子はどこにいたの？　どうして見つけることができなかったの？　ありがたいことに、みんながあの子を探してくれたのに。何もなかった。噂や兆《きざ》しさえも。どうしてそんなことが？」

ヴィクターには、ふたりが感じている怒りや絶望、徒労感を和《やわ》らげるようなことばをかけてやることはできなかった。「お子さんは?」とエドが尋ねた。

ヴィクターは首を振った。「いいえ、子供はいません」

「お仕事柄なんでしょうね」

「そういうわけじゃありません、ミスター・レイシー。わたしのような仕事をしている者にも、家庭を持っている者はたくさんいます」

「まあ、あなたにお子さんがいれば、子供を失うということがどういうことなのか、わかっていただけるかもしれません。子供のいないあなたにここで起きていることをわかってもらえるとは思っていません」

「ええ、ミスター・レイシー、あなたがたの経験していることをわかっているというつもりはありません。正直言って、恐怖しか覚えません。自分に言えるのは、これを最後にするつもりで全力で取り組むということです」

「本気なの?」とマリオンは言った。その眼には敵意が一瞬垣間見えた。「それともあの子を見つけると言っていたほかの警官と同じように、ことばだけ、同情するだけ、意味のない約束をするだけなの?」

ヴィクターは体を乗り出した。マリオン・レイシーの眼を見た。

「わかってください、ミセス・レイシー」と言った。「たしかに自分はどこからともなく現れて質問をしている。また同じことを繰り返すのはおつらいでしょう。ですが、だれもあなたを見捨てていないからこそ、自分がここにいるんです。カール・パーソンズもジェリー・マーヴィンもいる。わたしの保安官補もいます。ほかの三つの郡の保安官も手を貸してくれています」

「ほかにも被害者がいると聞いた」とエドが言った。「ファニン郡の女の子」

「どこで聞いたんですか、ミスター・レイシー？」

「ほんとうなんだな？　同じように誘拐されて殺された女の子がいる」

「ほかの少女の失踪事件についても捜査していることは事実ですが、同一人物の犯行を示唆《しさ》する証拠はありません」

「その女の子も死んだの？」とマリオンが訊いた。「そのファニン郡の女の子は死んだの？」

「ええ、奥さん」ヴィクターは言った。

「わたしたちのように引き裂かれた家族がほかにもいる」彼女は続けた。「よく耳にするし、テレビのニュースでも観たりするけど、自分の身に起きるなんて考えてもいなかった」

ヴィクターは何も言わなかった。いっとき、沈黙が部屋のなかを支配した。エドとマリオンは、不信感を抱いたまま、ことばもなく、呆然とそこに坐っていた。

「彼女の部屋を見せてもらえませんか？」ヴィクターはようやくそう尋ねた。

ことばもなく、エド・レイシーが立ち上がった。ヴィクターにうなずいた。ヴィクターは立ち上がると、彼のあとをついてキッチンを出て廊下を進み、階段を上がった。

サラ＝ルイーズの部屋は階段を上がった右にあった。エドはドアを開けると、そのまま開けておき、ヴィクターの脇を通って妻のいる階下へと戻った。

彼の足音がやむと、階下のキッチンからマリオン・レイシーのすすり泣く声が聞こえてきた。

39

レイフォード夫妻をもう一度訪ねても、これ以上得るものがあるとは思えなかった。あの事件がヴィクターとラッセル兄弟を結びつけた。ラッセル兄弟はフランクが悪徳警官だと言っていた。ジャネット・レイフォードはミルステッドに話をし、エラ・メイの殺人事件に進展がなければ、ユージーンが自らの手で問題を解決するとほのめかした。ヴィクターはこのことがユージーンを怒らせたのではないかと思わずにはいられなかった。これまでに得たものはほとんどが推測と伝聞の寄せ集めでしかなかった。この先に得るものが同じではないことを願った。

木曜日の夜、彼は事務所でマーシャルといっしょにいた。ロビーと受付の灯りは消えており、バーバラはすでに帰宅していた。

「以前にも家族にニュースを伝えに行ったことはあります」とマーシャルは言った。「覚えてますか、老人が心臓発作を起こしたことがあった。自動車事故も何度かあった。トッコア川で子供が溺《おぼ》れたこともありました。今回はどれとも違う。理にかなったものではないのに、少女の両親は理にかなった説明を求める。彼らは自分たちの知らないことをおれたちが知っているかのような眼で見る。自分がこんなに役立たずだと思ったことはありませんよ、保安官」

「わかるよ」とヴィクターは言った。「みんな同じだ」

「もう一度、すべてたしかめました。以前に何度も訊いた質問を繰り返し訊いた。彼らの気分を害することのないように気をつけなければなりませんでしたが、二月にモンゴメリー保安官やホイットマン保安官補に話していないことがないかたしかめるため、繰り返し質問しました」

マーシャルは椅子の背にもたれかかり、あきらめたように頭を振った。その仕草は敗北した男のそれだった。

「普通の女の子。ティーンエイジャーがすることをする、どこにでもいる十代の女の子。優秀で勤勉、思いやりがあってやさしい。自分の子供はよく見えるものですが、この子の場合は本物だと思いました。教会に通い、チャリティーのためにお菓子を作り、病気の子供たちのためにタレントショーで募金を集める。尊敬すべき、礼儀にかなったごく普通の一家です。そんな彼らの娘がさらわれ、最初から存在しなかったかのように消えてしまう」

「きょうだいはいないんだな?」

「ええ。彼女だけです」

「レイフォードの娘もサラ＝ルイーズ・レイシーも同じだ。兄弟も姉妹もいない」

「何か意味があると思いますか?」マーシャルは訊いた。

「そうかもしれないし、そうじゃないかもしれない。どういう意味があるんだ?　なぜひとりっ子だけを誘拐する?　それともひとりっ子であること以外に何か共通点があるのだろうか?」

「保安官、おれはあの家で優に二時間は過ごしましたが、普通じゃない点は何もありませんでしたし、両親が話したことにも、少女の部屋にも何もありませんでした。あれ以上、普通の家庭があるとは思えません」

「どういう家族がこんな仕打ちを受けるべきなのかわからない」とヴィクターは言った。「だれであろうとこんな仕打ちを受けていいはずがない」

「で、これからどうするんですか?」とマーシャルは訊いた。

「つながりがあるのか、ないのかだ」とヴィクターは言った。「もしあるなら、見つけなければならない。ないなら、風のなかで小便をしているようなもんだ」

「まあ、どんなつながりがあるにせよ、彼女たちの家族が力になってくれるとは思えません。おれの見るかぎり、おれたちはまったくの白紙の状態です、保安官」

「そのようだな、マーシャル。いずれにしろ、今晩はもう何もできない。奥さんのところに帰れ、いいな?」

マーシャルは立ち上がった。しばらくそのままでいて、それから言った。「弟さんに何があったんですか?」

「それがわかればな」とヴィクターは言った。「それもまた悩みの種だ。あいつはまっとうな警官じゃなく、何か悪事に巻き込まれていたという噂もある」

「どんな悪事に?」

「ラッセル兄弟を知ってるか?」

「ええ、聞いたことはあります。ジョージのところの保安官補、トム・シーハンを知ってますか? 少し前に連中ともめ事があったと言ってた」

「もめ事？」

「弟のワスパーのほうと。女の子を殴ったそうで、その娘《こ》は怖がって告訴できなかった。関係ないから手を引くように、シーハンは言われたそうです」

「だれがそんなことを言ったんだ？」

「ジョージ・ミルステッドからではないのはたしかです。ブルー・リッジの警察が彼は情報提《C》供《I》者だから、男女間の暴力沙汰程度で怒らせたくないと言ったそうです。ちょっと前のことで、六カ月くらい前でしょうか」

「ワスパー・ラッセルがブルー・リッジ市警のＣＩだというのか？」

「トムはそう言っていました」

「自分はトレントン市警のＣＩだと聞いた」

「連中はコルウェルに住んでるんですよね？　そこにラッセルの家があるんですよね？」

「ああそうだ」

「じゃあ、州のことなんでしょう」とマーシャルは言った。「ワスパーの野郎は頼まれればだれにでも情報を提供するのかもしれません」

「それに兄のほうも取引に加わっているのかもしれない」とヴィクターは言った。「ワスパーがユージーンに知られることなく、そんなことができるとは思えない。わたしはふたりに会った。ユージーンのほうが間違いなくボスだ」

「トムともう一度話したほうがいいですか？」

ヴィクターは首を振った。「アトランタに記録があるか、バーバラにたしかめてもらう。もしやつが州の情報提供者なら、州の連中がそのことを知っているはずだ」

「わかりました、この件でおれにしてほしいことがあったら、遠慮なく言ってください」

「そうする、マーシャル。じゃあ、また明日」


ヴィクターはゆっくりと事務所を閉めた。八時過ぎには事務所をあとにした。腹が減っていたし、家にもほとんど食べるものもなかったが、〈オールド・タヴァーン〉には行かないことにし、スープの缶とクラッカーですますことにした。

事務所から車を走らせながら、エレノアに言ったことを考えていた。ひとりだというのと孤独というのは違う。今、彼にはそれほどたしかには思えなかった。成人してからの人生のほとんどを、人と距離を置いて生きてきた。じっくり話のできる友人もいなかった。相談する相手もいなければ、人から相談されることもなかった。感謝祭もクリスマスもしなかったし、フットボールの試合のあとに、庭でハンバーガーやビールを食べたり飲んだりして騒ぐこともなかった。結婚していた数年間、妻はそのことに数えきれないほど不満を言っていた。十二年経った今、彼は妻が恋しいとさえ言えなかった。亡き妻の顔を思い出すことさえ難しかった。ある意味、あの結婚はなかったことのようだった。つい最近まで、ヴィクターはフランクとの関係も同じように考えていた。それはまったく別の人生であり、自分とは関係のない人生なのだと。

だが、状況は変わった。その変化は気に入らなかったが、もはや元に戻すすべはなかった。

ヴィクターは自分がエレノアやジェンナに惹かれているのを感じていた。レイフォード家で目の当たりにした悲しみと喪失感、そしてサラ＝ルイーズの両親との面談は、予想もしなかった形で彼に影響を与えていた。

最近の出来事のせいで、彼は自分が何者で、どうなろうとしているのかに向き合わざるをえなくなった。そしてそうすることで、彼自身が自分という人物に関心がなかったという事実を突きつけられていた。

それを認めることは難しかった。これまでの自分の言動に責任を負うことを意味したからだ。非難は罪悪感と同じくらいもうたくさんだった。すでにその両方をマントのようにまとっていた。いずれは嘘偽りから自分を解き放たなければならないときが来るだろう。人は自分自身にそう長く嘘をつくことはできない。真実は常にそこにあり、永遠に隠しておくことはできないのだ。

40

金曜日の朝一番で、ヴィクターはあらためてトレントン市警に電話をした。

以前と同じように、マイク・フレデリクセンはデスクを離れていると告げられた。メッセージを残しておくかどうか尋ねられた。

「わたしのしたいことを言おう」とヴィクターは言った。「だれかが彼を見つけてきて、この電話に出させるまでこのまま待っている」

「そんなことをしてもよい結果になるとは思えませんよ、ランディス保安官」と受付係の巡査部長が言った。

「わたしにとってよい結果になるかどうかはどうでもいいんだ、巡査部長。マイク・フレデリクセンを電話に出さないなら、車でそこまで行ってトラブルを巻き起こしてでも――」

「保安官、わかりました――」

「いいや、何もわかっちゃいない。ちゃんと聞いてるか？　今すぐフレデリクセンを見つけて、この電話に出すんだ」

一瞬、ヴィクターは回線が切れたのかと思った。が、やがて保留にされているのだと気づいた。

「ランディス保安官?」

「フレデリクセンか?」

「ああ、そうだ。あんたが騒擾取締令（英国のかつての法律。軽罪判事がその法律を読み上げたあと、群衆に集会を解散するよう命じた）をおれに読み上げる前に、返事ができなかったことを謝ったほうがいいようだな。あんたからの電話があったことは知っていて、ずっと連絡しようと思ってたんだが、どういう状況かはわかってくれるだろう?」

「そうとは言えないな」とヴィクターは答えた。「最後にわたしたちが話をしたのは八月の終わりだ。今は十月だというのに、あんたからは何が起きているのかひと言も聞いていない」

「共有すべき情報があったら、知らせていた。ほんとうだ」とフレデリクセンは答えた。

「何もないと言うのか」

「断片的にしかない。八方ふさがりの状態だ」

ヴィクターは深く息を吸った。「この一カ月、捜査になんの進展もなかったと言うのか?」

フレデリクセンは話す前に、一瞬、間《ま》を置いた。話しだしたとき、親しみやすさやプロとしての礼儀正しさのかけらは消え失せ、自信なげな淡々とした話し方に変わっていた。

「おれは何も話すことがないのに、わざわざだれかに電話をしたりはしない。それにはっきり言わせてもらうが、ユニオン郡保安官事務所はこの事件に関し、なんの権限も持っていない。初めて会ったとき、この件に関わりになるつもりか訊いたら、あんたはそのつもりはないと答えた。おれはそのことばを信じた、ランディス保安官」

「そしてわたしは、弟を殺した犯人を見つけるためにあらゆる手を尽くすと言ったあんたのことばを信じた」

「だからおれはできるかぎりのことをしているし、見つかるまでできるかぎりのことを続けるつもりだ。おれに自分の仕事をさせてくれ」

「あんたがフランクの年金のことを解決してくれたと聞いた」

沈黙。

「エレノアは受け取るべき金を受け取っているようだ。あんたが解決に力を貸してくれたそうだな、刑事さん」

フレデリクセンは何も言わなかった。

「遅れたのには何か理由があったようだ」とヴィクターは言った。

「手を引いたほうがいい」とフレデリクセンは言った。その声は断固としており、率直でビジネスライクだった。

「そのつもりはない」

「お願いだ、保安官。言うことを聞いてくれ。この件に首を突っ込んでも、だれも得をしない。とりわけエレノアと彼女の娘には」

「わかってるのか、話せば話すほど事態が悪くなっているように聞こえるぞ、刑事さん」

「あんたの弟は――」

「弟についてあんたから聞きたいのは、あいつに何が起きたのかということだけだ」

「まあ、あんたが最初に知ることになるだろうな、保安官。そしておれから連絡を受けるまでは、充分遠くにいることを願っている」

「いったい、どういう意味だ？」

「あんたが一線を越えようとしているという意味だ。あんたが、話したがらない人間と話をしようとしているように見えるということだ。そしてそのまま進むことはお勧めできない」

「脅《おど》してるのか、フレデリクセン刑事？」

「おれが？　まさか、保安官。脅してなんかいないよ。友好的なアドバイスと呼んでくれ」

「なら、お返しにアドバイスしよう」とヴィクターは言った。「弟を殺した犯人を捜し続けろ、さもなければ、ずっと肩越しに振り向いて何かを見なければならなくなるぞ」

そう言うと電話を切った。

椅子から立ち上がると、窓のほうへ歩いていった。深呼吸をした。集中した。ほかに何も得るものはなかったにせよ、フレデリクセンが間違いなく自分の味方でないことだけはわかった。

41

懸命な努力にもかかわらず、ワスパー・ラッセルについて語ってくれそうな人物を探そうとするバーバラの試みは堂々めぐりに陥《おちい》っていた。

アトランタ市警が彼女の前に立ちはだかった。それは直接的な方法によってではなく、むしろ彼女が顔の見えない官僚主義的な人々を相手にしなければならないという事実によるものだった。各郡の市警が小さく見えるほど、アトランタには数百人もの警察官がおり、彼女は次から次へとたらいまわしにされ、結局何も得ることができなかった。

「あなたかマーシャルのどちらかが、直接だれかを訪れるほうがいいと思う」とバーバラはヴィクターに言った。「あなたがいいと思う。保安官の言うことなら聞いてくれる可能性が高い。それにここを出て明るい光に当たるのもいいんじゃない？」

「アトランタの明るい光を見ることは、わたしの〝生きているうちにすることリスト〟には入ってないよ」とヴィクターは言った。

「いいレストランがいくつかあるわよ。これまでたくさんステーキは食べてきたけど、人生で最高のハンガーステーキ（牛の横隔膜の一部で、日本ではサガリと呼ばれる希少な部位のステーキ）はアトランタで食べたわ」

「どうしてもわたしを説得しようとしてるみたいだな」

「何も説得しようとなんかしてないわ、保安官。ただ行き詰まってしまって、だれに頼めばいいのかわからないの」

「きみが助けてくれる人を見つけられないのに、わたしにどうしろというんだ？」

「そんな後ろ向きにならないで、保安官」とバーバラは言った。「やる前から失敗すると決めつけてるでしょ？」

ヴィクターは微笑《ほほえ》んだ。この女性は彼の良心であり、いろんな意味において親友といってよかった。

「きみが話した人たちのリストをくれ」とヴィクターは言った。

「それよりもわたしが話ができなかった人のリストをあげるわ。州検察局に刑事司法部があって、そのなかに司法協力ユニットという部署があるの。情報提供者、証人保護、その手のことを扱う部署よ」

「なるほど、そこのドアを叩けばいいんだな」とヴィクターは言った。

「今日、行く？」

「放《ほう》っといても意味があるとは思えない。明日は土曜日だ。月曜日まではだれもいない可能性が高い。それに、明日の夜は弟の元の奥さんに夕食に招待されている」

「あら、どういう風の吹きまわし？　知らないうちに社交的になっていたのね」

「義務だよ、バーバラ」

「いい、聞きなさい。あなたはわたしが会ってきたなかで最も不機嫌な人間のひとりであることは間違いないわ。あなたはまだ四十代なのにみんなあなたのことを人生の大半を終えた老人だと思ってる。わたしはあなたよりも十五歳は上だけど、わたしのほうが若く見えるわ」

ヴィクターは笑った。

「必要な詳細を教えるわ。車のなかで食べられるようにエメットにサンドイッチでも用意させる。それとも途中でどこかに寄っていく?」

「途中でどこかに寄るよ」とヴィクターは言った。「アトランタまで我慢してハンガーステーキを食べてもいいな」

「少なくとも水筒にコーヒーを用意するわ」とバーバラは言った。

「それはありがたい」

「どういたしまして、保安官」

バーバラは立ち上がってドアに向かった。出ていく前に立ち止まり、振り向いた。ほんの一瞬、彼女は本当に心配そうな表情をした。

「今度はなんだ?」とヴィクターは訊いた。

「あなたはドアに鍵を掛けて、灯りを消している。そんなんじゃだれも歓迎されてるとは思わない。わかってるわよね?」

「どういう意味だ?」

「時間はあるわ、ヴィクター。けど永遠じゃない。あなたが奥さんを亡くしたことは知っているし、そのことは気の毒に思っている。でも、最初にあなたを結婚に駆り立てたものがなんであれ、それはまだあなたのなかに残ってるはずよ。男が一生を孤独に過ごさなければならないのが正しいことには思えないの」

「ひとりでいることこそが運命だという人もいるかもしれない」

「孤独は人間の本性じゃないわ。それに人間の本性についてあなたにできることはない。保安官であることは仕事よ。人生のすべてじゃないのよ」

「考えておくよ、バーバラ」

ドアの向こうでバーバラの机の電話が鳴った。

「考えたところで意味はないわ」バーバラは自分のデスクに向かいながら言った。「行動が大事なのよ」

42

昼過ぎのアトランタのダウンタウンはヴィクターが見たこともないようなひどい渋滞だった。

このような渋滞に慣れていなかったため、遅々として進まず、結局アトランタの検察局に着いたのは午後四時だった。アポイントがなかったため、さらに四十五分待たなければならなかった。司法協力ユニットのアビゲイル・ウェブスター警部補の前に坐ったときには、自分が歓迎されていないことをひしひしと感じていた。

「アポを取ってくれれば待たせることもなかったのに」とウェブスターはヴィクターに言った。

「それはありがとう、警部補。お詫びするしかありません。ユニオン郡である事件を扱っていて、いくつか障害にぶつかっているんです」

「秘密《C》人材《I》に関すること？」

「情報提供者のことですよね？」

「今はそのことばは使っていないの、でもそう、イエスよ」

「ラッセルという名の兄弟がいます。ユージーンとスタンリー。ファニン郡のコルウェルの出身です」

「でもあなたはユニオン郡の保安官でしょ？」

「ええ警部補《マアム》、自分はユニオン郡とファニン郡の調整役みたいなものです。ファニン郡のジョージ・ミルステッド保安官がわたしといっしょにこの件に取り組んでいます」

「で、ほんとうのところ何を調べようとしてるの？」

「ワスパーという名で通っている弟のスタンリーが、その秘密人材のひとりなのかどうかを調べています。もしそうなら、だれのために働いているのかも」

ウェブスターは一瞬ためらってから、机越しに体を乗り出した。その表情はどこか当惑しているようだった。

「秘密人材というのは秘密であることが重要なのよ、ランディス保安官」

「その人材が捜査中の事案に関係している場合は別ですよね？」

「それはどういった性格の捜査なの？」

「それがはっきりしないんです。麻薬か銃か、あるいは児童ポルノかもしれません。深刻な家庭内暴力に関わっていることはわかっていますが、ファニン郡の保安官事務所は手を引くように言われた」

「その人物がファニン郡で警察に協力しているかどうかをたしかめようとしているのね？」

「そのとおりです、警部補《マアム》」

「もしそうだったら？」

「そうすればだれかの爪先を踏んで邪魔することがなくなります」

「そう断言できる？」とウェブスターは訊いた。

「あなたの望むとおりにします」とヴィクターは言った。「自分はトラブルを起こしにここに来たわけじゃありません、警部補。混乱していることの答えが知りたいだけです」

「その点だけ、はっきりさせておけばいいわ。この刑事司法部での活動の性格は完全な身元保護を基本としているけど、同時に法執行機関と協力することも義務づけられているの。結局のところ、検察局も同じ側にいるわけだから」

「それはおおいに助かります」

ウェブスターはコンピューターに向かった。しばらくタイプし、ページを調べたあと、さらにまたタイプをして顔を上げた。

「いいえ」と彼女は言った。「ファニン郡コルウェルのスタンリー・ラッセルは秘密人材として登録されていない」

ランディスは思わず驚きをあらわにした。

「兄がいるのよね？」

「ええ、ユージーンです」

ウェブスターは別のページを調べた。ヴィクターのほうを見た。

「完全にはっきりさせておかなければならないことがあるわ、ランディス保安官。わたしが明かす情報は厳重な秘密保持の下で管理されるべきものよ。あなたの職務を妨《さまた》げたくはないので、ある情報を共有します。ただし、あなたがわたしの信頼を裏切った場合、ほかの秘密情報の場合と同じく、個人を危険にさらしたり、どこか別の場所で進行中の捜査を台無しにしたりすることにもなりかねません」

「完全に理解しています」とヴィクターは言った。「わたしもあなたと同じ法執行官として規則に縛られています、ウェブスター警部補」

「たとえこれがもはやアクティブなファイルじゃないとしても、あなたに話すことはこのオフィスから出ることはなく、だれとも共有することはできない、いいわね？」

「もちろんです」

「記録によるとユージーン・ラッセルは秘密人材として活動していた。このファイルはもはやアクティブではないので、この情報をあなたに開示してもいいと判断しました。かつて、それも何年も前、彼はジョージア州、ノースカロライナ州、テネシー州におけるアーリアン・ブラザーフッドの活動を当局に報告していた」

「では、それぞれの警察や保安官事務所でだれのために働いていたのか教えてもらえませんか？」

「それはできない。警察官のひとりは今も現役なので、その名前は言えません」

「その法執行官がどの州で働いていたかは教えてもらえますか？」

「ごめんなさい、それもできない」

「可能なかぎりのことを教えてもらえたと思います」

ウェブスターは微笑《ほほえ》んだ。心からの笑顔のようだった。「ランディス保安官、ここには微妙な境界線があります。ご存じのとおり、ときには非常に厳しい決断を下さなければならないこともあります。わたしたちは、公共の保護と安全の確保という責任と、より大きな違法行為を暴くために既知の犯罪者を雇うという、相反することのあいだでバランスを取らなければならないの。潜入捜査官も同じよ。彼らは自らの命と他人の命を危険にさらし、そうしなければわたしたちの知るところとならない情報を手に入れる。譲歩がなされ、取引が行なわれる。それでもそれはすべて、より大きな正義のためよ。部外者から見れば、危険で暴力的な人物を自由にさせて、非常に無責任に見えるかもしれない。けれどその人物がはるかに危険な人物の逮捕や勾留を可能にするのなら、目的は手段を正当化するのよ」

「よくわかります」とヴィクターは言った。「信頼していただいたことに感謝します。あなたが話してくれたことはだれにも話さないと約束します」

ウェブスターは立ち上がり、手を差し出した。「あなたの捜査がうまくいくことを願っているわ、保安官」

「ありがとう、警部補《マアム》」

43

夜は助言を与えてくれる。

ある人にとっては真実かもしれない。だがヴィクターには当てはまらなかった。二時か三時まで必死になって寝ようとしていたが、やがてキッチンに坐って煙草《たばこ》を吸い、コップ一杯のミルクを飲んだ。意味をなさないことを解き明かそうとしていた。

ワスパー・ラッセルは、ホルト・マックリンとケニー・グリーヴスを雇って麻薬取引を邪魔し、そのことがユージーンにばれるリスクを抱えて生きている。その後、マックリンは刑務所で自殺と見られる死を遂げていた。その間《かん》、ユージーン自身は、警察か保安官事務所でだれか――今も現役の人物――の情報提供者だった過去があった。どこの市か、郡かもわからなかった。別の州である可能性もあった。ラッセル兄弟はジョージア州だけでなく、テネシー州や両カロライナ州ともコネクションがあった。法律には管轄や境界線が存在するが、法を犯す者にはそれがない。

ワスパー・ラッセルは情報提供者として登録されていなかったにもかかわらず、トム・シーハンは、ワスパーがブルー・リッジ市警の情報提供者だとマーシャルに言っていた。ユージーンは保安官事務所ではなく、市警に対する情報提供者だった。それなら説明がつく。

ユージーンの記録がブルー・リッジ市警にあり、ジョージ・ミルステッドが市警の記録にアクセスできない場合は、ヴィクターは自身でブルー・リッジ市警に当たらなければならないだろう。ミルステッドなら市警のだれかを知っているかもしれない。あるいは彼ならヴィクターが直接動かなくても、必要なものを手に入れてくれるかもしれなかった。

土曜日の朝八時過ぎに家を出たヴィクターは、七十六号線を西に四十キロの場所にあるブルー・リッジに向かった。

事務所にはいなかったので、ミルステッドの自宅に行った。彼は何人かの子供たちといっしょに庭にいた。

「孫が来てるんだ」とミルステッドは言った。「この子がミリーで、あそこにいるのがルークだ。みんな、こんにちはと言いなさい」

子供たちが声を揃えて歓迎の挨拶をした。ヴィクターは子供たちに挨拶を返すと、内密に話せるかとミルステッドに尋ねた。

ミルステッドは子供たちに母親を探しに行かせた。

「ユージーン・ラッセルのことで調べてほしいんです」ヴィクターは説明した。

「今日は仕事をするつもりはないぞ、ヴィクター。この子たちとはめったに会えないんだ。トムに力になるように言うことはできるが、しばらく待ってもらうことになる」

「待ちます」ヴィクターは言った。

「じゃあ、キッチンに来てくれ。コーヒーを淹れよう。わしはトムがどこにいるか調べて、どのくらいで事務所に行けるか訊いてみよう」

「ほんとうにありがとうございます、ジョージ」とヴィクターは言った。ミルステッドのあとをついてポーチの階段を上り、家のなかに入った。


一時間ほど待った。

その一時間のあいだにヴィクターは、ジョージ・ミルステッドだけでなく、彼の娘夫婦とふたりの子供、それに近所の子供たち何人かとともに過ごした。隣人のクイニーという名の陽気な四十代の女性がやって来て、ヴィクターといっしょに坐った。彼女は法執行機関のあらゆるものに夢中なようで、実録ドキュメンタリーや科学捜査に関するテレビ番組にハマっているのだと言った。ヴィクターはユーモアを交えながら、彼女の多種多様な質問をあいまいでもってまわった答えでごまかした。帰り際、彼女は会えてほんとうによかったとヴィクターに言った。


トム・シーハン保安官補が事務所の玄関で待っていた。

「ラッセル兄弟について話すようにジョージから聞きました」と彼は言った。

「ああ、きみが知っていることをすべて」

「マーシャルとは知り合いなんです。少し前にワスパーのことを彼に話しました。ワスパーがガールフレンドをひどく殴った。子供も。けど手を引くように言われた」

「ブルー・リッジ市警から、そうなんだな？」

「ええ、そうです。連中は、ワスパーのやつが連中に協力していて、貴重な人材なんだと言っていた。くそっ、あいつが貴重な人材か何かなら、おれはシャム（タイの旧称）の王様ですよ」

「市警のだれが連絡してきたか覚えてるか？」

「すぐには思い出せません。たぶんどこかにメモしてあるはずです」

ヴィクターはシーハン保安官補のあとを追って、彼のオフィスに入った。

シーハンは席をはずすと、数分後に腕いっぱいにファイルを抱えて戻ってきた。机の上に置くと、ふたつに分けてから言った。「こちらがユージーンのもので、こちらがワスパーのものです」

「これがきみの持っているすべてか？」ヴィクターは訊いた。

「そうです。ほかにあるとしたら、市警にあるはずです」

「わかった。ほんとうに助かるよ」

「どういたしまして。おれは出かけて、やりかけのことを終わらせなくちゃなりません。ゆっくりと見ていてください。一時間ほどで戻ります。コーヒーか何かがほしかったら、マーシーに頼めば用意してくれます」

ファイルを調べていて、すぐに気づいたのは、ユージーンが、成人して以来一日たりとも服役していないということだった。逮捕、起訴、罪状認否などの記録は山ほどあったが、深刻な事件であっても、注意や罰金、善行保証金の供託以上の罰を受けることはなかった。どうやら運に恵まれていたようだ。

ワスパーのほうは、すでに知っていたように、それほど運に恵まれてはいなかった。強盗で三年から五年の有罪判決を受けたのがツー・ストライクめで、あとワンストライクで終身刑だった。ところが、一九九〇年五月に仮釈放されて以来、合計十一件の苦情があり、警察からの捜索が四回、保安官事務所からは三回、銃器の販売目的の所持と隠匿《いんとく》所持で二件の逮捕歴さえあった。そのうちのひとつでも有罪判決となっていれば、すぐに州刑務所に逆戻りになるはずだったのに、まるで司法関係者の眼には彼が映っていないかのようだった。

トム・シーハンが提供してくれたすべての書類に眼を通したあと、ヴィクターが導き出した唯一の結論は、ユージーンと彼の弟には守護天使がいるということだった。だれかが彼らを見守っているだけじゃなく、介入して問題を消し去っているのだ。

ヴィクターはそれぞれの記録をさかのぼり、逮捕した警官の名前をメモした。大部分はファニン郡だったが、ファニン郡とギルマー郡のあいだでいくつか、マレイ郡、さらに西のウィットフィールド郡やウォーカー郡でも法執行機関とのやりとりがあった。ユージーンは一九九〇年十二月に、スピード違反でウィラード・モンゴメリーの保安官補、スコット・ホイットマンに車を止められていた。出頭命令書によると、同乗していたのはホルト・マックリンで、一オンス以上のコカインを所持していた。それはワスパーが、マックリンとケニー・グリーヴスを使ってユージーンの麻薬取引を邪魔するわずか一カ月前のことだった。マックリンは麻薬取引の騒ぎの最中に撃たれ、一命を取りとめたものの、麻薬不法所持で逮捕された。その結果、彼は一九九一年六月に懲役三年から五年の実刑判決を宣告された。そして二カ月後、彼は独房で首を吊った状態で発見された。

ヴィクターはホイットマンに電話をすることをメモした。彼がマックリンを麻薬不法所持で逮捕したのだろうか？　そうでないとしたら、だれかが彼に手を引き、この兄弟を放《ほう》っておくように言ったのだろうか？

ヴィクターはさらに繰り返し読み、日付と場所を照らし合わせ、逮捕記録のすべてをチェックした。そして三度目に、それまで見落としていた電話メモを見つけた。日付は一九八七年二月八日。そのメモはかつてファニン郡の保安官補だったレイ・フロイドが書き残したものだった。そこにはとても簡潔にこう書かれていた。

デイドのＦＬと話した。
この件は手を引く

ヴィクターはその小さな紙切れを見つめた。たった二行のことばが一瞬で全体像を変えた。ＦＬはフ《F》ランク・ラ《L》ンディスのこと以外にありえなかった。偶然であるはずがなかった。

一九八七年二月はフランクが保安官になって六年あまり、ヴィクター自身がユニオン郡で同じ職に就いた二年後のことだ。

フランクとラッセル兄弟のあいだにはつながりがあった。それには信頼できる説明があるのかもしれないが、ヴィクターには悪いことが起きる前兆にしか思えなかった。

だが思い込みが事実とはかぎらないし、このレイ・フロイドという男と話をするまで、その状況についても、十年前に何があったかについても、正確な判断は下せないとわかっていた。

44

「レイは死んでいます」とトム・シーハンが言った。「一九八九年の初めに自殺しました」

「自殺？」ヴィクターは繰り返した。

「ええ、そうです。三月でした。一九八九年三月。支給されていた銃を顎《あご》の下に入れて自分の頭を吹き飛ばしたんです」

「彼のことを知ってたのか？」

「もちろん、よく知ってました」

「なぜ自殺を？」

「その疑問は残りの人生のあいだずっとおれにつきまとうでしょうね、ランディス保安官」

ヴィクターは椅子の背にもたれかかった。「なんてこった」と彼は言った。「予想外だった」

「だれも予想していませんでしたよ。自分の仕事をして、いつもと変わらない様子で、何も変わったことはなかったのに、眼が覚めたら、彼が死んでいただけじゃなく、自分がその後釜《あとがま》に坐ることになっていたんですから」

「彼は結婚していたのか？　家族は？」

「いいえ、結婚したこともありませんし、子供もいなかった。普通に付き合ってる女の子はいたけど、その娘《こ》は故郷へ帰りました」

「どこへ？」

「デイド郡のトレントンです」

　ここでもヴィクターは驚きをあらわにした。

「レイの出身地です。彼はそこで育ちました。ここに来る前は、そこの保安官事務所でかなりのあいだ、保安官補を務めていたんです」

「彼はいつここに来たんだ？」

「一九八六年です」

「デイド郡で保安官補だったのは？」

「五年間だったと思います。たしか五年間の任期をまっとうした」

「一九八一年から八六年まで」

「そのはずです」とシーハンは言った。

「ということは、ポール・エイブラムスの前にわたしの弟の保安官補だったわけだ」

　トム・シーハンがヴィクターを見た。今度は彼が驚く番だった。

「そのようですね」

「フランクは一九八一年の一月に保安官になった」とヴィクターは言った。「エイブラムスは保安官補になって五年あまりだと言っていた。八一年から八六年はレイ・フロイドが保安官補で、それからここに移ってきて、ジョージの下で保安官補を三年やって自殺した」

「たしかに、それなら計算が合います」

ヴィクターは電話のメモを差し出した。シーハンはそれを読んだ。

「デイドのFLと話した」とシーハンは言った。「あなたの弟のことですね」

「そうだ」

「これはだれのことを?」

「レイ・フロイドが、フランクから、ユージーン・ラッセルのことは放《ほう》っておけと言われたんだ」

シーハンは顔をしかめた。「ワスパーが情報提供者だと思ってました」

「違うようだ」とヴィクターは言った。「あるいはふたりともそうだったのかもしれない」

ヴィクターはメモを返してもらった。ジョージ・ミルステッドは、トム・シーハンの前にレイ・フロイドが保安官補だったことをなぜ言わなかったのだろう。そのことが関係あるとも、重要だとも思わなかったのだろうか。物事の流れのなかで忘れてしまったのかもしれなかった。思い出してもらう必要があるかもしれない。

ヴィクターがミルステッドの家に戻ったのは昼どきだった。

ミルステッドにポーチから追い出されなかったのはただプロとしての礼儀からだけなのではないかとヴィクターは思った。

「トムから必要なものは得られたか?」ミルステッドが訊いた。

「ええ、ですがいくつか質問があります」

ミルステッドは苛立《いらだ》ちを隠さなかった。「月曜まで待てないのか、ヴィクター?」

「できますが、そうしたくありません」

ミルステッドはあきらめたようにため息をついた。「わかった」と彼は言った。「今、昼食の準備をしているところだ。きみを招待したいところだが、これは家族の行事で、ずっと愉《たの》しみにしていたんだ。街に行ってコーヒーとサンドイッチでも食べて、一時間後にここに戻ってきてくれ、いいな?」

「感謝します、ジョージ」

ヴィクターは車に戻った。

「すまん、できたら一時間半にしてくれ」ミルステッドが声をかけた。

ヴィクターは振り向くことなく、手を上げて了承した。

45

ヴィクターは裏のベランダにミルステッドとともに坐っていた。

室内からは孫たちの叫び声が聞こえた。ミルステッドの娘のベスがふたりのためにコーヒーを持ってきてくれた。

「葉巻を吸う、パパ?」と彼女が訊いた。

「ああ、一本もらおうか」とミルステッドは言った。「この友人の分も一本持ってきてくれ」

ベスが葉巻とミルステッドのライターを持って戻ってきた。

ふたりは無言のまましばらく坐っていた。やがてミルステッドが週明けまで待てないほど重要なことは何かと尋ねた。

「少し前」とヴィクターは言った。「わたしがユージーン・ラッセルに会いに行ったことを覚えていますか?」

「ああ、覚えてるとも。もう一カ月になるか?」

「ええ、一カ月前です」

「その一週間ほど前にも、チェロキー郡のマーフィーでジム・トム・ムーディという男に会いました」

「で、そいつはなんと言ったんだ？」

「ユージーンとほとんど同じです。トレントンはめちゃめちゃな状態だと。人々はみなひとつ穴のむじなで、腐敗が横行していると」

ミルステッドは答えなかった。ただ庭の向こうのどこかを見続けていた。

「自分がどういう連中のことを話しているのかはわかってるし、ふたりが言ったことにはなんの根拠もありません。調べ続けると、ワスパー・ラッセルがトレントン市警の情報提供者として働いているように思えた。アトランタに行ってみたところ、やつは情報提供者として登録はされていなかった。どうにも腑《ふ》に落ちず、あなたに会いに来た。事務所に行って、トムがファイルをすべてかき集めてくれて、それを読んだ。その結果、ラッセル兄弟は何か奇跡的な自然の力によって守られているという結論に達しました。連中は、なんでもやりたい放題で、注意を受けることもない。レイ・フロイドがあなたの保安官補だった頃のメモが見つかって――」

ミルステッドは顔を向けると、ヴィクターを見た。その表情は読み取れなかった。

「わずか二行でした。レイ・フロイドはユージーン・ラッセルと関わりあい、弟に連絡した。そして弟はレイにユージーンには手を出すなと言った」

ふたたび、短い沈黙が流れた。ミルステッドは無言のまま、葉巻を吸いながらヴィクターを見ていた。

「自殺したあなたの保安官補が、以前デイド郡で弟の下で保安官補を務めていたことを、どうして話してくれなかったのか不思議に思いました」

「何も関係ないからだ」とミルステッドは言った。「一九八六年にレイがわしのところに来たとき、あいつの彼女が自分の家族の近くにいたがったらしい。わしは以前の保安官補が退職して、新しい人間が必要だった。経験のある人間が。レイが名乗りを上げ、会ってみた。いいやつのように思えたので採用した。結局この場合、第一印象はまったく当てにならなかった。どうやらきみの弟はあいつを厄介払いし、あいつはほかに居場所を見つけなければならなくてここに来たんだと思うようになっていった。あの男はトラブルそのものだった。酒は飲むし、ギャンブルもした。あちこちで金を借りていたようだ。何度かもめ事に巻き込まれて、大立ちまわりを演じたこともあった。しまいには、やつは保安官事務所にとって悪いニュースでしかなくなった。実際のところ、彼が自殺しなければ、いずれにしろ解雇することになっていただろう」

「これはフロイド自身のことじゃないんです、ジョージ。なぜファニン郡の保安官補がユージーン・ラッセルのような人物について、デイド郡の保安官に連絡をしたのか、弟とラッセル兄弟のつながりは何なのかということなんです」

ミルステッドは首を振った。「あとのほうの質問については、わしは力になれそうもない。その質問に答えられそうな人間は三人いるようだが、そのうちのふたりは死んでいる。レイ・フロイドがきみの弟と何か連絡を取り合っていたことについては、たとえふたりが以前のつながりや仕事上の関係がなかったとしても、わしたちがバーバラ・ウェドロックの家に集まったこととそう変わりはないんじゃないか？　人は人と協力する。人は人と話す。ユージーン・ラッセルときみの弟のあいだにどんな取引があったかは知らない。なんらかの理由でユージーンに甘い顔を見せる必要があったのかもしれない。そういうことは初めてじゃないだろうし、きっと最後でもないだろう」

「ラッセル兄弟については？」

「彼らの何について？」

「ラッセル兄弟はファニン郡の人間です。彼らに何が起きているのか知っているとしたら、あなたしかいないはずだ」

「はっきり言ったらどうだ」とミルステッドは言った。「ラッセル兄弟についてわしがまだ隠していることがあると言いたいんだろう」

ミルステッドは体を乗り出すと、葉巻をブーツの底で踏み消した。

「わしにとっては眼の前のことがすべてだ、ヴィクター。ユージーン・ラッセルのことできみに電話をしたのは一カ月前のことだ。レイフォードの少女。ラッセル兄弟の親戚の件で。ジャネット・レイフォードがやって来て捜査のことを聞き、ユージーンがやろうとしていることをいろいろと口にした。そしてわしはきみにユージーンに会いに行くように言った、そうだよな？　わしはあの少女は彼らにとっても親戚で、連中が放《ほう》っておくはずがないと言った。教えてくれ、もしわしがラッセル兄弟について何か知っていて、きみに隠しておきたいとしたら、いったいなぜきみをやつのところに行かせるんだ」

「含むところはありません、ジョージ」とヴィクターは言った。

「きみがそうだとは言っていない。レイ・フロイドがきみの弟の保安官補だったことをわしが話さなかったからといって、あるいは彼がユージーンの面倒を見ていたことをまったく知らなかったからといって、なんだと言うんだ。わしはここで保安官を十六年やっている。何か変わらないかぎり、追い出されるまではこれからも保安官を続けるつもりだ。きみはまともな男のようだし、優秀な保安官のようだ。真実を求めてまっすぐここまで来たんだろう。きみがわたしにも同じプロフェッショナルとしての礼儀を見せてくれるとありがたいよ、ヴィクター。わしが何かを言わなかったからといって、きみに何かを隠していたことにはならない」

「そんな印象を与えてしまったとしたら、謝ります、ジョージ」

ミルステッドは微笑《ほほえ》んだ。悪気はなかった。

「レイ・フロイドは死んだ。きみの弟も。何がレイを自殺に駆り立てたのかはわしにはわからん。だれがきみの弟を殺したのかもわからん。ラッセル兄弟はコルウェルでやりたい放題やっている。だれかが止めるまであのままだろう」

ヴィクターはしばらく黙っていた。すべてがあいまいとしていた。手がかりはあったがたがいに結びつかなかった。断片しかなかった。

「ここで釣れないなら、上流に行け」とミルステッドが言った。

「トレントン市警」とヴィクターは言った。

「彼らがきみの弟の殺人事件を捜査しているはずなんだろう、違うか？　彼らからは何か聞いているのか？」

ヴィクターは首を振った。「いいえ、まったく」

「こんな状況のなかで、きみがなんであの三人のティーンエイジャーの事件のとりまとめ役を買って出てくれたのかわからんよ。あの事件がなくても充分忙しいだろうに」

「ひょっとしたら、自分はフランクについての真実を知りたくなくて、あの事件に没頭しようとしているのかもしれません。何かよくない予感がするんです。その予感が正しいと証明したくないんです」

「予感が常に正しいとはかぎらんよ、ヴィクター」

「それはわかっています」

「それにわしには、真実を知らないほうがつらいように思える」

「そうですね」とヴィクターは言った。「そうかもしれません」

46

ヴィクターが夕食の招待を受けていたことを思い出したのは、ブレアズビルの市境を越えたところだった。

すでに六時をまわっており、来た道を引き返して、弟の元妻と十一歳の少女といっしょに世間話をするというのは、まったくもって荷が重く思えた。

事務所に着くと、エレノアに電話をして謝った。

「あの子はがっかりするでしょうね」とエレノアは言った。

「ほんとうにすまない」とヴィクターは言った。「仕事で郡の外に行っていて、たった今帰ってきたところなんだ。また今度行くよ。約束する」

「ほんとうにあの人とそっくり。約束するのは世界一。約束破るのも世界一なんだから」

彼女の口調にヴィクターはどこか苛立《いらだ》ちを覚えた。

「いいかい」と彼は言った。「わたしは約束なんかしていない。できるかぎりのことはすると言ったんだ。きみが何を期待してるのかわからないよ、エレノア。みんなを幸せにするために全力を尽くしてるけど、思ったとおりにいかないこともある。山ほど仕事があって、すべてを同時に処理しようとしてるんだ」

「トレントンからフランクに何があったかについて連絡はあった？」

「まだ、何も」とヴィクターは言った。「だれか来て話をしたのか？　マイク・フレデリクセンから電話はあったか？」

「だれからも何もない」とエレノアは言った。「まるで何もなかったみたいに」

「言ったように、トレントンにしろ、ほかのどこからにしろ、だれからも連絡はないわ」

「わかった」とヴィクターは言った。「すまないが、もう切らないと、エレノア。すまなかったとジェンナに伝えて——」

「自分の口から言うのが一番だと思うわ」

「エレノア——」

「待って。あなたにあの子の伯父さんになってくれと言うつもりはないわ。けど、あの子もほかの人と同じひとりの人間よ。あなたが失望させているのはわたしじゃない。あの子にはあなたの謝罪を直接聞く権利があると思う」

　エレノア・ボイドは答えを待たなかった。

　ヴィクターは声と足音を聞いた。そしてジェンナが電話に出た。

「ママが、おじさんは夕食に来られないって言ってる」

「そうなんだ、ジェンナ。ほんとうにすまない。仕事がたくさんあったんだ」

「じゃあ、明日来る？」

「明日？」

「フェアがあるの」

「フェア？」

「そうよ。フェアがなんだか知ってるでしょ？」

「カウンティ・フェアみたいな？」

「そうよ。郡のやつじゃないけど。もっと小さいの。けど乗り物とか動物とか綿あめとかいろいろあるのよ」

「ジェンナ、きみをフェアに連れていってあげたいんだけど――」

「じゃあ、決まりね。朝にまた会いましょう、ヴィクターおじさん」

「ジェンナ、よく聞いて――」ヴィクターは話そうとしたが、少女はすでに電話口にいなかった。

エレノアが電話に出た。

「うまく乗せられたみたいだ」とヴィクターは言った。「明日、ジェンナをフェアに連れていくことになったようだ」

「あら、よかったじゃない」

「選択肢はなかったようだよ、エレノア」

「たいしたことじゃないわ。一時間かそこらで飽きるだろうし」

「オーケイ、じゃあ早めに行くよ。十時にしよう。二、三時間相手をして、それから仕事に戻らないといけない」

「義務感を感じる必要はないのよ。あの子はあなたの弟の娘なんだから。あなたとあの人のあいだに何があったかは知らないけど、そのことはあらゆることに影響するんでしょうね。でも、ひとつだけ言えることがある。物事をずっと同じ見方でしか見なかったら、決して違うようには見えないのよ、そうじゃない？」

何も答えなかった。痛いところを突かれた。そのことだけは間違いなかった。

「じゃあ明日の朝に」ヴィクターはそう言うと電話を切った。

デスクに坐りながらヴィクターはエレノアの最後のことばが、弟についてだけでなく、父親、母親、そして自分の人生のほとんどすべてに当てはまると思った。

彼はまだフランクとラッセル兄弟の関係をつかめていなかった。ジム・トム・ムーディからもトレントンでの不正の噂を聞いていた。かつてフランクの保安官補で、自殺したレイ・フロイドのことを突き止めた。ワスパーとホルト・マックリン、ケニー・グリーヴスの関係と彼らがユージーン・ラッセルの麻薬取引を邪魔したことを探り当てた。三人のティーンエイジャーについてその関連を見つけたが、彼女たちに何が起きたのかを説明する確固たるものは何もなかった。そしてエレノアの口座に毎月千ドルが支払われている問題もあった。それがどこから支払われているのか、なぜいまだに支払われているのかはわからなかった。おまけにマイク・フレデリクセンからは手を引いて放《ほう》っておくようにと脅《おど》されていた。

噂。憶測。ある人間はあることを言い、別の人間は違うことを言う。結局は何も意味をなさなかった。それでも彼はそこに何かがあると感じていた。だれかが弟に関する真実を知っている。だれかがあの三人の少女に何が起きたのかを知っている。それらの疑問のすべてについて答えがある。その答えを見つけなければならなかった。

ミルステッドが言ったように、何が起きたのかを知っていそうな人物はユージーン・ラッセル、レイ・フロイド、そして弟の三人で、そのうちのふたりは死んでいた。

ヴィクターは事務所を施錠して家に向かった。ひと晩眠れば、何か別の選択肢が思い浮かぶかもしれない。だがそうは思えなかった。直感は、フレデリクセンは空虚な歌を歌い続けるのだろうと告げていた。

ユージーン・ラッセルをもう一度訪ね、今度は空虚なことば以上の何かを持ち帰る必要があった。

47

ジェンナはパーティー用のドレスでおめかしをし、バレッタで髪を後ろで留めていた。家からトレントン・フォール・フェアまでの三十分のドライブのあいだ、彼女はひっきりなしにおしゃべりをしていた。エレノアは彼女に十ドル札を渡していた。ヴィクターはそれを預かると言ったが、ジェンナは聞き入れなかった。

「ヘビがいるのよ」とジェンナは言った。「とにかくこの前はいたのよ」

「ヘビが好きなのかい？」

「どこが嫌いなの？」

「嚙まれることかな」

「ヘビは何かのなかに入ってるのよ」とジェンナは言った。「ガラス越しに見るの。だれも嚙まれないわ」

「そうか、なら安心だね」

ジェンナは笑った。「連れてきてくれてありがとう、ヴィクターおじさん」

「どういたしまして、お嬢ちゃん」

「このあと帰ったら、いっしょにお昼を食べるってママが言ってたわ」

「それはほんとうにありがたいんだけど、午後は行かなければならないところがあるんだ」

「保安官のお仕事?」

「ああ、そうだよ」

「人を撃ったことある、ヴィクターおじさん?」

「さてさて、どうしてそんなことが知りたいのかな?」

「興味があるの」

「黙秘権を行使するよ」

「つまりあるってことね。何人?」

ヴィクターは笑った。「充分なほどじゃないかもしれないな」

ジェンナは体を乗り出して、ウインドウの外を見た。「あそこよ、見える? 右に曲がってあそこまで行って」

ヴィクターはジェンナの指示に従い、間に合わせに作られた受付所の前に車を停めた。蛍光色のジャケットにカウボーイ・ハットの年配の男性が手を振った。ヴィクターはウインドウを下ろした。

「一台につき二ドル」と男は言った。「そこのテントの裏に止めていいよ」

ヴィクターは金を払った。

車を降りると、ジェンナはヴィクターの手を取って歩き始めた。三日月型に並んだテントが、集まった群衆の視界をさえぎっていた。まだ十時過ぎだというのに、すでに何百人もの人が集まっていた。ピクルスや干し肉、ジャムなどの屋台が軒を連ねていた。ホットドッグの屋台が人気を集め、十メートル近い行列ができていた。フェイスペインティングの店やジャグラー、アブラハム・リンカーンのような衣装を着て竹馬に乗った男、たくさんの風船を持って、体が宙に浮かないように苦労しているピエロの恰好をした若い女性などがいた。ジェンナは自分がどこに向かっているのかわかっていた。ヴィクターの手を取って、小走りにならなければならないほどのスピードで引っ張った。

右手の遠くに大テントがあり、入口に〝野生の驚異〟と書かれた横断幕が掛かっていた。そこにたどり着くと、ジェンナは入口ブースに一直線に向かった。十ドル札を差し出し、ブースのなかの若い男がそれを受け取ろうとする間際に、ヴィクターが彼女の手を押さえた。

「おじさんが払おう」とヴィクターは言った。「それは自分のために取っておきなさい」

若い男は微笑《ほほえ》むと言った。「七ドル五十セントです」

「で、ここに何があるんだい?」

「ヘビよ!」ジェンナは鐘で奏でるようにそう言った。「言ったじゃない」

ヴィクターは支払いを終えた。ジェンナが案内した。

内部の展示は印象的だと認めざるをえなかった。おがくずが地面を覆い、どの方向にもガラスのケースが並んでいた。そこには三十近い展示物があり、ヘビだけではなかった。ニシダイヤガラガラヘビやサンゴヘビ、アメリカマムシ、バシャムチヘビ、ヒメガラガラヘビ、モハベガラガラヘビのほかにも、タランチュラやドクイトグモ、アカゴケグモ、ハイイロゴケグモ、クロゴケグモ、アリゾナ樹皮サソリ、サシガメ（ほかの昆虫の血を吸う大型の補食昆虫）、アリバチ、バクガ（蛾の一種）、サドルバック・キャタピラ（鞍に似た模様がある蛾の幼虫）がいた。

ジェンナはその恐ろしいコレクションに眼を奪われていた。ヌママムシがとぐろを解き、顔をガラスの近くまで近づけて、舌をチロチロと動かしながらにおいを嗅いでいるのを立って見つめていた。恐れを知らない様子で、指先をガラスに押し当てた。ヴィクターは無意識のうちに彼女を止めようと手を伸ばしたが、ジェンナはただ振り向いて彼に向かって微笑んだ。

「この子は外には出られないわ」

「こういう生き物がどれだけ危険かわかってるんだよね？」

「心配しないで、ヴィクターおじさん。家に持って帰るつもりはないから。それにもし外に出たらおじさんが撃てばいいんだから」

「ああ、そうかもね。けど銃は持ってないし、人で混雑したテントのなかで逃げるヘビを拳銃で狙って撃つのはいい考えとはいえないよ」

ジェンナは手を伸ばして、ヴィクターの手を取った。

「さあ」と彼女は言った。「怖がらないで。ガラスに手を置いてみて」

ヴィクターは彼女の横にひざまずいた。ヘビを見た。まっすぐ見つめ返してきた。ゆっくりと手を上げると、水槽の冷たい表面に触れた。ヘビは好奇心旺盛といったふうにゆっくりと動いた。そこにはえもいわれぬ優美さがあった。ヘビの頭はヴィクターの指から五センチも離れていないところにあった。

「笑ってる」とジェンナが言った。「新しい友達ができたわね」

ヴィクターは立ち上がった。「オーケイ、ほかの生き物も見てみよう。そのあとホットドッグを買ってあげる」


ジェンナはすべての生き物を見てまわった。展示スタッフのひとりに質問をしているのをヴィクターは黙って見ていた。彼女はなんでも知りたがり、答えが返ってくるとすぐに次の質問を投げかけた。優に一時間かけて見終わると、ヴィクターはホットドッグの行列に並んだ。

「顔に蝶みたいなペイントをしたいの」とジェンナは言った。「あっちよ」

「走っていって、いくらかかるか見てきてご覧」

ジェンナは一分もしないうちに戻ってきた。「三ドルだって」

ヴィクターはジェンナに五ドル渡した。「先に行ってペイントをしてもらっておいで。おじさんはこの列に並んでるから。何がいい？」

「おじさんが選んだものならなんでもいい」そう言うと走り去っていった。

ペイントしてもらう順番を待っている彼女を見守りながら、ヴィクターは弟もジェンナを連れてここに来たのだろうかと思った。きっとそうなんだろう。訊いてみるつもりはなかった。エレノアはフランクがよい父親だということを強調していた。そして今、その義務は自分に課せられていた。義務だとはちっとも思っていなかったが。昨日はそれに抵抗したが、今ここにいて、この束の間だけは、ずっと心を占めてきたフランクのこと、フレデリクセンのこと、ラッセル兄弟のこと、そして三人の死んだ少女のことも忘れている自分に気づいていた。

列の先頭についたヴィクターは、全部のせのホットドッグとフライドポテト、ソーダをそれぞれふたつずつ注文した。屋台の後ろに座席があった。食べ物を運んでいき、テーブルの上に置いた。

隣のテーブルの女性に眼をやると言った。「ちょっと子供を探しに行ってくるんで、見張っててもらえませんか?」

女性は微笑んだ。「急いでよ」と彼女は言った。「じゃないとわたしが全部食べちゃうからね」

ヴィクターは屋台の前まで行き、ジェンナを探した。

彼女は見つからず、そのあたりを歩いてまわって探した。子供たちの列はあったが、そのなかにジェンナはいなかった。

ペイント・アーチストの注意を引いて、ジェンナのことを尋ねた。

「ハイ」と彼は言った。「青いパーティードレスに、バレッタ、蝶の絵を描いてほしがっていた女の子なんだけど知らないか?」

ペイント・アーチストはヤギのようなあごひげを生やし、ベースボール・キャップをかぶった中年の男だった。首を振った。

ヴィクターはホットドッグの行列のほうを振り返った。彼女の気が変わって先にホットドッグを食べることにしたんじゃないかと思い、ホットドッグの屋台に戻って人ごみを歩きまわって探した。さっきより人が多かった。ヴィクターの胸を満たす緊張感自体は未知のものではなかったが、今やそれはなじみのない刃を持っていた。どこか鋭く、激しかった。喉にパニックが込みあげてくるのを感じた。

「ジェンナ?」叫んだ。「ジェンナ、どこなんだ?」

人々が彼を見た。

「ジェンナ!　ジェンナ!」

食べ物を置いたテーブルに戻り、ジェンナの人相を女性に伝え、彼女を見なかったか尋ねた。

「ここには来ていないわ」と女性は言った。「来ていたら、見かけていたはずよ」

屋台に戻り、フェイスペインティングの列に戻り、さらに群衆をかき分けてヘビのテントまで戻った。

彼女の気配すらなかった。

「ジェンナ!　ジェンナ!　どこにいるんだ?」

胸のなかで心臓がうねるように脈打っていた。パニックが波のように押し寄せてきた。心のなかは望ましくない考えで満たされ、そのひとつひとつがどんどん恐ろしいものへとなっていった。

「ジェンナ!　ジェンナ!」

ジェンナが彼に向かって走ってきたとき、ヴィクターが感じた感情はこれまでに経験したことのないものだった。彼女は微笑み、手に何かを握りしめていた。彼はただただ安心し、彼女を抱き上げると、きつく抱きしめた。

「ああ、まったく、ジェンナ、ほんとうにびっくりしたよ」降ろすと肩をしっかりとつかんだ。「いったい何を考えているんだ?」

彼女は一瞬驚いたようだった。やがて眼に涙を浮かべた。ヴィクターは自分が強く握りすぎていたことに気づいた。手を放すと、強く引き寄せ、もう一度抱きしめた。

「すまなかった」とヴィクターは言った。「けど、きみが見つからなくて。どこにもいなかったから。どこに行ってたんだい?」

ジェンナはヴィクターを見上げた。眼をしばたたくと、ひと筋の涙が頬を伝った。手を差し出した。手のひらのなかには革のキーホルダーがあり、その中央にVの字が彫られた小さなメダルがあった。

「これをプレゼントしたかったの」と彼女は言った。「ここに連れてきてくれたことを覚えていてほしくて」

ヴィクターは膝《ひざ》をついた。キーホルダーを受け取った。

「おじさんの鍵に」と彼女は言った。

「わかってるよ、スイートハート。ほんとうにやさしいんだね」

「いなくなっちゃってごめんなさい」と彼女は言った。「でも驚かせたかったの」

「最高だよ」ヴィクターは言った。

ジェンナが手を伸ばし、両腕をヴィクターの肩にまわした。もう一度、ぎゅっと抱きしめながら、心臓の鼓動がゆっくりになってくるのを感じた。心からの安堵を覚えた。

「ホットドッグは買った?」とジェンナが訊いた。

「買ったよ、でももう冷めちゃったかもな」

「気にしないわ」

「よし、じゃあホットドッグを見ていてくれた女の人に食べられてないかたしかめに行こう」

トレントンへの帰路、ジェンナは青と黄色の渦《うず》巻《ま》き模様に塗られた顔で、コモリグモとイースタン・レーサー（北アメリカに住む無毒のヘビ）の話ばかりしていた。すべてが興味深く、すべてが重要なのだ。彼女の好奇心と興奮が伝染しそうだった。玄関を通って母親の元へ送り届けたときには、ヴィクターはすでに次に会う日を心待ちにしていた。

「連れていってくれてありがとう」ジェンナは彼に言った。

「愉《たの》しかったよ」とヴィクターは言った。「ほかの場所にも行こうね」

彼女が両手を広げた。ヴィクターは彼女をハグした。

「お昼は食べていかないの?」とエレノアが訊いた。

「保安官のお仕事があるんだって」とジェンナが言った。「たぶん、何人か撃つんだと思う」

「おじさんはそんなことはしないと思うわよ、お嬢さん」とエレノアは言った。

ヴィクターは別れを告げ、車を出した。コルウェルは東へ二時間ほどで、自宅と同じ方角だった。

48

　自分のしようとしていることは、間違いなく常識に反していた。本来なら捜査の対象となるような男と話をしようとしていた。だが、彼こそが、フランクに起きたことの真相を突き止める上で、唯一力になってくれる人物のような気がしていた。ここに結び目があるのに、それを解きほぐす糸口が見つからないような気分だった。

　ヴィクターはユージーン・ラッセルの家から少し離れた道路脇に車を止めた。残りは歩いていった。

　小道に入ると、ユージーンの妻、レッダがポーチにいるのが見えた。

　トレントンのポール・エイブラムスに会いに行ったときのことを思い出した。そのときと同じように、ヴィクターはレッダが自分を見ても驚いていないような印象を受けた。

　帽子を取った。

「レイフォードの娘に関するニュースを持ってきたのかい？」とレッダは訊いた。

「いいえ、奥さん《マアム》。ご主人と話をしに来たんです」

「あの人はあんたがまた来ると言っていた」

「彼はここに？」

「ユージーンはいつもここか、この近くにいる。たぶん燻製小屋でスモークソースか何かを作ってるんだろ。上がって待っててくれれば、あたしが連れてくるよ」

ヴィクターはポーチに坐った。煙草《たばこ》を一本吸い、二本目も吸った。唯一の現実的な選択肢を追っているのだと自分自身を納得させようとした。だが、どう見ても、その行動は賢明でないように思えた。

優に二十分ほどしてから、ユージーン・ラッセルが家の玄関の扉から出てきた。

「レッダから聞いたが、エラ・メイに何が起きたのか、まだ何もわかってないそうじゃないか」

ヴィクターは立ち上がった。

「ああ、そのまま坐っていてくれ、保安官」とラッセルは言った。「おれのために礼儀正しくする必要はない」

「以前に会ってから何も進展はない」とヴィクターは言った。

「もう一カ月になるな」

「ああ」

「で、あんたは自分の弟に何があったのかもわかっていないんだろ」

「ああ、今も同じだ」とヴィクターは言った。

ユージーンは玄関の向かい側に坐った。

彼が話す前にレッダが現れた。

「寒くなってきたね」と彼女は言った。「なかに入る、それともここにいる?」

「ここで充分だ、ダーリン」

「何か飲む？」

「今はいい」とユージーンは言った。

レッダはなかに入り、ドアを閉めた。

「おれがあんたの力になれると思ったからここに来たんだろ、違うか？」

「あんたはわたしに話した以上のことを知っていると思っている」とヴィクターは言った。

「で、おれが何を知ってると思ってるんだね、保安官？」

「わたしの弟に何が起きたのか知っているかもしれない。トレントン市警がなぜそれについて何もしていないように見えるのかその理由を知っているかもしれない」

ユージーンは道路のほうに眼をやった。ヴィクターは、男がことばを発する前にその重みを測っているような印象を受けた。

「それでおれがあんたの力になってやって、なんの得があるんだ？」ユージーンはようやく言った。

「あんたが何を望むかによるな、ユージーン。それに、わたしがそれを喜んで与えるかにもよる」

またユージーンが話すまで長い間《ま》があった。

「人には権利ってものがある。だれだろうがいっしょだ。何かのために働けば、その成果を受け取る権利がある。おれたちがここで話してるのは基本的なことだ。おれは盗っ人じゃねえ。

これまでも、そしてこれからもだ。そういったことはおれの性格には合わない。だが厳密には合法といえないビジネスに関わっているという事実を考えると、おれとは同じようには考えない連中と付き合ってこざるをえなかった」

ユージーンはヴィクターを見た。

「だれかがあんたから何かを奪った」とヴィクターは言った。

「だれかがおれから何かを奪った」

「そしてあんたはそれを取り戻したい」

ユージーンは微笑《ほほえ》んだ。「いいや、もうそんな単純な話じゃないんだ、保安官」

「じゃあ、わたしに何を望むんだ？」

「おれをこの件に巻き込むな。ワスパーもだ。レイフォード家の連中も。家族のだれもだ。おれはみんなをこの件に巻き込みたくない」

ヴィクターには理解できなかった。何も言わなかった。というより、ユージーンが続きを言うのを待った。

「これは何年も前の話なんだ、保安官。あんたがユニオン郡の保安官になるよりもずっと前のな。この件はあらゆるものに絡《から》んでいる。あんたがどこを掘ろうと、同じ連中が同じことをしているのを見つけるだろう。同じ連中でなければ、その親族だ」

「あんたの知っていることを話してくれ、ユージーン」

「おれの知っていることを話すには、今日と明日一日かけなきゃならねえ。話したところで、なんの価値がある？　ひとりの頭のおかしい男が、証明もできないことをぺらぺら話してるだけだ。真実を知りたければ、自分で調べろ。自分の道は自分で切り開くんだな。だが言っておくぞ、これはあんたやあんたの家族にとって愉《たの》しい旅にはならんぞ」

「わたしの家族？」

「家族がいるんだろ、保安官。トレントンに小さな女の子が？」

「弟に実際には何が起きたのかを探ろうとすれば、弟の娘に危険が迫ると言ってるのか？」

ユージーンは答えなかった。上着のポケットからパイプを取り出した。ゆっくりと時間をかけて火をつけた。

「あんたはここでふたつの違うものを見ようとしている」ユージーンは言った。「あんたの弟に起きたことと、エラ・メイに起きたことだ。ブレアズビルで会議があったという噂を聞いたぞ。五つの郡から保安官が集まったそうじゃないか」

「どうしてそのことを知ってる？」

「おれか？　コウモリみたいに耳がいいんでな」ユージーンは微笑んだ。「どうやって知ったかは重要じゃない。重要なのは、郡をひとつ見落としているってことだ。デイド郡からもだれかが出席するべきだった」

「わたしが話についていけてないのかもしれないが、フランクの死がエラ・メイに起きたことと関係していると言っているように聞こえるぞ」

「そんなことは言っていない」

「それにエラ・メイが弟の件に関係しているというなら、ほかのふたりの女の子も同じだ」

ユージーンはヴィクターのほうを見た。そしてパイプの煙越しに言った。「あんたは眼の前のことしか見ていない。その先を見ていない」

「もっといるのか？」

今度もユージーンは何も言わなかった。

「何人だ？」ヴィクターは訊いた。

「的はずれだ、保安官。人はひとつのことを見すぎると、ほかのものが見えなくなる」

「この三人のほかにも殺された少女がいるのか？」

「それは訊くべき質問じゃない」

「じゃあ、どんな質問をすればいいんだ？」

「おれは何が起きたのかには興味がない。どうしてあんたがそれをひとりで解明しようとしているのかに興味がある」

「弟はこの少女たちのことを調べていたために殺されたのか？」

ユージーンは黙っていた。その沈黙は短かったが、意図的なようだった。「あんたはまた来ると思っていた」ユージーンはようやくそう言った。「だから、何を話して、何を話さないか考えていた。もう終わりだ。言いたいことは言った。それをどうするかはあんたしだいだが、おれとおれの家族のことは放《ほう》っておいてくれ。それがここでの取引だ。もし違う話を聞けば、あんたとおれは問題を抱えることになる。わかったか？」

「わかった」

「もし、あんたがおれを探っていると聞いたら、おれは消える。ワスパーもだ」

ヴィクターはうなずいた。が、何も言わなかった。

「さて、おれにはこれからすることがある。エラ・メイに関する知らせがないかぎりは、もうここで会うことはないだろう」

ユージーンは立ち上がった。ヴィクターも続いた。

「血は縛るべきじゃないものを縛る」とユージーンは言った。「おれとワスパー。あんたとあんたの弟。親族は選べない。時々、ばかで頭のおかしいことをするが、それでも何も変わらない。それでも親族だ。そして彼らに対し責任を負わなければならない。どこへ逃げようが関係ない。死ぬまで縛られているんだ」

「自分もそう思い始めてる」とヴィクターは言った。

ユージーンはヴィクターの眼を見た。そのまなざしは断固としており、かつ、冷酷だった。

何も言わず、背を向けると家のなかに入っていった。

49

ユージーン・ラッセルがジェンナへの脅迫をほのめかしただけでなく、同時に何も中身のあることを話していないという思いに戸惑いながら、ヴィクターはトレントンに向かった。

エイブラムスはエレノア・ボイドの金について何も連絡してきていなかった。だが今となっては、死んだティーンエイジャーの少女たちとフランクの殺人に何か関係があるという可能性に比べれば、ささいなことのように思えた。考えもしなかったことだった。ふたつのあいだに関連性を示唆《しさ》するものは何もなかったのだ。

ヴィクターがポーチにいるのを見たときのエイブラムスの反応は、緊急かつ重大な懸念を示していた。

ドアを開けると言った。「ここで何をしてるんですか?」

彼は、まるで通りにいる何か、あるいはだれかを探すように、左右を見た。

「今は都合が悪いなら……」ヴィクターは言った。

エイブラムスはドアを大きく開けた。「入ってください」そう言うと、急ぐように仕草で示した。

ヴィクターは言われたとおりにした。エイブラムスは玄関のドアを閉めると、同じように急ぎ、ヴィクターについてくるように言った。

エイブラムスは彼を書斎に連れていくと、しばらく待つように言った。

数分で戻ってきた彼は、あらためてなぜここに来たのかと尋ねた。

ヴィクターは彼が不安そうにしていることに気づいた。前回ふたりで会ったときよりも顕著だった。

「悩んでるようだな、保安官補」とヴィクターは言った。

「連中がすべて持っていった」エイブラムスは言った。「彼のものを全部です。すべてのファイル、すべての書類、机の上にあったコンピューターまでも」

「なんのことを言ってるんだ?」

「フランクのオフィスのことです。おれは通報を受けて出動していた。連中がやって来て、身分証明書を見せて、すべて持っていったんです」

「連中はだれと話したんだ?」

「受付の女性です。くそっ、彼女はどうしたらいいかわからなくて、おれに電話をしたけど、折り返し電話をしたときには、連中はもう去っていた」

「その連中はどこから来たと言っていた?」

「トレントン市警。すべてを押収する権限があると言っていたそうです。法執行官が殺されたときの標準的な手続きなんだと」

「いつのことだ?」

「水曜日です。あなたに会った何日かあとです」

「その受付の女性は連中の名前を見たり、書類を見たりしなかったのか？」

エイブラムスは首を振った。「連中は彼女を無視したそうです。彼女が言うには三、四人いて、どこからともなく現れたそうです。入ってきて、あらゆるものを箱に詰め、車に積んで去っていった」

「だれの権限で？」

「知りませんよ、保安官。連中はただ、手を出すなと彼女に言ったそうです。ここから先はすべて彼らが引き受けると」

「それでフランクの元妻に支払われている金については追及していないのか？」

「何も追っていません。申しわけありませんが、連中はフランクに関することは放《ほう》っておくようにとはっきりと言って去っていったそうです」

「それで全部持っていったのか？」とヴィクターは訊いた。

「クソ全部です」

ヴィクターは椅子の背にもたれて考えた。エイブラムスは明らかに動揺していた。それが彼らの意図した効果なのかもしれなかった。

「ところで、いくつか訊きたいことがある。この件を話すなと言われていることは理解しているが、とても重要なことなんだ」

「巻き込まれたくありません」とエイブラムスは言った。

「きみはすでに巻き込まれている。いいか、わたしはここにいないし、来たこともないということにする。きみと話したことは否定する」

　エイブラムスは答えなかった。

「フランクが取り組んでいたことについて教えてくれ、ポール。どんなことでもいい」

「いいですか、ランディス保安官、力になりたいのはやまやまですが――」

「きみは弟のことを善人だと言った。きみの面倒を見てくれたと」ヴィクターは言った。「弟は殺された。わたしにはこの一カ月以上、捜査になんの進展もないように思える。きみはそのことであいつに借りがある。そしてそれはわたしもだ。だれかがこの事件を解決しなければならないんだ。そうしなければ、なぜ自分たちがこの仕事をしているのか自分自身に問いかけなければならない」

　エイブラムスの仕草が雄弁に物語っていた。彼はほんとうに動揺していた。

「失踪事件がありました」エイブラムスは慎重に話し始めた。「何人かの女の子が跡形もなく消えた。たしかじゃありませんが、そのうちのひとりはテネシー州出身だと思います」

「テネシー？　だからあいつはそこに向かっていたのか？」

「おれの知っていることをすべて話しています、保安官。それにこれ以上話すべきじゃない気がしています。彼はそのことをおれに話しませんでしたが、おれには彼がその件にかなりこだわっているのがわかりました。その少女たちはだれなのか、いつ消えたのか、何があったのか、おれは知りません。ほんとうに知らないんです」

「名前を思い出せないか？」

エイブラムスはしばらく考えてから、首を振った。

「ほかにあいつが言っていたかもしれないこと、きみが耳にしたこと、この件についてあいつが指示していたことはなかったか？」

「ひとつだけ覚えているんですが、ほんとうに変な話でした。何を言いたいのかわからなかったし、今となっては意味もわからないんですが、彼女たちはボランティアだったと言ってたんです」

「ボランティア？」

「どういう意味かわからないし、聞き間違いかもしれませんけど、そう言ったように思いました」

「失踪した女の子たちはボランティアだった」

「おれはそう聞きました」

「何のボランティア？」

「わかりません、保安官。言ったように、ただのコメントで、おれもあまり気にかけていなかった。それに聞き間違いだったかもしれません」

「ほかに思い当たることはあるか？」

エイブラムスが答えるために待つことはなかった。その否定的な反応はほとんど反射的だった。

「ほんとうに、もう帰ってください」彼は言った。「これがなんであれ、おれは巻き込まれたくないんです。家族の面倒を見なきゃならないんです。わかりますよね」

「もちろんだ」ヴィクターはそう言うと、立ち上がって去ろうとした。

「おれからは何も聞いていない、いいですね？」

「約束する」ヴィクターは答えた。

ブレアズビルに戻る途中、ヴィクターはエド・レイシーが娘のサラ＝ルイーズについて言っていたことを思い出していた。彼はそのことをふと口にしていた。そのときはあまり気にかけなかったが、エイブラムスとの会話から、そのことを思い出していた。

レイシーは、娘がやさしく穏やかで思いやりがあり、勉強にも熱心だったと言っていた。彼はこうも言っていた。彼女がボランティア活動をしていたと。

50

エド・レイシーに電話で連絡が取れたのは、月曜日の昼過ぎになってのことだった。

「仕事中だったんだ」とレイシーは説明した。「妻は数日の予定で妹のところに行っている。気分転換だ、わかるだろ？　何カ月も期待して待っていたのに今になって。あの子の遺品の整理を始めたところなんだ。妻は……ひどく悩んでいて……」

レイシーはそのことばを宙に漂わせた。

「心中をお察しします、ミスター・レイシー」とヴィクターは言った。

「何よりも最悪だったのは、あの子が行方不明になったあと、しばらく生きていたと知ったことだよ」

ヴィクターはなんと答えたらいいかわからなかった。なので何も言わなかった。

「で、なんのご用かな、保安官？」レイシーが尋ねた。

「サラ＝ルイーズがボランティア活動をしていたと言ってましたよね、間違いありませんか？」

「ああ、もちろんだ。山ほどしてたよ」

「何に関わっていたんですか？」

「知らんよ。日曜日の午後、教会で子供たちといっしょに何かをやっていた。クリスマスにはホームレスの人たちのためにフードドライブ（貧しい人たちなどに食料を届ける活動）をしていた。町のお祭りでは母親といっしょにパンを焼いたよ。もちろんYRVにも入っていた」

ヴィクターは顔をしかめた。「YRV？　すみません、それは――」

「ジョージア州ヤング《Y》・リパブリカン《R》・ボランティア《V》だよ。興味を持っていたんだ。いや、わたしたちは政治好きの一家じゃないがね。もしそういうことを言いたいのなら。意見は持ってるが、旗振り役ってわけじゃない。サラ＝ルイーズはわたしたちよりもずっと政治に関心があった。なぜなのかはわからんがね。とにかく、子供たちのためのボランティアグループなんだ。金もかからないし、娘にとっては同じ年齢で同じことに興味を持つ友人を作るいい機会だった」

「それは州全体で展開してるんですか？」

「わたしの知るかぎりではそうだ。正直なところ、そんなに気にしていなかった。たまに集まっていた。あの子を車でクレイトンに連れていったり、週末にタルラ・フォールズにキャンプに行ったこともあった」

「彼女がしていたことでほかに思いつくことはありませんか？」

レイシーはいっとき黙っていた。それから言った。「そんなところだ、保安官。あの子は十六歳だった――」

レイシーの声はかすれていた。

「十六歳で行方不明になった。生きていたら今は十七歳だ。た、ただ……」

ヴィクターはレイシーが涙をこらえ、息を整えるのを、無言のまま待った。

「すまない、保安官」

「ミスター・レイシー、わたしに謝る必要はありません。わたしこそこのような電話をしなくてはならず、申しわけありません。彼女がしていたことや彼女が知っていた人々のことをたくさん知れば知るほど、何が起きたのかを理解する上で役に立つんです」

「もちろんだ、保安官。だれかが娘のことで何かをしてくれていると知るのはとても心強い。こういうことをするやつはやめない、そうだよな?」

「ええ、だれかが止めるまでは」

「なら、あなたに仕事に取りかからせたほうがいいようだ。あまり力になれなくて申しわけない」

「とても力になってくれましたよ、ミスター・レイシー。お体に気をつけて、それと奥さんが戻ってきたらよろしく伝えてください」

「ああ、そうする」そう言うと、レイシーは電話を切った。


ヴィクターは無線でマーシャルに連絡し、できるだけ早く事務所に戻るように伝えた。マーシャルはそう遠くにはおらず、十五分で到着した。

「マーシャル、坐ってくれ」とヴィクターは言った。「リンダ・ビショップについて訊きたい」

「報告書にすべて書いてありますよ、保安官」

「ああ、わかってる。読んだ。ひとつだけ知りたいことがある。きみはあそこに行って、いろいろ聞いてきただろうから、もう一度電話をして訊いてほしい」

「何が知りたいんですか？」

「彼女がボランティア活動に従事していたかどうか。教会とかコミュニティとかいったことに」

「わかりました。今すぐ、電話したほうがいいんですか？」

「ああ、頼む」

ヴィクターはリンダ・ビショップのファイルから電話番号を取り出すと、マーシャルに椅子を譲った。

十分後、ヴィクターは求めていた答えを得た。サラ＝ルイーズ・レイシーと同じように、リンダもこのYRVに関わっていた。ここしばらくはなかったが、ミーティングや何度か週末のキャンプにも参加していた。

ヴィクターはふたたび自分の席に着いた。

「これまでにはなかったつながりだ」彼はマーシャルに言った。

「このことは尋ねていませんでした」

「いいか、マーシャル、できるかぎり情報を集めるんだ」とヴィクターは言った。「この組織の目的はなんなのか、どのくらい続いているのか、何をしているのか。わかることはなんでもだ」

「まかせてください、保安官」

マーシャルは立ち上がって去ろうとした。

「目立たないようにな、マーシャル」とヴィクターは行った。「図書館でもどこでも、行くときは制服を脱いで行け。だれかに聞かれたら、個人的な興味で、公式な任務じゃないと言うんだ」

「どうして目立たないようにするのか訊いてもいいですか？」

「何かが埋まっている穴を掘ることになるかもしれないからだ」

マーシャルは三時過ぎに出ていった。

ヴィクターはベスター・レイフォードかその妻のジャネットと話をしたかった。もしエラ・メイもYRVの一員だったなら、捜査の大きな糸口をつかんだことになる。もし、そうでないのなら、とにかく三人の少女を結びつけているかもしれないほかの何かを探すという観点から、その糸口を探すことになる。彼はまだ先のことは何も考えていなかった。それは細い糸であり、引っ張ったら切れて何も得られなくなってしまうかもしれなかった。

51

ケニー・グリーヴスの死は警告だった。少なくともその知らせを聞いたとき、ヴィクターはそう受け取った。そしてそれはユージーンかワスパーからの警告に違いないと考えた。

ジョージ・ミルステッドは、グリーヴスに首輪をつけているとヴィクターに話していた。正確には、話す必要があるならいつでも呼び出せると言っていた。

グリーヴスはワスパーがフランクの情報提供者であると明かすことで、ミルステッドの留置場から逃れていた。それだけでもヴィクターがその男に話を聞きに行く充分な理由があった。彼はそのつもりでいたが、まずユージーンに会いに行った。その結果、手遅れになってしまった。グリーヴスはミルステッドの首輪から逃れ、そしてだれかにさらわれてしまった。

ワスパーと同じように、グリーヴスもひとつの場所に落ち着いていなかった。公式にはエプワースに住んでいることになっていたが、そこではほとんど時間を過ごしていなかったようだ。レイフォード家のあるマッケイズビルとユージーン・ラッセルの家のあるコルウェルのあいだに南西に直線を引くと、そのちょうど真ん中がエプワースだった。だが、そこは彼が殺された場所でもなければ、十月六日火曜日の未明に彼の遺体が発見された場所でもなかった。

ヴィクターはそれでも、レイフォード夫妻にエラ・メイとジョージア州ヤング《Y》・リパブリカ《R》

ン・ボランティアとのつながりの可能性について尋ねるつもりでいた。だがどういうわけかふたりとは連絡が取れなかった。ミルステッドに電話をして、トム・シーハンかだれかをマッケイズビルまで行かせ、彼らの家を訪問させるつもりでいた。だがそんなときにミルステッドのほうから電話がかかってきて、グリーヴスの死という思いがけないニュースを聞いたのだった。

「ケニー・グリーヴスがやられた」

「彼が？」

「あいつは死んだ、ヴィクター。どこかで喉を切られたんだ。自分の車のトランクに入れられていて、車はジャックス川沿いに乗り捨ててあった。ブルー・リッジ市警の鑑識に来てもらっている。ざっと見たところでは、車はきれいに拭き取られているが、何か出てくることを期待している」

　ヴィクターはゆっくりと腰を下ろした。

「ラッセル兄弟だ」とヴィクターは言った。「そうに違いない」

「主のみぞ知るだ、ヴィクター。グリーヴスのような連中はいろんなことにつながっている。いろんな厄介事に巻き込まれる。付き合っているのはまともな連中じゃない。ラッセル兄弟かもしれないが、州外のわしたちの聞いたこともないようなやつの仕業なのかもしれない」

「なら待ちましょう。あなたのところの人間が何か方向を示してくれるかもしれません」

「現状では、ほかにできることはあまりない。連絡するよ、ヴィクター」

　ヴィクターは電話を切った。

バーバラに来るように言った。

「わたしの代わりにレイフォード夫妻について引き続き調べてほしい。彼らの娘がボランティア活動をしていたかを知りたい。教会のグループ、クラブ、学校の行事とかだ。週末に遠出をしたり、キャンプに行ったりとかいったことに」

「わかったわ、保安官。午後はここにいる？　それとも外出する？」

「しばらく外出する。車を走らせて頭を整理したい。いろいろなことが目まぐるしく起きていて、そのどれも自分には意味がわからないんだ」

「オーケイ、もし何かわかったら無線で連絡する」とバーバラは言った。

「マーシャルにもいろいろと調べさせている。彼が事務所に戻ってきたら教えてくれ」


ヴィクターは車に乗って、ブレアズビルを出た。

北西にノッテリー湖まで行き、エラ・メイ・レイフォードの遺体が打ち上げられた場所の路上に車を止めた。ドアを開け、横向きに坐り、ブーツを地面につけ、眼下の水辺に視線をやった。彼とジェフ・ネルソンとで、この傾斜を担架に乗せた遺体を運ぶのに苦労したことを思い出した。哀れな少女の膨れあがった遺体を思い出した。彼女の両親に娘が死んだことを告げなければならなかったことを思い出した。

もちろん、それは真実だった。だれであろうが関係ない、われわれはみんな同じ土のなかに埋葬される。だがどのようにして死んだのかはとても重要だ。自分の弟は何度も何度も轢《ひ》かれた。体は傷つき、想像を超えるほどの痛みだったはずなのに、必死に動こうとしていた。三人の少女は誘拐され、ドラッグを飲まされ、縛られ、そして窒息死するか殴り殺された。ケニー・グリーヴスは喉を切られ、突然その人生を終えた。

最期の道のり《ラスト・ハイウェイ》。それは決して知ることのないものだった。どこから始まり、どう終わるのか。

ヴィクターは煙草《たばこ》に火をつけた。体を乗り出して、両肘《りょうひじ》を膝《ひざ》につき、眼を閉じた。

フランクが何か悪いことに巻き込まれていた可能性を受け入れることが、一見無関係に見えるこのクモの巣のような出来事の核心であるように思えた。初めからそうだった。ずっとほのめかされ、推測されていた。ジム・トム・ムーディ、ユージーン・ラッセルから。そしてフランクの保安官補だったレイ・フロイドが自殺をしたという事実も、ヴィクターにとっては注意信号だった。

さらにフレデリクセンがいた。捜査になんの進展も得られていないだけでなく、彼はヴィクターがフランクに何が起きたのかに関心を持つことをひどく嫌っていた。フレデリクセンは、何かあれば自分は自分の仕事をしている、自分は把握している、と周囲に言っているが、この件にかぎっては、仕事をしているようには見えなかった。人は何もしないことはない。いつも何かをしている。それが見えないからといって、何もしていないわけではない。

そして今、ヴィクターはヤング・リパブリカン・ボランティアの件をつかんでいた。それはポール・エイブラムスがフランクの発言について思い出した結果わかったことだった。彼が話したことは、すべて弟が関与した捜査に端を発しており、そのファイルや記録はすべてトレントン市警によって押収されていた。

すべてはトレントンに戻った。そこはフランクがいた場所で、デイド郡は彼が殺された場所だった。彼はテネシー州に向かっていたか、テネシー州から来るだれかと会うはずだったのかもしれない。だれと？　そしてなぜ？　その意図がなんであれ、弟の行動がなぜ殺人につながったのかはまた別の謎だった。

車内で無線が鳴った。ヴィクターは振り向くとハンドセットを取った。

「保安官、ジョージ・ミルステッドが探しています。彼のところに行ったほうがいいと思います」

「わかった、バーバラ」とヴィクターは言った。「彼に電話をして、わたしが向かっていると伝えてくれ」

ヴィクターは灰皿に吸い殻を捨てると、エンジンをかけた。車をUターンさせると、ブルー・リッジに向かった。

落ち着かなかった。自分が求めている答えは、自分が最も聞きたくないものなのだと感じていた。

52

ファニン郡保安官事務所のジョージ・ミルステッドの机の上には、自らの車のトランクに押し込まれたケニー・グリーヴスの写真が並べられていた。それは残酷で容赦のないものだった。

ヴィクターは、自分は胃は強いほうだと思っていた。だがグリーヴスの喉の傷は骨まで達していた。彼はトランクに入る前に殺されていた。服にこびりついた血は乾いて固く黒くなっていた。トランクの内部には血の痕跡はなかった。

「車はきれいだった」とミルステッドは言った。「だれがやったにしろ、自分のすることをわかっているやつだ」

ヴィクターは席に着いた。深呼吸をした。

「今でも気になるのは、ユージーン・ラッセルの麻薬取引の件です。マックリンとグリーヴスがそれを邪魔するために送り込まれたことは知っていますが、ワスパーがその件で裏から糸を引いていることにユージーンはほんとうに気づいていなかったんでしょうか？　マックリンが監房で首を吊ったのは……いつでしたか？」

「去年の八月だ」ミルステッドは言った。

「そして今度はケニー・グリーヴスがほとんど首を切り落とされた」

「ユージーンがふたりとも殺させたと？」

「自分の勘はそう言っています」とヴィクターは言った。「だが腑《ふ》に落ちないのはユージーンが、ワスパーがその背後にいたと気づいていないことです。あなたは、ユージーンはワスパーが警官に通じているとわかれば、弟であろうが殺しても不思議じゃないと言ってましたよね。ワスパーはまったく関与していないのかもしれない。マックリンとグリーヴスのふたりでやったことで、だからふたりは殺されたのかもしれない」

「オーケイ、別の角度から見てみよう。ユージーンが麻薬取引を反故《ほご》にしたくて、ワスパーにマックリンとグリーヴスを雇うように命じたのかもしれない」

「だれが自分の取引を台無しにしたいと思うんですか？」

ミルステッドは肩をすくめた。「ああいった連中はわしらとは違うやり方をするし、違う考え方をする。たぶんだれかの積み荷で、こいつらに盗まれたことにすれば、そもそも金を払わずに売ることができるということかもしれん」

「ワスパーかユージーンがこの連中に盗ませて、彼らは殺人には直接関与していない可能性もあります」

「だれにもわからんよ、ヴィクター、言ったとおり、こういった連中は普通の人間とは違う考え方をするんだ」

「車からほかに何か出ましたか？」

「今、調べてるところだ。今日の夕方までには全部終わらせると言っていた」

「待たせてもらってもかまいませんか」とヴィクターは訊いた。

「付き合ってくれたほうがうれしいよ」とミルステッドが言った。「コーヒーを持ってこよう。きみはくつろいでいてくれ」

ミルステッドがいないあいだ、ヴィクターは自分が今対処しているさまざまな点を、必死に線で結ぼうとした。そしていつもフランクとユージーン・ラッセルの関係に戻ってきた。ふたりの関係はどういう性格なのか、ふたりは何か犯罪に加担していたのか。ヴィクターにはそれが事実であることはほぼ間違いないように思えた。フレデリクセンも関与しているのはたしかなようだ。もしそうでないのなら、彼はなぜフランクの死の真相を探ろうとしないのだろうか？　そしてなぜフランクが担当していたすべての事件がトレントン市警によって押収されたのだろうか？　たしかに市警も保安官事務所も連携して動く。だが——少なくとも理論上は——保安官事務所のほうが上位の法執行機関なのだ。

それらのファイルや文書のなかに答えがあるはずだ。もしそれが彼らに不利なものであれば、すでに破棄されているかもしれなかった。その反面、まったく別の可能性もあった。もしフランクの関与が第三者を危険にさらす可能性がある場合、既存の事件ファイルをデイド郡保安官事務所から押収したことは煙幕に過ぎず、あらゆる証拠を隠滅するための手段なのかもしれない。

自身の人間観に基づくものでしかなかったものの、ヴィクターはやはり、マイク・フレデリクセンが、彼が話している以上のことを知っていると信じて疑わなかった。マイク・フレデリクセンは、本人が認めようが、認めまいが、事件の中心にいることは間違いなかった。

ミルステッドがコーヒーを持って戻ってきた。

「トレントン市警のマイク・フレデリクセンを知っていますか?」ヴィクターは訊いた。

ミルステッドは首を振った。「知らないな、なぜだ?」

「どこか違和感があるんです。あの男のどこかがおかしい。彼こそがフランクがだれに殺されたのかを突き止めるべき人間だ。なのに、事件以来、まったく連絡してこない。おまけにトレントン市警は、弟の事務所から現在進行中の事件ファイルをすべて押収していった。フレデリクセンがやらせたことに賭けてもいい」

「いったいいつから、市警がわしら保安官事務所に対する捜査権限を持つようになったんだ?」ミルステッドが訊いた。

「そのとおりです」

「なんともめちゃくちゃだな、ヴィクター」

ヴィクターは答えなかった。すでにどうやってマイク・フレデリクセンを苛《いら》つかせるかを考えていた。

机の上の電話が鳴った。ミルステッドが取った。

ひとしきりことばを交わしたあと、ミルステッドはヴィクターに向かってうなずいた。

「グリーヴスの車に見てもらいたいものがあるそうだ。車は保管場所にあるらしい」

別々に移動しても意味がなかったので、ヴィクターはミルステッドの車に同乗した。信号で停まった。ヴィクターは歩道を歩く人々を眺めた。さまざまな異なる物語が行き交い、その物語は語られるたびに変化していた。人生は直線ではない。ときには元に戻すことができないほどねじれてしまうこともあった。いやな記憶は時間とともにうつろうものなのだ。それはまるで心がその記憶を受け入れる手段を見つけようとしているかのようだった。だれも過去からほんとうに立ち直ることはない。できるだけダメージを受けずにそこから抜け出す方法を見つけるだけなのだ。そして物事がほんとうに忘れ去られることもなかった。人々はただ思い出さないことを選ぶだけなのだ。

突然、ミルステッドがフランクとのことを尋ねた。ヴィクターは不意を突かれた。「話したところでわかってもらえるとは思いません」と言った。

「きみたちが疎遠になるには何か特別なものがあったんだろうな。つまり、ああ、くそっ、わしには関係のないことだが……気になる性格なもんでな」

「人はときに何かを知ります」とヴィクターは言った。「そしてそれを忘れることもできず、赦《ゆる》すこともできない」

「それが家族なんだろう」ミルステッドは答えた。「わしはそういった意味では運がよかった。意見の違いはあるだろうが、いっしょにやっていくうちに解決するものだ」

「わたしとフランクにもうまく解決する方法があったんでしょうか？　どうすればよかったのかわからない。そしてもう手遅れです」

「わしにも弟がいる。妹もふたりいる。そのうちのひとりが殺されたらどう思うかわからんよ」

「それがわかるようにならないことを祈りましょう」

「そう祈ろう、ヴィクター、アーメン」


ブルー・リッジ市警の鑑識担当者がフロントオフィスでヴィクターとミルステッドを出迎えた。


「こちらはボブ・ナッチウェイだ」とミルステッドが言った。

ヴィクターとナッチウェイは握手を交わした。

「来てください」ナッチウェイは言った。「見てもらいたいものが山ほどあります」

ふたりはナッチウェイのあとについて、フロントオフィスの奥のドアから出て、廊下を進んだ。左右に駐車区画があり、検査ピットの上にはさまざまな車がジャッキアップされていた。オーバーオールを着た男たちがライトを照らし、別の男たちがメモを取っていた。カメラのフラッシュが断続的に光を放ち、そのシーンを非現実的なものにしていた。

駐車区画の一番奥にはいくつものテーブルが平行に並んでいた。それぞれに、人々が車に積んでいるさまざまなもの——衣類、靴、工具、懐中電灯、ガスボンベ——が置かれていた。

ナッチウェイが示したテーブルの上には、まったく異なる性質のものが並べられていた。ヴィクターとミルステッドの眼の前には、ロープ、麻袋、結束バンド、頑丈なボルトカッターがふたつ、そしてシャベルがあった。右側の透明なパースペックス製のトレイの上にはラベルの貼られた小さなボトルと皮下注射器の包みがあった。

ミルステッドはそれらの証拠品に眼を通すと、ヴィクターのほうを見た。

「それはなんですか?」ヴィクターはボトルを指さして訊いた。

「チオペンタール」とナッチウェイが言った。「鎮静剤です。かなり強力な。すぐに効くが持続時間は短い。ほかの麻酔薬といっしょにちょっとした手術に用いられることがあります」

「入手は難しい?」ミルステッドが訊いた。

ナッチウェイは肩をすくめた。「入手の方法によります」

「これらはみんなだれかを誘拐するために必要なものだ」とヴィクターは言った。

「わたしもそう思います」とナッチウェイは言った。「だから来て見てもらったほうがいいと思ったんです」

「ほかに見ておくものは?」とミルステッドが訊いた。

「住所がありました」とナッチウェイは言った。「なんとか大部分が残っている」

彼は、テーブルの端から透明な小さな袋を取ると、ミルステッドに渡した。袋のなかには破られた新聞紙の隅があり、〝オークウッド一二二五〟と殴り書きしてあった。

「なんてこった」ミルステッドは言った。

「それはレイフォードの家だ、そうですよね?」ヴィクターは訊いた。

「そうだ」

「レイフォード夫妻を見つけようとしていました」とヴィクターは言った。「昨日、ふと思いついたことがあって、彼らに訊きたいと思ったんです」

「少女に関して？」

「ええ、三人をつなげる何かについて」

「今しかない」とミルステッドは言った。「すぐに行こう」

ミルステッドはナッチウェイのほうを見た。「最優先で進めてほしい。この件はマッケイズビルのティーンエイジャー誘拐殺人事件につながっているかもしれない。保安官事務所に電話をして、トム・シーハンにエラ・メイ・レイフォードに関するファイルを全部持ってくるように言ってくれ。この車を徹底的に調べて、あの少女がこの車に乗っていたかもしれないことを示す何か——毛髪、血液、精液のなんでも——を見つけてくれ」

ナッチウェイはすぐに取りかかると言い、ふたりの保安官を建物の外に案内した。

車のなかでミルステッドはヴィクターの頭のなかにあった質問をしてきた。

「ケニー・グリーヴスが三人を殺したと思うか？」

「まだわかりません」とヴィクターは言った。「状況証拠でしかありません。鑑識が何か証拠となるものを見つけてくれることを願っています。あの少女があの車に乗っていたとしたら、グリーヴスが殺人の第一容疑者になることはたしかです。それよりも、レイフォードと話をする必要があります」

「彼にはどんな質問をするつもりだ？」

ヴィクターはポール・エイブラムスがトレントンで話したボランティア活動についてミルス

テッドに伝え、ジョージア州ヤング《Y》・リパブリカン《R》・ボランティア《V》とのつながりがある可能性について説明した。

「聞いたことはないな」とミルステッドは言った。

「保安官補に調べさせています」とヴィクターは答えた。

ブルー・リッジの市境を越えると、マッケイズビルまでは北に十六キロほどだった。

そこまでの道のりは十五分ほどしかかからなかったが、そのあいだ、ふたりともひとことも話さなかった。

53

ヴィクターとミルステッドが、まさにこの場所をふたりで訪れてから、一カ月あまりが過ぎていた。

ジャネット・レイフォードがドアを開けた。彼女はほとんど他人と見まがうほどだった。もともと小柄だったのが、今は二倍縮まって見え、二倍壊れそうだった。おそらく三十五キロから四十キロしかないように見えた。

「悪い知らせかい、それとも何もないのかい？」彼女はミルステッドに尋ねた。「どちらもよくないけどね」

ミルステッドは帽子を手に取り、視線で彼女の質問に答えた。

ジャネットはうつむくと言った。「入ってもらったほうがいいみたいだね」

キッチンは変わっていなかった。腕のなかでジャネットが泣き崩れていた記憶がヴィクターにはっきりと甦《よみがえ》ってきた。席に着き、ミルステッドも続いた。ジャネットはシンクのところに立ち、後ろ手にシンクの縁《ふち》をつかんでいた。

「ふたりがかりでも、だれがうちのベイビーを殺したかわからないと言うのかい？」

「ジャネット、信じてくれ、わしたちはずっとこの事件に取り組んできた。進展はあったが、答えてほしい質問があるんだ」

　ジャネットは何も言わなかった。

「ベスターはどこにいるんだ？」ミルステッドは訊いた。

「お兄さんのところにいる」とジャネットは言った。「もう一週間になる。行かないでくれって言ったのに聞く耳持たなかった」

「きみをここにひとり残していったのか？」

　ジャネットはあきらめたように頭を振った。「あの人とは結婚してずいぶんになるけど」と彼女は言った。「あのひとの考えていることは半分もわからない。あの人もそうなんじゃないかしら。ひとりがいやならわたしの妹のところに行けって言われたわ」

「彼のお兄さんはどこに住んでるんだ？」ヴィクターが訊いた。

「テネシー州よ。スプリングシティ」

「いつ帰ってくるかわかるか？」ミルステッドは訊いた。

　ジャネットは冷たく笑った。「昨日よ。そう言っていた。あの人は人生で一度でも約束を守ったことなんかないんだから。いつ帰ってくるかは神のみぞ知るってところね」

「義理のお兄さんの住所は知ってるか？」とヴィクターは訊いた。

「そこに行って、わたしのために連れ戻してきてくれるのかい？」

「もし見つけたら、戻るように言おう」

　ヴィクターはノートとペンを渡した。ジャネットはスプリングシティの住所を書いた。

「もうひとつ、娘さんに関して質問がある」とヴィクターは言った。「彼女が何かボランティア活動をしていたかどうか知りたい」

「なんのボランティア?」

「なんでもだ、ジャネット。教会、学校、クラブ、チャリティーとか」

ジャネットはしばらく考えてから首を振った。「あの子はそういうタイプじゃなかった。自分のことにしか興味はなかったとまでは言わないけど、集まりとかにはあまり関心がなかった。誕生日パーティーの準備をするのも大変なくらいだった。家にいるのが好きだったし、仲間うちといるのが好きだった。動物も好きだったけど、ベスターはあの子に犬とかを飼うことを許さなかった」

「ジョージア州ヤング《Y》・リパブリカン《R》・ボランティア《V》というグループを知っているか?」

ジャネットは顔をしかめた。「なんだい、それって政治的な何かかい?」

「ああ」とヴィクターは言った。「政治に関心のあるティーンエイジャーのグループだ」

「あの子がそういうものに興味を持っていたとでも?」

「何かないか調べている、それだけだ」とヴィクターは言った。

「わたしのエラ・メイはジョージ・ブッシュとクルミの木の違いもわからなかっただろうね（ブッシュには低木、灌木の意味がある）。いいや、そんなものには関心はなかったよ」

「オーケイ」とヴィクターは言った、その声には失望がにじんでいた。

「会ってくれてほんとうにありがとう、ジャネット」とミルステッドは言った。

「訊きたいのはそれだけかい？」

「今のところは」とヴィクターは言った。「ご主人を探してみる」

ジャネットはシンクの縁を押すようにして前に進み出た。その眼には憎しみがこもっていた。

「ああ、あの人を見つけたら、すぐにここに戻ってきたほうがいいと言ってちょうだい。さもないとフライパンで殴ってでかいたんこぶをつけてやるってね」


十分後、ヴィクターとミルステッドは南にブルー・リッジへと戻った。

ヴィクターは車に地図があるか尋ねた。

「グローブコンパートメントに山ほどある」とミルステッドは言った。

ヴィクターはそれらをくまなく調べて、ジョージア州の北西の端とテネシー州の最南端をカバーしている地図を見つけた。

トレントンを見つけ、そこから二十四号線を北東にたどると、ワイルドウッドとフランクの遺体が発見された場所にたどり着く。

さらにテネシー川に沿ってたどると、百二十七号線との交差点に着く。

考えていたとおり、その道を百キロほど進むとスプリングシティだった。

地図をたたむと、グローブコンパートメントに戻した。

「そこに行きたいのか？」とミルステッドが訊いた。

「その男を見つける必要があります」

「今日じゅうに行くのか?」

「そのつもりです」

「わしはいっしょには行けない」とミルステッドは言った。「ここに残って、ボブ・ナッチウェイがあの車からもっと法医学的な証拠を発見するかどうか見守りたい」

「ケニー・グリーヴスがこれらをやったとしたら、筋が通っていると思いますか?」

「やつにできたかと訊かれればイエスと答えるだろう。きみが訊いているのが、やつがひとりでやったかどうかということなら、ノーだ。あいつは港で一番明るい灯りだとはいえない。もし、あいつがこれらのことをしたのだとしたら、だれかに言われてやったのだろう。それしかありえない」

54

　ヴィクターはミルステッドのオフィスを出る前にバーバラに電話をし、その日の午後は事務所に戻らないと告げた。

「マーシャルは何か持って戻ってきたか？」

「彼には今日一日、会ってないわ」

「わかった、明日、彼に会ってたしかめよう」


　ヴィクターはすぐに出発した。

　テネシー州レイ郡のスプリングシティはブルー・リッジの北西百六十キロのところにあった。ここは一八七〇年代には、サルファー・スプリングとして、それからレイビル、そしてレイ・スプリングとして知られていた。元々の町のほとんどは洪水と火災で失われた。わずかに残った町もワッツ・バー湖の底に沈んだ。移転に伴い、また別の名前になった。

　面積はわずか六・五平方キロメートルで、石炭発電所がスカイラインを独占していた。ヴィクターにとって、かつてシンシナティ・サザン鉄道の停車駅であったこの街は野生動物や風景を愉《たの》しむために訪れる場所ではないように思えた。直感以外の何物でもなかったのだが、どういうわけか、彼にはベスター・レイフォードが隠れているか、逃げているかのどちらかのように感じてならなかった。娘の死を知らされたときのベスターの反応を思い出していた。呆然として押し黙り、ヴィクターがジャネットと話しているときも、姿を隠しているような様子だった。ベスターはヴィクターにもミルステッドにもエラ・メイの殺人事件についてひとつも質問をしなかった。ふたりが訪問しているあいだ、そしてブレアズビルまで娘の身元確認に行くまでも、あの男はほとんどことばを発しなかった。

ヴィクターが到着した頃には、七時をまわっていた。ひどく空腹だったので、バーに寄ってステーキを食べた。制服を脱いできたほうがよかったと思ったが、すぐにでもベスター・レイフォードを見つけたいという思いのほうが強かった。

バーを出る前に、ジャネットがくれた住所の方角をバーテンダーに尋ねた。

「町を出ていくように思えるけど、分かれ道に突き当たるまではまっすぐ進むんだ。そこを左に曲がって、しばらく行った右側にある。角《かど》に古いガソリンスタンドがあるから見逃さないだろう」

ヴィクターは教えられたルートを進んだ。十分ほど走ると、どこかで道を間違えたような気がした。が、そのときガソリンスタンドが見えてきた。老朽化して荒れ果て、天蓋《てんがい》は片側に崩れ落ちており、長いあいだ放置されているようだった。まるで時の流れを知らせるかのように、錆《さ》びた七〇年代の〈クライスラー・ニューヨーカー〉が前庭に置かれていた。ウインドウは打ち砕かれ、トランクから雑草が生えていた。

曲がると、家の番号を探したが、はっきりしなかった。区画と区画のあいだには低木と日焼けして変色した土地が広がっており、そのオレンジ色の海にクロウメモドキが浸食していた。

ヴィクターはまたしても道に迷ったような、何かを見落としたような感覚に陥《おちい》った。引き返そうとしたそのとき、幹線道路から左に入る横道があることに気づいた。ようやく郵便受けを見つけた。〝レイフォード〟と書かれていた。

そこを進んだ。轍《わだち》がサスペンションをひどく揺すった。突き出している木々の枝がトンネルのような効果を生み出しているなか、五百メートルほど進むと、幅の広い低層の家に行き着いた。ベランダは正面いっぱいの広さがあり、手すりと階段はところどころ腐っていた。塗装は乾いてひび割れ、色あせた白い葉っぱのように正面の壁から剝《は》がれ落ちていた。家の眼の前の庭は、ただ枯れてひからびた雑草が生い茂っているだけだった。あちこちに低木が生え、木の幹が二、三本あった。家から右手の納屋に向かって、土で固められたでこぼこの小道が延びていた。

ヴィクターは車を止め、自分が到着したことが気づかれるのを待った。優に五分ほどそのままでいた。家のなかも庭のどこにも動きはなかった。

車から降りると、ポーチに向かった。網戸の枠をノックしようと手を上げる前に、左側に人の気配を感じた。

ゆっくりと体を向けると、小口径のライフルが向けられていた。ネズミ駆除用の銃ほどの大きさだったが、二メートル弱の距離では頭蓋骨にキレイな穴を開けるのには充分だった。

ヴィクターは両手を上げた。前だけをじっと見ていた。

「おまえはいったいだれだ？」ライフルを持った男が訊いた。

「その銃を置いて、礼儀正しく振る舞わないか？　それともずっとここで立っているのか？」

「質問に答えろ」

「ランディス。ユニオン郡の保安官だ。ベスター・レイフォードを探してここに来た。あんたは彼の兄なんだろ」

「ああ、そうだ、ユニオン郡の保安官さん。どうしておれがベスターの居場所を知ってると思った？」

「マッケイズビルに行ってジャネットと話した。彼女は、彼があんたといっしょにここに隠れているはずだと言っていた」

「彼女が？」

「ああ、そうだ」とヴィクターは言った。

「で、弟になんの用だ？」

「彼の娘を発見したのはわたしだ」とヴィクターは言った。「知らせたいことがあって来た」

「連行しに来たんじゃないのか？」

ヴィクターは首を振った。「彼を連行する理由はない。わたしの知るかぎり、彼は何もしていない」

一瞬のためらいがあった。

「ベルトにつけているのはなんだ?」

「四四口径だ」

「できるだけ礼儀正しくそれをはずして置いてくれ。左手で。ゆっくりと」

ヴィクターは言われたとおりにした。ベルトをはずし、するりと床に落とした。両手を上げたまま、足でベルトを脇に動かした。

「それでいい。手を下ろしていいぞ」

ヴィクターは両手を下ろし、レイフォードの兄のほうを見た。

ベスターにそっくりでまるで双子のようだった。

「名前は?」ヴィクターは訊いた。

「ギル」と答えた。

「トラブルを予期していたのか?」

ギルは不敵に笑った。「おれは常にトラブルを予期してるんだ」と彼は言った。「そうすれば、そうなったときに驚かないですむ」

ヴィクターは男をざっと見た。疲れ果てていた。それはたしかだった。人生に蹴《け》られることに慣れている男の眼をしていた。次はもう立ち上がるべきじゃないと考えているのではないかと思えた。

「その豆鉄砲を置いてくれないか?」

ギルはライフルを置いた。

「で、彼はここにいるのか、いないのか、どっちだ？」

「弟の味方なのか、敵なのかによる」

「どういう意味だ？」

「あんたは間抜けなタイプには見えない、保安官」とギルは言った。「連中が弟の娘をやった、そうなんだろ？」

「だれのことだ？」

ギルが顔をしかめた。「なんてこった、あんたはそこまで間抜けなのかよ」

「それを認めるのはやぶさかではない」とヴィクターは言った。「状況を理解するためにここに来たんだ」

「そこにいろ。トラブルを起こしに来たんじゃないというあんたのことばを信用する」

「約束は守る、ギル」

「しばらく車に戻ってろ。煙草《たばこ》でも吸ってるんだ。拳銃はそのままにしておけ」

ヴィクターは後ろ向きに階段を下り、背を向けて車まで歩いた。たどり着いて振り向いたときには、ギル・レイフォードの姿はなかった。

武器を手放すのはまずかった。わかっていた。だが、あのときは、そんなことはどうでもよかった。ギル・レイフォードは何かを知っている。そしてギルが知っているということは、ベスターも知っているということだ。それは間違いなかった。ギルが少女のことについて、だれかが彼女をやったと話したという単純な事実、それだけで充分だった。ここには答えがある。そしてヴィクターはそれを得るつもりだった。

煙草を二本吸ったところでギルが現れた。玄関から出てきて、網戸の後ろに立った。もうライフルは持っていなかった。

「近づいていいぞ」と彼は言い、網戸を開けて、ヴィクターのベルトとホルスターを拾って待った。

ヴィクターは了解したしるしにうなずき、歩きだした。

55

ベスター・レイフォードは泥酔していた。

使い古された肘掛椅子《ひじかけいす》にだらしなく坐り、体の下のクッションからはよじれた馬の毛がはみ出ていた。手に酒のボトルを持ち、酔っぱらって赤く霞《かす》んだ眼でヴィクターを見た。

彼のいる部屋はだだっ広く、奥行きがあって日当たりが悪かった。一番奥に朝食用のカウンターがあり、リビングルームとキッチンを隔てていた。シンクには洗っていない食器が積み上げられていた。年老いた猟犬がリノリウムの床の上に横たわり、日常を邪魔されたことに対し、かすかに頭を上げた。

「ランディス保安官」ベスターは不明瞭なことばで言った。注意を向けようとして体の位置を変えた。

「ベスター」

ギル・レイフォードが脇を通って、朝食用のカウンターの奥に立った。

「坐ってくれ」とベスターは言った。

ヴィクターは窓の下の丸テーブルの前に椅子を引き出した。窓枠にはたくさんの死んだハエがいた。窓枠の左下には、長いあいだ放《ほう》っておかれたクモの巣が三角形に張り巡らされていた。

「メイドは休暇中でね」とベスターは言った。

ヴィクターはうなずいた。「うちのもやたらと休むよ」

ベスターはひと口酒を飲むと、ボトルをヴィクターのほうに差し出した。

「飲むか？」

「ありがとう、だがやめとく。わたしはいいよ、ベスター」

「で、何を持ってきてくれたんだ？　なんでまた、こんなところまでおれを追いかけてきた？」彼は滑稽《こっけい》そうに笑ってみせた。「ここがテネシー州だってことはわかってるんだよな？」

「自分がどこにいるかはわかってるよ、ベスター。それにきみの家から来たんだ。きみは奥さんをひとり残してここに来たんだな」

「妹のところに行くように言った。ちくしょう、あの女といっしょにいる時間のほうが、おれといる時間よりも長いくせに」

「エラ・メイを殺した犯人を捕まえたかもしれないと言いに来た」

ベスターはゆっくりと眼を閉じた。同じようにゆっくりと眼を開いた。まるで日光浴をしているトカゲのようだった。

「かもしれない？」

「法医学やらなんやらを待っているところだが、かなり確実なようだ」

「そいつの名前は」

「ケニー・グリーヴス」とヴィクターは言った。

ベスターは眼を見開き、騒々しく鼻を鳴らして笑った。

「ケニー・グリーヴス？　ケニー・グリーヴスがおれの娘を殺したと思ってるなら、あんたはとんでもないばかだな。あいつは靴に溜まった小便をこぼすことすらできないんだぞ。靴底にやり方が書いてあったとしてもだ」

「やつを知ってるのか？」

ベスターは首を振った。もうひと口飲んだ。「くそっ、あいつら全員知ってるさ。あの悪党ども全員だ。知り尽くしている」

「全員とはどういうことだ？　だれのことを言ってる、ベスター？」

「おれの知るかぎり、ラッセル兄弟と関係のあるやつらはみんな悪党だ。警官も保安官もだれもがだ。このビジネスに関わってるやつは、みんな骨の髄《ずい》まで悪党だ」

「どんなビジネスだ、ベスター？」

ベスターは顔をしかめた。兄を見て、それからヴィクターに眼を戻した。

「なぜあんたの弟が殺されたと思う、あ？　あの事件以来、何千回と自分に問いただしてきたはずだ。あんたは眼が見えないのか、それとも見たくないだけなのか、どっちだ？」

「その両方かもしれない」とヴィクターは言った。「だがここで何が起きているのか知りたいんだ。だれが弟を殺したのかはもちろんだが、どうしてきみのエラ・メイが殺されなければならなかったのかも」

ベスターはうなだれた。そこには敗北した男、打ち砕かれた精神があった。酒によって無表情な仮面をかぶっているにもかかわらず、失った娘のことを考えるだけで心に大きな穴が開くのだ。

「父親にとっては最悪の出来事だ」とベスターは言った。感情がたかぶって声がかすれていた。ヴィクターを見ると訊いた。「子供はいるのか？」

首を横に振った。

「子供たちは命であり、血であり、すべてだ。子供が生まれると世界は一変する。すべてを新しい眼で見ることができる。自分の人生をもう一度やりなおすチャンスを与えられたようなものだ。行ないを改め、正しいことをし、平和を見いだす。最悪なことが起きても、家に帰れば、もうそんなには悪くない。人はそれを感じなければならないんだ。子供のいない人間は心のなかにいつも空洞がある」

ベスターはボトルからぐいっと飲んだ。

「連中はおれからそれを奪った。おれの腕から引き剝《は》がしていった。それが連中のやったことだ」彼は頭を振った。涙が眼に浮かんでいた。「連中はあの子を殺して、最後までしゃぶりつくした骨のように放り捨てたんだ」

「だれだ、ベスター？　だれがやったんだ？　ケニー・グリーヴスじゃないなら、だれなんだ？」

「くそっ、あの哀れな間抜け野郎がやったのかもしれないが、ひとりでやったんじゃない。だれかに言われなければ、あいつは絶対にひとりでやったりはしない」

「ほかにも少女が殺されていることを知ってるんだな」とヴィクターは言った。「ほかにもふたり。ひとりはチェロキー郡で、もうひとりはサムターの森の近くで見つかった」

「ふたり？」とベスターは言った。「ふたりじゃ全然足りない」

「じゃあ、連中というのはだれなんだ、ベスター？　だれがこれをやったんだ？」

ベスターは笑みを浮かべた。残酷な表情だった。「その質問に答えるのはあんたの弟が最適だったようだ、な？　彼と相棒の警官とが」

「どの警官だ、ベスター？」

「あの嘘つきクソ野郎のフレデリクセンだ」

「トレントン市警のマイク・フレデリクセンか？」

「そいつだ。あいつはおれに大丈夫だと言った。すべて保護するから安全だと。何も心配することはないと言った。なのにおれはここにいる。あのもめ事から逃れるために兄貴のところに隠れていなきゃならないんだ」

ヴィクターは椅子の背にもたれかかった。ギルを見た。冷淡な表情をしていた。ずっと無言のままだった。このままでいいと思っているようだ。

「あんたとフレデリクセンのあいだに何があったかは知らない」とヴィクターは言った。「だがはっきりさせておきたい。あんたが言っているのは、フレデリクセンとわたしの弟がこれらの少女が殺されたことと関係しているということなのか？　そして三人のほかにもいて、あんたとフレデリクセンはこれに関して何らかの取引をしたということなのか？」

ベスターは体を乗り出した。一瞬ふらついたが、バランスを取り戻した。「ひとつ知っていることがある。無料《ただ》で教えてやるよ、ランディス保安官。あんたの弟は善人だった。たしかに、彼なりの事情はあっただろう。その点じゃみんなと変わらない。けど、結局のところ、彼は善人だった。悪いこともしたかもしれないが、正しい理由のためにやったんだろう。もし彼が法執行官でなかったら、連中を全員焼き殺して根絶やしにしていたかもしれない。フレデリクセンについてはよくわからない。三回か四回くらいしか会っていないし、あいつはほとんど話さなかった。話すのはいつもあんたの弟だった。だが、フレデリクセンがそこにいたのはたしかで、あいつとあんたの弟はこの件ではしっかりと結びついているようにおれには見えた。約束したのはフランクだったし、おれは彼を信頼していた。おれに選択肢はなかったようだしな。おれはふたりが知りたがっていたことを話し、フレデリクセンははっきりと、大丈夫だ、トラブルにはならないと言った。だがトラブルになった、そうだろ？　あいつが何を言おうが、結局トラブったんだ。最悪だ」

「わたしの弟に何を話したんだ、ベスター？」とヴィクターは訊いた。「あいつは何を探り出そうとしていたんだ？」

「どうやって連中を止めるか。どうすれば連中が今やっていることを止められるかだ」

「だれだ？　だれを止めるというんだ？」

「ラッセル兄弟だよ、ちくしょう。おれの話を聞いてなかったのか？　ラッセル兄弟が女の子たちを連れ去るのを止めるんだよ」

ヴィクターはしっかりと聞いた。ベスターに繰り返させる必要はなかった。

「ラッセル兄弟はあんたが弟と話したことを知ってるのか」とヴィクターは訊いた。

「もちろんだ。くそっ、あいつらは知りたいことをなんでも嗅ぎつける」

「だからエラ・メイは殺されたのか？　連中がケニー・グリーヴスにエラ・メイを殺させたのは、あんたが警察と組んでいるのを連中が知ったからなのか？」

「だれが殺したのかはわからない」とベスターは言った。「ケニーかもしれないし、ワスパーかもしれない。ほかのだれかかもしれない。ちくしょう、連中は無料《ただ》でそういうことをするやつを山ほど知っている。おれが知っているのは、あの子は死んだ、それもおれのせいで死んだってことだ。おれが正しいことをしようとしたせいだ。ジャネットはそんなことに近づくなって言ったんだ。聞いてるか？　おれがやったんだ。自分から進み出て、クソみたいにぺらぺらしゃべった。今みたいにな。今回違うとすれば、連中はもうおれから大事なものは奪ってしまっているってことだ」

「つまり、フランクはトレントン市警のマイク・フレデリクセンと組んで、ラッセル兄弟を逮捕しようとしていた。あんたはユージーンに関する情報を与えた」

ベスターは答えなかった。

「教えてくれ、ベスター。フレデリクセンは弟を裏切ったのか？　やつが弟を殺したのか？」

「今話した以上のことは知らない。あんたが自分でやつに訊いてみるのが一番だ。行って、あの男から歓迎されるかどうかたしかめてみるんだな。ラッセル兄弟が何をやっているのか、それがどこまでひどいのかを知っているのはあいつだ」

ポーチに出ると、ヴィクターは銃を身につけた。

ギル・レイフォードがヴィクターをじっと見ていた。その眼には疑問が浮かんでいた。

「夜中に銃を持った連中がおれたちを取り囲んでるなんてことはないよな?」

「もしそうなっても、わたしがしたことじゃないよ、ギル」

「はっきり言おう。このことは全部、おれには関係ない。おれには弟しかいない。その弟がここに来て、しばらく匿《かくま》ってくれと頼んできたんだ。あいつは決して強い男じゃないが、あんな状態のあいつを見るのは初めてだ。あいつも言っていたように、人にはそれぞれ事情ってもんがあるが、あいつは嘘つきじゃないし、ラッセル兄弟がやっていることに関わっちゃいない。あいつらはおれの親戚でもあるが、初めて会ったときから関わりにはなりたくないと思った。こういったことは感覚的にわかるんだ。そしてその感覚を信じるしかないときもある。子供の頃、あいつらの父親のことも知っていた。冷酷な男で、徹底的に毒に満ちていた。それが根底にあった。その子供であるあいつたちの血管にも同じ毒が流れている」

「あのふたりのことは知っている。コルウェルにも行ったし、パデナまで行って、女の家にいるワスパーにも会った。言っておくが、自分もあいつらのことはあまり好きじゃない」

「あんたの弟もあいつらのことはあまり好きじゃなかったようだが、それでどうなったか見てみろ。気をつけろと言うべきなんだろうが、あんたは人からなんと言われようと、自分のやりたいことをやり遂げるタイプのようだ」

「これで事態はややこしくなる」とヴィクターは言った。「ベスターの言ったことがほんとうなら、エラ・メイは、ベスターがやったことに対して、彼を傷つけるために殺されたのかもしれない。おれの知人が言っていたが、ユージーン・ラッセルは、自分の弟が警察に協力していると知ったなら、弟を殺すことも厭《いと》わないそうだ」

「そのとおりだと思うよ」とギルは言った。「あいつらは普通の考え方はしない」

「あいつらを理解したければ、普通の考え方はやめろってことだな」

「くそっ、理解する必要なんかねえ。あいつらを追い詰めて、殺せばいいんだ。キツネがニワトリを盗みに来ても、キツネの人生観を理解する必要はない。その頭を吹っ飛ばすだけだ」

「わたしは法執行官だ、ギル。そういうわけにはいかない」

「あんたの弟も法執行官だったよな、違うか？　必要なことはなんでも正しくやろうとした。それでどうなったか見てみろ」

ヴィクターは手を差し出した。ギルがその手を取った。

「もてなしに感謝するよ、ギル。ファニン郡に友人がいるから、ジャネットから眼を離さないように言っておく」

「そしてあんたも、あんたの親族から眼を離すなよ」とギルは言った。「どうやらあんたは戦争に足を踏み入れたようだ。しかもその戦争はすでに始まっていて、充分な犠牲者が出ている」

56

ブレアズビルへ戻る車中、ヴィクターの思考は嵐のように吹き乱れた。

自分の考えが正しければ、エラ・メイ・レイフォード殺害はリンダ・ビショップとサラ＝ルイーズ・レイシーの殺害とは無関係だ。少なくとも直接的には。エラ・メイの殺害は何かに対する報復殺人であり、その何かとは、どうやらベスター・レイフォードがデイド郡保安官事務所に協力したことのようだった。

フランクが正義の側にいたことは、ヴィクターにとって意外な事実だった。マイク・フレデリクセンがフランクだけでなく、ベスター・レイフォードも裏切っていた可能性があることも予想外の展開だった。今もエレノア・ボイドに渡っている金のこともあった。なぜ？　そしてだれから？　彼女は口止め料を受け取っていたのか？

暗闇のなかで狩りをしている。そのことをわかっていたし、最初からわかっていた。ラッセル兄弟が事件の背後にいたこと、フランクが彼らの照準の先にいたこと、そして彼らこそがフランク殺害の張本人であることも。フランクを殺したのもケニー・グリーヴスなのだろうか？　あるいはその無謀な運転をしたのはワスパーだったのかもしれない。

いずれにしろ、ヴィクターにはわかっていた。フレデリクセンに会いに行かなければならない。彼はフランクに協力していた。明らかにフランク殺害の捜査に積極的ではなかった。もしフレデリクセンがラッセル兄弟と通じていて、彼らの背後を守り、金を受け取って、秘密人材としてシステムに登録していたとすると、これはまったく別のヘビの巣窟《そうくつ》が存在することになる。

家に着いた頃には、ヴィクターは疲れ果てていた。ブーツを脱ぎ捨て、ジーンズとシャツに着替えると、冷蔵庫を漁った。まだ色の悪くなっていないポークチョップをふた切れ見つけ、皿に乗せると湯を沸かした鍋のなかにいれて解凍した。

ライウィスキーのボトルを持ってきて、八センチほど注ぐと煙草《たばこ》を吸うためにポーチに出た。一月になれば、彼とフランクが最後に同じ部屋にいたとき——遺体の身元確認のときを除いて——から十二年が経つことになる。

最後に弟に言ったことばを思い出していた。

おまえのためにこの窓に灯りが灯されることはないだろう。二度とおまえを迎え入れるつもりはない。おまえは家族かもしれないが、これが最後、おれにとっておまえは存在しない。

フランクは、何も言わず、背を向けて去っていった。車に乗り込み、ヴィクターが網戸を閉めて、玄関に鍵を掛ける前にいなくなっていた。

そのときの家のなかは、それまで記憶にないほど空虚だった。自分の呼吸する音、血が血管を流れる音、心臓の鼓動さえも聞こえた。酒を飲んだ。そしてまた一杯。室内のあらゆるものが暗く、静かになるまで飲み続けた。やがて眠ると、残りの人生の最初の日を迎えた。

それは昨日だったかもしれず、千年前だったかもしれない。ふたりのあいだにあったことを評価する基準はなかった。それ以来、あのようなことは起きていなかった。それは単純に、ヴィクターがあのときのように近づくことをだれにも許さなかったからだった。持っていなければ、だれもそれを奪うことはできない。

その代わりにやって来たのが、ありふれた、予測可能な、なんの変哲もない毎日の連続だった。彼は人と関わることも、つながることも、人を招待することもしなかった。友人を作る時間さえ取らなかった。知人がいて、同僚、上司、部下がいた。そのなかで彼は小さな島であり、周囲の人生という海は潮の満ち引きと嵐を繰り返していた。

それが自分の望んだ姿であり、今の自分の姿だった。

もうそれを維持することはできないとわかっていた。もし、ベスター・レイフォードの話したことが真実なら、ユージーン・ラッセルもワスパー・ラッセルもここで何が起きているかを充分承知していて、面と向かって嘘をついていたことになる。自分はクモの巣にからめとられていた。そのクモの巣はラッセル兄弟だけでなく、ほかの四つの郡の保安官、ふたつの市警、ひとりの腐敗刑事、情報提供者、そして少なくとも三人の亡くなった少女の両親をつないでいた。そして言うまでもなくフランクがいた。すべての中心はフランクだった。

だがすべてはヴィクター自身が招いたのかもしれない。自分の弱さが原因だったのかもしれない。もしその弱さを克服すれば、後悔せずに生きられるのかもしれない。

フランクのしたことを赦《ゆる》せる日が来るかもしれないとは考えたこともなかった。

だが今、ヴィクターは世界が自分の考えを変えようとしているような気がしていた。

57

「ずっと前から続いてるんです」とマーシャルは言った。「アイゼンハワーが大統領だった五〇年代に始まっています。ジョージア州では一八七〇年代以降、共和党の州知事が誕生していなかったので、票を動かすために草の根的な活動をしようとしていたんです。ヤ《Y》ング・リ《R》パブリカン・ボ《V》ランティアはある種の地域活動のようなものでした。ダンスやフリーマーケット、バザー、有名人を招いてのイベントなどを開催しています。おれにはたいした活動をしているようには見えませんが、それでも彼らのデータベースによれば、一万人以上の名前が登録されています」

「拠点はどこにある?」とヴィクターは訊いた。

「五つの管理事務所があります。メーコンが本部で、南はバルドスタ、西はコロンバス、北はトレントン、東はサバンナです」

「トレントンに事務所があるのか?」

マーシャルは肯定のしるしにうなずいた。

「州が出資か何かをしてるのか?」

「共和党がバックアップしています。それとおれの知るかぎりではメンバーからの寄付金もあります」

「何歳から参加できるんだ？」

「十三歳から十八歳までです」

「ということは一万人のティーンエイジャーのリストがどこかに記録されているわけだ。おそらく名前、年齢、住所、両親の名前も載ってるんだろうな」

「そのとおりです」

「公開されているのか？」

「いいえ、非公開です。名簿にアクセスするにはアトランタの共和党本部を通さなければなりません」

「令状か、召喚状が必要だということだな」

「その名簿に載っている女の子を、現在行方不明の者と照合しようというんですね？」

「ああ、そう考えている」

「ならおれとバーブで令状を請求します。すぐにはできないでしょうが、始めるなら早ければ早いほどいい」

「ジョージ・ミルステッド、カール・パーソンズ、ビル・ガーナー、ウィラード・モンゴメリーからも同時に請求を出してもらう必要がある。できるかぎりプレッシャーをかけたい。できればブレナン判事がいいだろう。彼は善人だ。彼ならこの件を必要以上に複雑にすることはないだろう」

マーシャルは立ち上がった。

「それと、バーバラにトレントンの支部の役員全員の名前を調べるように言っておいてくれ」

マーシャルが去ったあと、ヴィクターはいっとき静かに坐り、次の行動について考えた。自分がトラブルを引き起こすことになるとわかっていたが、あまり気にしていなかった。もしすべて郡内で起きていることならそこまでのトラブルにはならないだろう。必ずしも簡単というわけではないが、必要な情報にはあまり注意を引くことなくアクセスできたはずだ。だが今はデイド郡に対処するだけでなく、トレントン市警内部の人間の経歴とコネクションを探っていた。フレデリクセンがターゲットだった。そして引き金を引く前に絶対的な確信を得ていなければならなかった。一発で仕留めなければならない。もし失敗すれば、そのときは自分がターゲットになるのだ。

デイド郡で唯一個人的に接触できるのはポール・エイブラムスだけだった。彼はすでに怯えきっており、喜んで嗅ぎまわってくれるとは思えなかった。彼は自分のことだけではなく、家族のことも心配していた。そのことだけでも脅迫されている可能性を示唆《しさ》していた。だがだれから？　フレデリクセンは保安官補を脅迫するほど、ラッセル兄弟と深く結びついているのだろうか？

ヴィクターは自分が先入観を持っているとわかっていた。しかもその可能性を考慮した上でも、自分が信頼できない情報源からの断片的な情報にしか基づいていないとわかっていた。フレデリクセンがこの混乱にどう関わっているかは、自分自身で探るしかなかった。なんの影響力もなければ、切り札もなかった。フレデリクセンの関与を直接示すものは何もない。唯一アプローチする方法はまだ説明のついていないフランクの死だった。それがあの男に近づく唯一の理由のようだった。

ヴィクターが最後にフレデリクセンと話したのは先週のことだった。その間《かん》、彼からも市警のだれからもまったく連絡はなかった。フレデリクセンは、聞き込みをし、報奨金も出すなど、あらゆる手段を尽くしていると言っていた。あと一週間もすれば、フランクが轢《ひ》き殺され、遺体が放置されてから二カ月になる。なぜフランクがひとりでそこにいたのか、なぜテネシー州に向かっていたのか、まだ手がかりすらつかめていなかった。

もしフレデリクセンとラッセル兄弟を結びつけることができ、ラッセル兄弟が誘拐と殺人の背後にいるとわかれば、フランクのしてきたことがなんであれ、それは無駄にはならないだろう。

現状では、ヴィクターがつかめる糸はそれしかなかった。それでもそれをつかんでいるときでさえ、その糸は弱く、そしてもろく感じた。

58

ヴィクターはトレントン市警の受付デスクで素っ気ない応対を受けた。

「フレデリクセン刑事は今週は不在です。年休を取っています。会いたければ、来週の月曜日以降にアポを取ってください」

「来週の月曜日ではだめだ」とヴィクターは言った。

受付の巡査部長は顔をしかめた。「ほかに言えることはありませんよ、保安官。彼はここにはいません。それしか言えません」

「自宅の住所を教えてくれ」

「それは無理です、わかってるでしょ」

「じゃあ電話番号を教えてくれ」

「よろしければ、今週実際に勤務している刑事を紹介しますよ」

ヴィクターは譲らなかった。「いや、わたしが会いたいのはフレデリクセン刑事だ」

「オーケイ、言ったように、彼は来週の月曜まで戻ってきません。きっと仕事を積み残していってしまったんでしょう」

「力になってくれるつもりはないんだろ?」とヴィクターは言った。

「まあ、できるかぎりのことはします。あなたはここにいない人間と話したいと言い、おれが教えられないとわかっている情報を求めている。話をややこしくしようとしてませんか？」

「あんたが彼の居場所を教えたとして、わたしがいったい何をすると思ってるんだ、巡査部長？　公務以外の理由でここに来ているとでも？　刑事と話すためにユニオン郡からはるばるここまで来たんだ。協力してくれたらありがたい。ここでもわれわれと同じ仕事をしてるんだろ？」

「あなたがマイクにどんな用があるのか知りませんが、人が休暇を取っている時間が神聖なものだってことはわかってるでしょう。あなたが家族と休暇を過ごしているときにだれかが玄関先に現れたらどう思います？」

「それがどれほど重要な要件かによるだろうな」

巡査部長は苛立《いらだ》たしそうに頭を振った。「まったく、この件をとことん面倒にするつもりみたいですね、違いますか？」

「自分が頼んでるのは、あんたに正しい方向を示してほしいってだけだ。マイク・フレデリクセンが問題と思うかどうかはわたしが心配する」

巡査部長はためらった。そして何かを認めるような間《ま》があった。

「ランディス」と彼は言った。「殺された保安官と関係あるんですか？」

「弟だ。フレデリクセン刑事は担当の刑事だ」

「オーケイ、なら少し話も違ってきます。今から彼の住所を教えますが、そこにいるかどうかはわかりません。ひょっとしたら奥さんと子供たちとどこかに出かけているかもしれない。車で行って、自分でたしかめてください」

巡査部長はコンピューターで住所を探し出し、それを紙に書いてテーブル越しにヴィクターに渡した。彼は建物を出たら左に曲がって三ブロック進み、ハイウェイのほうに右折するように言った。「そこで見つかるはずです。わからなかったら、だれかに尋ねるといい」

「感謝するよ」とヴィクターは言った。

「フレデリクセン刑事もそう思ってくれるかどうか願いましょうよ、ね?」


六時少し前、ヴィクターはフレデリクセンの自宅のポーチに立ち、三度目のノックをしていた。

応答はなかった。直感がだれもいないと言っていた。

道路まで戻り、建物の正面を眺めた。それから両側の隣家を見た。右側の家に灯りがついていたので、まずそこに行ってみた。

年配の女性は玄関先に保安官がいることにまったく動揺していないようだった。制服が威厳を与えてくれて役に立つ、数少ない場面だった。

ヴィクターは帽子を取った。

「奥さん《マァム》、自分はユニオン郡のランディス保安官です。仕事の件でお隣のマイク・フレデリクセンと話がしたくて来ました。家にはだれもいないようですが、彼らがどこに行ったかご存じだったりしませんか？」

「休暇で留守にしてるようね」と女性は言った。「先週の週末からいない。来週までは戻ってこないでしょうね」

「どこに行くか言ってませんでしたか？」

「いいえ、特には。でもほぼ毎回、州立公園に行っているわ。子供たちがあそこが大好きなのよ」

「州立公園？　クラウドランドのことですか？」

「そこよ。クラウドランド・キャニオン州立公園。あそこでキャビンを借りて、釣りやウォーキングとかを愉《たの》しむのよ。わたしは行ったことはないけど、とてもいいところだって聞いてる」

「ご親切にどうもありがとうございます。お時間を割いていただいて感謝します」

「そこに行って、彼に会うつもり？」

「ええ、そのつもりです。もちろん、もしそこにいればの話ですが」

「じゃあ、エディと話をしたって彼に言ってちょうだい。休暇で出かける前には表のごみを片付けておく必要があると伝えてちょうだい。アライグマか何かに散らかされないようにしないといけないって」

「わかりました、伝えます。ほんとうにありがとうございます」

グローブコンパートメントから州の地図を取り出して膝《ひざ》の上で開いた。クラウドランド・キャニオン州立公園はラファイエット通りを車で十五分もかからないところにあった。

またもや、制服の威厳がほかの方法ではありえないほど有利に働いた。

クラウドランド・キャニオン州立公園の受付係は、ヴィクターがフレデリクセン一家のことを訊くと、すぐに答えてくれた。どうやら保安官の頼みを断ることはできないと思ったようで、フレデリクセン一家が泊まっているキャビンの番号と行き方を教えてくれた。彼の家から公園までよりも、入口から宿泊施設までの道のりのほうが長かった。わかりやすくところどころに道しるべがあり、ヴィクターは目的地から少し離れた、高い木が張り出した場所に車を止めた。

しばらく待った。煙草《たばこ》を吸い、少し時間をかけて、自分がしようとしていることに考えを集中しようとした。これ以上の情報を掘り出す方法がほかにあるとは思えなかった。フレデリクセンはフランクに、ラッセル兄弟に、そしてトレントンで起きていることにつながっていた。彼はこの事件の一部であり、少なくともヴィクターの推理を認めるか、否定してくれるだろう。

車を降りてさらに数百メートル歩くと、広い空き地の端に出た。中央の子供の遊び場を取り囲むように八つのまったく同じキャビンがいびつな円を作っていた。それぞれのキャビンは間隔も向きもばらばらで、低い木で仕切られ、いい具合にプライバシーが守られていた。

左から右に数えていって、フレデリクセンのキャビンを見つけた。灯りはついていたが、なかにも外にも人影はない。キャビンの後ろに庭があると思い、周囲をまわろうとした。

後方右手には車を止めた道路があった。太陽は一時間以内に沈むだろう。虫がたくさん飛んでいた。キャビンをずっと視界に入れながら、倒れた木の幹を乗り越え、何度かつまずき、ズボンの膝をこすりながら進んだ。何度か息を整えるために立ち止まった。帽子の下で頭皮が猛烈にかゆくなり、シャツの脇や胸元が汗で黒ずんでいた。

キャビンの裏側が見えるところまで来ると、ビニールのプールがあった。芝生の上にはおもちゃが散らばっていた。ブランコ、バーベキュー台、長テーブルとその両脇にベンチ、さらにはキャンバス地の日よけに覆われたもうひとつの小さなテーブルがあった。

フレデリクセンの妻であろう女性が、キャビンの裏の階段に坐っていた。膝の上には三、四歳の男の子が坐っている。ヴィクターの耳には届かなかったが、その子は何かに文句を言っているように見えた。

ヴィクターは木の幹に背中をつけてしゃがみ込んだ。ネクタイを緩《ゆる》め、シャツの襟《えり》のボタンをはずした。そして待った。眺めていた。

数分後、フレデリクセンが現れた。ふたりの少女を連れていた。妻とひと言、ふた言、ことばを交わすと、キャビンに入っていった。少女たちはブランコに向かった。

ヴィクターは膝と背中にこわばりを感じて立ち上がった。後ずさって、木の後ろに立った。この場面にどう対処するのがベストか考えた。来た道を戻って道路からキャビンに近づくか、あるいはもう少し――おそらく全員がキャビンに入るまで――待つか。

やがて傾斜を下りて庭に向かい、フレデリクセンだけと話ができるかどうかたしかめた。

さらに十五分後、このままここにいても埒が明かないと判断した。フレデリクセンがここにいることは確認できた。子供がいるので不要な対立は避けることができるだろう。そして可能なかぎり直接的な方法で自分の存在を知らせることが残された唯一の選択肢だと悟った。

一歩後ろに下がり、振り向こうとした。

そのとき、撃鉄がコックされる、あまりにも聞きなれた音がし、うなじに冷たい銃口が当たる感覚がそれに続いた。

「メッセージは伝わらなかったようだな、保安官」フレデリクセンが言った。

ヴィクターは何も言わなかった。振り向かなかった。

「左手だ。拳銃を出して、後ろに寄越せ。なんであんたがここにいるかなんて知ったこっちゃない。あんたは不法侵入し、おれの家族を怯えさせている。何かしようものなら、意識がなくなるまでぶちのめしてやる」

ヴィクターは言われたとおりにした。ホルスターから四四口径を取り出し、後ろに差し出した。

フレデリクセンはそれを受け取ると、あらためて銃口をヴィクターの首筋に突きつけた。

「歩け」と彼は言った。「車に戻れ、ゆっくりとだ」

59

ヴィクターは助手席に坐った。フレデリクセンはその真後ろに坐った。

ヴィクターが保安官事務所に勤務してきた長年のあいだに、銃を抜かなければならなかったことは片手で数えるほどしかなかったが、それを取り上げられたという事実だけで、弱々しく、無力な感覚を覚えていた。

「おれをクソ間抜け野郎だと思ってたようだな」とフレデリクセンは言った。「だれかがおれを探しに来たら、連絡するように伝えてあったとは思わなかったのか?」

「どうしてだれかが、あんたを探しに来ると思ったんだ、刑事さん」

「クソみたいなことを言うのはやめろ」とフレデリクセンは言った。その声は真の攻撃性を帯びていた。「いったいおれをだれだと思ってるんだ?」

「なんとも思ってない」とヴィクターは言った。「話をしに来た。あんたは家にいなかった。隣の人がここにいると言ったから来た」

「で、木の陰に隠れて何をしていたんだ」

「このあたりの様子を知りたかった。何かを期待していたわけじゃない」

「まあいい、これでふたりきりになった。驚いたのは連中があんたを寄越したことだ」

ヴィクターは振り向こうとした。ふたたび銃口がうなじに突きつけられた。

「連中がわたしを寄越した？」とヴィクターは訊いた。「だれかに頼まれてきたわけじゃない。自分でここに来た」

「騙《だま》されるかよ」

「騙すつもりはない」とヴィクターは言った。「弟の件で来た。市警に行ったら、休暇中だと言われた。あんたの家に行ったら、エディという女性が居場所を教えてくれた。休暇で出かける前にはごみをなんとかしておけと伝えるように言われた」

「いったいなんの話だ？」

「伝言を伝えただけだよ、刑事さん。アライグマがごみを散らかして困っていると言っていた」

フレデリクセンはしばらく無言だったが、やがて言った。「どうしておれがあんたの言うことを信じるというんだ？」

「なぜわたしが嘘をついていると決めつける？」

「あんたがだめなやつだからだ。そのことを知っている」

「わたしのことなんか知らないだろう。あんたとは二度話しただけだ。なんであんたが——」

「あんたの弟が話してくれた」

ヴィクターはなんと言っていいかわからなかった。なので黙っていた。

「黙っているということは、おれが話していることをちゃんとわかっていると受け取るぞ」

「おれと弟のあいだにあったことははるか昔のことだ。今は関係ない。あいつは死んだ。理由はわからない。あいつが何に深く関わっていたのかは知らないが、そのせいでだれかがあいつに死んでほしいと思った。あの晩、弟がなぜテネシー州に向かっていたのかもまったくわからない。わかっているのはだれかがあいつを轢《ひ》き殺したということと、その答えを知っているのがあんただということだけだ」

「ラッセル兄弟があんたを送り込んできたんだろ、違うのか？」

「ラッセル兄弟？　いったいなんのことだ？」

「あんたが連中のところにいたと聞いた。それも一度だけじゃない」

「ああ、たしかに会った」とヴィクターは言った。「あいつにレイフォードといういとこがいて、その娘が殺されたんだ。わたしはその少女に何が起きたのかを探っていた。それにどうしてわたしがあそこにいたことを知ってるんだ？」

「あんたを監視するのはそう難しいことじゃない。そこらじゅうでハチの巣に手を突っ込んでいる。ミルステッドとガーナーも関わっているそうだな。ウォーカー郡のモンゴメリーも。あんたはやたらと薄い氷の上を歩いている。あんたの弟のように。弟に何があったのか思い出させる必要はないだろう」

「どう考えても、それは脅迫だぞ」

「好きなように取れ、保安官」

「で、これからどうするつもりだ？」

「以前と同じだ。放《ほう》っておけ。おれには家族がいる。あそこに三人の子供がいる。おれがあんたに送ったのと同じメッセージをおれも受け取った。唯一の違いは、おれはその意味を理解したことだ。あんたには女房も子供もいないがおれにはいる。あんたがこの件にこだわり続けるなら、連中は次はだれに話をしに行くと思う？　保安官を殺したのに、おれを殺さないとでも思ってるのか？　あんたを殺さないとでも？　決して解決されることのない、車からの発砲事件で命を落としたいのか？　おれは絶対にいやだ。せっかくなんとか逃げ出したのにまた巻き込まないでくれ、わかったか？」

「ラッセル兄弟に脅《おど》されているのか？　フランクを殺したのはあいつらなのか？」

フレデリクセンはあきれたように笑った。「ほんとうに何もわかってないのか？　それともわかっていないふりをしてるのか、どっちだ？　これがどこに行くのかわかってないと言ってるのか？　ラッセル兄弟はなんでもやりたい放題やって、逃げおおせる。なぜだと思う？　あの連中が守られていると考えたことはないのか？」

「情報提供者の件か、そうなんだな？」

「ほう、じゃあそのことは知ってるんだな」

「アトランタに行って、担当者と話をした。ワスパーは登録されていないが、ユージーンは情報提供者として登録されていると言っていた。わたしは彼がフランクの情報提供者だと聞いて、それで――」

「ユージーン・ラッセルは情報提供者じゃない。まったく、あんたはなんでも言われたことを信じるんだな。フランクはたまにあんたのことを話していたけど、そこまでばかだとは言ってなかったぞ」

「じゃあ、教えてくれ、マイク。いったいここで何が起きてるんだ？」

ヴィクターはフレデリクセンがシートの背にもたれかかる音を聞いた。

静かになった。そのまま待った。

「知っていることを話してくれ」ヴィクターは言った。「わたしはここでいったい何と戦っているんだ。三人の少女が死んだ。弟が死んだ。弟が不正を働いていたという噂や、あんたと弟が何かに関わっていて、そのせいで弟は殺されたという噂がある。何人か――そいつらのことはまったく信頼しちゃいないが――は、トレントンは沼だと言っていた。三人の少女のうちのふたりがボランティア活動に関わっていて、州内のあちこちに事務所があることもわかっている。おっと、忘れる前に言っておこう。フランクの元妻に関しては、年金の手続きはまだすんでいないそうだが、それでも月に千ドルが支払われている」

「驚いたな、ランディス。あんたがまだ生きていることが信じられんよ。ずいぶんと忙しかっただろう、どうだ？」

「自分の仕事をしてるだけだ。あんたとは違ってな」

「殺害の脅迫のことは忘れていい。どうやらあんたには自殺願望があるようだ。自分のしていることをじっくりと見つめなおして、このままこの道を進みたいのか自分自身に訊いてみるんだな。言っておくが、弟と同じ目に遭う可能性が高いぞ。保証する」

「もうひとつ教えてくれ」とヴィクターは言った。

「訊けばいい。答えは返ってこないかもしれんぞ」

「フランクは悪党だったのか？　不正を働いていたのか？　ラッセル兄弟と何か関係があったのか？」

バックミラーをちらっと見ると、フレデリクセンがあきれたように首を振っているのが見えた。

「あいつのこと、ほんとうに知らないんだな」

「教えてくれ、マイク。金の出どころはどこなんだ？　あいつのポケットからは支払われていない。どこか別のところからエレノアに支払われていたのに、愚かにも銀行を通じて直接入金していた。そうだろ」

「選択肢がなかった。子供の養育費だった。そうするしかなかったんだ。裁判所の命令だ」

「じゃあ、いったいどこから支払われていたんだ？」

「おれからだよ、ちくしょう！　おれが彼女に払った。おれが銀行に入金しに行って払ってたんだ。今もまだ払ってるだろ？」

「なんだって？」ヴィクターは訊いた。「なんであんたがそんなことを？」

「なぜなら……彼がおれに頼んだからだ……それでいいか？　あんたが考えている以上におれはあいつに借りがあった。あいつは借金の返済に困っていて、それがあいつを追い詰める結果になった。ラッセル兄弟がおれの家族を傷つけようと人間を送ってきて、あいつがそれを処理した。くそっ、フランクはおれにとっては兄弟だったんだ。実の兄貴よりも――」

フレデリクセンは心のうちを最後まで話すことはできなかった。

ヴィクターはフレデリクセンが何を言おうとしていたのかわかっていた。訊くまでもなかった。

「そしてあいつは死んだ」フレデリクセンは言った。「あいつの子供を放《ほう》っておくことはできない。あいつがおれたち家族にしてくれたことのあとでは」

「あいつは何をしたんだ、マイク？　フランクは何をしたんだ？」

「あのクソ野郎を殺した。あいつがやった。ラッセル兄弟が送り込んできたやつだ。首を吊らせた」

「マックリン？　ホルト・マックリンのことを言ってるのか？」

フレデリクセンはふいに身を乗り出した。ヴィクターは振り向いた。男の表情は真の驚きに満ちていた。

「もう知っているなら、どうして訊く？」

「知らなかった」とヴィクターは言った。「あんたの家族が脅されていたなんて知らなかった。わたしが知っているのはマックリンが自殺を図ったということだ。フランクが関係していたとは知らなかった」

「なら、今知った。これでわかっただろ、どうだ？　だからおれはもう手を引く。おれとおれの家族に近づくな。あんたの頭に少しでも分別というものがあるのなら、手を引いて、石をひっくり返すのはやめるんだ。石の下にいる何かに噛みつかれるかもしれないぞ」

「エラ・メイはどうなんだ、マイク？　なぜ彼女は死んだんだ？」

「なぜだと思う？」

「ベスター・レイフォードはあんたたちの情報提供者だったんだろ？　ラッセル兄弟に関する情報を提供していた」

「いいか、あそこじゃ、家族がすべてだ。連中はいかに家族が大事か、いかに団結しているか、いかに血が大事か話す。ところがカネが絡むと話は違うようだ。自分の身を守るためとなるとなおさらだ。このまま訊きまわってみろ、保安官。そして何が起きるか見るんだな。あんたひとりでやってくれ」

フレデリクセンは後部座席のドアを開けた。降りる前に一瞬動きを止めた。

「二度とおれを探しに来るな。電話をするのも家やオフィスに来るのもなしだ」

「だが……」

フレデリクセンは銃口をヴィクターの肩に押しつけた。

「あんたの銃はトランクに入れておく」

フレデリクセンが車を降りるあいだ、ヴィクターは身動きひとつせず坐っていた。フレデリクセンは背後にまわると、トランクを開け、ヴィクターの銃を入れた。

開いたウインドウのところに戻ってきた。

「このまま引き返して、ユニオン郡に戻るんだ」と彼は言った。「もしあんたがおれのアドバイスをほしいなら言ってやる。そこでじっとしていろ」

ヴィクターはフレデリクセンが去るのをバックミラー越しに見ていた。木々のなかに消えるまでずっと見ていた。

60

眠れなかった。

太陽が地平線から顔を出すまで起きていた。心はあらゆる種類の混沌へと真っ逆さまに落ちていった。

ジム・トム・ムーディとラッセル兄弟を信じるなら、フランクとマイク・フレデリクセンは間違った側にいることになる。フレデリクセンの話を信じるなら、ラッセル兄弟は州レベルでだれかに保護されていることになる。ベスター・レイフォードはラッセル兄弟に関する情報をフランクに提供していて、エラ・メイ殺害は彼の裏切りに対する報復だった。ケニー・グリーヴスが殺したのかもしれない。だれか別の人間が殺して、グリーヴスは罪をかぶせられたのかもしれない。いずれにせよ、それは最悪なまでに残酷な方法だった。その男を殺さずに、その男の愛する者を殺す。そしてその重荷を一生背負わせるのだ。

フランクは八月十四日の夜、スプリングシティに向かう途中だったのかもしれない。レイフォードと会うつもりだったのだろうか。ラッセル兄弟か、彼らの配下の者が彼を待ち伏せしていた。弟は警告のために殺されたのだ。何が起きているのかに関心を持とうとするだれかに対する警告のために。保安官を殺すことができるのだから、だれであれ殺すことができるのだぞと。

州検察局の司法協力ユニットは、ユージーンを情報提供者としてシステムに登録していた。そのことは市警も保安官事務所も彼には手を出せないことを意味した。そのような保護があれば、令状があったところで、ユージーンはやりたい放題できることになる。それがほんとうだとしたら、彼は何をしているのだろう？　少女たちは誘拐され、殴られ、レイプされ、絞殺されていた。レイフォードはリンダ・ビショップとサラ＝ルイーズ・レイシー以外にも被害者がいると言っていた。ボランティア団体はどう関係してくるのか？　被害者を選定する際にデータベースが利用されているのか？　だれが選定しているのか？　これはある種の性的人身売買なのか？

ヴィクターの直感は、フレデリクセンとレイフォードの描いた絵のほうに傾いていた。レイフォードはマッケイズビルに妻を置き去りにして身を隠すほど、怯えていた。フレデリクセンは刑事であるにもかかわらず、フランクの死によってすっかり逃げ腰になり、これ以上捜査することを放棄していた。フランクの保安官事務所からすべてのファイルを押収したのもそれで説明がつく。だれかがそれを押収し、おそらくは破棄するよう命じたのだろう。今フレデリクセンは、自分の家族を守るためになんでもすると心に決めている。当然のことながら、彼はだれもが手を下すことができると知っていた。そして妻と子供たちを危険にさらしてまで何かをする覚悟はなかった。

五時少し前、ヴィクターは静かにキッチンに立っていた。コーヒーを淹れ、何か食べようと思ったが、食欲がなかった。吐き気を感じるほど次々と煙草《たばこ》を吸った。自分が沼のほとりを歩いていることはずっとわかっていたが、その沼は彼がそこにあると信じていたものとはまったく違っていた。どこまで深く、どこまで泳いでいかないとならないのかわからなかった。予想どおりにひどい沼だとすれば、フレデリクセンの警告は大きな意味を持っていた。ラッセル兄弟は、彼ら自身の意思であれ、あるいはだれかの命令でやっているのであれ、すでに保安官をひとり殺していた。フレデリクセンまで殺せば注目を集めすぎるのだろう。フランクの死はフレデリクセンにすべてから手を引き、歩み去らせるのに充分な効果があった。フランクはふたつの理由があって殺されたようだ。彼はラッセル兄弟のビジネスを脅《おびや》かしただけでなく、ホルト・マックリンを刑務所で殺させたのだ。マックリンはケニー・グリーヴスと同様、ラッセルの身内の人間だった。このことからワスパーについても新たな疑問が頭に浮かんできた。彼はほんとうにユージーンの麻薬取引の邪魔をしたのだろうか？　たしかに刑務所に入ったときに、ユージーンに見捨てられたと思い、仕返しをしようと決意したのかもしれない。それとも隠された動機によって、ユージーンが何かを仕組んだのだろうか？　それともすべてが嘘で、さらに誤った方向に導くことによって、何が起きているかについての真実をあいまいにしようとしているのだろうか。

疑問はさらなる疑問へとつながった。そしてその核心はユージーン・ラッセルがなぜ州レベルで保護されていたのかを探る必要があるということにあった。アトランタで糸を引いているのはだれで、そしてなぜなのか？

一時間後、ヴィクターは仕事に向かう準備ができていた。肉体的には疲れ果てていたが、頭のなかはフル回転していた。決断しなければならないことが山ほどあった。その一番上にあるものはすでに決断していた。それを放《ほう》っておくことはできなかった。それから手を引いて、そのまま置き去りにするつもりはなかった。弟のためではなく、無慈悲に恐ろしい結末を迎えた少女たちの命のために。

自分には子供はいない。考慮すべき家族もいない。それでも弟の家族がいた。それ以上に真実に対する義務感があり、それが彼の心に重くのしかかっていた。

61

マーシャルとバーバラは水曜日のほとんどを費やして、ジョージア州ヤング《Y》・リパブ《R》リカン・ボランテ《V》ィアの記録に対する令状を準備していた。

ヴィクターはそれに眼を通した。すぐにでもユニオン郡裁判所のブレナン判事のもとに車で駆けつけて提出したかったが、思いとどまった。数日で州検察局の手に渡り、ＹＲＶの担当者に届けられるだろう。そのことは弟が行なっていた捜査をヴィクターが引き継いでいるという事実を知らせ、彼らを警戒させることになる。ヴィクターの考えが正しければ、あっという間にラッセル兄弟の知るところとなり、ヴィクター自身がひき逃げや不可解な銃撃の犠牲になる可能性があった。

検察局には矯正や公安、少年司法、恩赦・仮釈放などさまざまな部署があった。そのなかには監察部もあった。州の部局内における不正や汚職を調査し、起訴することだけに専念する部署だ。検察局内部にユージーン・ラッセルの痕跡を消すことに躍起になっている人物がいたとしても、監察部にアプローチすることはないだろう。その上、ジョージア州捜査局の問題もあった。捜査局も保安官事務所と同じ傘の下にいるという事実はあったとしても、彼らはワシントンに対し説明責任を負う。過去の経験から、捜査局が関与すれば数えきれないほどの報告書と終わりのない事情聴取に巻き込まれることになるとわかっていた。SUVやセダンの車列がブレアズビルの通りを渋滞させるのは言うまでもないことだった。十人以上のFBI捜査官がラッセル兄弟とその手下から話を聞くために田舎をうろつきまわるなど考えられなかった。

ヴィクターは司法協力ユニットのアビゲイル・ウェブスターのことを思い出した。バーバラを呼び出し、この女性についてできるかぎりのことを調べるように頼んだ。

「正確には何を知りたいの?」とバーバラは訊いた。

「彼女が仕事に就いてどのくらいか、検察局に来る前にはどこで仕事をしていたのか、特筆すべき記録はないか。私生活もだ。結婚しているのか、子供はいるのか?」

「理由を訊いてもいい?」

「彼女が信頼できるかどうか知りたい。信頼して、正式なルートを通さずに、わたしの求めている情報を得ることを頼めるかどうか知りたいんだ」

バーバラは顔をしかめた。「あまりいい考えじゃないように思えるのはどうしてかしら?」

「ほかに思いつく方法がないからだ」とヴィクターは言った。

「いったい何に巻き込まれてるの?　もっと大事なことは、そこから抜け出せるのかってことよ」

ヴィクターは一瞬、間《ま》を置いた。「坐ってくれ、バーバラ」

バーバラは言われたとおりにした。

「この件を話すのは、自分にとっても重荷になっているからだ。それにきみなら秘密を守ってくれるだろう」

バーバラは何も言わなかった。

「弟のことと少女たちの殺害事件はつながっているようだが、まだ全容はつかめていない」

「弟さんは悪い人だったの?」

「そう思っていたが、そうじゃなかったかもしれない」

「彼の足跡を追っているの?」

「ああ、そうだ。少なくともそうしようと思っている」

「ラッセル兄弟と関係が?」

「そのようだ」

「だとしたら、あなたが向かってるのは邪悪なビジネスよ。その兄弟の名前を聞くたびに、とても不愉快なことがそのあとに起きる。その名前は想像できるかぎりで最もひどい汚物によって汚されている。銃、ドラッグ、殺人、その他もろもろ」

「どうして連中のことを知ってるんだ?」

「一度聞いただけなら聞き流すけど、百回も聞けば、何か真実が隠されていると思うようになるわ」

「フランクを殺したのはやつらのようだ」

「そう聞くと、心が痛むわ、保安官」

「どうやら、フランクは州立刑務所でだれかを殺すように仕組んだのかもしれない」

「もし殺された男がラッセル兄弟と関係があったのなら、自業自得だった可能性が高いわね」

「名前はホルト・マックリン。そいつが悪党だったのは疑っちゃいない。だがどう考えようと、それでも殺人は殺人だ」

「そのマックリンが少女たちを殺したの？」

「それで違いはあるのか？」とヴィクターは訊いた。

「創世記9章6節、人の血を流す者は人によって自分の血を流される（日本聖書協会新共同訳）」

「なるほど、その理屈だとフランクも自業自得ということになる」

「すべての物事にはバランスがあるのよ、保安官」

「まだそんなことを信じてるのか？　あれだけ見てきたあとで？」

「信じるのをやめるのなら、人生も終わりにしたほうがいい」とバーバラは言った。「人は何かを信じなきゃならない、違う？　たとえそれが〝眼には眼を〟だとしてもね」

「ああ、そうなると、世界中が眼をふさぐことになる」

バーバラは微笑《ほほえ》んだ。「哲学的になるのはあなたには似合わない。あなたは法執行官よ。これまでもずっとそうだったし、これからもずっとそうでしょう。あなたは慎み深く、正直よ。それがこの世界では大事なことなの。たしかにあなたはパーティーの主役じゃないけど、それでいいのよ。だれかが船の舵《かじ》を取らないと、わたしたちみんな溺《おぼ》れてしまう」

「そういうわけでこの記録を手に入れようとしている」とヴィクターは言った。「ＹＲＶに所属している子供たちでほかにも行方不明になったり、殺されたりしている者がいないか知りたいんだ。だが、令状を取ると大騒ぎになる。その情報を秘密にしようと考えている人間がいたら、そいつに警告を与えることになる。それは避けたいんだ」

「何が起きると考えてるの?」

「わからない、だが知りたいんだ」

「だから、このウェブスターという女性を調べて、あなたのために法を犯してくれるかどうかたしかめようというのね?」

ヴィクターはうなずいた。

「あと戻りはできなくなるわよ。彼女はあんたを警察に突き出すかもしれない」

「きみがわたしの立場だったらどうする?」

バーバラは微笑んだ。「たぶん、あなたがやろうとしていることと同じことをするでしょうね」

「じゃあ、そうしよう」とヴィクターは言った。「彼女についてできるかぎりのことを調べたら、すぐにアトランタに向かうつもりだ」

62

アビゲイル・ウェブスターは生まれも育ちもアトランタだった。

父親も祖父も警察官という、三世代にわたる警察官一家だった。現在四十六歳、ポリス・アカデミーを優秀な成績で卒業し、すばらしい努力と精励を着実に重ね、警部補まで昇り詰めていた。巡邏《じゅんら》警官時代の逮捕記録もかなりのものだったが、風紀犯罪課と殺人課時代の成績も、主体性と強い意志を持った刑事であることを証明していた。監察部への異動を二度打診されていたが、いずれも断っていた。一九八一年に検察局司法協力ユニットでの勤務のオファーを受け、三年後にはその上級職に就いていた。

結婚して十四年、ふたりの子供の母親だった。マーカスは十一歳、グレタは九歳。夫のアンソニーはアトランタ消防救急隊の消防指令長で、ヒルパーク、アダムズビル、ワシントンパーク、グローヴ・パーク、リバーサイド、ブルックヴュー・ハイツの署を統括していた。自宅はフルトン郡のジョンズ・クリークにあった。

ヴィクターはフルトン郡の保安官を調べたが、名前も知らなかった。

彼女と会ってみようと決断した決め手は子供たちの存在だった。自分のしようとしていることが正しいことではなくても、母親としての彼女に感情的に訴えることで協力させるつもりだった。もし彼女が拒《こば》んだとしても、正式なルートで求めている情報が得られるまでは、彼女ひとりの胸に留《とど》めるよう、少なくとも頼むことはできるだろう。

「じゃあ、そこに行くんだね？」とバーバラは尋ねた。

「ああ、行ってくる」

「留守のあいだに、何かほかにやっておくことはあるかい？」

「州内の全保安官のリストを作ってくれ」とヴィクターは言った。「膨大な数になるだろうが――」

「百五十九」とバーバラは言った。「けれど、重罪犯を追跡するためなら、郡の境界を越える権限があることを知ってるわよね。重罪犯を見つけ、連れ戻すためならどこへでも行くことができるって」

「わかってるとも、バーバラ」とヴィクターは言った。「けど行方不明者についてチェックするためにすべての郡に行くわけにはいかないだろ？」

「ええ、それで百五十九回も電話をしなきゃならないのはわたしなんでしょ？」

「きみとわたしとマーシャルだ」とヴィクターは言った。「どうした？　ほかにやることがあるのか？」

「ええ、きっと山ほど思いつくわ」

「じゃあ、リストを作っているあいだに考えてもらうとして、このあとすぐに取りかかってくれ」

「ねえ、この件で殺されたりしないでよ」とバーバラは言った。「ほかのだれかの下で働くつもりはないからね」
「おいおい、バーバラ、わたしのほかにきみに我慢できるやつはいないだろうが」

アビゲイル・ウェブスターはその日一日働いているだろうと思い、ヴィクターはすぐには出発しなかった。考えを整理し、彼女と話したいことをメモしてから、私服に着替えるために自宅に戻った。

出発前に食事をし、道中に備えて水筒にコーヒーを入れた。彼はフランクについて、ふたりのそれぞれの人生について、ふたりの壊れてしまった過去について考えた。そして自分の弟に対する見方が変わっていることに気づいた。十二年間を振り返ってみると、ふたりのあいだに起きたことについて、自分自身の責任と向き合ってこなかったとわかっていた。もちろん、関係が重要であればあるほど、それが破綻《はたん》したときの影響が大きいということも真実だ。重要でない人々のことはほとんど考えることはない。

フランクの死からちょうど二週間後にジム・トム・ムーディと最初に話をして以来、ヴィクターは自分の弟のことを悪人だと思い込んでいた。ムーディはトレントンが腐敗していると言っていた。自分自身の弟との記憶から、ヴィクターは勝手にフランクにレッテルを貼り、彼が腐敗の一端を担っていると喜んで受け入れていたのだ。結局のところ、以前も今も、フランクが悪人であるほうが自分にとって好都合だったのだ。そうすれば自分のやり方が正しいと見ることができた。起きたことはすべてフランクのせいだ。自分は何も知らずにその状況に巻き込まれた被害者であり、それ以上でもそれ以下でもないのだ。

だがそれは真実ではなかった。真実だけが答えのない疑問に答えてくれた。それは人生のすべてにおいて同じだった。和解できない溝の底には嘘があった。その嘘が物事をねじ曲げ、現実を見えなくしていた。事実が隠されていたり、改竄《かいざん》されたりしていれば、どんなにしっかりと考えたところで溝は残る。

自分とフランクとの不和について、自分自身の責任を認めることは、自らを解き放つことへの第一歩なのかもしれない。そのためにフランクが死んだのだとしたら、ほんとうに悲劇以外の何物でもなかった。壊れてしまったものを修復するチャンスはもうないのだから。

フランクはこの世を去り、もう一度兄弟に戻るという望みももう叶わなかった。

残りの人生、ヴィクターはその後悔とともに生きていかなければならないとわかっていた。そして事態が悪化すれば、その残りの人生自体、そう長くはないということもわかっていた。

63

ヴィクターはアビゲイル・ウェブスターが帰宅してきたあと一時間以上待ってから、玄関ポーチに向かい、ドアをノックした。

私道にはすでにトラックが一台あり、おそらく夫の車と思われた。ヴィクターは、彼女が制服を脱いでから子供たちの世話をしたり、日々の家事をしたりしたいだろうと思った。

ウェブスターはヴィクターが玄関に立っているのを見ると驚きの表情を浮かべた。が、それはすぐに不安へと変わった。

彼女はドアを開けた。

ヴィクターはすぐに質問攻めに遭うものと思っていた。わたしの家で何をしているの？　なぜ来たの？　いったい何を考えているの？

そうはならなかった。

「前もって連絡してくれればよかったのに」とウェブスターは言った。

「断られたくなかった」

彼女は一歩下がると、ドアを大きく開けた。

「入ってもらったほうがいいみたいね」と彼女は言った。

玄関を入ると広い廊下に出た。右手にあるキッチンへと続いていた。

「タイミングが悪かったかな?」と彼は訊いた。

「いいとは言えないとだけ言っておく」

ウェブスターは玄関のドアを閉めた。

「そこで待っていて」と彼女は言った。

キッチンに行くと、ひと言、ふた言、会話が交わされた。

戻ってくると彼女は言った。「ついてきて」

ヴィクターは言われたとおりにし、キッチンの戸口の前を通り過ぎた。ウェブスターの夫と子供たちが朝食用のカウンターに坐っていた。何も言わずに、三人は彼が通り過ぎるのを見ていた。彼らがヴィクターに気づく素振りを見せなかったので、彼も突然の来訪をわざわざ謝ることはしなかった。

廊下の突き当たりで左に曲がってドアから出ると、そこはガレージだった。壁には驚くほどの種類の工具が並んでいた。奥にもドアがあった。ウェブスターは、鍵を開けるとヴィクターのためにドアを押さえた。ドアの外に出るとそこは裏庭だった。右手には家の幅と同じ長さのベランダがあり、低いテーブルのまわりに椅子が並べてあった。床の上にはおもちゃが散乱していた。ウェブスターは、おもちゃを拾い集め、椅子の後ろのトランクに入れてから坐った。

ヴィクターもそれに続いた。

「あなたがなぜここにいるのかはわかった」と彼女は言った。「何が起きているのか教えて」

「助けてほしくて来た」とヴィクターは言った。

「何について？」

「あなたのオフィスに会いに行ったときに話したのと同じ連中について」

ウェブスターは頭を椅子の背にもたせかけると眼を閉じた。

「あなたは、ほんとうに行きたくないところにわたしを引きずり出そうとしているようね」彼女はようやくそう言った。

「どこにも引きずり出すつもりはない」とヴィクターは答えた。「それに、あなたは引きずられるタイプじゃないようだ」

ウェブスターは笑みをこぼした。「それで、もしわたしがあなたを助けることに同意しなかったら、どうするつもり？　感情に訴えるのか、それともわたしの犬を撃つと言うのかしら？」

「まず前者から、それから後者を」

「どんなことに巻き込まれてるの、保安官」

「どうやらあなた自身の考えがあるようだ」とヴィクターは言った。

「以前の話し合いによると、あなたはラッセル兄弟に嚙みついたようね。片方が保護されているから、手に入れられない情報がほしいんでしょ？」

「だから正式なルートで追いたくない。止められたくないんだ」

「背景を教えて」

ヴィクターは彼女が知る必要のあることをすべて話した。

「三人の少女が殺されていて、そのうちのふたりがボランティアグループとつながっているかもしれないということなのね?」

「レイフォードの娘は違う理由で殺されたかもしれないが、同じ人間に殺された」

ウェブスターはまた黙り込んだ。庭に眼をやった。ヴィクターは彼女の心のなかの声が聞こえるようだった。

「わたしはあなたの力になる必要はない」と彼女は言った。「でもあなたはわたしの義務感に訴えようとしている、そうでしょ」

「義務ではなく、真実こそが問題なんだ、警部補」

「仲よくやりたいなら、せめてアビゲイルと呼んでちょうだい」

「アビゲイル。わたしのことはヴィクターと呼んでくれ」

「ヴィクター、あなたは明らかに一線を越えている。あなたがボランティアの名簿を自分で調べることができず、わたしのところに来たのだとしたら、わたしたちふたりとも守秘義務に違反することになる。決してささいなことではなく、わたしたちの法執行官としてのキャリアが終わることを意味しかねない」

「目的は手段を正当化する。そうとしか言えない」

「もし間違っていたら? そのときはどうなるの? これらの人たちがまったく関係なかったら?」

「そのときはだれもそのことについて耳にすることはない」

ウェブスターは観念したように頭を振った。「そうかもしれないし、そうじゃないかもしれない」

「断ってもらってもいい」

「たった今、真実に対する義務について何か言ってたはずだけど」

「真実は人それぞれだよ、アビゲイル。ただわたしはこのままにしておくことはできない。きみがわたしの力になれないなら、そのときは理解する。きみには家庭がある。子供がいる。さまざまな義務を負っていて、きみを頼りにする人々がいる。仕事でも立派な成績を残している。わたしにはそういったものはない。ただ心に引っかかるものがある。ほかにも誘拐されて殺された少女がいる可能性があると思っている」

「ほんとうにそう信じているの？」

「ああ、そうだ。同時に三人でもう充分だとも思ってるがね」

ウェブスターは何秒かヴィクターを見ていた。それから言った。「煙草《たばこ》はある？」

ヴィクターは火をつけてやった。彼女はしばらく吸っていたが、半分ほど吸うと、靴底で踏み消した。

「もう五年以上吸ってなかったのよ」と彼女は言った。「まったくどうしてくれるのよ」

「ほかのだれかを指さすのでもいい」とヴィクターは言った。「わたしがきみのところへ来たのは、きみしか知らないからだ。きみがほかにだれか思いつくなら……」

「ほかのだれかのところに行かせるつもりはないわ、ヴィクター」とウェブスターは言った。

「自分のなかで折り合いをつけなければならない」

「時間が必要なら……」

ウェブスターは体を乗り出した。「わたしたちは誓いを立てた。憲法と州法を守るために忠誠を誓った。内外のあらゆる敵から市民を守る。そう約束した。敵が内部にいたならどうする？　そのときはどうなる？　ある法を守り、執行するために別の法を破ったらどうなる？　自分はだれの味方なのか？　さらに言えば、それはどう見えるのか？」

「わたしはすでに心を決めた」とヴィクターは言った。「だが、わたしときみでは事情がまったく違う」

「奥さんはいるの？　お子さんは？」

「妻がいたが、もう死んでいる。子供はいない」

「そして弟さんは殺された」

「ああ」

「ラッセル兄弟が殺した」

「そのように見える」

「ああ、なんてこと、ヴィクター。ほんとうに悲しい目に遭ってきたのね」

「そうかもしれない。そんなつもりじゃなかったんだがな。だれも自分の人生を台無しにするつもりなんかない」

「同情してほしいのなら無駄よ」とウェブスターは言った。「そんなつもりはない。同情はだれのためにもならないから」

ヴィクターはうなずいた。「オーケイ、わたしは行く。よく考えて、できるだけ早く知らせてくれ」

「考えたわ」とウェブスターは言った。「やるしかないという気持ちとクソ食らえと思う気持ちのあいだのどこかにいる。つまり、最悪の事態が起きるとしたら何？　五十歳を目前にして失業し、もしかしたら実刑を食らうかもしれない。法執行機関では二度と働けないし、住宅ローンも払えなくなるし、子供も育てられなくなる。夫も公務員だから、同じ目に遭うかもしれない。イースト・ポイントに戻って両親といっしょに暮らさなければならなくなる」

「ブレアズビルにいくつか空き室があるよ」とヴィクターは言った。

ウェブスターは苦笑いをした。

「人は結果に関係なく、自分が正しいと信じることをやらなければならないときがある」

「わたしも自分にそう言い聞かせている」

「それは役に立つ？」とウェブスターは訊いた。

ヴィクターは肩をすくめた。「教えてあげよう」

64

金曜日の朝、ヴィクターはバーバラとマーシャルを自分のオフィスに呼んだ。

「月曜日までに名簿が手に入るといいんだが」と彼は説明した。

「令状は請求したんですか？」マーシャルが席に着くと言った。

「別の方法で行くことにした」

「じゃあ、彼女は力になってくれるのね？」バーバラは淡々とした口調で言った。

「だれが力になってくれるんですか？」とマーシャルが訊いた。

「あなたは知らないほうがいいわ、マーシャル」とバーバラは言った。

「法を犯すことになるんですか？」

「少し曲げる」とヴィクターは言った。「だが心配するな、マーシャル。これがばれてもクビになるのはわたしだけだ」

「あなたが船長かもしれないけど、わたしたちみんな同じ船に乗ってるんですからね、そうでしょ？」とバーバラは言った。

「なら降りていいぞ」とヴィクターは言った。「責めたりはしない」

「そういう意味じゃない。あなたが沈むなら、わたしもいっしょだってことよ」

「まあ、そうならないことを祈ろう」

マーシャルはまだ当惑していた。「じゃあ、だれかが名簿を渡してくれることになってるんですね。ボランティアの子供たちの、そうなんですね?」

「そうだ」とヴィクターは言った。「一万人かそこらだ。全員調べなければならない。男の子は除いて、それから女の子を郡ごとに死亡者、行方不明者と突き合わせる必要がある」

「まったく、考えただけでへとへとになりそうですよ」とマーシャルは言った。

「それが保安官の仕事ってものよ、マーシャル」とバーバラが言った。「もしまだ知らなかったのなら教えてあげる。あなたが望んでなった仕事でしょ」

ヴィクターは体を乗り出した。「わたしが言うようにやってくれればいい、マーシャル。面倒なことになったら、わたしの命令に従ったと言えばいい。それは嘘じゃないからな。どうやってこの情報を手に入れたかは知らなければそのほうがいい。きみが考えるべきことは三人の少女が死んでいるという事実だ。ひょっとしたらもっといるかもしれない。わたしたちがここでうまくやればやるほど、これ以上増える可能性が低くなる」

「やらないとは言ってません、保安官」とマーシャルは言った。「ただ中途半端は嫌いなんです」

「やるべきことをやってくれ、だが中途半端にトラブルに巻き込まれないよう注意してくれ」

「当面は?」とバーバラが訊いた。

「当面は、できるかぎり自分のデスクの上の残務を片付けてくれ。名簿を手に入れたら、その作業に集中する」

　マーシャルが立ち上がった。口を開いて何か言いかけたが、思いとどまったようだった。

「言いたいことがあるなら、言っておけ、マーシャル」とヴィクターは言った。

「弟さんに何があったにせよ、それを明らかにしようとしてるんですよね。弟さんのことを聞いてどれほど残念だったか、まだ言っていませんでした」

「ありがとう、マーシャル」

「おれはあなたに死んでほしくないんです。あなたは善良で、公正で、すばらしい人だ。最近ではそういう人はあまりいないようです」

「マーシャル、わたしに何かあったら、次の選挙ではきみが立候補することを期待してるよ」

「そうしますよ、当たり前でしょ？　おれはまだ若いけど、いい仕事をすると思いますよ」

　バーバラが立ち上がった。「保安官の帽子のサイズを測るのはまだ早いよ、マーシャル。わたしが関わる以上は、この仕事をしっかりとやって、これ以上保安官が死ぬことがないようにするよ」

　ヴィクターは微笑《ほほえ》んだ。「きみたちはほんとうにたいしたもんだ。きみたちがいなかったら、どうなっていたかわからないよ」

　バーバラは微笑んだ。「今よりももっとトラブルに巻き込まれていたのはたしかだね」

65

自分のことばに忠実に、ヴィクターは、土曜の夜にエレノアの家に夕食を食べに行くという約束を果たすことにした。

午後早くに電話をして、まだ約束が有効かどうか確認した。

「もちろんよ」とエレノアは言った。「ジェンナはずっとあなたの様子を訊いてくるのよ」

「彼女はどうしてる?」

「来て、自分の眼でたしかめて」

「何か持っていこうか?」

「あなただけでいいわ、ヴィクター。それで充分よ」

「わかった、じゃあ七時頃に行く」

ヴィクターはシャツにアイロンをかけ、もう何年も着ていなかったスポーツ・ジャケットを引っ張り出してきた。社交慣れしていない彼がドレスアップするのは弟の葬儀以来だった。

トレントンまでの道すがら、彼はラジオから流れる音楽に耳をゆだねた。自分がしようとしていることに対する不安について考えないようにした。考えたところでなんの役にも立たなかった。

時間どおりに到着した。エレノアがドアを開けたが、ジェンナは母親のすぐ後ろにいた。母親の脇をゆっくりと進むと、ヴィクターに腕をまわした。

「ツナのキャセロールがあるの」と彼女は言った。「わたしも作るのをお手伝いしたのよ」

エレノアは彼を上から下まで見た。

「ドレスアップしてきたのね」と彼女は言った。

ヴィクターはきまり悪そうに微笑《ほほえ》んだ。

「さあ、なかに入って」

キッチンには四人掛けのテーブルがあった。席のひとつにはサルのぬいぐるみが坐っていた。

「ビール飲む？」とエレノアが訊いた。

「ああ飲もう。ありがとう」とヴィクターは言った。サルの隣に坐った。

「で、元気だったかい？」ヴィクターはジェンナに訊いた。「学校が始まったんだろ？」

「そうよ。まあまあかな。算数は苦手だけど、ほかは得意よ」

「何が一番好きなんだい？」

「歴史」

「どんなことを勉強してるんだい？」

「南北戦争のこととか」

エレノアがヴィクターの前にビールを置き、自分も坐った。

「イギリスのこととかも」とジェンナは言った。「最初の移住者が来たこととか。先住民のインディアンに何が起きたのかも。わたしたちが彼らをたくさん殺して、土地やいろんなものを奪ったこととか」

「悪いことだ」とヴィクターは言った。

「みんな頭がおかしいよ」とジェンナが言った。「ほんとうにおかしいよね?」

「そういう人たちもいるし、そうじゃない人たちもいる。ほとんどの人はまともだと思う。おじさんの経験からだけどね」

「かもね」とジェンナは言った。それから付け加えた。「ふたりのヴィクターが席に着いてるわ。ヴィクターおじさんとモンキー・ヴィクターよ」

ヴィクターはボトルを掲げた。「モンキー・ヴィクターに乾杯。彼はツナキャセロールが好きなんだね?」

「ううん、この子はバナナしか食べないわ」

「まあ、とにかく充分喜んでるみたいだ」

エレノアは料理の準備をしていた。

「料理はあまり得意じゃないの」エレノアは説明した。「少なくともフランクはそう言ってたわ」彼女ははっとして、ジェンナをちらっと見た。ジェンナは母親のコメントを気にしていないようだった。

「とにかく、そうなの。美味《おい》しくなかったら、食べなくてもいいから」

「大丈夫だよ、エレノア」

キャセロールがテーブルの中央に置かれた。サヤマメとコーンのボウルもあった。

ヴィクターは戸惑った。こういった夕食のマナーを知らなかったのだ。

「さあ、食べましょう」とエレノアは言った。「冷たくなっても美味しくないわ」

ジェンナがヴィクターのために料理を皿に盛った。これまでに食べたもののなかでも充分に美味しかった。彼はそう言った。

「わたしも好き」とジェンナは言った。「と言っても自分が作ったからだけど」

ヴィクターはお代わりをした。思っていたよりも腹が減っていた。

「きっと一日何も食べていないんだろうという事実はおいといて、褒めてくれたものと受け取るわ」エレノアが言った。

「ほんとうに美味しかったよ」とヴィクターは言った。「ふたりともありがとう」

エレノアは皿を片付けた。

「レッドベルベットケーキもあるのよ」とジェンナは言った。

「それはもうちょっとしてからにしましょう、お嬢さん」とエレノアは言った。「しばらくテレビでも観ていてちょうだい。伯父さんと話があるから」

ジェンナはどこか軽蔑するような表情でヴィクターを見た。「おとなの話なんでしょ？」

ヴィクターは助けを求めるようにエレノアを見た。

「退屈な話よ」とエレノアは言った。「お金のこととか。長くはかからないから、終わったらケーキを出すのを手伝ってくれる？」

「わかった」とジェンナは言った。椅子から滑るように降りると、サルをつかんでリビングルームに行った。しばらくするとテレビの音がキッチンに聞こえてきた。

「お金のこと？」とヴィクターは訊いた。

「いいえ、それは大丈夫。ただ、フランクの捜査がどうなってるのか訊きたかったの」

「そうか」とヴィクターは言った。「まあ、今のところたいした進展はない。わたしも取り組んでいるんだ、エレノア。だがまだ答えのわからない疑問がたくさんある」

「あのトレントン市警の刑事さんが、この事件を扱うはずじゃなかったの？」

「そうだった。今もそうだと思うが、これは自分にとっては個人的なことだから、忙しいからといって人任せにしたくないんだ」

エレノアは椅子の背にもたれかかった。その瞬間、たいそう疲れているように見えた。

「ただ知りたいだけなの」と彼女は言った。「なんていうか、わたしたちはいっしょだった時間よりも、離婚してからの時間のほうが長くなってしまったけれど、それでもあの人がジェンナの父親であることに変わりはない。ときどき、あの子がわたしを見て何かを話しているとき、あの子のなかにあの人を見ることがある」

「わかるよ。つらいだろうけど、あいつに起きたことはただのひき逃げ事件よりもずっと複雑なんだ。つまり、自分は保安官として重罪犯を捕まえるためにどの郡にも行くことはできるけど、今は追うべき重罪犯がわかっていない。我慢してくれ、エレノア。できるかぎりのことはやっている。信じてほしい。ほんとうに何があったのかがわかるまでは絶対にあきらめない」

「あの子のためにも知りたいの」エレノアはそう言うと、リビングルームのほうを顎《あご》で示した。「あの子が訊いてくるの。あの人のこと、あなたのこと、あの人が殺された理由を。あの子はばかじゃない。あれは事故だったってわたしが言っても信じようとしない」

「彼女はわたしにも同じことを言ったよ」

エレノアは顔をしかめた。「いつ？」

「最初にここに来たとき。葬儀のあとで」

「あの子、なんて言ったの？」

「きみが父親は事故で死んだと言っていたけど、それが嘘だと知っていると言っていた」

「ほんとう？」

ヴィクターはうなずいた。「何があったのか調べてほしいとも言った。もし自分の弟が殺されたのなら、なぜだれかが轢《ひ》き殺したのか知りたいはずだと言って。そうはっきり言ったんだ」

「ああ、なんてこと」とエレノアは言った。眼に見えるほど動揺していた。「知らなかった」

「もし知りたくないなら、どうしてなのか、自分自身を問い詰めるべきだとも言った」

「それでなんと答えたの？」

「何も言えなかった。彼女の言うとおりだった」

エレノアはいっとき無言だった。その表情が充分に物語っていた。

「正直に言うと、彼女にそう言われるまでは、なんていうか、事件のことは放《ほう》っておくつもりだった。いや、放っておきたかったのかもしれない。それでももしかしたら事件のことが次第に体に浸み込んでいって、結局は取り組んでいたかもしれない。けど決め手になったのは彼女のことばだった」

「放っておいて、捜査しなかったかもしれなかったと言っているの？」

ヴィクターはどこか観念したようにため息をついた。「くそっ、わからない、エレノア。わたしとフランクは……その……。わたしがあいつに強い恨みを抱いていたことを理解してほしい。長いあいだその恨みを抱え込みすぎて、毎日そのことばかり考えていたんだ。ふたりのあいだに起きたことは、あいつのせいであって、自分のせいじゃないと思っていた。だが時間がそれを変えた。そしてあいつが殺されたことでさらに変わった。今は違うように見ている」

「わたしも同じよ」とエレノアは言った。

「同じ？　どう同じなんだ？」

エレノアは深くため息をついた。「ああなんてこと」と彼女は言った。「わたしはこのことを考えることさえできなかった」

「その……」とヴィクターは言った。「自分には関係ないとわかっているんだが……」

「結婚していたのは五年だった。ううん、五年にも満たなかった」とエレノアは言った。「つまり自分が何に巻き込まれていたかは知っていた。少なくともうすうす感づいていた。あなたの弟は……そうね、あなたはあなたの弟のことはたぶんよくわかっていると思う。あの人は個性的だった。そう言っておきましょう。とても個性的だった。ときどき自分の意見を言った。それはこれまでだれの口からも発せられたことのないほど、とんでもない意見だったかもしれない。でもあの人はその意見にこだわって、そのとんでもないことを死ぬまでやり続けた。何よりも、それが彼を特殊な存在にしていたことのひとつだった。わかるでしょ？　あの人は他人が何を言い、何を考えようがお構いなしだった。そして人はそんな彼のことを尊敬していた。一年経ち、二年経つと、疲れてきた。見えない何かとずっと闘っているようなもので、ただただ疲れ果ててしまった。だから、彼だけに責任があるわけじゃない。わたしはいっしょに暮らすのが簡単な人間じゃない。人は常に二面性を持っている、違う？」

ヴィクターは同意のしるしにうなずいた。エレノアとフランクのあいだに何があったのかは知っていた。だが彼女の口から直接聞きたかった。

「一九八四年の初め頃から、亀裂が大きくなりだしていくのがわかった。すべてはだめになったけど、それはスローモーションみたいに少しずつだった。彼が家にいることは次第に少なくなっていった。仕事で家を空けることが多くなっていった。ほかに女がいるんじゃないかと思ったこともあったけど、それがほんとうだったかどうかは今でもわからない。人は答えが見つからないと、自分の考えていることを説明するために、なんでもでっち上げるようになる、そうじゃない？」

「ああ、そうだね」とヴィクターは言った。「よくわかるよ」

「とにかく、ちょっとおかしくなっていた。わたしは酒を飲み、あの人も酒を飲んだ。そして一年後、どちらかが死んでしまう前に、別れなければならなかった」

「そのときジェンナはまだ小さかった」

「ええ、そうね。だからってあの子にとって、なんでもなかったってわけではなかった。それはたしかよ。そんなに大きな問題を起こさなかったことにはほんとうに驚いてるわ。あれこれ考えてみると、ある意味防弾ガラスみたいな子だった」

ヴィクターはエレノアの話に動揺はしていなかった。それでも彼女のことばは、自分が弟を愛し、また同時に弟のことを軽蔑していたことを思い出させた。そしてそのことはまた、自分の妻の死とそのあとに知ったことについても思い出させた。あのときは彼の世界の壁が崩れ落ち、大量の感情のがれきの下に埋もれてしまったかのようだった。こんなに何年も経った今でも、彼は埃だらけの眼でがれきの下から這い出ようとしていた。

エレノアが手を伸ばし、ヴィクターの手に触れた。「ねえ、わたしたち、フランクが亡くなるまで一度も会ったことはなかったわよね。もちろんあなたのことは知っていたし、奥さんのお葬式にも参列するつもりだった。フランクはあなたとの仲がとても悪かったと言ってたから、いずれにしろ許してくれないとわかっていた。参列していたら、あなたたちはもっと険悪な関係になっていたでしょうね」

「きみがいなくても充分険悪だった」とヴィクターは言った。「わたしたちは、きみたちが結婚する前から敵同士だった。わたしはそのことに気づいてさえいなかった。妻が死んだあと、あいつに会った。一度だけ。それがあいつに会った最後だった。つまり、トレントンに行って、あいつの遺体を確認しなければならなくなる前にということだけど」ヴィクターは深く息を吸った。「わたしはあいつの鼻の骨をへし折ったんだ、エレノア。頭に来たあまり、あいつの鼻をへし折った」

「なんですって？　あなたがやったの？　バーでだれかにやられたって言ってたわ」

「わたしだ。ほかのだれでもない」

「いったいどうして？　いったい何について喧嘩したというの？」

「今となってはどうでもいいことだ、エレノア。ほんとうにたいしたことじゃない。兄弟喧嘩だ」

エレノアは椅子の背にもたれかかった。しばらく眼を閉じていた。

「あの人は厄介なハリケーンだった。それだけは認める。毎日退屈しなかったわ」

「きみと同じように、ある時点でもうたくさんだと思った。血のつながりがあっても関係なかった。これ以上、あいつにそばにいてほしくなかった」

「後悔してる？」とエレノアは訊いた。

「後悔は無意味だ」

「知ってるわ。でも今もそう思っているわけじゃないんでしょ」

「言ったように、時間が物事を変える。わたしは自分が怒っていると思っていたものに対して怒っていたわけじゃなかった。振り返って見て、あいつのものの見方がわかった。少なくともその一部は。あいつは自分が正しいと思ったことをした。わたしもそうだった。だがそれは同じじゃなかった」

エレノアはしばらく考え込んでいたが、やがて微笑むと言った。「庭でウィスキーを飲んで、一服する。いっしょにどう?」

「もちろん」とヴィクターは言った。「それからケーキを食べるんだろ」

「食べられるだけね」


ヴィクターは九時に家をあとにした。ジェンナとテレビを観ながらあれこれおしゃべりし、ケーキを食べた。それから庭でエレノアとまた煙草《たばこ》を一服した。

彼女に自分の知っていることを話したかったが、うまいことばが見つからなかった。いずれかの時点で話すことになるとわかっていたが、今はそのときではなかった。フランクの死の真相を知ったあとになるだろう。

ブレアズビルへの帰り道、彼は人生の半分を置いてきたような感覚に陥《おちい》っていた。今、自分の人生は、エレノアと姪《めい》、そしてかつて弟が住んでいたあの家と切っても切れない関係にあるように思えた。

ヴィクターはずっとフランクの言うことを聞くのを拒《こば》み、自分自身の声を聞くのも拒んできた。自分自身のために築いた世界には音がなかった。が、今は声に満ちていた。そのうちの多くは聞きたくなかったが、それでもこれまでの終わりのない沈黙よりは不思議と好ましく思えた。

66

月曜日の午前中遅くにアビゲイル・ウェブスターから届いた情報は、ヴィクターが期待していた以上のものだった。

彼女はミシン目の入ったひとつなぎの用紙に印刷されたシートの束を送ってきた。ヴィクターのやろうとしていることを理解し、検索対象を少女に限定していた。一枚のシートに書かれた名前を数え、合計で二千名強と見積もった。名前の横には年齢、住所、該当する郡、その郡を管轄するヤング《Y》・リパブリカン《R》・ボランティア《V》の地方事務所の名前が並んでいた。束を三つに分けると、バーバラ、マーシャルと手分けして、それぞれ七百名近い名前を調べることにした。ウェブスターの誠実な仕事ぶりによって大幅に労力を節約することができた。

ジョージア州ＹＲＶの十代のメンバーが州全体から集まっていることは初めからわかっていた。ジョージア州には百五十九の郡があり、それぞれに保安官がいた。そして照合のためにはそれぞれの郡の行方不明者リストにあたる必要があった。どのみち気の遠くなるような作業ではあったが、事件の規模を探るためにはこれ以外に方法はなかった。

ヴィクターは、この骨の折れる作業を始める前から、自分たちの努力の結果、ジョージア州全体でかなりの数の行方不明のティーンエイジャーが判明するだろうと直感的に確信していた。

この組織のメーコン本部が半径およそ八十キロの範囲にある郡をカバーしているようだった。バルドスタ支部はドゥーリー郡、プラスキ郡、ラウンズ郡、エコールズ郡からフロリダとの州境までカバーしていた。サバンナ支部は、ジェファーソン郡からスクリーブン郡、サウスカロライナとの州境までの東地区をカバーしていた。サバンナ支部はアラバマ州の西も管轄していた。

彼はこの取り組みがただの当て推量ではないことをどうしても証明したかった。バーバラとマーシャルにはトレントン支部が管轄する郡に焦点を当てるように指示した。この支部のテリトリーにはデイド郡からラブン郡、アトランタ周辺に加え、アセンズ、オーガスタを少し北へ行ったところまでが含まれていた。彼らは郡名で識別しながらすばやく進め、結果をバーバラがタイプしていった。四時間近くかかったが、最終的に二十九の郡から四百人近い名前をリストアップした。

これが実質的な出発点だった。そこからヴィクターは、まずテネシー州とノースカロライナ州、サウスカロライナ州に隣接する郡とそれらの南に隣接する郡を選び出した。全部で十三の郡があり、西はデイド郡、東はラブン郡まであった。これらの郡だけで三十一人の少女がいたが、ユニオン郡とファニン郡の出身者はいなかった。

リンダ・ビショップを除くと、ウォーカー郡出身の少女はひとりだけだった。サラ＝ルイーズ・レイシーはラブン郡出身の四人のうちのひとりだった。ヴィクターはマーシャルにウォーカー郡のウィラード・モンゴメリー保安官とラブン郡のカール・パーソンズ保安官に電話をさせた。両者とも新たな名前については行方不明者や死亡者のリストに該当しないと回答してきた。ヴィクターはリストの彼女たちの名前に線を引いて消した。

残り九の郡に対しては、バーバラに各保安官宛にファックスを送らせた。〝緊急〟と明記し、それぞれの少女の名前に加え、生年月日と住所を記載した。迅速に対応してもらうため、ヴィクターはマーシャルとバーバラで分担して、ファックスを送ったあとに各保安官事務所に直接電話をかけさせた。

三人は辛抱強く待った。バーバラがコーヒーを淹れた。ヴィクターは建物の裏に出て、煙草《たばこ》を吸った。

その日の夕方六時までに九の保安官事務所すべてから回答があった。

三人はヴィクターのデスクに集まって、送られてきた情報を見た。

過去六年間における未解決の捜索願七件と一致した。カトゥーサ郡、ウィットフィールド郡、ギルマー郡でそれぞれひとりの行方不明の少女がいた。ホワイト郡とハーバーシャム郡はそれぞれふたりだった。十五歳から十八歳までの少女が忽然と消え、二度と姿を現していなかった。

「そしてこれは十三の郡だけよ」とバーバラは言った。「まだ百四十六ある」

「これが北部に集中していないかぎり」とヴィクターは言った。

「どうしてそう思うの？」

「ラッセル兄弟はコルウェルの近くにいる。彼らが事件の背後にいる場合、できるだけ自分の本拠地から近いところでビジネスをしようとするだろう。だれかを誘拐したら、できるだけ早く連れ去って人目につかないようにしたいはずだ。もちろん間違っているかもしれないが、それが筋が通っているように思える」

「そうだとしても、まだゲインズビルまでの五十キロから八十キロしか調べていない」とバーバラは言った。「そこから西にロームやシダータウンまで線を結ぶと、さらに考慮すべき郡は何十もあるわ」

「わかってるよ、バーバラ」とヴィクターは言った。「けどすでにさらに七人の少女が事件に巻き込まれている可能性がわかった。この少女たちを起点にしてどこにたどり着くか見てみようと思う」

「で、次はどうするんですか?」とマーシャルが言った。

「それぞれの事務所に連絡して、これらの少女ひとりひとりについての情報をなんでもいいからコピーして送ってもらうように頼むんだ」

「もう勤務時間外よ」とバーバラは言った。

「だからファックスで依頼を送る。うまくすれば、明日の朝一番で手に入れることができるかもしれない」

マーシャルがリストを手に取った。「それで? つまり……その……なんていうか性的人身売買のようなものがここで行なわれていると考えているんですか? 背後にいるのがだれであれ、そいつはボランティア活動のティーンエイジャーのデータベースを使っていると?」

「何にたどり着くのかはわからないよ、マーシャル」とヴィクターは言った。「まだ手元にあるのは、ふたりの死んだ少女とこのリストに名前のある七人の行方不明の少女だけだ。これだけあれば、当面は忙しく動きまわるのには充分だろう」

「わたしがやる」とバーバラは言った。「そんなにかからないから、あなたは奥さんの待つ家に帰りなさい、マーシャル」

「いいんですか?」

「奥さんが美味《おい》しい夕食を作ってるはずよ。無駄にしたくないでしょ?」彼女はヴィクターをちらっと見た。「あなたに関しては、作ってくれる人はいないんだから、残ってわたしに付き合ってちょうだい」

67

その晩もヴィクターはよく眠れなかった。

果てしなく続く夜、頭のなかはひとつの考えで占められていた。該当する郡に要請して、未解決の捜索願を受け取っていた。未解決の殺人事件については照会していなかった。

リンダ・ビショップとサラ＝ルイーズ・レイシーの画像の記憶が、悪夢の名残のように彼のまわりに押しよせてきた。考えただけでも吐き気を催すような事件だった。ティーンエイジャーの少女を誘拐し、レイプし、拷問し、殺す。果たして人間といえるのか？

ヴィクターにはこれがひとりの個人の仕業とは思えなかった。マーシャルが言ったように、ある種の性的人身売買なのかもしれない。

州政府のだれかがこのことを知り、隠蔽《いんぺい》を手伝い、ユージーン・ラッセルと周囲の人間を保護してきた。直接関与していないにせよ、何が起きているのかを知りながら、見て見ぬふりをしてきたという事実だけで、彼らは犯罪を許容し、認めてきたことになる。なんのために？

金？　なんと卑劣で利己的な行為だろうか。

それが個人的なものであれ、組織的なものであれ、多くの悪の中心にあるのは強欲だ。少なくとも歴史は、証明していた。想像上のどんなに卑劣で破壊的な行為も、人がなしうる現実のほうが比べ物にならないくらい上をいくということを。

良心もモラルも、罪悪感もない連中だ。おそらくフランクもかつて自分と同じ道をたどり、そしてその道が彼を死へと導いたのだろう。

ヴィクターは早々に保安官事務所に向かった。ピンボードを壁からはずして机の横にある書類棚の上に置いた。左側にエラ・メイの写真を、中央にリンダ・ビショップとサラ＝ルイーズ・レイシーの写真を貼った。右側にはほかの七人の行方不明の少女の写真を貼るつもりだった。少なくともこうすることで、自分が何をしているのかに、さらに重要なことには、その理由について集中することができた。それがどんな結果となろうとも最後までやり遂げるという自身の決意を少しも疑ってはいなかった。それでもこれが個人的な聖戦であることを常に思い出したかった。少女たちの家族は暴力によって打ちのめされた。悲しみに打ちひしがれた両親は辛抱強く待ったが、知らされたニュースは想像以上にひどいものだった。何が起きたのか、その正確な詳細がわかるまでは決して気持ちを整理することはできない。たとえ、遺体がなくとも、たとえ子供の遺体を墓に収めることができなくとも、真実さえわかれば少なくともこの終わりのない疑問には答えが出るはずで、そうすれば――おそらく――前に進むことができる。

フレデリクセンが見せた恐怖心は、この事件のほかの部分と同じくらいにリアルだった。ヴィクターは彼を信じたかった。フランクがなぜジェンナの養育費を払えないほどの借金を負っていたのかはわからなかったが、フレデリクセンが自ら進んで善行をなしたという事実は、あの男について多くのことを物語っていた。彼がフランクに対してまだ忠誠心を持っていることを物語っていた。フランクとフレデリクセンはともにこの事件に立ち向かい、脅迫が現実となるまで、できるかぎりこの問題について追及してきたのだ。フレデリクセンには妻と子供たちの幸せを危険にさらすことはできなかった。どんな人間にも越えられない一線がある。自分を頼りにする者のいないヴィクターにとってはそこまではまだ距離があった。この捜査を継続していること、アビゲイル・ウェブスターを関与させたこと、バーバラの家で会ったほかの郡の保安官たちに情報を求めたという単純な事実だけでも、彼がターゲットにされる理由としては充分だった。

ヴィクターにはわかっていた。真実を隠すために弟の命は犠牲にされたのだ。おそらくこれを終わらせる唯一の方法は、自らの命を危険にさらしてでも真実を明らかにすることなのだ。

68

水曜日――フランクが殺されてから二カ月が経っていた――の午後遅くになってようやく行方不明の少女たちに関するすべてのファイルが揃った。

ヴィクターとバーバラは、ふたりでファイルに眼を通した。ふたりは写真をピンボードに貼った。

十人の少女が見つめ返してきた。最年少のニコル・クロフォードは、カトゥーサ郡グレイズビル出身で、一九八九年十一月に捜索願が出されていた。ヴィクターの眼には子供にしか見えなかった。はるか昔の夏の日に撮られた写真のなかから笑いかけている少女の眼は、生き生きと輝いていた。それは最悪の恐怖のように思えた。人はこれが最後の日になるかもしれないと直感的に感じることはあるのだろうか？　そう考えたことを思い出した。だが、このティーンエイジャーの少女を見ていると、彼女はそんなことをみじんも考えていないのだろうと思った。

ほかの少女たち――ウィットフィールド郡ダルトンのドロシー・ブレイク、ギルマー郡エリジェイのナンシー・モーガン、ホワイト郡ロバーツタウンのアリソン・マコーミックとリーフのサラ・ブキャナン、ハーバーシャム郡クラークスビルのメリッサ・フランクリンとコーネリアのエリン・ハワード――の事件は六年間にわたっていた。直近のアリソン・マコーミックは、一九八六年十月一日水曜日に学校から家へ帰る途中で姿を消していた。ファイルによると、彼女は毎日約一キロの道のりをたいていはひとりで歩いていた。スイカ味のビッグ・リーグ・チュー（細長く切り刻まれたチューインガム。一九八〇年代に野球選手のあいだで一般的となった）をコンビニエンス・ストアでひとパック買ったところを目撃されたあと、自宅までの道のりのどこかで忽然と姿を消していた。

すべての事件で、捜査は徹底的かつ包括的に行なわれていた。両親、親戚、友人、教師に加え、関連する不動産の管理人や庭師さえも事情聴取を受けていた。チラシが投函され、ボランティアの捜索隊が結成され、それぞれの地元で広範囲にわたる聞き込みが行なわれた。

すべての事件で保安官、保安官補、そして市民の努力は無駄に終わっていた。

バーバラは窓際に立っていた。しばらくのあいだ無言のまま少女たちの顔を眺めていた。彼女の表情には信じられないという思いが浮かんでいた。

「もっとできたはずだった」とヴィクターは言った。「エラ・メイのためにもっとできたはずだった。そんな気がするんだ、バーバラ。初めからこの件に全力を尽くすべきだった気がしてならない」

「そんなことを言ったところでなんの役にも立ちはしない」とバーバラは言った。「ひとりの女の子だった。ここの出身でもなかった。彼女についてはあなたよりもジョージ・ミルステッドの責任のほうが大きい。ここで見つかったのはたしかだけど、マッケイズビルの出身だった。それに、あなたの弟がその二週間前に殺されたばかりだった。よく仕事ができると感心したものよ」

「それでも……」

「それでもじゃない」バーバラがさえぎった。「それがいったいなんの役に立つの、え？　わたしたちのだれかがしたかもしれないことをくよくよ考えることになんの意味があるの？　わたしたちは知らなかった、そうでしょ？　その事件は独立したひとつの事件だと思っていた。数週間が経った今、予想もしなかったことになった。まったく予想もしていなかったことに。リンダの遺体が発見されたのは二月だし、サラ＝ルイーズは失踪してから発見されるまでにどのくらいかかってるの？」

「昨年の十二月に失踪したが、死んだのは一カ月前かそこらだった。彼女はそのあいだ、生きてどこかにいたんだ」

「オーケイ、それでわたしたちは今ここにいる。あなたが今取り組んでいるという事実を認識するのよ、わかる？　あなたは今、何かをしている。あなたが今していることがなんであれ、なんらかの変化をもたらすはずよ、違う？　真相を突き止めれば、同じ運命をたどるかもしれない少女をいったい何人救うことになる？」

「それはわからないよ、そうだろ？」

「ええ、わからない。そのとおりよ。でも、どんなに雨に打たれても、濡れないようにしなさい。精神的にってことだけどね」

ヴィクターは苦笑いを浮かべた。「きみの風変わりなお手製の金言は尽きることがないようだな」

「気楽に考えなさい。女はこういうことを知っている。男は知らない。だから教えてやらなければならないのよ。百回言わないとわからないこともある」

「そのとおりだ、バーブ」

「わかったってこと、それとももう一度言ってほしい？」

「わかったよ」とヴィクターは答えた。

席に着いた。バーバラは向かいに坐った。

「で、これからどうするの？」

「一般的に、それとも具体的に？」

「両方」

ヴィクターはあらためて写真に眼をやった。「共通する要因はボランティア組織だ。エラ・メイ以外の全員がその組織に登録されていた。エラ・メイはベスター・レイフォードに対する警告として殺されたようだ。体内から検出されたドラッグと縛られ方から見て、リンダとサラ＝ルイーズの殺害犯と同一人物による犯行と思われる。心が痛むが、ほかの七人も死んでいると思う。どこかに埋められていて、決して見つかることはない」

「サラ＝ルイーズが殺されるまでに八カ月かそこら生きていたことを除いて」

「まだ何人かは生きているかもしれない。だがもしそうなら、どこにいるんだ？」ヴィクターはピンボードを顎《あご》で示した。「アリソン・マコーミックという少女が失踪したのは六年前だ。もし生きているとしたら二十二歳になる。もしこれがティーンエイジャーの性的人身売買だとしたら、誘拐された少女が十代じゃなくなったらどうなるんだ？」

「その質問に対する答えはもう得ていると思う」とバーバラは言った。「たぶん、使い古されて捨てられるんでしょう」

ヴィクターは諦観したようにうなずいた。「くそっ、両親のことが頭から離れないんだ、わかるだろ？　それに兄弟や姉妹のことも。生きていて大きくなったところを想像できるか――」

ヴィクターは途中でことばを切った。

「どうしたの？」とバーバラが訊いた。

「兄弟や姉妹は出てきたか？　ファイルに？　これらの捜査のなかで兄弟や姉妹について言及したものはあったか？」

バーバラが立ち上がった。オフィスの反対側のテーブルからファイルを持ってきて、半分をヴィクターに渡した。ふたりはもう一度ファイルに眼を通した。

「全員、ひとりっ子だ、そうだろ？」ヴィクターが尋ねた。それは質問ではなかった。

「たしかにそのようね」とバーバラは言った。「だからっていったい……」

「ひとりでいる可能性が高い。きょうだいは同じ学校に通い、いっしょに遊び、共通の友人がいる。もしかしたら行方不明になった少女たちはひとりでだれかに会いに行ったり、ひとりで学校から歩いて帰ってきたりすることが多かったのかもしれない。そうじゃないかもしれないが、もしランダムに選ばれた結果、その全員がひとりっ子だとしたら、ものすごい偶然だということになる」

「これがどう役に立つの？」とバーバラは言った。

「わからない、バーブ。けど彼女たちが選ばれていたということは間違いなく言える。だれかがあの名簿を調べて選んだんだ、そうだろ？　年齢、見た目、出身地、尾行や誘拐がいかに容易か……」

「いやだ、保安官、まるで工場の製造工程みたいじゃない」

「ひょっとしたらそうなのかもしれない」とヴィクターは答えた。

バーバラは絶望したかのように頭を振った。「この事件にはほんとうに心が痛むわ。そんなに邪悪な人間がいるなんて信じられない。ああ、全能の神よ、わたしたちはここでいったいどんな種類の人間を相手にしているの？　こういったことを捜査するのにどんな準備が必要なの？　ここに来てもう長くなるし、あなたより長くいるけど、今ここで見ているような事件に出くわしたことはないわ。警察学校でもこんなことは教わってはいないでしょ？」

「警察学校か」ヴィクターは素っ気なく言った。「なつかしいな。よく覚えてるよ」

「このことを考えているだけで頭が痛くなるわ」とバーバラは言った。「この事件が解決するまでは眠れそうにない」

「わたしたち以外のだれも取り組んでいないことだし、ここからどうするかも考えないといけない」

「アトランタでこれらの記録にアクセスできる人間を見つけるしかないわね。検察局とのあいだにつながりがあるように思える。そこのだれかがユージーン・ラッセルのために痕跡を隠そうとしているのよ、違う？　そのだれかはユージーンのビジネスを嗅ぎまわる人間がいると、詮索をあきらめさせる権限を持っているのよ」

「わたしはユージーンに二度会った。そのどちらのときも彼はわたしにトレントンの方向を指し示した。フランクがこの件に関与しているとほのめかし、ずっと不正に関わっていたとわたしに思わせた。とにかくわたしを誤った方向に導こうとしたんだ」

「ガラガラヘビよりもねじ曲がった野郎ね」

「だから彼がいつから情報提供者として登録されているかを知る必要がある。だれかがやったのはたしかだ。そしてそれはアビゲイル・ウェブスターじゃない。もしそうなら彼女はそう言っていただろう」

　バーバラが立ち上がり、自分のデスクに戻った。ウェブスターの経歴を調べたときのメモを持って戻ってきた。

「彼女はあそこに十一年いる」とバーバラは言った。「一九八四年からあそこを率いている」

「それを追ってみよう、バーブ。ウェブスターの前にだれがそこの指揮を執っていたのか調べてみてくれ。そんなに難しいことじゃないだろう」

「わかった、やってみる」とバーバラは言った。

「ところでマーシャルのやつはどこにいるんだ？」

「ああ、奥さんを病院に連れていったのよ」

「奥さんの具合が悪いのか？」

「妊娠したんだと思うよ、保安官。どうやらうちのマーシャルももうすぐパパになるようね」

ヴィクターは答えなかった。ある疑問が頭に浮かんでいた。もし自分に同じことが起きていたとしたら、もし妻とうまくいっていたとしたら、もし自分が気配りのできる夫で家庭を築いていたとしたら、どうなっていただろう?

結局のところ、自分はひとりでいるのがよかったのかもしれない。もし何かがあったとしても、悲しむ人はいないのだから。

69

木曜日の朝、オフィスに着き、バーバラがもたらした情報を聞いたヴィクターは疑念を抱いた。彼は偶然は信じなかったので、そのニュースがもたらした効果は気に入らなかった。物事にはすべてパターンがあるように思え、自分がなんらかの壮大な欺瞞《ぎまん》、宇宙のトリックの真ん中に取り込まれているような気がした。一歩前に進むたびに、自分を不安にさせ、落ち着かない気持ちにさせようとしてだれかがすべてを画策しており、そのだれかに導かれているように思えた。

レイ・フロイドは、フランクとジョージ・ミルステッドの保安官補になる前は、警察に勤務していた。なぜ警察から保安官事務所に移ったのかはわからなかった。それは重要ではなかった。重要なのは彼が一九七七年から八一年までのあいだ、検察局の司法協力ユニットに勤務していたという事実だった。

ヴィクターはウェブスターに電話をしたが、彼女は不在だった。さらに二度電話をし、その都度、メッセージを残した。自分が彼女にとって一番連絡を取りたくない人間だということは想像できた。それでも彼女のアシスタントに緊急であることを強調した。

彼女から電話がかかってきたのは正午過ぎだった。

「ひとつ疑問がある」とヴィクターは言った。「きみが答えてくれることができたらと思ったんだ」

「オーケイ」

「わたしの理解が正しければ、きみは一九八一年に今の仕事に就いたんだったよな？」

「ええ、そうよ」

「前任者はだれだった？」

「ここの前任者？」とウェブスターは訊いた。

「ああ、そうだ、きみの前はだれがユニットを率いていた？」

「どうしてそんなことを訊くの、ヴィクター？」

「ある名前を聞いたんで、たしかめようと思ったんだ」

「ジム・ウィーランよ」

「警察の人間か？」

「ええ、もちろん。このポジションは常に警察の人間が務めているのよ」

「レイ・フロイドという人物は知ってるか？」とヴィクターは訊いた。

一瞬の間《ま》があった。「フロイド？　いいえ、その名前は知らないわ」

「レイ・フロイドという人物が、きみが着任する前に、そのユニットで働いていたかどうか調べてもらえるか？　わたしの知るかぎりでは一九七七年頃にそこにいたはずなんだ」

「できるけど、理由が知りたいわ」

「だれがユージーン・ラッセルを秘密人材とやらに登録したのかが知りたいんだ、アビゲイル。わたしはそのレイ・フロイドなんじゃないかと思っている」

「わかった、調べる」

「ジム・ウィーランはそのあとどうなったんだ?」

「ジムは早期退職した」とウェブスターは言った。「健康上の理由か何かだったと思う。定年退職する年齢じゃなかった」

「彼がどこに行ったのかわかるか?」

「わからない。必要なら調べてみるけど」

「そうしてもらえるとほんとうに助かる」

またしばらく沈黙が流れた。そしてウェブスターが口を開いた。「送ったものを受け取ったわよね?」

「ああ、受け取った」

「それで何かにたどり着いた?」

「たどり着きたくなかったところに。ああ、答えはイエスだ」

「わたしは今、卵の殻の上にいるようなものなのよ、ヴィクター。どこかで爆弾が爆発するのを待ってるような気分」

「こちらも同じだ」とヴィクターは言った。「できるだけきみから遠くで爆発するようにするつもりだ」

「まあ、自分がしたことはわかってる。その責任は取らなければならない。情報を手に入れたら、また電話する」

「わたしがここにいなかったら、きみが見つけたものはなんでもバーバラ・ウェドロックに伝えてくれ。彼女はここの受付デスク担当だ」

「そうする」とウェブスターは言った。「気をつけてね」

電話は切れた。ヴィクターも受話器を置いた。腰を下ろし、眼を閉じた。深い疲労感に襲われた。心も体も。これを終わりにしたかった。自分のすべての疑問に答えて、問題を乗り越え、反対側に抜けたかった。行方不明になったり、死んだりした人々の思い出のためではなく、自分自身が正気を保つために。世界は大きく変化していた。それは自分の知っていた以上に暗い場所だった。自分のしていることに後悔はなかったが、それでもそのことが、ひょっとしたら違っていたかもしれない、自分の過去に関する多くのことを浮き彫りにしていた。


事件を起訴まで持ち込めるかどうかは、すべて証拠にかかっていた。伝聞や噂、状況証拠、信頼できない目撃者の証言、根拠のない事実は、それらがどんなに説得力があるように見えても、法に関していえばシャベルで煙をすくうように頼りないものだった。

法はそれ自体が無実の者を守り、有罪の者を罰するように設計されている。善意などなんの価値もなかった。地獄への道に善意が敷き詰められているのはよくあることだ。

ユージーン・ラッセルは、司法協力ユニットのだれかに保護され、それゆえにどんな法だろうと破り放題だった。だが彼が最終的にティーンエイジャーの少女たちの誘拐、レイプ、そして殺人に関与しているとヴィクターがいかに信じようが、それを証明しないかぎり、なんの意味もなかった。動機がわからなかった。信頼できるか否かを問わず、目撃者もいなかった。クモの巣のように張りめぐらせられた偶然が、まったく間違っているかもしれない結論へとつながっているだけだった。

思い込みには常に危険が伴う。最初に立てた前提に基づいて、その後の情報はすべて当初の前提に一致するように解釈してしまう。客観性は、正義や報復、血の復讐の名の下に犠牲にされる。当初認識された確実な事実に反する後発事象でさえ割り引いて考えられる。それが真実ではないからではなく、既定のパターンに合わないからという理由で。

ヴィクターは、バーバラとマーシャルに指示を与えているときでさえ、このことに気づいていた。自分の現実がばらばらになって、四隅に飛び散るようなことになる可能性も覚悟しなければならなかった。

自分が間違っている可能性も認めなければならないだろう。そして過去の経験から、それが容易ではないということもわかっていた。

70

金曜日、ヴィクターは寝過ごした。気にしなかった。眼が覚めても、すぐには保安官事務所に急がなかった。

コーヒーを飲み、卵を料理しさえした。それから家の裏のベランダに立ち、優に十五分過ごしてから家をあとにした。

ウェブスターはバーバラに電話をし、ヴィクターの質問に答えてくれていた。たしかに、レイ・フロイドは一九七七年から八一年までのあいだ、司法協力ユニットに在籍していた。彼はジム・ウィーランの直属の部下だった。そこそこの権限のある立場で、証人保護、秘密人材登録に加え、州の恩赦仮釈放委員会との調整も担当していた。

一九八一年、フロイドはそこから保安官事務所に移った。八一年から八六年までデイド郡のフランク・ランディス保安官の下で保安官補を務め、その後、ファニン郡に移り、ジョージ・ミルステッド保安官の下で保安官補を務めた。そして三年間の勤務のあと、自ら命を絶っていた。ユージーン・ラッセルが貴重な秘密人材であることを示す文書の多くにレイ・フロイドの署名があった。フロイドの権限により、ラッセルはまさにこれまで彼が常習的に破ってきた法によって保護されることになったのだった。

ジム・ウィーランについてはまったく話が違った。ヴィクターは、ウェブスターのおかげでこれまで知らなかった捜査の筋を追う機会を見つけた。

ウィーランも警察の警部補だったが、一九八一年に体調不良を理由に早期退職していた。アビゲイル・ウェブスターはその後任として司法協力ユニットの責任者になっていた。

ウェブスターの情報によると、当時四十五歳で、勤続二十二年のベテランだったウィーランは、故郷であるウィットフィールド郡のダルトンに帰っていた。それ以上の情報はなかった。その後の十一年間については何もわからなかったが、ヴィクターは彼がまだ故郷にいるのではないかと思った。現在は五十代半ばだったが、彼の引退を早めた健康状態については高血圧から末期癌《がん》までなんでもありえた。彼が今も生きているのか、今もダルトンで暮らしているのかを探り出す必要があった。そしてレイ・フロイドがなぜ自らの地位を利用してユージーン・ラッセルの不正行為を世間の眼から隠していたのかについて、ウィーランが少しでも明らかにしてくれるかどうかをたしかめる必要があった。

ヴィクターはバーバラにウィーランの行方を追わせた。

彼女が電話をしているあいだ、ヴィクターはマーシャルに手伝わせて、捜査によって現在までに判明したあらゆる出来事を詳細に記した報告書を作成した。

フランクの死の知らせから、ジム・トム・ムーディ、ラッセル兄弟との面談、バーバラの家での各保安官との協議、二度のアトランタ訪問までをカバーすることで、自分がたどって来た道を詳細に記録したかった。なぜこの道をたどって来たのかは容易に理解できたが、同様にこの道が本質的には疑惑と仮定の連鎖の上に成り立っているのだということも明らかだった。

それでも三人の少女——もっといる可能性があった——が死んでいるという事実は少しも変わらなかった。少なくともほかにも七人の少女が今も行方不明で、エラ・メイを除く全員がジョージア州ヤ《Y》ング・リ《R》パブリカン・ボ《V》ランティアのメンバーだった。

ヴィクターがたどり着いた結論は細い糸でつながっていたが、それは糸でしかなかった。この糸に強さと実体を与えてくれるこれ以上の何かが存在すると信じるしかなかった。


三時を少しまわったところで、バーバラがオフィスの戸口に現れた。

彼女の表情から、何か重要な情報をつかんだのだと悟った。

「このウィーランという男は」と彼女は言った。「今もぴんぴんしてるわ。もうダルトンにはいない。トレントンの郊外に住んでいる。だれに聞いてもとても立派な人間よ。家族思いで、ゲインズビル市警に息子がいる。もうひとりの息子はアセンズで建築家をしている。われらがミスター・ウィーランはライオンズクラブやロータリークラブの会員で、あらゆる慈善団体に定期的に寄付をしている……」そこでバーバラは口ごもった。

ヴィクターは眉《まゆ》を上げた。

「そしてあなたの調べているボランティア団体の財務担当者よ」

またもヴィクターは、自分の理解を超える何かが背後で物事を結びつけているような感覚を覚えた。

「すべての道はトレントンにつながっている」彼は静かにそう言った。立ち上がると、窓辺まで歩いた。ブラインドの水平のスラットの隙間から通りを見た。

すべては同じで、何も変わっていなかった。それでもヴィクターは世界全体の軸が動いたように感じていた。

「彼に会いに行くんですね」とマーシャルが言った。

ヴィクターはうなずいた。

「今?」とバーバラが訊いた。

「もうしばらくしたら」とヴィクターは言った。「すべてのコピーが必要だ。それぞれの保安官事務所からのファイル、少女たちの写真、すべてだ。ウィーランの住所が知りたい。それと勤務記録についてほかに見つけられるものをなんでも。私生活やゲインズビルの息子についても。その男についてわかるものはなんでも教えてくれ」

ヴィクターは時計に眼をやった。

「着替えに家に帰る」と彼は言った。「一時間かそこらで戻ってくる。そのときまでにわかったことでいくしかない」

ヴィクターは振り向くとバーバラとマーシャルを見た。あきらめたようにうなずくと、床を見つめ、それからふたりに視線を戻した。

「わかっている」と彼は言った。「もう充分だ。いずれにしろ、これで何かわかるはずだ」

71

トレントンは谷あいの街だった。南側の高台には眼下の市街地のはるか先まで見渡せる広大な土地がいくつもあった。

ヴィクターは生い茂った低木と高い木立に囲まれた曲がりくねった道を進んだ。上空は広さと明るさを充分に感じることができた。ここはジョージア州でも最も美しい風景のひとつだった。

ウィーランの家から数百メートルほど離れた道路脇に車を止めて、残りの道のりを歩いた。私服に着替えていた。事務所で準備した書類、ファイルそして写真を革のアタッシュケースに入れて持ってきていた。公式な訪問じゃないように見えたほうがいい。なんの先入観も持っていなかった。ヴィクターが家に帰り、着替えるまでの短い時間で、バーバラがこの男について調べて新たにわかったことはほとんどなかった。

邸宅の見事なファサードを見上げ、優に三十万ドルから四十万ドルの不動産価値があると見積もった。芝生は手入れされており、花壇もきちんと整頓されていた。スプリンクラーが静かに芝生に霧状の水を撒《ま》いていた。ひょっとしたらウィーランは裕福な家庭の出身なのかもしれない。あるいは警察年金の運用に関して非常に賢明だったのかもしれない。理由はどうあれ、ウィーラン家は金に不自由をしているようには見えなかった。

ゲートがあったが開いていた。歩いてなかに入った。玄関ポーチまで十五メートルのところまで来ると、下の窓のカーテンが動いた。

スクリーンドアの前に着き、ベルを押そうと手を上げた。ベルを押す前にドアが開いた。

中年の女性が不審そうに彼を上から下まで見た。

ヴィクターは帽子を取った。

「押し売りなら、お断りよ」と女性は言った。

ヴィクターは微笑《ほほえ》んだ。「いいえ、奥《マァム》さん。何も売るつもりはありません。ランディスといいます。ユニオン郡の保安官です。ミスター・ウィーランはご在宅でしょうか」

女性は顔をしかめた。「あなたの名前をどこかで聞いたことがあるわ。ランディスと言ったわよね?」

「はい、奥《マァム》さん。弟がデイド郡の保安官をしていました」

「ああ、神様。もちろん知ってるわ。だから聞いたことがあったのね。あのことはとてもお気の毒だったわ。もちろん彼のことを個人的に知っていたわけじゃないけど、名前は知っていた。お悔やみ申し上げます」

「ありがとうございます。ほんとうにご親切に」

その女性はリラックスした。微笑むと言った。「わたしはフローレンス・ウィーラン。ジムは夫よ。それに、ええ、彼は家にいるわ。いつも家にいる。どうぞお入りになって、保安官」

フローレンスは一歩下がると、ドアを大きく開けた。ヴィクターは家のなかに入った。外観が見事だとしたら、内部はさらにまったくの別物だった。

ヴィクターは骨董品の類《たぐい》にはまったくうとかったが、この家は彼がこれまでに見てきたどの家よりもエレガントに調度品が配されていた。アトランタの最高級のホテルよりも高級そうだった。

「すてきなお宅ですね、ミセス・ウィーラン」とヴィクターは言った。

フローレンスは謙遜《けんそん》するように手を振った。「ええ、努力はしてるのよ。もちろんわたしたちは幸運だったわ。夫の家族は長年、家具に関する仕事をしてきたの。コレクターなのよ。正確に言えば貯め込み屋ね。あの人たちが持っていた数ときたら、信じられないと思うわ！」彼女は笑った。「義理の父が亡くなったあと、整理して目録を作り、オークションを手配して、大量の家具のほとんどを国じゅうに送らなければならなかった。信じられないかもしれないけど、一部はヨーロッパにも行ったのよ。全部片が付くまで数年かかった。そういうわけで、夫はほんとうに特別なものや特に思い出のあるものだけを手元に残したの」

フローレンスはハッと気づくと言った。「つまらないことばかり言ってるわね。帽子をお預かりするわ。なかにどうぞ。ジムがどこにいるか見に行きましょう」

ヴィクターはフローレンス・ウィーランのあとについて次から次へと豪華な部屋を進んだ。キッチンだけでもヴィクターの家全体の広さに匹敵するほどだった。

キッチンの裏から広い廊下を通って、大きなガラス屋根のサンルームに入った。青々と茂った葉や花が壁を覆っていた。床は深いターコイズブルーのモザイク模様のタイル張りで、部屋はさまざまな竹製の椅子やソファが並ぶほどゆったりとした広さだった。

「ジム？」フローレンスが声をかけた。「お客様よ、あなた！」

ヴィクターは立って待っていた。すぐにサンルームの奥のほうで動きがあった。

「ここよ」フローレンスはそう言うと進んだ。

車椅子に乗ったウィーランが、背の高い生い茂った植物の後ろから、小さなこてを持って現れた。

脳卒中の後遺症なのは明らかだった。顔の右側がたるんでいた。助けようと妻が差し出した手に抵抗するように何も言わず、こてを彼女に渡すと、苦労して車椅子から立ち上がった。

「ユニオン郡のランディス保安官よ」とフローレンスが言った。

ウィーランの表情は変わらなかった。視力があまりよくないかのように、ヴィクターを覗き込み、それからゆっくりとうなずいた。

「ランディス保安官」と彼は言うと、手招きをした。「こちらへどうぞ」

ヴィクターは部屋を横切った。

「フローレンス、コーヒーを頼む。きみもコーヒーでいいかな、ランディス保安官？」

「ええ、お願いします」とヴィクターは答えた。

フローレンスは夫に来客の相手を任せて、部屋を出ていった。

少し苦労しながら、ウィーランは籐《とう》椅子のほうに足を引きずって進み、どすんと坐った。

どんな助けにも抵抗するのを見ていたので、手は貸さなかった。

「坐った、坐った」とウィーランは言った。

ヴィクターは言われたとおりにした。

「きみがだれなのか知ってる」とウィーランは言った。「弟さんのことは気の毒だった」

「弟を知っていたんですか?」

「名前と保安官だったという事実だけ。知り合いとはいえなかった。彼に何があったかは、殺されたということ以外は何も聞いていない。市警の連中はもう真相を突き止めたのか?」

「まだです、ミスター・ウィーラン。ですが取り組んでいます」

「そうか、幸運を祈るよ、保安官。保安官が仕事で命を落とすなんてひどい話だ」

「長年、警察にいたんですよね?」

ウィーランはうなずいた。「ああ、そうだ。二十年以上だ。そのあと……」彼は自分自身を見下ろした。「こういうことになった。簡単だと思っていたことがそうじゃなくなることがどれだけ多いかわからんだろうな」

ヴィクターはフローレンスがコーヒーを持って戻ってくる音を聞き、振り向いた。彼女はローテーブルにトレイを置いた。

「あなたたちが話しているあいだは邪魔しないわ」と彼女は言った。「どうぞ続けて、ご自分でどうぞ」

ヴィクターは礼を言った。彼女が去るのを待ってから話しだした。

「あなたが司法協力ユニットにいたときのお話を伺いたいと思って来ました」とヴィクターは言った。

ウィーランは顔をしかめた。「それがどうしたのかな？」

「デイド郡で弟の保安官補になった男といっしょに働いていたと思います」

「レイ・フロイドのことかね？」

「はい、そうです」

「あの男に起きたことは痛ましいことだった」

「自殺したことですね」

「そうだ」とウィーランは言った。「ひどい話だ。人々のあいだで起きていることについて自分が知らないことがどれだけあるのかと考えさせられるよ」

「何年間、そこにいたんですか？」ヴィクターは訊いた。

「一九七六年から八一年までだ。わたしの記憶ではレイは七七年に入ってきた。ああ、そうだ。わたしのほうが一年ほど長くいた。優秀な警官だった。まじめで仕事熱心だった。彼とはうまくやっていたよ」

「ふたりともほぼ同じ時期に辞めたんですね」

「ああ、そうだ。彼は警察を辞めたいと言っていた。家族を持ちたいと思っていたんだ。保安官事務所のほうが幸福になれると思ったようだ。アトランタでは幸福ではなかった。わたしの記憶が正しければ、彼は農場で育ったんだ。都会を離れたがっていた」

「それでここ、トレントンに来た」

「そうだ。だが連絡は取り合っていなかった。彼が辞めた直後に、わたしが病気になったんでね。わたしは早期退職してダルトンに戻り、そのあと、ここに来た」

ウィーランは部屋のなかを見まわした。「父が亡くなったんだ。裕福な人だった。大金を残してくれた。わたしは自分が死ねる場所に落ち着いたほうがいいと思った」彼は微笑んだ。

「それにフローレンスのこともある。彼女はジョージア州の社交界の一員になりたいと思っていた。彼女のためにここに来たんだ。彼女は何もないところから来た。でも野望を持つことは悪いことじゃない、違うかね？」

「まったく、問題ありませんよ」とヴィクターは言った。彼はウィーランのためにカップにコーヒーを注ぎ、それから自分のカップに注いだ。

「で、なぜここに来たんだね？」

「正直に言うと、たくさんの理由があります。弟に起きたことを調べているんですが、ファニン郡にいる連中が関与しているかもしれないとつかんでいます。それとは別にマッケイズビル出身の十代の少女の死も調べています。八月の中旬に行方不明になり、その数週間後に遺体で発見されました。それにもうひとり、チェロキー郡でも死体が見つかりましたが、その少女はウォーカー郡のロック・スプリング出身でした」

ウィーランは顔をしかめた。「ちょっとついていけないんだが、保安官」と彼は言った。「きみの弟に起きたことと、きみが言っている死んだ少女たちの事件のあいだに関係があるとは思えない」

「直接の関係はないかもしれません、ミスター・ウィーラン。言ったように、たくさんのことが絡《から》み合っていて、それを解きほぐそうとしています。それらをつなげているのは、彼女たちに何が起きたにせよ、弟がそれを探っていた可能性があるということです」

「少女たちを殺したのがだれであれ、その人物がきみの弟も殺したと言っているのかね？」

「おそらく」とヴィクターは言った。「それがこの事件の行き着くところのようです。ですが確信はありません」

「で、わたしはこのどこに関係してくるのかね？」

「実はこれらの事件すべての背後にいる人物が、レイ・フロイドが検察局の司法協力ユニットに勤務していたときに、秘密人材として登録した人物のひとりなんです。重要な情報提供者に分類することで、彼はこの人物を安全な状況に置いた。だれかがその男に眼をつけたら、手を引かせればいいんですからね」

「その人物が、何年も経って、これらの事件の張本人になっていると見ているのかね？」

「わたしはこれらの事件をずっと以前までさかのぼるべきだと考えています、ミスター・ウィーラン。行方不明になって、殺されている少女はもっとたくさんいるかもしれないし、このファニン郡の男以外にも関わっている人物がいるという結論に達しています」

「なるほど、なるほど、わかった」とウィーランは言った。「それでその男は？　なんという名前なのかね？」

「ラッセル」とヴィクターは言った。「ユージーン・ラッセルです」

ウィーランはいっとき考え込んだ。それから首を振った。「聞いたことはないな」

「もうひとつつながりがあります。十中八九、なんでもないんでしょうが、調べる価値はある」

「それはなんだね？」

「ほかにもふたりの少女が遺体で発見されていますが、そのふたりはヤング・リパブリカン・ボランティアという団体に属していました。さらに調べると、ほかの郡でも捜索願が出されている者がいて、その何人かもこのボランティア団体に属していることがわかったんです」

ウィーランは眼を大きく見開いて驚いた。「その団体は知っている」と彼は言った。「わたしはトレントン支部の財務を担当している。深く関わっているわけじゃない。ミーティングには出席していないしな。年に一度の会計監査のために寄付や帳簿に眼を光らせているだけだ」

「レイ・フロイドがその団体に関与していたかどうか覚えていますか？」

ウィーランは心から当惑しているようだった。「ヤング・リパブリカン・ボランティアにかね？　わたしの知るかぎりでは、ないはずだ。もっとも彼といっしょに働いていたのは、十年以上も前の話だからね。そのあと、きみが言ったように、彼は警察から保安官事務所に移って、きみの弟の下で働くためにここデイド郡に来た」

「あなたがここに戻ってから、彼と会ったことはないんですね？」

「まったくない」

「実は、ミスター・ウィーラン、ある考えが頭から離れないんです。まったくの見当違いならそれに越したことはないんですが……。わたしはレイ・フロイドがある人物を情報提供者として登録することで、その男の犯罪を見て見ぬふりをさせていたんじゃないかと考えています。それからだれかがボランティア団体の女の子たちの名前、住所などの個人情報にアクセスしてるんじゃないかとも。これはもう何年も続いていて、殺された女の子も三、四人ではすまないんじゃないかと」

「だが、なぜだね、保安官？　なぜその少女たちは殺されるんだね？」

「ある種の人身売買じゃないかと考えています。そこに向かっているんじゃないかと」

今度も、ウィーランの動揺は明らかだった。「そういうことがあるのは知っている。わたしも昨日今日生まれたわけじゃない。だが、ここで？　自分の家の裏庭でそんなことが行なわれているなんて考えてもみなかった、そうだろ？」

「そうなるまでは」

「それでわたしに何をしてほしいんだね？」とウィーランは言った。

「正直なところ、よくわからないんです」とヴィクターは言った。「レイ・フロイドはあなたの下で働き、それからわたしの弟の下で働き、それからファニン郡に行ってジョージ・ミルステッドの下で働いた。そして一九八九年に自殺し、その三年後には弟も殺された。言ったように、弟のフランクは行方不明の少女を捜査していて、だれかの爪先を踏んでしまったんだと思うんです」

「そしてそのせいで命を落としたと？」

「そのようです、ミスター・ウィーラン」

「なんともったいない」彼はそう言うと頭を振った。「この世のなかの状況を不思議に思うことはないかね？　最悪を想像していると、だれかがもっとひどいことをする。人の犯す悪にかぎりはないのかね？」

「そのようですね」

「これ以上お役に立てることはないようだ。ここまで役に立てたとも思わんがな、保安官。わたしにできるのはきみがこのラッセルとかいうやつらを探し出せるよう、幸運を祈るだけだ。彼らがきみのにおいを嗅ぎつける前に見つけることを願っているよ」

ヴィクターはウィーランを見た。彼は微笑んでうなずいていた。

「ほんとうに感謝します、ミスター・ウィーラン」

「とんでもないよ、保安官」

ヴィクターはコーヒーを飲み終えた。もてなしに感謝すると夫人に伝えてほしいとウィーランに言い、自分ひとりで外に出ると言った。

ウィーランは握手をすると、ヴィクターを見送った。

サンルームと玄関までの迷路の途中で、フローレンスに会った。「お会いできて光栄です」と彼女は言った。「ジムとお話しできて、愉《たの》しかったのならいいんですけど。弟さんのことは心からお悔やみ申し上げます」

「ご親切にほんとうにありがとうございます、奥さん《マアム》」とヴィクターは答えた。帽子を取ると言った。「おもてなしに感謝します」

私道の端の門から出る前のところで、ヴィクターは振り返った。フローレンス・ウィーランが手を上げて別れを告げていた。ヴィクターは仕草で答えた。

車に着くと、ウィーランが最後に言ったことばを考えていた。

わたしにできるのはきみがこのラッセルとかいうやつらを探し出せるよう、幸運を祈るだけだ。

ヴィクターはユージーンのことしか話さなかった。ウィーランは彼のことを知らないと言っていた。ならどうしてウィーランはラッセルとかいうやつらと言ったのだろう?

72

ヴィクターは、ブレアズビルに着く頃には、ジム・ウィーランが、ヴィクターの探している人物とその理由について正確に知っていたのだと確信していた。そしてそれだけでなく、レイ・フロイドの自殺についてもその信憑性に疑いを持つようになっていた。

おそらくフロイドの死も、フランクの死と同様殺人だったのだろう。フロイドはウィーランの指示であの書類にサインしていたのだ。結局のところ、ウィーランは司法協力ユニットの責任者であり、ヤング《Y》・リパブリカン《R》・ボランティア《V》のメンバー全員の名簿に簡単にアクセスできる立場にあった。

あの男は金に不自由していないと言い、彼も彼の妻も裕福な父親からかなりの遺産を相続したと言っていたが、それでもヴィクターは自分がこの事件の核心に迫っているという直感があった。ほかに信じるものがないなかでは、自分の直感を信じるしかなかった。いずれにせよ、自分が真実だと信じるものを追い求めれば、それをたしかめることも、除外することもできる。

帰宅したときには八時を過ぎていた。くたくたに疲れており、捜査の容赦のないストレスからひと息つきたかった。

冷蔵庫も棚もからっぽ——よくあることだが——だったので、何かを食べようと〈オールド・タヴァーン〉へ向かった。酒を飲むつもりだったので歩いていった。一キロ弱ほどしかなかったし、新鮮な空気を吸いたかった。

社交的な会話に慣れていないように見えるウィルバー・コブでさえ、ヴィクターの見た目にひと言言わざるをえなかったようだ。

「何が起きようと、もうたくさんといった感じだな」そう言うとヴィクターにウィスキーを注いだ。

「燃料が切れかかってるよ」とヴィクターは言った。

「仕事か、それとも個人的なことか？」

「今はその両方だ、ウィルバー」

「あんたに必要なのはカミさんだ」

「ひとりいたよ」

「それは知ってるが、彼女はもう死んだんだ。おれの記憶が正しければもう十年以上経つんじゃないか？」

「ああ、そうだ」とヴィクターは言った。「まだ気持ちの整理がつかないんだ」

「だからこそ新しいカミさんをもらうべきなんだ。ぼうっとして坐っていても、これまでもこれからも何もいいことはないぞ」

「ぼうっとなんかしてないさ、ウィルバー」

「おれが立っているところからはそう見えるけどな」

ヴィクターはウィスキーを飲み干し、お代わりのためにグラスを差し出した。

「後悔はだれもが経験する道だ」とウィルバーは言った。

「その話はバーバラ・ウェドロックから聞き飽きている」とヴィクターは答えた。

ウィルバーは笑った。「なら、彼女はおれと同じくらい賢いのかもな」

「心配してくれてありがとうよ、ウィルバー。だが無駄話はやめて、そろそろステーキを持ってきてくれないか？」

ウィルバーは笑った。「どうやら、風に向かって小便してるようなもんだな。いらぬお節介というわけだ」と彼は言った。「一生分の価値のある知恵は自分に取って置くことにするよ」

「ああ、それが一番だ」

ウィルバーはグラスの横にウィスキーのボトルを置いた。「自分でやってくれ、保安官。店のおごりだ」

ヴィクターは礼のしるしにうなずいた。ウィルバーはステーキを取りに奥に行った。


食事をし、三杯の酒を飲むと、〈オールド・タヴァーン〉をあとにした。帰り道は来たときよりも遠く感じた。空気が冷たかった。十月も半ばを過ぎ、季節が冬に向かっているのを感じた。

家に着くと、ボトルを取り出し、最後の一杯を注いだ。外に出て裏庭に坐った。煙草《たばこ》を二、三本吸った。ほんのいっとき、世界はゆっくりとまわっていて、彼はそのことに感謝した。間違いなくわかっていた。朝になればまた元のスピードに戻るのだ。

姪《めい》のことを考えた。エレノア・ボイドのことも。ベスター・レイフォードのこと、ビショップ夫妻のこと、レイシー夫妻、そしてもう家に帰らない女の子を持つ親たちのことを考えた。人の命を、空き瓶を捨てるように扱う男のことを考えた。

この世に存在するということは、鈍感で残忍で容赦がない。ときには、物事を手に入れるのは、それを奪われるのを見るだけのためのように思えた。そもそも手に入れられなかったこともある。

こういったことの理由はわからなかったし、わかろうとしたこともなかった。ひょっとしたら宇宙の謎のすべてに対する答えは眼の前にあるのかもしれない。探すことで忙しく、あるいはそんなに簡単じゃないと自分に言い聞かせるばかりでそれに気がついていなかったり、皿に載せて出されても気づいていなかったりするのかもしれない。

メアリーは死んだ。そのことだけはわかっていた。自分が無責任で、思いやりがなく、よそよそしく無口だったということもわかっていた。彼女は死にかけていた。ふたりともそれを知っていた。おそらくより大きな罪は、彼女の人生の最後の数カ月のあいだ、自分が自暴自棄になったことではなく、夫としての役割をまったく果たしていなかったという事実だった。多くの点で彼女を裏切ってしまった。彼女を愛していた。ずっと愛していた。だが心は重かった。

そしてあのとき——ずっとそこにあった兆候に彼が気づいたとき——、ヴィクターは自分のための言いわけを見つけたのだった。それがただの言いわけだとわかっていながら。

あとから考えると、起きたことやあらゆるものに対するドアを開いたのは自分なのだとわかっていた。そしてたくさんの不必要な悲嘆の原因が自分自身なのだと思い出さないことを選び、ドアを閉めて立ち去ったのだ。

彼は何が起こったのかも、それがどうなったのかにも責任を取らなかった。メアリーを責め、弟を責めた。とりわけ弟を。

過去はどうあがいても元に戻すことはできない。

過去は彼の人生の始まりまでたどる道をはっきりと示していた。そこに戻ってもう一度同じ方向に進むこともできた。目的地がよりよい場所であることを願って、新たな道を切り開くこともできた。

ヴィクターは、自分がそのどちらを選ぶか、決断をまだ下していなかった。その決断を下すつもりだった。それはたしかだった。だが、その前に自分のしてきたことを赦《ゆる》すための勇気が必要だった。

これまでずっと、その重荷を背負ってきた。ずっと真実から眼をそむけてきた。今、それは眼の前にあり、避けるすべはなかった。

73

十月十七日土曜日の朝九時過ぎ、世界の壁が崩壊した。

ヴィクターはしつこく容赦のない電話の音で眼を覚ました。酒のせいで頭がぼんやりしていることがわかっていた。初めは無視しようと思っていたが、電話は無視することを許さなかった。ずっと鳴りっぱなしだった。電話をかけてきているのがだれであれ、どんなに時間がかかっても彼と話をしようと決めているようだった。

「ヴィクター」エレノアが言った。その声は動揺して、慌てているようだった。

「エレノア、どうした?」

「ジェンナがいなくなった」と彼女は言った。「ジェンナがいなくなったの、ヴィクター! 店に行ったの。わたしが行かせた。今朝よ。わたしが店に行かせたの、ヴィクター。戻ってこないの」

ヴィクターの頭がはっきりとした。「いつだ? いついなくなったんだ、エレノア?」

「今朝よ、ヴィクター。たぶん一時間くらい前。ううん、一時間も経ってない。どうしたらいいかわからない」

「オーケイ、オーケイ、まず大事なことから始めよう。きみは店には行ったのか?」

「もちろん、行ったわ」

「店員はなんと？」

「来てないと言われた」

「どのくらいの距離だ？」

「ああ、わからないわ。たぶん五百メートルぐらい。一キロかも。わからないわ、ヴィクター、どのくらいの距離かわからないの！」

エレノアは泣きだした。取り乱していた。

「エレノア、聞くんだ。そこにいるんだ。すぐに行くから、いいね？」

「もう一度店に行ったほうがいいかも。もう一度行ったほうがいいと思う、ヴィクター？」

「だめだ、エレノア。そこにいるんだ。できるだけ早くそこに行くから。トレントン市警に電話をして、何が起きたか話すんだ」

「わかった」と彼女は言った。「急いで、お願い。ここに来て、ヴィクター。どうしたらいいかわからない。いないのよ。あの子がいないの」

「切るよ、エレノア。すぐに出るから」

ヴィクターはパトカーに乗り、ずっと警光灯《パトロールランプ》をつけ、サイレンを鳴らして走った。ハイウェイは空《す》いていて、順調に進んだ。本来は二時間の道のりが一時間半ですんだが、人生で最も長い一時間半だった。

エレノアは庭に出ていた。ヴィクターの車が通りの端でUターンするのを見ると、歩道まで続く小道をやって来た。まだローブ姿で、顔は赤く、眼が腫《は》れあがっていた。すぐに話しだそうとし、ヴィクターが車から降りる間《ま》も与えてくれなかった。

「店の場所を教えてくれ、エレノア」

「あっちよ。右側。〈セブン－イレブン〉。ひとりで行きたがったの。以前にも行ったことはあるのよ、ヴィクター。何度も行ったことがあるの。考えもしなかった」そう言うと頭を抱えた。

「なんてこと、わたしが何をしたというの？」

ヴィクターは彼女に腕をまわした。エレノアはヒステリックにすすり泣いていた。ジャネット・レイフォードに娘の死を知らせたときと同じように、涙が自分のシャツの前を濡らすのを感じていた。

「そこに行かなければ」とヴィクターは言った。「彼女の写真が必要だ。それと何を着ていたかも知りたい」

エレノアはジェンナの服装を説明し、リビングルームの窓辺にある小さな写真立てから最近の写真を取り出した。

「ほかに言っておくことはあるかい、エレノア？」

「サルを持っていったの、ヴィクター。あのサルを持っていったのよ。あなたがくれたやつ」

そのなんでもないことがヴィクターの胸をハンマーのように打った。

エレノアが立ち上がった。「わたしもいっしょに行く」と彼女は言った。

「だめだ。彼女が帰ってきたときにここにいてほしい。警察には電話をした？」

「ええ、ええ、したわ。けどちゃんと対応してくれなかった。あとで人を寄越すって言ってた。二日間経たないと行方不明にはならないんだって言うのよ！　クソ二日間もよ、ヴィクター！　死んでるかもしれない。どこかで死んでしまったのかも。それか怪我をしたのかも。どこかでひどい怪我をしてるのかもしれない。それなのに捜索してくれないなんて！」

「わたしがいる」とヴィクターは言った。「わたしがここにいるよ、エレノア。家に戻るんだ。店に行って、彼女を見た人間がいないかたしかめてくる。ここで待っているんだ。すぐに戻る、いいね？」

「行かないで、ヴィクター。わたしを置いていかないで！」

「エレノア、きみはこの家にいる必要がある、わかるね？　ジェンナが帰ってきたときのためにここにいてほしいんだ」

エレノアは必死で気を取りなおした。「ええ、ええ、わかった。ここにいるわ」

「オーケイ、どこにも行くんじゃないよ」

「帰ってくるわよね、ヴィクター？　あの子は帰ってくるわよね？」

「ああ」ヴィクターは断固と言い切った。「帰ってくるとも、エレノア。何があろうと、帰ってくるよ」

〈セブン-イレブン〉の年配の店員はなんの助けにもならなかった。写真の少女を見ていなかった。

ヴィクターはエレノアの電話番号を男に教えた。

「たとえだれかといっしょでも、その特徴に一致する少女を見かけたら、その番号に電話をしてくれ」とヴィクターは男に言った。

エレノアの家に戻った。

彼女はキッチンに坐り、両手で頭を抱えていた。ひどく打ちひしがれていた。

ヴィクターは胸が張り裂けそうになったが、今のエレノアに一番必要なのは支えだった。自分は断固としていなければいけない。しっかりとして、自分のしていることに自信を持っていなければならないのだ。

これは警告だ。それも個人的な。その意図は充分すぎるほど明確だった。

ジム・ウィーランがラッセル兄弟に連絡したのだ。ラッセル兄弟——あるいはその雇い主——がジェンナを家から一キロも離れていない路上で連れ去ったのだ。

「助けを求めに行く」ヴィクターはエレノアに言った。「ひとりでここにいたくないのはわかるが、今はそうしていてほしい」

エレノアは無言のまま、深い絶望の淵からヴィクターを見つめていた。

「何が起きたかについて考えがある。迅速に行動する必要があるんだ。早ければ早いほどいい。わかるね？　きみを連れていくことはできない」

「でも……もし……」

「エレノア、わたしの言うことをよく聞いてくれ。信じてほしい、いいかい？　この件はわたしに任せてほしい」

エレノアは答えなかった。

「うちの保安官補のマーシャル・ターナーに電話をする。ここに呼んで、きみといっしょにいるように頼む、いいね？」

「あの子を連れ戻して、ヴィクター。あの子をわたしの元に連れ戻して」

「わかってる、エレノア。そうする。約束する」

ヴィクターはドアに向かって歩きだした。

「あの子がどこにいるかわかっているの？」とエレノアが訊いた。「ジェンナがどこにいるか知ってるの？」

「いいや、どこにいるかはわからない。けど彼女を見つけるのに力になってくれる人物を知っている」

74

マイク・フレデリクセンの当初の反応はヴィクターの予想どおりだった。怒り。その感情は当然だった。フレデリクセンにとって、ヴィクターは世界で最も会いたくない人物だった。

彼はポーチの階段を下りてくると前庭でヴィクターを止めた。

「言ったはずだ――」と彼は口を開いた。

「連中がフランクの娘を連れ去った」ヴィクターは淡々と話した。

「なんだと?」

「ラッセル兄弟だ。間違いない」

「くそっ、なんてこった！　いったいなんだって――」

「助けてくれるのか、どうなんだ?」とヴィクターは尋ねた。

フレデリクセンはヴィクターを見た。眼を閉じると、観念したようにうなだれた。世界の重みが彼の両肩にのしかかっていた。

「答えてくれ、刑事さん。今すぐに答えがほしい。わたしに協力してくれる気はあるのか?」

「くそっ、するに決まってんだろうが」フレデリクセンは言い放った。

「オーケイ。なら集中してくれ、いいな？　あんたの家族をどこかに避難させるんだ。どこでもいい。今すぐやるんだ。奥さんに言うべきことはすべて話せ。子供たちといっしょに車に乗せて、できるだけ遠くに行かせろ」

　ヴィクターが話し終わる前に、フレデリクセンは大きくうなずいていた。

「わかった、わかった」と彼は言った。「家族を行かせるなら――」

「話す必要はない」とヴィクターは言った。「それにわたしは知らないほうがいい」

「これからどうするんだ？」フレデリクセンは訊いた。

「コルウェルに向かう。ユージーンのところだ。そこから始めるつもりだ。あんたは家族をなんとかしたら、同僚に話してくれ。深刻だと伝えろ。少女が現れるのを四十八時間も待てないと伝えるんだ、わかったな？　自分は保安官補をエレノア・ボイドの家に向かわせる」

「ああ、もちろんだ。それから何をすればいい？」

「あんたの家の電話番号を教えてくれ。コルウェルを出たらすぐに連絡する。そこからどこに向かうべきかわかったら、そこで落ち合おう」

「オーケイ、わかった」フレデリクセンは背を向けると家のほうに走りだした。立ち止まると、振り向いて言った。「もしあの娘《こ》が殺されたら……」

「そんなことは考えるな」とヴィクターは言った。「一瞬たりともだ」

　さらに二時間の道中、ヴィクターはずっと、ジェンナが溺《おぼ》れるイメージ、ジェンナが絞め殺されるイメージ、そしてジェンナが死んでしまうというイメージと心のなかで闘っていた。ユージーンはヴィクターに嘘をつき、誤った方向に導き、脅《おど》した。そして今、彼の人生に侵入し、ほんとうに大切なものを奪っていった。

あの男のことを考えると、残忍で暴力的な感情が胸のなかに渦巻《うずま》いた。もしジェンナに何かあったら、ひとり残らず死ぬか、刑務所に入れるまでやめないつもりだった。

ヴィクターは四四口径を抜いてから車を降り、ユージーン・ラッセルの家に向かった。静かだった。人の気配はなかった。犬が一匹、檻《おり》のなかから彼を見ていた。その横を通り過ぎ、ポーチの階段を上がると、ドアを激しくノックした。

三十秒ほど待ってからまた叩いた。

「あんたに用はない」とレッダ・ラッセルが言った。

ヴィクターは声のする方向を見た。彼女が家の裏から出てきて、ベランダの一番端にいた。軽蔑に満ちた表情をしていた。

「ユージーンはどこだ、レッダ？」ヴィクターは訊いた。

「なんであたしが知ってなきゃならないんだい？　あの人は自分の法則で動いてるからね、そうだろ？」

「もう一度訊く、レッダ、ユージーンはどこだ？」

「クソが、知ってても教えないよ、保安官」

ヴィクターは五歩ほど歩いてベランダを横切った。彼女との距離は三メートルもなかった。銃を上げなかったが、彼女に見えるようにしていた。

彼女は軽蔑するように笑った。「いったいどうするつもりだい？　あたしを撃つのかい？」

「あいつはとんでもない悪事をしでかした」とヴィクターは言った。「あいつがどこにいるのか教えてくれれば、彼が生きて助かる道もあるかもしれない」

「そうなのかい？」彼女は笑った。「もしあたしの知ってるユージーンなら、あんたから逃げおおせてみせるさ。ユージーンを見つけたいなら全宇宙を探してみるんだね。あの人が見つかりたくないって思ってんのなら、見つからないだろうがね。あたしにはわかるのさ。もう結婚してずいぶんになるからね」

「協力してくれるつもりはないんだな？」

「これまでもしたつもりはないし、これからもそのつもりはない。犬をけしかけられる前にあたしの土地から出ていったほうがいいよ」

「やってみろ。そいつを殺してやる」

「くそっ、地獄に落ちな、保安官」

レッダはもう一度軽蔑するような眼でヴィクターを見ると、背を向けて家の脇に戻っていった。

ヴィクターは血が沸き立つのを感じていた。彼女を追いかけていって、地面に叩きつけたい衝動を抑えることができなかった。が、歯を食いしばって道路に戻った。通り過ぎざま、犬の檻を蹴《け》飛ばした。犬が驚いて飛び上がり、うなり声をあげた。ヴィクターは体を乗り出すと、うなり返した。

ワスパーのもとへ向かう途中、ヴィクターはガソリンスタンドに寄った。フレデリクセンに電話をして、行き先を告げ、そこで落ち合おうと言った。フレデリクセンはすぐに出ると言った。

「市警の連中には話をしたのか?」とヴィクターは訊いた。

「した。みんなで取り組んでいる」とフレデリクセンは言った。

「すぐに出てくれ」とヴィクターは言った。「パデナで会おう」

75

パデナはファニン郡にあったが、ヴィクターはジョージ・ミルステッドに自分の意図や行動を話さなかった。保安官である自分には、重罪犯を追ってどの郡にも入る特権——合法的な権利——があった。

当初は州をまたいだ捜査になることを嫌い、ＦＢＩへの報告に尻込みしていた。それは証拠が不充分だったという理由からだった。同時に関与する者が多くなればなるほど、捜査が進展しづらくなると信じていたからでもあった。だが今、彼が報告をためらっている理由は不信感からだった。だれがどこまで関与しているかがわからず、慎重になっていた。

これは自分の責任なのだ。マイク・フレデリクセンの協力を得て、ユージーン・ラッセルを追い詰め、ジェンナを連れ戻すことができると信じていた。自分が正しいと信じることが法なのだ。そのために仕事を、命さえも犠牲にしなければならないとしてもかまわなかった。彼は信じていた。全身全霊で信じていた。もし立場が逆だったら、これがヴィクターの娘だったら、フランクは同じことをしてくれただろうと。

今、彼を突き動かしているのは正義感だけではなく、弟の記憶に対する償《つぐな》いだった。フランクのために正しいことをするのだ。そうすれば自分自身のためにも正しいことをすることになるかもしれない。

夕方の五時、アリス・モローの家の灯りはついていた。

ヴィクターは一ブロック離れたところに車を止め、あとは歩いた。ワスパーがそこにいることを願っていた。祈っていた。もしいなくても、アリスが彼の居場所を知っているはずだった。

アリスの顔には暴力の痕跡がはっきりと残っていた。

ヴィクターが話す前から、彼女は怯えているようだった。

右眼が腫《は》れあがり、頬にはあざがあった。鼻筋の上の額《ひたい》の中心にはうっすらと切り傷があった。

「ワスパーを探しているのなら、ここにはいないよ」と彼女は言った。

「入ってもいいか?」とヴィクターは訊いた。

「面倒はごめんだよ」とアリスは言った。

「もう充分面倒なことになってるようだな」とヴィクターは答えた。

アリスはうつむいた。顔を上げたとき、眼には涙があふれそうになっていた。

「あの人はそんなにひどくないときもあるのよ」と彼女は言った。

「わたしが心配しているのはそうじゃないときだ」

アリスは一歩下がると、ドアを大きく引き開けた。

ヴィクターはなかに入った。

キッチンに入ると、アリスがヴィクターに飲み物を勧めた。彼は断り、彼女に坐るように言った。

「彼を探している。兄貴の行方を知っているはずだ」とヴィクターは言った。

「ワスパーなら、ユージーンがどこに行こうと、迷子の子犬みたいについていくだろうね」そう言うと彼女は頭を振った。「ちくしょう、わたしがあの人のことをワスパーって呼んでるのを知ったら、腹を抱えて笑うだろうね」

「アリス、きみはこのごたごたから抜け出す必要がある」

「ごたごたに巻き込まれていない人はいつもそう言う」

「子供たちはどうなんだ?」

「あの子たちがどうだというの?」

「彼の子供なんだろう?」

「まさか、違うわ。あの人の子供じゃない。あの子たちの父親はとっくの昔に死んだ。それにワスパーがあの子たちの父親らしく振る舞ったことなんて一度もないわ」

「子供たちはどこにいるんだ?」

アリスは顔をしかめた。「あんたには関係ないでしょ」

「きみがそうしたいなら、関係はない」

「どういう意味?」

「きみの力になれるかもしれないという意味だ。それだけだ」

「わたしがどこかへ逃げれば、ワスパーは追いかけてくる。あの人が望まないところには行かせてくれない」

「彼がいなかったらどうなる？」

アリスは眼を見開いた。顔の傷が強調された。

彼女は薄笑いを浮かべた。その表情にはあきらめと不信の色が見て取れた。

「あの男は墓場からでも戻ってきて、わたしに付きまとうよ」

「あいつとユージーンは悪事を働いたんだ、アリス。ほんとうに悪いことを。連中を見つけ出す必要がある。それもすぐにだ」

「何をしたの？」

「子供を誘拐した。十一歳の少女だ。今朝、母親の元から連れ去った」

彼女は頭を振った。「あの人がそんなことをするわけがない。そんな度胸はないわ」

「あいつの兄貴がやったのかもしれないが、ワスパーはそのことを知っているし、ユージーンがどこにいるかを知っている」

アリスは両肘《りょうひじ》をテーブルにつき、両手で頭を抱えるようにしてテーブルに覆いかぶさった。

「ああ、後生だからこれ以上悪いことにならないと言って」

「あいつを見つけられなければ、そうなる」とヴィクターは言った。

「あの人がどこにいるかは知らない。知っていたら話すわ。お兄さんといっしょじゃないなら、いくつか行く場所はあるけど」

「なら、そこを教えてくれ。よく行くバーはあるのか？　ここやコルウェルにいないときにたむろしている場所はないか？」

「お兄さんの家には行ったの？」

「そこから来たところだ」

「だれもいなかったんだね。そうじゃなきゃここに来ていない」

「レッダしかいなかった。彼女は何も話さなかった」

「それは驚きだね、違うかい？　とんでもないクソ女だよ」

「だから彼がいそうな場所を教えてくれ、アリス」

「あの人は土曜の夜にここに来る」と彼女は言った。「決まってそうする。飲みに行ったりする場所がいくつかあるわ。六十号線と七十六号線の交差点のあたりよ。サービスエリアみたいなところ。バイク乗りが集まっている。ここに来る前にはそこに行くの。しっかりと酔っぱらってから来るのよ」

「なんていう店だ？」

アリスはしばらく考えた。「名前は思い出せない。けど六十号線を北に行けばわかるよ。外にバイクが一ダース以上止まってるから。見る前に音が聞こえてくるよ」

「わかった」ヴィクターは言った。「感謝する」

テーブルから立ち上がった。

「あの人を傷つけるか何かするの？」アリスが訊いた。

「必要がなければそうはならない」ヴィクターは答えた。「もしそこにいて、見つけることができれば、どのみち彼は今夜ここには戻ってこないだろう」

「アドバイスがほしい？　ふたりのうちのどちらかを殺すなら、両方とも殺したほうがいい。念のため、二回殺しておくといい」

76

ヴィクターがアリスの家を出たとき、フレデリクセンは通りの向こうに車を止めていた。「ユージーンを追っている」とヴィクターは彼に言った。「レッダが居場所を言わなかったから、ワスパーを追っている。六十号線沿いにバーがある。ワスパーの女はあいつがそこにいるかもしれないと言っていた。いなかったとしても、だれかが正しい方向を示してくれるかもしれない」

フレデリクセンは無言だった。フロントガラス越しに前を見ていた。両手はハンドルを握りしめていた。強く握ったせいで拳が白くなっていた。

「金《カネ》のことを教えてくれ、マイク」

「金《カネ》?」

「あんたがフランクの奥さんに払っている金《カネ》だ」

フレデリクセンは落胆したような表情をした。「ほんとうに知らないんだな？　何があったのか本当にわかってないんだな」

「だから訊いてるんだ、そうだろ」

「あとでもいいだろ」

「いっしょに捜査するなら、あんたがどっちの側なのか知っておきたい。フランクがどうして自分の家族の面倒も見られないほど借金を抱えていたのか知りたいんだ」

「あんたの奥さんが病気になった。あんたがその面倒を見るはずだった。そうなるはずだったんだろ、違うか？」

「妻だと？　わたしの妻について、いったい何を知ってるというんだ？」

「奥さんが死の床に就いていたことは知っている。あんたがさっさと出ていったことも。それで彼女はどこに行ったと思う、あ？　そのことを自分に尋ねたことはあるのか？　もっと肝腎なことを言えば、なぜ彼女が別の場所に行ったのか？」

「あんたはフランクとメアリーのことを知ってるのか？」

「ウインドウ越しに話すつもりはないよ、ヴィクター」

ヴィクターは車の後ろをまわり、助手席に乗り込んだ。

フレデリクセンが彼に眼をやった。ヴィクターは自分が透明になってしまったような感覚を覚えていた。まるで自分がこれまでに持っていた考えや感情がすべてこの男に見透かされているような気がした。

「あんたは逃げた」とフレデリクセンは言った。「そんなふうにしか見えなかった。あんたの弟はどうしたかって？　くそっ、あんたの弟は彼女の見舞いに行き、世話をし、薬代や病院代を支払い、あんたが払うべきものすべてを払った。だから借金だらけになったんだよ。あいつは自分が持っていたものすべて、いやそれ以上のものを投げ出して、あんたの奥さんの面倒を最後まで見たんだ」

「あいつはわたしから妻を奪った」とヴィクターは言った。

「ずっと自分にそう言い聞かせてきたのか？　あいつがあんたから奥さんを奪ったと？　クソが、あんたはそうやって真実をねじ曲げて生きてきたんだな。あんたはその程度の嘘しかつけないんだ。しかもそのことをわかっていた」

「あいつはわたしを裏切った」とヴィクターは言った。「妻はわたしを裏切った。ふたりは付き合っていたんだ、くそっ。一年近くも――」

「ふたりがなんだって？」とフレデリクセンは言った。「ふたりは人間だったんだよ、ヴィクター。それが事実だ。いったい何を期待していた？　あんたはあの女性の苦しみに何もしてやらなかった。彼女を裏切ったのはあんただ。彼女が必要としていたのに、すべてを放り出したんだ」

ヴィクターは眼を閉じた。

「クソが。人は世間にはいくらでも嘘をつけるが、自分自身には嘘はつけない。もしあんたが自分の罪を極小化するために自分に言いわけを言い続けるなら、そうすればいい。おれは知っている。あんたは何があったかを知っているということを。ほんとうは何があったのかを。フランクも知っていた」

ヴィクターは深く息をした。慎重に築いてきたダムも、胸に溜まった感情を抑えるには不充分だった。

「エレノアは……彼女は知ってたのか？」

「彼女は何も知らないよ、ヴィクター。オーケイ、フランクはメアリーの件でエレノアを騙《だま》していた。そしてメアリーは死んだ。あんたは彼女が死んでから知ったんだろ？」

「ああ、葬儀のあとだ」とヴィクターは答えた。

「その二カ月後、フランクはエレノアと結婚した。そうさ、エレノアはすでにジェンナを妊娠していた。けど、だから結婚したんじゃない。彼女を愛していたから結婚したんだ。だが、あいつはメアリーも愛していた。あんたよりはずっと愛していたようだ」

ヴィクターは運転席に迫った。フレデリクセンのジャケットの襟《えり》をつかみ、彼をドアに押しつけた。怒りと憎しみを感じていた。

フレデリクセンはやり返さなかった。ゆっくりと両手を上げ、抵抗するつもりがないことを示した。ただ冷めた表情でヴィクターを見ていた。

「今度はおれを責めるのか？」フレデリクセンは言った。

ヴィクターは何も言わなかった。

「そうするんだな、ヴィクター。フランクがいない今、おれを悪者にすればいい。あんたしだいだ。おれにはわかる。あんたにもわかっているはずだ。あんたがどんな人生をこれまで歩んできたか知らないが、おれが歩みたいと思った人生じゃないのはたしかだ」

ヴィクターはもう一度フレデリクセンを強く押し、それから放した。

フレデリクセンはジャケットを整えた。ヴィクターの突然の感情の爆発にも動じていないようだった。

「おれに協力してほしいのなら、何が起きたのか、真実に眼を向け、その真実を自分自身に言い聞かせることだ。あんたはクソ偽善者だ、ヴィクター。フランクとメアリーのあいだにあったことで、責めるべきはフランクじゃない。あんただ」

ヴィクターはうなだれた。自分のつなぎ目が離れていくように感じていた。念入りに作りあげてきたうわべが剝《は》がれていくのを感じていた。それどころか、それが砂の上に築かれていたことをわかっていた。そして今、潮が満ちてきた。自分の世界全体が崩れ始めていた。

「あんたはタフな男だ」フレデリクセンは言った。「それはわかる。だが、起きたことに正直であることは、何よりもクソ勇気のいることなんだ」

ヴィクターは深く息をした。何度も深呼吸をした。それがその瞬間、自分にできるすべてのように思えた。

「そしてあんなことになった」フレデリクセンは続けた。「あんたの奥さんが病気になった。あんたはそのことに眼を向けたくなくて逃げ出した。あんたの弟が進み出た。あんたは仕事に没頭した。仕事以外でもなんでもよかった。そしてふたりとも死に、真実とは違う過去にしがみついているのはあんただけになった」

「フランクはなんと言っていたんだ、マイク？」

フレデリクセンは頭を振った。「いろんなことを話してくれたよ、ヴィクター。最初は怒りと恨みばかりだった。そのあとはクソ悲しみしかなかった。何よりも、あいつはメアリーが病気になる前に戻りたいと言っていた」

「同じだ」ヴィクターは言った。「自分にとっては同じことだ」

「過去は過去だ。どうしたところで、それを変えることはできない。できるのは過去に対する考え方を変えることだけだ」

ヴィクターは一瞬ためらった。それからドアを開けた。

「いっしょに来てくれ」と言った。「ワスパーがバイカーの溜まり場にいるか見に行く」

フレデリクセンが手を伸ばし、ヴィクターの腕をつかんだ。

「ああいった連中がフェアにプレイしないことは知ってるだろ？　ほんとうにまずいことになりかねないぞ」

ヴィクターは何も言わなかった。フレデリクセンを見ようとさえしなかった。

「どこまでやる覚悟だ、ヴィクター？　やつらを殺すつもりなのか、そうなのか？」

「正しくするためにはなんでもやるつもりだ」ヴィクターは答えた。

「あんたのためにか、それともあんたの弟のためにか？」

「ジェンナのためだ。彼女はわたしに残された唯一の肉親なんだ」

77

アリス・モローは正しかった。

サービスエリアは見逃しようがなかった。ハイウェイを走っていても音楽が聞こえ、外にはバイクが二、三列になって並んでいた。ユージーンのコメントを思い出した。ワスパーのことを〈ハウリン・デイヴィス・モーターサイクル〉をやっているうぬぼれ屋だと言っていた。

ヴィクターは優に百メートルは離れたところに車を止めた。フレデリクセンは彼の後ろに車を止めた。

「この場所だ」とヴィクターは言った。

「あいつの見た目はわかる」とフレデリクセンは言った。「どうする?」

「あいつはあんたのことがわかるだろうか?」

「それはどうかな?」とフレデリクセンは言った。

「じゃあ、なかに入って、あいつがいたら連れ出してくれ。車をあいつのバイクにぶつけてしまったと言うんだ。裏口から外に出て、バイクを見てもらうんだ」

「そんな手しかないのかよ?」

「銃を抜いて入っていって、百人のバイカーとにらみ合いたいか?」

「オーケイ。なら、近くにいてくれ。おれがあいつを連れ出したときに、あんたがどこにいるのかわからなくてばかみたいに突っ立っていたくないからな」

「ここにいる」

フレデリクセンはバーに向かった。

ヴィクターは少し待ってから、あとに続いた。建物の脇まで進み、裏口へまわった。

バーと同じ幅の広い空き地が広がっていた。そこは頑丈そうなフェンスに囲まれていた。建物の反対側のあたりには五、六人のバイカーが数人の女性たちと酒を飲んで笑っていた。彼らとのあいだにはヴィクターにとって邪魔にならない程度の距離があった。

裏口は短いデッキにつながっていた。デッキの端に手すりがあり、そこから地面まで四段の階段があった。

ヴィクターはデッキの陰に隠れた。やたらと煙草《たばこ》が吸いたかったが、火をつけるのはやめておくことにした。

メアリーのこと、フランクのこと、フレデリクセンが車のなかで話したことを考えないようにした。いつか考えることになるだろう。そしてその先にある後悔と罪悪感の嵐に立ち向かうことになるだろう。今はそのときではなかった。今はジェンナのことだけに集中する必要があった。

ワスパー・ラッセルは酒と卑語であふれた裏口からよろめきながら出てきた。

フレデリクセンは謝っていた。暗かったこと、飲みすぎていたこと、すまなかったと説明し、ちゃんと弁償すると言っていた。

「このクソ野郎が」とワスパーが言った。「クソふざけんなよ。もしおれのバイクを傷つけたら、いいか……もしおれのバイクを傷つけやがったら……」

ワスパーは階段の下まで下りると右を見た。ヴィクターは彼を通り過ぎさせて、後ろについた。フレデリクセンは後方に下がった。

ワスパーは一瞬ためらってから、フレデリクセンのほうを振り向き、ヴィクターに気づいた。

「クソなんてこった——」

ヴィクターは左手でワスパーの腕をつかみ、右手で四四口径の銃口をワスパーの背中のくぼみに押し当てた。

「静かにしろ、ワスパー」

ワスパーは怒りを眼にたたえ、ヴィクターの手から逃れようともがいた。

「おい、放しやがれ！」と吠えた。

ヴィクターは銃口をさらに強く、鋭く押し当てた。

フレデリクセンが背後からした声に振り向いた。

集団のなかのひとりがこちらに向かって歩きだしていた。

「いったい何事だ？」男が叫んだ。

ワスパーが振り向いた。叫び返そうと口を開きかけた。

ヴィクターはワスパーの腕から手を離し、今度は喉元をつかんだ。

フレデリクセンはバイカーに対処するために店のなかに戻った。

ヴィクターはワスパーを壁に押しつけ、銃口を顎《あご》の下に当てた。

「声を出すな」とヴィクターは言った。

ワスパーは眼を大きく見開き、左のフレデリクセンのほうをちらっと見た。フレデリクセンはバイカーとことばを交わしていた。バイカーが質問し、フレデリクセンが答えている。ふたりで笑っていた。

ヴィクターはワスパーを建物の壁から離すと、道路のほうに連れていった。抵抗したため、全力で男を引きずらなければならなかった。ワスパーは小柄で痩せていたが、全身は筋肉の塊《かたまり》のようだった。

フレデリクセンが追いついてきた。ワスパーの腕をつかみ、ヴィクターとふたりで挟んで、強引に車のほうに連れていった。

ヴィクターはワスパーを強く押すとひざまずかせた。銃口を額《ひたい》に押し当てた。

「ユージーンはどこだ?」ヴィクターは訊いた。

ワスパーはさげすむように笑った。「くたばりやがれ」

ヴィクターは銃の撃鉄を起こした。

ワスパーはひるまなかった。

「ユージーンはどこだ、ワスパー?」ヴィクターは繰り返した。

「地獄に落ちやがれ、ランディス」ワスパーは答えた。

「もう一度訊く、ワスパー」とヴィクターは言った。「もう一度訊くぞ……」

「話さなかったらどうする？　おれのクソ頭を撃つのか？　そうするつもりか？　百人近い目撃者がいるなかでか？　てめえにそんな度胸はない、保安官。おまえは自分の関係ないことに首を突っ込んでるんだ。おまえのクソ弟みたいにな」

ワスパーは笑った。無理に笑っているのではなかった。心から愉《たの》しんでいるようだった。

ヴィクターはワスパーのシャツの襟《えり》をつかんだ。強くねじり、さらにねじり上げた。指の関節が喉に強く食い込んだ。ワスパーが眼を見開き、息をしようとあえいだ。

フレデリクセンがワスパーの後頭部の髪をつかみ、強く引っ張る。

ワスパーは悲鳴をあげることもできず、歯をむき出し、眼を見開いて苦しそうにあえいだ。

「ユージーン」ヴィクターは言った、「あいつはどこだ？」

ワスパーが可能なかぎりのエネルギーを振り絞って、ヴィクターを押し返した。ヴィクターは一瞬バランスを失い、思い切り後ろに倒れ込んだ。

ワスパーはかなりの勢いで車のフェンダーにぶつかり、膝《ひざ》をついた。それでも眼に激しい憎しみをたたえて見上げていた。

「手を出すな」彼は叫んだ。「放《ほう》っておくんだ。さもないとクソ弟と同じ目に遭うぞ」

ヴィクターはためらった。が、それも一瞬だった。四四口径のグリップを思い切り振り下ろした。耳の下の顎のあたりを捕らえ、男は石のように倒れた。

ヴィクターはフレデリクセンに眼をやった。

「足を持て」と言った。

「こいつをどうするんだ？」

「わたしの車のトランクに入れろ」

「なんだと？」

「いいからこいつをトランクに入れるんだ、マイク！」

78

ヴィクターはハイウェイのはずれにモーテルの看板を見つけ、角《かど》を曲がった。そうしているあいだも、ワスパーがトランクの天井を叩いたり、蹴《け》ったりする音が聞こえていた。車を止めると、フレデリクセンが背後に止まるのを待った。

エンジンを切ると、ワスパーは大きな音をたてた。ヴィクターはトランクを開けた。ワスパーが突然頭を上げた。ヴィクターは鼻にパンチを食らわせ、叫ぶ間《ま》も与えず、口に油まみれの雑巾を突っ込み、後ろ手に手錠を掛けた。

「音をたてたら、森のなかに引きずり込んでめちゃくちゃになるまで顔を殴ってやるからな」

ワスパーの眼のなかの反抗的な態度は薄らいでいたが、それでもまだそこにあった。なんであれ、まだ闘志はあった。

トランクを閉める前に、ヴィクターはもう一度ワスパーを殴った。

「いったいどうするつもりだ?」フレデリクセンが訊いた。「取引をしようとしているのか?」

「取りうる最善の策だ」とヴィクターは言った。「ほかに考えでもあるか?」

フレデリクセンは首を振った。「今は何も考えないようにしている」

「モーテルに部屋を取る。ワスパーにユージーンの居場所を吐かせる」

「それがあんたのプランなのか？　モーテルの部屋で拷問しようというのか？」

「こいつらはクソみたいなけだものだ、マイク。だがこいつらは食物連鎖の最下層にいる。その連鎖はアトランタの検察局まで連なっている。ジム・ウィーランという男に保護されているんだ。自分はとにかくそう思っている。ワスパーを痛めつければそれもわかるかもしれない」

フレデリクセンは何も言わなかった。

「不満なら、帰っていいんだぞ、マイク。あんたが言うように、わたしには家族も子供もいない。あの少女とフランクの別れた女房がいるだけだ。良心の呵責《かしやく》を感じることもない」

「今は、決断するのに最適な精神状態じゃない気がする、ヴィクター」

「それは違う。自分は最高の精神状態だと思っている」

ヴィクターは車の横にまわって乗り込んだ。エンジンをかけると動きだした。二十メートルほど進むと、フレデリクセンの車のライトがつき、モーテルへの道をついてきた。


ワスパーの鼻はつぶれていた。間違いなかった。

鼻孔のひとつは固まった血が詰まっていて、話すと息苦しそうだった。

ヴィクターは彼をバスルームに引っ張っていくと、洗面台を水で満たした。ワスパーの頭を水につけ、自然に呼吸ができ、気道が確保されるまで吸ったり吐いたりを繰り返させた。ヴィクターはワスパーの体をトイレの便座に引きずり上げた。フレデリクセンの手錠も使って、ふたつをひとつにつなげ、便器の後ろの下にある幅広い陶器のパイプにまわしてから両手にかけた。さらに裂いたタオルでワスパーの足を縛り、便器の土台の後ろを通して縛った。もうどこにも逃げることはできなかった。

ワスパーはうなり声を上げながら、唾《つば》を吐いた。顔は血まみれで、鼻は腫《は》れあがって右にねじれていた。左眼は二倍に腫れあがり、ほとんど開いていなかった。それでもまだ小さな竜巻のように抵抗を続けていた。

ヴィクターはワスパーのブーツと靴下を脱がした。そしてバスタブの縁《ふち》に坐り、ワスパーが落ち着くのを待った。

フレデリクセンは寝室にいた。ベッドの端に坐り、バスルームのなかが見える位置にいた。無言で、険しい表情をしていた。

ワスパーが静かになると、ヴィクターは口から雑巾を取った。

すぐにワスパーはわめき散らした。

「おまえは自分が何をしているかわかってんのか！　今すぐ解放すれば殺すのはおまえだけにしてやる。このクソみてえなことを続けるなら、あのガキと母親を――」

ヴィクターは手の甲《こう》を使って殴った。強烈な一撃だった。ワスパーの頭が横に倒れ、そして後ろに倒れた。

雑巾を持ち上げると言った。「吠えるのをやめろ、ワスパー。さもないとまたこいつを口に入れるぞ」

「くたばれ、ランディス！」

ヴィクターはもう一度、バスタブの縁に腰かけた。雑巾を広げて整えると膝《ひざ》の上に置いた。

「ユージーンがどこにいるか話すんだ」とヴィクターは言った。「何が起きているのか、知っていることをすべて話してもらう必要がある。すべての質問に答えるんだ。さもないとおまえを殺す。わかったか？」

「おまえがもう死んでいることはわかった。今はそれだけだ」

ヴィクターは雑巾をワスパーの口に押し込んだ。ワスパーは吐き出そうとしたが無駄だった。

ヴィクターは右後ろに手を伸ばし、洗面台の上のキャビネットを開けた。そこからポリエチレンの袋に入った歯ブラシを手に取った。袋から取り出すと、ワスパーの喉元を押さえてから、歯ブラシを耳に突っ込んだ。ワスパーが眼を見開き、悲鳴をあげるまで押し込んだ。その悲鳴は低く、くぐもっていたが、ワスパーが経験している痛みがひどく耐えがたいものであることは間違いなかった。

ヴィクターは止めた。

「話す気になったか」と訊いた。

ワスパーは眼を閉じた。首を振り、まるで自分を拘束しているものから逃れることができると信じているかのように頭を前後に揺すった。

ヴィクターは歯ブラシに力を加えた。

ワスパーの眼が飛び出すかのように大きく見開いた。顔が真っ赤になり、額《ひたい》から汗が吹き出していた。抵抗し、体をよじり、蹴ろうとした。だが、便器にきつく縛られていたため無駄なあがきでしかなかった。

フレデリクセンが立ち上がり、バスルームの戸口まで来た。無言のまま、ワスパーが苦痛に身もだえているのを見ていた。

ヴィクターは手を止めると、歯ブラシを引き抜いた。

「話す気になったか?」

ワスパーは一度、二度とうなずいた。

ヴィクターは雑巾を取り出した。

「殺してくれ」とワスパーは言った。「頼む。やってくれ」

フレデリクセンが三八口径を抜いた。撃鉄を起こすと、銃口をワスパーの額に押し当てた。「おまえは何かを知っている」と彼は言った。その声は穏やかでゆったりとしていた。「おまえを殺せるなら、こんなに幸せなことはないよ、ワスパー。だがそう簡単に逃がしはしない」

「知りたいことをおまえが話すまでここにいるつもりだ」とヴィクターは言った。「もうゲームをするつもりはないんだよ。おまえはとんでもないクソにハマっちまったんだ。答えなければさらに悪くなる」

「何も言うつもりはない」ワスパーは言った。

フレデリクセンは銃口をワスパーの折れた鼻筋に当てた。押した。ワスパーは叫んだ。さらに押した。さらに強く。息が詰まるような音がした。ワスパーは眼をぐるりとまわして気を失った。

ヴィクターはフレデリクセンに眼をやった。

「一服しよう」とフレデリクセンが言った。バスルームの戸口から出てくると、三八口径の銃をベッドの上に落とした。

79

ワスパーが話し始めたときには、真夜中近くになっていた。

三本の指の骨折、鎖骨の骨折、複数の擦《す》り傷や切り傷、あざはこの男にとって話す動機にはならなかったようだった。フレデリクセンが自分の車まで戻って、タイヤレバーを持ってくると、ようやく注意を向けた。膝《ひざ》の骨が粉々に砕かれ、人の手を借りずに歩けなくなる可能性が、兄からの報復を恐れていた彼の背中を押した。

ヴィクターは自分たちが何をしているのか考えなかった。法のことも、誘拐や拷問が自分たち自身にもたらす結果についても考えなかった。今このときのこと、ユージーンの弟から彼の居場所を訊き出す以外のことは何も考えなかった。

フレデリクセンも同様で、今は突き動かされるように報復に執念を燃やしていた。手錠を掛けられ、モーテルのトイレに縛りつけられた人物が彼の怒りと報復の対象だった。

今や、ワスパーは怯えていた。明らかだった。かなりの暴力が、そのすべてが無言のまま、保安官と刑事によって入念に行なわれていた。ふたつの方法しかないことを理解させるために。彼らが知りたがっていることを話すか、死ぬかだ。自衛本能が強く働いた。

ワスパーはうなだれた。呼吸をするのも難しかった。ずっと前に泣きやんでいた。おそらくだれも助けに来てくれないと悟ったのだろう。ましてや兄も。彼らは死ぬ一歩手前まで殴り続けた。もう限界だった。そしてさらなる痛みと苦しみはもはや彼の許容範囲を超えていた。

ヴィクターは浴槽の縁《ふち》に腰かけた。手はあざだらけで血まみれだった。

フレデリクセンは寝室から椅子を運んできて、それにまたがった。片手には三八口径、もう一方の手にはワスパーを窒息させるための濡れタオルを持っていた。

「自分たちの知りたいことを話すか?」ヴィクターが訊いた。

ほとんど気づかないほどだったが、ワスパーがうなずいた。

「あいつはどこにいるんだ、ワスパー?」

ワスパーは顔を上げた。眼が腫《は》れあがり、口は血まみれで、まるで粗雑なハロウィンの仮面のようだった。

「抜け出したい」と彼は言った。

「抜け出したいだと?」ヴィクターは訊いた。「何から抜け出すんだ?」

「すべてから」ワスパーは不明瞭なことばで言った。「おれを抜け出させてくれ」

「免責がほしいと言ってるのか?」フレデリクセンが訊いた。「それが望みなのか?」

もう一度、ほとんど気づかないほどにうなずいた。

「話し始めるまでは何も得ることはできない」ヴィクターは言った。「多くのことを話せば話すほど、おまえのためになる」

ワスパーは泣きだした。それは痛みと疲労と敗北感のせいだった。男は圧倒されていた。身動きが取れなくなっていた。

「兄貴には隠れ家がある。テネシー州の北に」

「正確にはどこだ？」

「シグナル・マウンテンだ。川沿いに山小屋があるんだ」

「チカモーガ川か？」

ワスパーはうなずいた。

「シグナル・マウンテンからどのくらいの距離だ？」

ワスパーは距離とどこの道へ入って行けばいいか、その場所の様子を話した。

「少女たちのことを話せ」とヴィクターは言った。

ワスパーは顔を上げた。「少女たち」とつぶやいた。

「あの少女たちはなんのために誘拐されたんだ、ワスパー？　だれが、なんのためにやった？」

「か、金だよ」とワスパーは言った。「金のために誘拐した。いい金になるんだ」

「金？」フレデリクセンが訊いた。「だれが金を払うんだ？」

「だれでも……ほしいやつならだれでも」

「なんのために？」

「娼婦、ポルノ、ドラッグの運び屋、なんでもだ。くそっ、想像を働かせりゃわかるだろうが」

「どこに連れていくんだ？」ヴィクターが訊いた。

「どこでも。北のほう。ところかまわずだ。カナダ。いろんなところに」

「おまえが連れていったのか？　そういうことなのか？　おまえとおまえの兄貴がやったのか？」

「おおぜいだ」

「ケニー・グリーヴスか？」ヴィクターは訊いた。「ホルト・マックリン？　そいつらのことか？」

「ああ、そうだ。ほかにもいる」

ヴィクターはフレデリクセンを見た。フレデリクセンは坐っているところからでも、今にもワスパーを殺しそうだった。

「どうやっていたのか話すんだ、ワスパー」とヴィクターは言った。

ワスパーは苦労して顔を上げた。「おれを助けてくれるのか？　ここから逃がしてくれるんだな？」

「おまえが話すのが先だ」ヴィクターは答えた。

ワスパーはまたすすり泣きだした。口は血まみれで、血が鼻の穴から泡になって出ていた。

フレデリクセンが体を乗り出した。タオルをワスパーの顔に押し当てた。

「話せ」と彼は言った。「今すぐ話せ、さもないと――」

「わかった、わかった」ワスパーはあえぎながらそう言った。

「少女たちは人身売買されてるんだな」とフレデリクセンが言った。「どこへだ、ワスパー？　正確にはどこへだ？」

「クソどこでも。伐採作業員の宿泊所、国境、メキシコ。金があるところならどこでも。女たちに対して払う金があるところならどこでも」

「おまえの兄貴が全部取り仕切ってるのか?」とヴィクターは訊いた。

ワスパーは顔を上げた。ほんとうに当惑しているようだった。「なんだって?」

「おまえの兄貴だ。ユージーン。あいつがすべて取り仕切ってるのか?」

ワスパーは笑おうとした。苦痛に顔を歪《ゆが》めた。「兄貴?」と彼は言った。「兄貴にこれを全部取り仕切る才覚があると思ってるのか?」

「州が絡んでるんだな?」とヴィクターは訊いた。「レイ・フロイド、ジム・ウィーラン……」

「なんなんだよ?」とワスパーは言った。「なんなんだ、おまえら。おれを誘拐してきて、ぼこぼこに殴った上に、何が起きてるのか知ってんじゃねえかよ」

「フロイドはぐるだったのか、それともやつはこの件を捜査していて殺されたのか?」

「フロイド? レイ・くそったれ・フロイドか? なんてこった、クソ昔のことじゃねえか、あ? ああ、あいつもぐるだった。あいつが情報提供者保護なんとかにユージーンを登録した。そいつがなんだかは知らんがな」

「じゃあ、なんでやつは自殺したんだ?」フレデリクセンが訊いた。

「あの野郎は自殺したんじゃねえ。逃げ出したんだ。怖くなって。騒ぎ始めて、ユージーンがなんとかしなければならなかった。FBIとかにタレ込んだりしないように」

「少女たちは何人なんだ、ワスパー? それにどのくらいの期間にわたって誘拐したんだ」

ワスパーは観念したように首を振った。「わからねえよ、そうだろ？　数えきれないくらいだ。数えきれねえよ。数十人だ」

「彼女たちはすべてボランティア団体の登録リストから選んだんだな？」ヴィクターは訊いた。

「ああ、そうだ。ほかにもある。児童福祉局だ。何人かに里親を斡旋《あっせん》して、そこからすぐに誘拐して出荷したんだ」

フレデリクセンは椅子の背にもたれた。タオルを床に落とし、信じられないという眼でヴィクターを見ていた。

「ケニー・グリーヴスがおまえの親戚の少女を誘拐したんだな、ワスパー？　ベスター・レイフォードがわたしの弟にこのことを話したから、エラ・メイ・レイフォードを誘拐したのか？」

ワスパーが見上げた。そこにはまだ恐怖の色があったが、表情や仕草のすべてにはあきらめがにじんでいた。「彼女は死ぬはずじゃなかったんだ。ケニーの野郎が台無しにしやがった。ベスターが口をつぐんでいるように娘を誘拐するはずだった」

「ケニーは何をしたんだ、ワスパー？」

「知らねえ。ほんとうに知らねえんだ。やつが縛って、クスリを飲ませるかなんかした。彼女はあいつの車のトランクで窒息死していた」

ワスパーは眼を閉じた。ゆっくりと頭を振った。壊れていた。「今すぐ、おれを助けてくれ」と彼は言った。「助けてくれなければ、おれは死んじまう」

「フランクの娘について話してもらう必要がある」とヴィクターは言った。「ユージーンが彼女を誘拐したんだな？　ユージーンがフランクの娘を誘拐した、そうだな？」

ワスパーはうなずいた。

「彼女はどこにいる？　今、あの子はどこにいるんだ？」

「山小屋だと思う」とワスパーは言った。「みんなそこに連れていくんだ」

「死んだ少女たちは？　わたしたちが発見した死んだ少女たちに何があったんだ？」

「彼女たちはユージーンが自分のために取っておいたんだ。しばらく飼っていた。その山小屋に。そして用が済んだから捨てたんだろう」

「ユージーンが彼女たちを殺して死体を捨てたのか？」ヴィクターは訊いた。「そう言いたいのか、ワスパー？」

「何人かは。ケニーやホルト・マックリンもだ。ユージーンがそいつらを処分するように言って、連中がやった。おれたちであいつらを連れていった」

「おまえが自分で殺したのか？」フレデリクセンが訊いた。

ワスパーは本能的に顔を勢いよく上げた。「違う！　違う！　おれは彼女たちを殺しちゃいない」

ヴィクターは体を乗り出した。ワスパーの肩に手を置いた。「証言してもらう」と彼は言った。「それがこのごたごたから抜け出すための唯一のチケットだ。わたしたちに話したことをすべて証言するんだ。そうすれば惨《みじ》めでクソみたいな残りの人生を刑務所で過ごさなくてもすむという希望が得られるかもしれない。わかったか、ワスパー？」

「助けてくれ」ワスパーはろれつのまわらない口調で言った。息が胸で詰まり、咳き込んだ。またすすり泣きだした。

ヴィクターは彼に強い平手打ちをした。「わかったか、ワスパー？　おまえの兄貴とこの件に関与しているすべての人間に不利な証言をするんだ。そうすれば希望があるかもしれない」

ワスパーは反応しなかった。

ヴィクターは立ち上がった。彼とフレデリクセンはバスルームを出て、ドアを閉めた。

「山小屋に行く」とヴィクターは言った。「ワスパーを連れていく。ジェンナと交換だ」

「ユージーンが唯一の切り札を手放すと思うか？」

ヴィクターは首を振った。「疑わしいが、今はそれ以上のアイデアがない」

「あんたのパトカーは置いていこう」フレデリクセンが言った。「おれの車で行く。到着に気づかれたくないからな」

80

日曜日の午前二時。月は淡い色の三日月だった。空は雲に覆われており、わずかな光では三、四メートル先までしか見えなかった。

ユージーン・ラッセルの山小屋は、山小屋というよりは多くの離れや納屋を備えた、かなりの大きさの屋敷といってよかった。母屋は二階建てで、背の高い木がその上に張り出していた。敷地の周囲には高さ二メートル近いフェンスがあった。

左側にはチカモーガ湖の湖岸まで続く急な斜面があった。

フレデリクセンの車——ワスパーが猿ぐつわをされ、縛られてトランクのなかにいた——は、道路沿いに五百メートルほど離れた場所に止まった。ヴィクターはワスパーが窒息してしまうんじゃないかと思った。

「今は気にするな」とフレデリクセンは言った。「ユージーンが、おれたちが彼を捕らえたことを知るだけでいい」

母屋の一階部分に灯りがひとつだけ灯っていたが、まったくの静寂だった。ヴィクターの見るかぎり、犬はいなかった。少なくとも外には。彼とフレデリクセンはフェンスから優に六メートル離れたところで無言のまま身を低くしていた。そして動きだした。

裏口から家に入ろうと考えていた。

ふたりとも懐中電灯と拳銃を携帯し、フレデリクセンは散弾銃、ヴィクターはタイヤレバーを手にしていた。

母屋の裏手にまわり込むと、フェンスの向こう側で再び身を伏せて待った。息遣いと心臓の鼓動と脈拍を体内に感じる以外には何もなく、ちょっとした永遠のように思えるなか、監視を続けた。二十分後、フレデリクセンが動いた。ヴィクターもあとに続いた。ふたりは木々が隠してくれる部分を抜けるとフェンスに近づいた。ヴィクターが先に越え、静かに着地してかがみ込んだ。フレデリクセンがあとに続いた。ふたりは庭を横切って母屋に向かった。

フレデリクセンが右側にある悪天候の際の避難用地下室の傾斜した屋根のほうを指さした。重い鎖と南京錠が取っ手に掛けてあり、蝶番《ちょうつがい》を壊す以外に扉を突破する方法は思い当たらなかった。

蝶番は大きかったが、風化して錆《さ》びていた。充分なてこの力があれば、木枠からはずせるかもしれなかった。

フレデリクセンは地下室の入口の陰にしゃがみ込んでいた。ヴィクターは採光窓からもっとも遠い側にひざまずいていた。ドアの下にタイヤレバーの端を入れた。もう一センチでも余裕があれば蝶番自体にレバーを差し込むことができただろう。

最初の試みの最中に、レバーが突然滑ってしまった。静寂のなか、銃声のような音が響いた。ヴィクターもフレデリクセンも身をかがめ、悟られた気配がないか様子をうかがった。

ヴィクターは、三、四分待ってからもう一度試みた。今度はゆっくりとレバーを上下させ、木が蝶番に対しピンと張り詰めるのを感じていた。五分ほどそうしていると蝶番のプレートの下にレバーを差し込むだけの充分な隙間ができた。

数えきれないほどの年月を耐えてきた木から、ねじのきしむ音が甲高《かんだか》く響いた。木々のあいだから何度もこだまして戻ってくるようだった。

ヴィクターは汗だくになっていた。胸のなかで心臓が激しく鼓動していた。三角形の金属板が力に耐えかねて歪《ゆが》んだ。一本のねじが固定されたまま、蝶番自体を引きはがそうとした。ヴィクターは続けた。最初の蝶番がはずれるのにさらに十分かかった。ふたつ目はもっと簡単だった。三つのねじの頭はほとんど力を入れなくても折れた。蝶番がドアフレームからはずれ、ふたりは右側の扉を持ち上げて、左側に移動させることができた。重くて扱いにくかったが、なんとかやってのけた。

地下室のなかは真っ暗だった。ヴィクターが先に階段を下り、フレデリクセンがすぐあとに続いた。階段の一番下まで着くと、ヴィクターが懐中電灯をつけた。

ふたりが見たものは牢獄以外の何物でもなかった。地下室は上の母屋の下まで広がっており、両側に隙間なく鋼鉄の檻《おり》が並んでいた。檻はひとつひとつが二メートル×二・五メートルほどの大きさで、不潔なマットレス、脱ぎ捨てられた衣服、ロープ、鎖、使い古しの傷んだスチール製の便器が置かれていた。床は排泄物や尿、おそらくは血で汚れていた。

ヴィクターとフレデリクセンは反対側の檻に向かった。檻のなかは空《から》だった。

「いくつだ？」ヴィクターが訊いた。

「こっちは十六だ。そっちは？」

「同じだ」

「ここに閉じ込めておいたんだ」とフレデリクセンは言った。「信じられない。想像を超えている」

「この家にはだれもいないようだ」ヴィクターは言った。

「おれもそう思っていたところだ」フレデリクセンが答えた。

「あっちだ」ヴィクターは左側の通路を指さした。突き当たりにドアがあった。

ドアの鍵は開いていた。そのドアの先に石段が上に続いていた。石段の上のドアにも鍵は掛かっていなかった。

そこを抜けると、母屋のキッチンに出た。今はだれもいなかったとしても、ずっとそうだったわけではないようだ。テーブルの上には一日前の新聞が置かれていた。冷蔵庫のなかには食料とミルクがあった。棚には充分なストックはなかったが、缶詰と乾物、シリアル、小麦粉の袋があった。

ヴィクターとフレデリクセンは母屋を捜索した。フレデリクセンは引っ越し用の段ボール箱が天井まで積み上げられている部屋を見つけた。ひとつを開けると衣類――ジーンズ、トレーナー、下着、靴――が入っていた。ふたつ目も同じだった。数えると四十箱以上あった。

ほかの部屋は普通の家と変わらなかった。人々――おそらくはユージーン、レッダ、ワスパーそのほかこの件に関わっている人物――が住んでいたのだろう。地下室の十代の少女たちが混乱し、怯え、命の危険を感じながら、喉が嗄《か》れるほど泣き叫んでいるあいだ、彼らはテレビを観たり、朝食を作ったりして生活を続けていたのだ。少女たちが経験したに違いないことは、想像を絶するものだった。彼女たちは死を覚悟していたのだろう。それは真実だったが、その先に待ち受けていたのは、クスリ漬けにされ、レイプされ、使い尽くされてごみのように捨てられるという、もっとひどい仕打ちだった。母屋の裏を見下ろす部屋にはシングルベッドがあった。シーツは汚れていた。窓は毛布で覆われていた。部屋のなかを見まわすと、部屋の隅にある何かが眼に留《と》まった。懐中電灯をつけた。

ジェンナのサルが見つめ返してきた。

ヴィクターは部屋を横切り、ぬいぐるみを手に取った。心臓が握りしめた拳のように締めつけられた。眼を閉じ、呼吸を整えた。意識的にそうしなかったら、立ったまま窒息していたに違いなかった。

フレデリクセンが部屋に入ってくる音に振り向いた。

「何があった?」フレデリクセンが訊いた。

ぬいぐるみを見せた。

「ジェンナのだ」とヴィクターは言った。「彼女の誕生日にあげたんだ」

「やつはわざと置いていった、そうなんだな?」

ヴィクターは数秒間答えなかった。やがてうなずいた。「持っていこう。彼女に返せるまで持っている」

「彼女をどこに連れていったんだ？」フレデリクセンが訊いた。「やつはどこに行った？」

「逃げたんだ」とヴィクターは言った。「いずれここのことにも気づくだろう。別の場所があるのかもしれない。金も隠しているんだろう。ウィーランのところに行くかもしれないと思っていたが、今ではそれも疑問だ。ウィーランが危険な状況にあると知っているだろう。ワスパーじゃ不充分だ。ジェンナを取り戻すにはやつじゃだめだ」

「じゃあ、どうする？」

「ミルステッドに連絡する。コルウェルに向かわせてレッダを逮捕させる。それからユージーンの妻と弟をジェンナと交換させる」

「ここはどうする？」フレデリクセンが訊いた。

「おれたちは州を越えている。現在進行中の重罪に相当する誘拐事件だ。レッダがブルー・リッジにいるとわかったらすぐにＦＢＩに連絡する」

81

車に戻ると、フレデリクセンが、ワスパーをトランクから出し、後部座席に坐らせた。彼に闘争心は残っていなかった。フレデリクセンがワスパーをトレントン市警まで連れていき、そこから必要な電話をかけて、各機関との調整を行なう手はずだった。

出発する前に、ヴィクターはサルのぬいぐるみをポリエチレンの証拠品袋に入れた。

ジェンナの捜索が最優先だった。助けは多ければ多いほうがいい。


ヴィクターとフレデリクセンは四時を少しまわった頃にトレントンに到着した。

ワスパーは留置場に入れられ、怪我の治療のために医師が呼ばれた。

ジョージ・ミルステッドは五時少し前に起こされた。ヴィクターが何が起きているかを説明し、ミルステッドは、保安官補のトム・シーハンに連絡をした。ふたりは六時前にはコルウェルのユージーン・ラッセルの自宅に向かった。ミルステッドはレッダ・ラッセルをブルー・リッジに連れてきて勾留しだい、トレントンに連絡すると言った。

「念のため言っておくが」とミルステッドは言った。「抵抗するようなら、力ずくでもやってやる。あの女にはずっとそうするべきだったんだ」

「わたしはしばらくここにいます」とヴィクターは言った。「もしいなかったら、フレデリクセンに無線で連絡させてください」


ミルステッドは七時半前にヴィクターに連絡してきた。

「彼女を捕まえた」と彼は言った。「クソ野良猫みたいに騒いでるが、とにかく捕まえた」

「正式に逮捕しないでください」とヴィクターは言った。「まだ秘密にしておいてほしい。わたしたち以外のだれかに彼女がそこにいることを知られたくないんです」

「彼女を連れていくつもりなのか？」ミルステッドが訊いた。

「たぶん」とヴィクターは答えた。「これがどう転ぶか見なければならないんです」

「わしはここにいる」とミルステッドは言い、電話を切った。

ヴィクターはテネシー州とジョージア州の各捜査局に電話をした。両局に以前マーシャルとふたりで作成した報告書の全文をファックスで送った。ジェンナの誘拐に関する最新情報も伝えた。

テネシー州捜査局からはチカモーガ近郊の山小屋を確保し、科学捜査班をそこに派遣するとの連絡を受けた。ジョージア州捜査局は部隊を派遣し、ウィーランの自宅を捜索させるとのことだった。

それからヴィクターはアビゲイル・ウェブスターに電話をした。

「アビゲイル、ヴィクター・ランディスだ。ユージーンの弟をトレントンに連れてきた。きみに預けたい。やつは保護と引き換えに証言することに同意した」

「どのくらいひどいの？」

「ほんとうにひどい。どのくらいなのかわからないくらいだ。思っていたよりもはるかに悪い。ＦＢＩも巻き込んだ。テネシー州捜査局がチカモーガのユージーン・ラッセルの山小屋に向かっていて、ジョージア州捜査局はウィーランの自宅に向かっている」

「ジム・ウィーラン？」

「ああ、そのようだ」

電話の向こう側では沈黙が流れていた。

「それからユージーン・ラッセルがわたしの弟の娘を連れ去った」

「ああ、なんてこと、ヴィクター。わたしにできることはある？」

「今すぐにはない。トレントンにワスパーを迎えに来てもらう必要があるが、時間は追って知らせる。やつには少し手荒なことをした。今は医者に手当てしてもらっている。まだやつが必要かもしれないが、それが終われば、アトランタまで安全に移送することが必要になる」

「わたしに任せて」とウェブスターは言った。「時間と場所を教えて」

「わかった。もう行かなければ」

「ええ、わかった。姪御《めいご》さんをすぐに取り戻すことを祈っているわ、ヴィクター」

「あの子を取り戻すよ、アビゲイル。たとえ自分が死んでも、あの子を取り戻す」

ヴィクターが最後に電話をしたのはエレノア・ボイドだった。朝の七時だったが、声の様子からは、一睡もしていないのではないかと思った。

「あの子を見つけた？　ジェンナを見つけたの？」

「いいや、エレノア、だが迫っている。トレントンのどこかにいることは確実だ」

「どこ？　あの子はどこにいるの？　今すぐそこに行く」

「だめだ、きみはそこにいてくれ」

「でも――」

「エレノア、聞いてくれ。ふたりの保安官と検察局の人間もいる。ジョージア州とテネシー州の捜査局にも協力してもらっている。信じてくれ。あの子は帰ってくる。きみに約束した。その約束を守る」

エレノアが何か言いかけたが、ヴィクターはそれをさえぎった。

「マーシャルはいるか？」

「ええ、いるわ。ひと晩じゅういっしょにいてくれた」

「彼を電話に出してくれ、エレノア」

エレノアはヴィクターに言われたとおりにした。

「マーシャル、エレノアをバーバラの家に連れていってほしい。そこにいるより安全だ。そこで彼女を守ってくれ、いいな？　自分たちはトレントンにいる。ＦＢＩも動いている。きみはあそこで彼女を守り、自分がジェンナを助ける、いいな？」

「もちろんです」

「連絡がありしだい、電話する」

「わかりました」

「たのんだぞ、マーシャル」とヴィクターは言った。「すぐに知らせが入るはずだ」


九時前、四台のSUVがトレントン市警の前に停まった。

アレン・ローウェル上級特別捜査官はまずワスパー・ラッセルの身体の状況について質問した。

「手荒にやった」ヴィクターはそう答えた。「今、十一歳の少女がユージーン・ラッセルに誘拐されている。ジムとフローレンスのウィーラン夫妻が郊外の自宅にいる。少女が戻ったら、そのときはどうしてあんなことになったか、わたしを徹底的に責めてもらっていい、いいな」

ローウェルはオフィスのドアを閉めた。

「そのことをこれ以上訊くつもりはないよ、保安官。きみのところがどう動こうがわたしには関係ない。きみの言うとおり、ここで性的人身売買が行なわれていて、おおぜいの女の子が行方不明になったり、死んだりしているのなら、どうやってそこにたどり着いたのかにはあまり関心はない。今はその少女について知っていることをすべて知りたい」

「チカモーガのユージーン・ラッセルの山小屋にテネシー州捜査局が向かっている。そこにはジェンナが持っていたぬいぐるみしかなかった。彼女がそこにいたのは間違いない」

「ウィーランの自宅に彼女がいる可能性があると考えているのか？」

ヴィクターは肩をすくめた。「可能性は低い。だがユージーンが彼女をそこに置いて、ひとりで逃げている可能性もある」

「わかった。なら、間取りや出入口など、敷地内についてわかるかぎりのことを教えてくれ」

「あそこには一度行ったことがある」とヴィクターは言った。

「それはありがたい、保安官。郡の都市計画事務所に図面を要求している時間はない。覚えていることを全部と、忘れてしまったこともいくつか教えてくれればいい」

ヴィクターは腰を下ろした。疲労と空腹に襲われていた。

「眠っていないし、朝食も摂っていないんじゃないのか?」ローウェルが言った。

「今はどうでもいい」とヴィクターは答えた。

「睡眠についてはどうもしてやれんが、腹が減ってたんじゃ、まともに考えようとするのも難しい」

ローウェルはドアを開けると、チームのひとりを呼び止めた。「外に行って、食堂《ダイナー》を見つけてこい。ベーコン、パンケーキ、コーヒー、卵料理、なんでもいいから買ってくるんだ。ふたり分頼む」

捜査官はすぐに向かった。ローウェルはもう一度ドアを閉めた。

「さて」と彼は言った。「すべて話してくれ。最初からだ。ウィーランとその妻、そしてやつの自宅について」

ヴィクターは椅子の背にもたれかかると、話し始めた。

九時半、ローウェルはテネシー州捜査局の担当者からチカモーガの山小屋を確保したとの連絡を受けた。すでに科学捜査班が現地にいたが、やるべき仕事は想像をはるかに超えていた。彼らはナッシュビルにもうひとつのチームを派遣するように要請していた。すでにそのチームも移動中とのことだった。

ローウェルはトレントン市警が用意した臨時の指令室でフレデリクセンとヴィクターと打ち合わせをしていた。

「これはFBIの事案だ」ローウェルはふたりに言った。「どう見ても州をまたぐ重罪だ。きみの出る幕はないが、いまわれわれが話しているのがきみの姪《めい》のことだということは理解している」

「おれの管轄でもある」とフレデリクセンは言った。

「いっしょにいてはいけないとは言わないが、きみらはふたりともひと晩じゅう寝ていない。睡眠を取っていないと反応が鈍《にぶ》くなる。われわれが相手にしているのは多くの人々を殺したか、殺すように命じた人物である可能性が高い。簡単には捕まらないだろう。われわれがここで相手にしているのがどういう人間なのかは充分に理解していると思う。きみたちには一歩下がって見ていてほしい。これはもうわたしの責任だ。もちろん、きみたちがいなければ、そしてきみたちがここまでやってくれていなければ、わたしはここにはいなかっただろう。このことを知りもしなかっただろう。だからといってここでリスクを冒すことも、ミスをすることもできないという事実に変わりはない。わたしが連れてきた連中は、以前からこういった任務に当たってきた。充分に訓練されているし、自分が何をしているかをしっかりと理解している」

フレデリクセンは両手を上げた。「あんたの邪魔をするつもりはない」と彼は言った。

ローウェルはヴィクターを見た。

「保安官?」

「きみの身内だったらどうする?」とヴィクターは訊いた。

「わたしならもちろん最高の人材に仕事をさせたい。だがきみがそこにいなければならないということを否定はできない」

「なら、そこにいさせてくれ」とヴィクターは言った。「あの子を連れて帰ると約束したんだ」

ローウェルは一瞬ためらい、やがてうなずいた。

「いっしょに来るか?」ローウェルはフレデリクセンに訊いた。

フレデリクセンはヴィクターをちらっと見た。「彼が行くところにはおれも行く」と言った。

ローウェルは立ち上がるとドアに向かった。開けると一瞬ためらった。そしてもう一度閉めた。

「個人的な見解だが」と彼は言った。「もしこの件が見かけどおりだとして、長年続いていて、ほんとうに検察局の人間が関与していたのだとしたら、その影響は相当なものになる。きみのまわりが静かになるまでには時間がかかるだろう。マスコミがこぞって取り上げるはずだ。ダメージ・コントロールも必要になる。くそっ、何と比較したらいいのかもわからないくらいだ。

だが何が起ころうがきみたちに言っておきたいのは、きみたちはとんでもないことをやってのけたということだ」

「まだ終わってない」とヴィクターは言った。「あの子を取り戻さなければならない」

「そのとおりだ」とローウェルは言った。「彼女を連れ戻しに行こう」

82

ローウェルが最初に取った行動は、ウィーランの屋敷を監視することだった。

保安官事務所や市警、彼自身のFBIの人間も含め、使える人材をすべて投入して、すべての出入口に部隊を配置した。屋敷の裏を監視しているチームから状況報告が入った。

トレントン市警の指令室でローウェルは、これから取ろうとしているアプローチについて、ヴィクター、フレデリクセン、そして自分の部下ふたりに説明した。

「誘拐の共犯の疑いがあるということは、正当な理由があるということだ。令状はすぐに取れるが待っていられない。夫妻に許可を求めればいい。拒否すれば、そのときは令状を取らなければならない。ユージーンがそこにいれば、逃げ出すだろう。敷地からの出入口はすべて固めてある。車を止める要求に従わなければ、公務執行妨害になる。避けたいのは逃亡されることだ。もし子供がいっしょなら、高速での追跡は子供の命を危険にさらすことになる」

「だれが行く?」フレデリクセンが尋ねた。

「わたしとヤング捜査官だ」とローウェルは言った。「ランディス保安官は以前そこに行ったことがある。彼が行けば事前に警告を与えることになる。FBIの人間が玄関先に現れたことで、彼らが動揺することを期待している。もし彼らが何か――なんでも――敷地内に入る合理的な理由を与えるようなことをすれば、有利に進めることができる」

「ユージーンがあの子をあそこに連れてくるほど間抜けだとほんとうに思っているのか？」

「すぐにわかるだろう、違うか？」とローウェルは答えた。

「ジム・ウィーランは？」とヴィクターは訊いた。

「もしジム・ウィーランがこの件に加担しているのなら、そして彼が加担していると信じるに足る理由があるのなら、彼は残りの人生を檻《おり》のなかで過ごすことになる。もし彼が殺人そのものにも加担していたなら、州は死刑を求刑するだろう。彼の妻がそのことに気づいていたのなら、彼女も共犯だ。ユージーンの山小屋については、テネシー州の管轄になる。あそこは三十年以上も死刑を執行していない。死刑の味を忘れてしまったようだ。だが、ジョージア州で裁判にかけられない理由はない」

「令状が取れるまでにどれくらいかかる？」とフレデリクセンが訊いた。

ローウェルは頭を振った。「言ったように、すぐに取れるだろうが待ってはいられない。いずれにしろ、取れない可能性も考えておかなければならない。捜索令状は非常に具体的である必要がある。直接の情報、つまり法執行官が実際に見たものに基づく必要がある。われわれにはそれがない。伝聞と状況証拠しかなく、ギャンブルに出るほどの確証はない。情報提供者の情報も使えるが、そこには問題がある」

ローウェルはことばを切るとヴィクターを見た。

「きみのしたこと、どうやったかについて文句を言うつもりはないが、公選弁護人ならだれでもワスパー・ラッセルが殴られたことに気づくだろう。それもひどく。そうなるとそれが当初の令状に対する上訴の根拠となる。その結果、われわれが見たり、発見したりしたものはすべて裁判では認められなくなる」

いっとき、部屋のなかに沈黙が流れた。

「それがわれわれの現在地だ」とローウェルは言った。

「ひとつ質問がある」とヴィクターは言った。「仮にユージーンがそこにいて逃亡しようとしたとして、彼を逃がさないようにするためにもっと人間を集めるのにどのくらいかかる？」

「やつを捕らえるために充分な人間がここにいる。もし、なんらかの理由で逃げられた場合は、ジョージアとテネシーの両捜査局の総力を挙げて捜索する。三十分以内にヘリコプターを飛ばすことができる。州から出るすべての道路を封鎖することができる。どんな手を使ってもこの男を追い詰めると約束する。手錠を掛けられ、担架に乗せられてここに戻ってくることになるだろう」

ウィーラン邸の近くで、ローウェル特別捜査官は、すべての部隊が配置につき、敷地のすべての出入口をはっきりと見渡せる位置にあることを確認した。

ヴィクターとフレデリクセンは別々の車で前の道路を走っていた。ヴィクターは無言だった。もしこの作戦が失敗してジェンナが殺されたら、自分を責めるしかなかった。弟が死んでから起きたことのすべてが、彼をこの瞬間に導いていた。まだ十一歳のフランクの娘。彼女を失ってしまったら、自分の良心は決して立ち直れないだろう。

ヴィクターは双眼鏡越しに、ローウェルとヤングが玄関の階段を上がっていくのを見ていた。ノックをする前にドアが開いた。フローレンス・ウィーランはふたりの連邦捜査官が玄関口に現れたことに動揺した様子は見せなかった。ことばが交わされた。ドアは閉じられたが、ローウェルとヤングはその場に留《とど》まった。

ドアがふたたび開くまでそう時間はかからなかった。こんどはジム・ウィーランもいっしょだった。彼は車椅子に坐っており、彼女はその右横に立っていた。

ローウェルとヤングはもう一度身分証明書を提示した。さらにことばが交わされた。ウィーランは首を振りながらあとずさり、妻がドアを閉めるために車椅子の後ろをまわり込んだ。

玄関のドアが閉められ、ローウェルとヤングは車に戻った。私道を道路へと戻った。

「ガラガラヘビでも見るような歓迎ぶりだったよ」ローウェルはヴィクターとフレデリクセンに言った。

「彼女は知っているんだな?」とヴィクターが言った。

「充分知っている」とローウェルが答えた。

「だから今は待つしかない」フレデリクセンが言った。

「ああそうだ」ローウェルは答えた。「ここに一台残しておく。残りは屋敷の裏の道路に行く。ユージーンがあの家にいて逃げようとするなら、そこから出るはずだ」

裏の道路沿いには木々がうっそうと茂った林があり、そこに車六台を隠して配置することができた。

ローウェルは裏口から出た両方向の三十メートルから四十メートル離れた場所に車を配置した。もしユージーンが左右どちらの方向に逃げても、逃亡を阻《はば》むだけの余裕は充分にあった。何よりも避けたかったのは、高速での追跡と銃撃戦だった。

家のなかで何が起きているのかわからず、ヴィクターは緊張でピリピリしていた。彼にとって、これは、その場にいるだれよりも個人的なことだった。彼はローウェルの近くにいて、さまざまな捜査官がやって来て、ローウェルに報告するのを聞いていた。次から次へと状況が報告されたが、どれも同じ内容だった。動く気配はなく、だれかが屋敷から出てくる兆候も見られなかった。

「令状について何か連絡は?」とヴィクターは訊いた。

「まだ何も」とローウェルは答えた。「来ないと思って行動するしかない」

ヴィクターは林のなかに入っていった。何本も煙草《たばこ》を吸った。しばらくするとフレデリクセンも加わった。

「マイク、ユージーン・ラッセルはここにはいない。ジェンナもだ」

「まだわからない」

「間違いない。あいつはばかじゃない。おれたちが気づいたことを知っているはずだ。やつはジェンナを保険代わりにしているんだ。あの子を自分の逃走チケットにするつもりだ」

「ここにいなくて、あの山小屋にもいないなら、どこに行ったんだ？」

「わからない」

「レッダは？」

「おれも同じことを考えていた」

「彼女を捕まえるか？」

ヴィクターはうなずいた。「ワスパーもだ」

「ローウェルにはなんと言う？」

「適当にごまかしておこう」とヴィクターは言った。「これは彼の作戦だ、違うか？　ここは彼に任せよう」

83

ヴィクターとフレデリクセンは、ワスパー・ラッセルを連れて、正午前にトレントン市警を出発した。

ワスパーについてはフレデリクセンの担当する事件だったので、彼が何をしようとしているのか、どこへ連れていこうとしているのか市警の人間はだれも訊かなかった。

ふたりはヴィクターの車で七十六号線を東に向かった。優に二時間はかかる道のりだったが、日曜日でハイウェイは空《す》いていた。

ブルー・リッジに着くとミルステッドの保安官事務所から一ブロック離れたところに車を止めた。ヴィクターは肩越しにワスパーを見た。顔と同様に、ワスパーの精神も痛めつけられていた。時折、卑語を吐く以外、移動中、何も言わなかった。

「あいつはおまえを置き去りにして逃げたんだ」とヴィクターは言った。「兄弟愛もここまでだな、あ？　あいつが愛しているのは自分自身と金だけのようだ」

ワスパーはあざけるように笑った。「てめえが兄弟愛についておれに講義するつもりか、あ？」

反応しなかったが、ヴィクターはそのことばにむっとした。

「あの女を連れてくる」ヴィクターはフレデリクセンに言った。「少しでも暴れたら、殴ってやれ」

ヴィクターを見たジョージ・ミルステッドは驚きを隠さなかった。驚きはすぐに懸念に変わった。

「いったいどこに連れていくつもりだ?」と彼は訊いた。

「あなたは知らないほうがいいと思う、ジョージ」

「彼女を拘束したのはわしだ、ヴィクター。ここはわしの郡、わしの留置所だぞ、くそっ」

「だが正式に逮捕したわけじゃない」

「ああ、そうだ。きみに頼まれたとおりにした。だがきみが彼女を連れていくとは思っていなかった」

ヴィクターは話し始める前に少し考えた。自分が多くの人に話せば話すほど、『ブレアズビル・ヘラルド』のマーサー・ギルが喜んで記事にする情報を広めるだけだとわかっていた。

「あなたのオフィスで少し話せますか、ジョージ?」

ミルステッドは一瞬躊躇《ちゅうちょ》したが、うなずいた。

ドアを閉めると、ミルステッドは説明を待った。

「姪《めい》が誘拐されたんです」とヴィクターは言った。

ミルステッドは一瞬眼を閉じた。頭を振ると深くため息をついた。「ああ、神よ」静かにそう言った。

部屋を横切って自分のデスクに坐った。ヴィクターは立ったままだった。

ミルステッドは彼を見上げると言った。「きみが、わたしの考えているとおりのことをしようとしているなら、きみのキャリアは終わりになるぞ」

「これはもう保安官の仕事がどうこうという話じゃないんです、ジョージ。あなたの孫のひとりだったらどうします？　あなたの孫娘だったかもしれないんです」

「くそっ、わしに説明する必要はない、ヴィクター。それにきみを説得するつもりもない」

「なら彼女を渡してください。手錠をしたまま。それと他言無用で願います、いいですね？」

「きみに言われたとおり、彼女のことは記録には残していない。監房には入れていない。備品室に閉じ込めてある」

「騒いだんですか？」

「予想していたようだ。目いっぱい罵っていたが、それ以外はほとんど話さなかった。わしらが何をしようが、だれとも話さないと言っている」

「わかりました。それが実際にどこまで続くか見てみましょう」

ミルステッドは一瞬ためらったが、やがて立ち上がった。

「じゃあ、行ってあの女を連れてこよう」

「おや、またあんたかい」レッダ・ラッセルはヴィクターを見るとそう言った。

その表情は侮蔑《ぶべつ》に満ちていた。

「おまえに人を見下す資格はないぞ」とミルステッドは彼女に言った。

レッダは彼を無視した。ずっとヴィクターを見つめていた。

「あたしがひと言でも話すと思ってんなら、一昨日来やがれってんだ」と彼女は言った。

ヴィクターは微笑《ほほえ》んだ。「あんたが何か話すとは思っちゃいないよ、レッダ。それでもすべて手に入れるつもりだ」

「おまえらみんな地獄の炎に焼かれてしまえ。みんなクズだ。おまえら全員だ。おまえの弟は三本足の猟犬と同じくらい役立たずだった。おまえはそれ以下だ」

ミルステッドは金属製のユニット棚の柱にレッダを手錠でつないでいた。彼は手錠をはずすと、柱から自由になったところでもう一度彼女の片方の手に手錠を掛け、鍵をヴィクターに渡した。

「どこに連れていくつもりだい？」とレッダは訊いた。

「あんたの義理の弟を連れていったのと同じところだ」とヴィクターは言った。

「ワスパーを捕まえたのかい？」

「連れてきた。それにFBIがウィーランの屋敷を捜索している。おまえら全員にとって、もうおしまいだ」

「ほう、そうは思わないね」と彼女は言った。「ユージーンは捕まっていないし、あんたには捕まえることもできやしないよ。あたしが確実に言ってやれるのはそれだけさ」

ヴィクターはミルステッドのほうを見た。「協力に感謝します、ジョージ」「これくらいのことしかできない、ヴィクター。この女の墓を掘る手伝いが必要なら言ってくれ」

レッダは見下すように笑った。「墓のなかに入るのはあんたたちふたりだ。それとあんたの姪っ子だろうよ」

ヴィクターは今にもこの女を殴り殺したかった。

「この女の口に手錠を掛けることができんのが残念だな」とミルステッドが言った。

「終わる頃には充分礼儀正しくなってますよ」とヴィクターは答えた。

ミルステッドはドアを開け、ヴィクターとレッダ・ラッセルのあとから廊下に出た。

「また会おう、ヴィクター」

「もちろんです」

ヴィクターはレッダをワスパーといっしょに後部座席に坐らせた。彼女の右手を足元の後ろの座席の柱に手錠でつないだ。ワスパーの左手も同じように手錠を掛け、さらにふたりを手錠でつないだ。

ふたりはたがいにことばを交わさなかった。

フレデリクセンは運転席にいた。エンジンをかけた。

「電話をひとつしなければならない」とヴィクターは言った。

フレデリクセンはヴィクターが通りを横切って、保安官事務所の反対側の角《かど》にある電話ボックスに行くのを見ていた。

ヴィクターは五分ほどで戻ってくると、助手席に坐った。

「だれに電話をしたんだ?」フレデリクセンが訊いた。

「このふたりに会いたがっている人物だ」とヴィクターは言った。

「で、どこへ向かうんだ?」

「マッケイイズビルに向かってくれ」

84

フレデリクセンが幹線道路をはずれて、ベスター・レイフォードの家にたどり着いた頃には三時半を少しまわっていた。

ヴィクターが最後に彼を見たのは、十月五日、スプリングシティで兄の家にいるときだった。

正面玄関から二十メートルほどのところで、ドアが開き、ベスターが現れた。

フレデリクセンは車を止めた。ヴィクターは車を降りると、家のほうに歩き始めた。

「保安官」ベスターが言った。

「ベスター」

「準備はできている」

「ジャネットはどこだ?」

「妹が来て連れていった。五キロから六キロ離れたところにいる。おれがいいと言うまでそこにいるように言ってある」

「きみのエラ・メイにされたことよりずっとひどいことになるぞ」

ベスターは答えなかった。

「これをするとどうなるかは考えたのか?」

「これをしないとどうなるかは考えた」

ヴィクターはうなずいた。「わかった。ふたりをどこに連れていく?」

ベスターは右手にある木立のほうを指さした。

「あそこに貯蔵庫がある。あまり使っていない。けど大きい。充分大きい。深さもある。だれにも何も聞こえない」

ヴィクターはフレデリクセンのほうを見るとうなずいた。

フレデリクセンが車から降りた。

フレデリクセンは座席の柱につないであった手錠をはずすと、レッダとワスパーを助手席側から外に出した。ふたりは手錠でつながったままだった。

ベスター・レイフォードは玄関ポーチから下りてきて、ふたりのほうに歩いてきた。

レッダ・ラッセルはすぐに彼に気づいた。ワスパーは気づくのに少しだけ時間がかかった。

「親戚だ」とベスターは言った。

レッダは眼を細めた。「あんたは親戚じゃない」と彼女は言った。「これまでも、これからも」

ベスターはかすかに微笑《ほほえ》んだ。「あいかわらずだな」

「ユージーンが、生きたままあんたの皮を剝《は》いでやるよ、あんたの女房もね」レッダは言った。

「それは今にわかる」ベスターはそう言うと、ポケットから鍵束を取り出した。

「行こう」ベスターはヴィクターに言った。

彼が歩き始めると、ヴィクターはあとに続いた。フレデリクセンもレッダとワスパーを連れてふたりを追った。
五人は木立の向こうにある貯蔵庫に向かった。

木立の先にある傾斜地を掘って作られた貯蔵庫は、丸太で覆われ、中央にある二本の柱――それぞれ人の半分ほどの太さがあった――で支えられていた。奥の壁には棚が並んでいた。古い保存瓶が錆《さ》びた缶と並んで置かれ、そのあいだにクモがびっしりと巣を張っていた。右側にはハンマーと釘が何本か作業台の上に置かれ、その下には木製のスツールが置かれていた。そこは土と湿った種のにおいがした。

フレデリクセンとベスターがドアの前をふさいだ。ヴィクターはレッダとワスパーをつなぐ手錠をはずした。さらにレッダの手錠をはずし、両手を後ろにまわしてからもう一度手錠を掛けた。ワスパーにも同じことをした。

ベスターがワスパーの両肘《りょうひじ》を曲げながら、両腕を引き上げた。鎖の輪のふたつか三つに釘を打ち込んで、木製の支柱に固定した。レッダにも同じことをした。肩にも首にも負担のかかる、不自然な姿勢だった。

ヴィクターは作業台の下からスツールを取り出し、レッダの前に坐った。

フレデリクセンとベスターは右側の壁を背にして立っていた。

ワスパーは多少もがいたが、それも無駄だった。どうにもならないことはわかっていた。指と鎖骨が骨折した状態で、もらった鎮痛剤も切れかけており、かなりの痛みがあるはずだった。

さらに厄介だったのは、すでにヴィクターにすべて話していたという事実だった。レッダはそのことを知っているだろうし、それはユージーンに知られたも同然だということを意味していた。義理の妹が眼の前にいるということだけが、彼が完全に壊れてしまわない唯一の理由だった。

「さて、腹を割って話そうじゃないか、レッダ」とヴィクターは言った。

「あんたに話すことなんかない」

「ここにいるワスパーは山小屋のことを白状した。今はＦＢＩがアリのように集まってきている。あそこで何が行なわれていたかは想像するしかないが、現実のほうがもっとひどいぞ。テネシー州はもう電気椅子にはあまり関心はないようだが、あんたがそこで裁判にかけられることはない。ここジョージア州で裁判にかけるつもりだ。ここじゃあ、死刑に対する道徳的、倫理的な配慮はない。眼には眼をだ。ここはわたしの州だ。そしてエラ・メイの件だけでも、あんたを死刑にしてやる」

「あんたは何もわかっちゃいない」レッダは金切り声をあげた。

ヴィクターは煙草《たばこ》を取り出して火をつけた。

「よく聞け、ワスパー」とヴィクターは言った。「どうなるか、しっかりと教えてやる」

ワスパーは頭を上げた。彼の眼に残っていた反抗の色もとっくに消え失せていた。

「まず頭を剃《そ》られる。それから片方のふくらはぎの毛を剃る。椅子に坐らせられて、手首、腰、足首をストラップで縛られる。それから頭とふくらはぎに電極が固定される。電極の下には濡れたスポンジがある。これでしっかりと密着する。それから電極が締め上げられ、水が顔や首の後ろを伝って落ちるのを感じる。しばらく待つ。心臓が動いていることを確認する。脈拍を測る。さらにもうしばらく待つ。連中はわざと長引かせるんだ。わかるだろ。そこで気絶するやつもいる。連中はそういうやつは眼を覚まさせる。完全に意識があるなかで執行したいのさ。緊張を高めたいんだ。小便を漏らすやつもいる。泣くやつも。みんな泣く。懇願する。助けてほしいと訴える。どんなに凶暴なやつでも、どんなにタフでいようと自分に言い聞かせていたやつでも、その瞬間が来たら、恐怖に怯えた子供以外の何物でもない」

ヴィクターはもう一本煙草を吸った。

「おっと、眼にはテープを貼るんだった。忘れていた。そう、眼にテープを貼るんだ。おむつをつけられることもある」

ワスパーは苦しそうに息を吐いた。

「二千ボルト、二千五百ボルト。それが数分続く。体は二百度以上になる。眼球がほんとうに液化するんだ。内臓もひどいダメージを受ける。つまり、生きたままおまえを料理するんだ、わかるか？」

ワスパーは泣きだした。

レッダが振り向いて、彼を見た。ほんの一瞬、ヴィクターは彼女の表情にもろさを見た。が、それは現れるのと同じくらいすぐに消え去り、心からの侮蔑《ぶべつ》に満ちた眼でヴィクターを見返した。

「頭が燃えることもある」ヴィクターは続けた。「何度もあった。実際に顔から炎が出るんだ。途中で椅子が壊れたこともあったな。男はまだ生きていて、声をかぎりに叫んでいた。いったん中断して、椅子と電極から黒こげになった皮膚をすべてこそぎ落とし、椅子を修理してもう一度同じことを繰り返したこともあった。一時間以上かかったそうだ」

「ああ、くそっ」ワスパーがあえぐように言った。「おれは知らないんだ、な？　もう何も知らないんだ。兄貴がどこに行ったのかは知らない」

ヴィクターは理解したというようにうなずいた。

「わたしはここにいるレッダに訊いている」

「くそったれ」レッダは言い放った。ワスパーのほうをちらっと見た。「その口を閉ざしてな、このガキが。二度と言わないよ」

「やつはどこに行った、レッダ？」ヴィクターは訊いた。「ユージーンはどこだ？」

「知らない。あの人がクソどこに行ったかなんて知らないよ！　何度訊かれようが答えは同じだ」

ヴィクターはベスターのほうを見た。「ベスター、わたしは今から彼女の両手に釘を打ちつけるつもりだが、あんたがやってくれるなら大歓迎だ」

ベスターはためらわなかった。ハンマーをもう一度手に取ると、釘を何本か集めて支柱の後ろに立った。

レッダは激しくもがいた。ヴィクターに向かって叫んだ。ヴィクターが彼女の顔に激しい平手打ちを食らわした。

ベスターは釘の先をレッダの右手に当てて押した。皮膚が破れた。彼女は突然、眼を見開いた。ヴィクターに唾《つば》を吐きかけると、また叫び始めた。

ヴィクターはベスターにうなずいた。

ベスターは一撃でレッダの手のひらを釘で貫き、その下の木に打ち込んだ。

彼女は喉を鳴らすような咆哮《ほうこう》をあげ、首を横に倒した。一瞬、意識を失ったようだったが、すぐに戻った。頭を上げた。無意識のうちに激しく前に動いたが、すでに経験している痛みを悪化させるだけだった。

「もう一度やれ、ベスター」とヴィクターは言った。

「言うんだ！」ワスパーが叫んだ。「ユージーンがどこにいるか言うんだ、お願いだ！」

ベスターは躊躇しなかった。もう一度、一撃で二本目の釘をレッダの手に打ち込んだ。

レッダは悲鳴をあげた。白眼をむき、一瞬、痛みのせいで意識が混濁《こんだく》していた。

ヴィクターは平手打ちをした。もう一度。

「やつはどこだ、レッダ？　どこに行った？　わたしの姪《めい》をどこに連れていった？」

「くたばりやがれ！」レッダは叫んだ。「くそったれ！　クソが！」

ヴィクターはフレデリクセンを見た。

「猿ぐつわをしてくれ。おれはこの女の脛《すね》を折る」

フレデリクセンはネクタイをはずし、レッダに猿ぐつわをした。彼女は憎しみと怒りで激しく暴れた。前後にもがいたが、どうにもならないことはわかっていた。

ヴィクターが立ち上がった。ベスターからハンマーを受け取り、手のなかで重さを確認した。一歩下がると、ハンマーを振り上げた。

振り下ろす寸前、レッダが猿ぐつわの下でうなり声をあげた。

ヴィクターは動きを止めた。

レッダが激しくうなずいていた。

「何か言いたいのか？」とランディスは訊いた。

レッダは何度もうなずいた。

フレデリクセンが猿ぐつわを緩《ゆる》めた。レッダは空気を求めてあえいだ。叫んだせいで喉がぜいぜいと言っていた。

「も、もしあの人が、ど、どこに行ったのか話したら……」

「レッダ、おまえが、あいつがどこに行ったのか話したら、司法取引について話し合おう」

「や、約束しとくれ」

ヴィクターは微笑んだ。「何も約束はしないよ、レッダ」と彼は言った。「そのとおりの意味だ。おまえはあいつがどこに行ったのか話す。さもなければ、わたしは今ここでおまえの脛をへし折り、おまえの眼の前で穴を掘ってワスパーをそこに生き埋めにする。何がなんでも、ユージーンを見つけて、姪を家に連れて帰る。おまえが力になってくれれば、電気椅子なしでこの状況を切り抜けるかすかな望みを見ることができるかもしれない」

レッダはうなだれた。はったりや虚勢を張っていても、実際に肉体的な痛みを加えられたら、それに耐えられる者はほとんどいない。自衛本能が、忠誠心や約束、家族の誓いさえをも上まわるのだ。

「あの人はもうひとつ山小屋を持っている」と彼女は言った。「シグナル・マウンテンの近くに」

「正確にはどこだ？」

「川を下ったところ。パウエルズ・クロスローズのほうに一・五キロほど行ったところよ」

レッダはことばを切った。深く息を吸うと言った。「ああ、なんてこった。ちくしょう」彼女は泣きだした。痛みからというよりは、絶対にしないと自分自身に誓ったことをまさにしてしまったからだった。

ヴィクターは体を乗り出した。「そこがわたしの弟が行こうとしたところなのか？　あいつはユージーンを探しにそこに行こうとしていたのか？」

レッダはヴィクターを見上げた。その表情が質問に答えていた。

「ユージーンが弟を殺したのか、レッダ？　弟を轢《ひ》いて殺したのはユージーンなのか？」

「いい機会だから自分で訊いてみるんだね」

ベスターが貯蔵庫のドアを頑丈な南京錠で施錠した。

彼は家のほうに向かって歩き、ヴィクターとフレデリクセンがあとに続いた。車のところまで来ると、ベスターは振り向いて言った。「ふたりがなかにいるあいだに、あそこに火をつけようと思っている」

「やめておいたほうが利口だ」とヴィクターは言った。

「わかってるよ、保安官。そうはしないだろう。口に出して言いたかっただけだ」

「考えているとおり事が進めば、今晩には戻ってくる」

「そうならなかったら?」

ヴィクターはベスターを見て、それから貯蔵庫のほうを見た。「FBIに連絡して、ジョージア支局のアレン・ローウェルという捜査官に会え。わたしがあんたの家を使いたいと言ったと言うんだ。あんたは奥さんといっしょに奥さんの妹の家に行っていた。奥さんと妹さんにもそう証言させろ。留守中に何があったのかは知らなかったが、帰ってきたら、貯蔵庫でふたりを見つけたと言うんだ」

ベスターはうなずいた。「もしあんたが死んだという知らせを聞いたら、そのときはさっき言ったように貯蔵庫に火をつける」

「鑑識にはいつ火をつけたかがわかってしまうぞ、ベスター。時系列からおまえがやったとわかってしまう。奥さんの面倒も見なきゃならないんだろう。ふたりはローウェルに引き渡すんだ、いいな?　彼がきっと連中を電気椅子にかけてくれる」

ベスターは答えなかった。

「約束してくれ、ベスター。すでにあまりにも多くの人間が殺されている。われわれを助けてくれたことには感謝するが、それでもう充分だ」

ベスターはしばらく逡巡していたが、やがてうなずいた。

ヴィクターは立ち去ろうとした。

「行く前にもうひとつだけ」とベスターは言った。

彼は家に戻ると、二、三分後にウィンチェスターM70と銃弾の入った箱をひと箱持って出てきた。

ベスターはそれをヴィクターに手渡すと言った。「行って、あんたの女の子を取り戻してこい、保安官」


車を路肩に止めると、ヴィクターは言った。「おれといっしょに来ることに疑問は感じていないのか？」

「もう遅い」とフレデリクセンは答えた。

「おれがやっていることは間違ってると思っているんだろ」

「連中のやったことはもっと間違っていると思っている」

「あんたはわかっている。おれたちのどちらにもこの状況を打開する簡単な方法はないということを」

「ああ、そのとおりだ」とフレデリクセンは言った。

「だがあんたには奥さんと子供がいる」

「今も妻と子供がいるのは、あんたの弟のおかげだ」

六十四号線を西に向かうあいだ、ふたりはそれ以上何も話さなかった。

85

マッケイズビルから百三十キロほど離れた場所にあるシグナル・マウンテンは、ハミルトン郡ウォルデン・リッジの南端にあった。山頂から三百メートルの山すそをテネシー川が通っていた。

二十七号線が、町の北西を川に隣接して走り、パウエルズ・クロスローズに合流していた。ノッテリー湖周辺の風景と同じく、水辺には木々の並ぶ土手があった。ユージーン・ラッセルのもうひとつの山小屋は、二十七号線と百二十七号線の分岐合流点から一・五キロほど川沿いに下ったところにあった。レッダから聞いたところによると、チカモーガのものよりもずっと小さい合掌造りの山小屋で、川岸から九十メートルほど離れた開《ひら》けた土地に建っているとのことだった。

夕暮れどきだったが、視界は良好だった。ヴィクターが幹線道路沿いに車を走らせ、フレデリクセンは川岸に向かう曲がり角《かど》を探した。一キロちょっと走ると、見通しのよい小道が現れた。ヴィクターは車を止めた。ふたりは車を降り、徒歩で川のほうに向かった。ヴィクターはライフルを持っていた。フレデリクセンはリボルバーと警察支給の散弾銃を持っていた。情報がたしかなら、五百メートルほどでユージーンの山小屋が見つかるはずだった。

歩みはゆっくりだった。下草が密生していた。あっという間《ま》に暗くなり、ふたりが川までたどり着いた頃には、ほとんどまわりが見えなかった。

フレデリクセンが小屋を見つけた。聞いていたとおりの合掌造りだったが、それがユージーンの山小屋だという保証はなかった。ライフルのスコープ越しに、脇に止まっているトラックのナンバーを読み取ることはできるだろう。もし自分のパトカーに乗っていたなら、無線でナンバーを伝えて、所有者を確認できていただろう。そのような手段がない以上、建物のなかを見ることのできる場所を確保しなければならなかった。

同じ場所で落ち合うことを約束して、フレデリクセンは敷地の裏にまわった。ヴィクターは山小屋に向かって進み、左に曲がって川岸まで近づいた。その場所でライフルを背負うと、低い木の枝によじ登った。視界をさえぎるものはあったものの、山小屋の正面の窓からなかを見ることができた。外には灯りがひとつ灯っていた。枝でライフルを支え、スコープ越しに何か動きがないか探った。いっとき、何も動きはなかった。フレデリクセンはどこに行ったのだろう。彼か、あるいはほかのだれかが小屋の近くにいる気配はなかった。

肩にこわばりを感じたので、より楽な姿勢を取ろうとした。そのときトラックの近くに一瞬、動く影が見えた。スコープを向けると、できるだけ安定させ、息を止めて見た。

トラックのドアが開き、車内灯が点灯している数秒のあいだ、ユージーン・ラッセルが見えた。見間違えようがなかった。どこにいてもユージーン・ラッセルだとわかった。車から出ると、ユージーンは山小屋のほうに戻っていった。

ヴィクターは木から降りると、来た道を戻った。フレデリクセンを見つけ、なんらかの戦略を考える必要があった。ジェンナに何が起きているのか、彼女がどんな恐怖を味わっているのか、ユージーンに何ができるのか？　そんなことが頭に浮かんだが、考えていたら、時間がなくなってしまう。ユージーンが持っているカードはジェンナだけなのだという単純な事実に意識を集中させた。彼がジェンナを殺せば、もう終わりだ。彼にとって、ジェンナは自分が陥《おちい》った状況から脱出するための交渉の切り札であり、だからこそ生かしておくことに意味があった。ユージーンはだれかに見つかるのは時間の問題だとわかっているのだろう。シグナル・マウンテンの山小屋は、ヴィクターには知られていないと思っており、レッダ以外には、ワスパーやおそらくはウィーランも知らないのだろう。それでもユージーンはこれまでに多くの重罪を犯しながらも、司法制度の中枢との密接な関係を築くことで法から逃れてきた。この男の知性と洞察力を甘く見ることはできなかった。ユージーンはジェンナを誘拐したことでＦＢＩの介入が正当化され、あらゆる資源が投じられることになるとわかっているはずだ。ヴィクターが手にしているアドバンテージは、彼の居場所を突き止めたスピードだった。ふたりがウィーランの家を出てから六時間か七時間しか経っていなかった。もしローウェルがウィーラン夫妻を逮捕し、レッダとワスパーがいないことに気づいたとしても、彼女らがどこに連れていかれたかは知る由もない。マーシャルは何も知らなかったし、ヴィクターの指示どおりに動いているなら、今頃はエレノアといっしょにバーバラ・ウェドロックの家にいるはずだった。

ヴィクターはゆっくりと移動を続け、耳を澄まし、周囲を見ながら、何度も立ち止まって、山小屋の周囲で何か動きがないか確認した。山小屋の正面を視界に入れながら、元いた地点に戻った。フレデリクセンはいなかった。探しに行きたい衝動をこらえて、その場に留《とど》まった。無言でいた。ほとんど息をしていなかった。時折、ライフルを構えて、山小屋の横や、外に止まっているトラック、見ることのできる範囲で左右の木々を見ていた。

十分が過ぎた。とんでもなく長く感じた。だれかが近づいてくる音がし、ヴィクターのうなじの毛を逆立たせた。しゃがみ込み、ライフルを地面に置き、拳銃を抜いた。フレデリクセンだとわかると、かすかに音をたてた。フレデリクセンも彼の横にしゃがみ込んだ。

「ユージーンがいた」とヴィクターは言った。「トラックのところまで出てきたときにはっきり見えた」

「で、どうするんだ?」

「出たとこ勝負だ」とヴィクターは言った。「FBIを待つつもりはない。やつはジェンナを人質に取っている。あそこにいるか、どこか別の場所に隠して、この状況から逃げ出すための切り札として利用するつもりだ。あいつはそのことをわかっている。どこか逃げる先があるのだろう。金もあるんだろう、新しいIDや保護してくれる人間も」

「だからってどうするって言うんだ。あそこに行って、あのくそドアをノックするのか? あいつがあんたを見たらすぐに撃つかもしれないぞ。レッダの話だと、あいつがあんたの弟を殺した。一度やったんだから、もう一度やろうとしても不思議じゃない」

「あんたはハンティングはするのか?」

「なんだって?」

ヴィクターはベスターのウィンチェスターを拾い上げた。「使い方はわかるか?」

86

木立と山小屋の玄関ポーチのあいだには、石で縁取《ふちど》られた六メートル幅の小道があった。ヴィクターは影のなかに隠れていた。ユージーンのトラックは建物の右横にあった。フレデリクセンはどこかの闇のなかにいるはずだ。

心臓の鼓動が高鳴った。これまでに経験したことのない感覚だった。動くためには意識的な決断が必要だった。呼吸もそうだった。一歩も動いていないのに、心の奥深くにある自分の一部が走りだそうとしているかのような感覚だった。彼にはわかっていた。自分とジェンナが生きて帰れるかどうかがこれから起きることにかかっているのだ。自分が喜んで死のうと思っているのかどうかは疑問だった。フランクの娘のために死ぬ。彼女のために自分の命を投げ出す。自分はそうするだろうか？

心を静め、一歩一歩進むことだけに集中した。拳銃をホルスターに収めたまま、小道を歩き始めた。

玄関ポーチの階段から三メートルほど離れたところで窓を見上げた。動きはなく、灯りもついていなかった。

息をこらし、冷静沈着でいて、不安を感じないように努めた。だが、実際には不安を超えた何かを感じていた。それを定義するのは難しかった。麻痺、恐怖、興奮。そのどれもふさわしくなかった。

「ユージーン・ラッセル！」

自分の声が他人のそれのように聞こえた。夜に反響し、三倍になって自分に返ってきた。残響が消え去ると、遠くの川の音とかすかな風の音しか聞こえなかった。

「ユージーン・ラッセル！」

ふたたび、その声は飛び出していって宙を漂った。

左側でかすかに枝が折れる音がした。その方向を見た。最初は何も見えなかった。が、やがて人影が浮かび上がり、二連式の散弾銃の銃口が自分の頭に向けられているのが見えた。

「その拳銃のほかに何か持っているか？」

「いいや」

「ゆっくりと、左手でベルトをはずして下ろすんだ」

ヴィクターは言われたとおりにした。その間《かん》ずっと、散弾銃の銃口が揺らぐことなく自分に向けられているのを見ながら、自分がもう戻れないところまで来たのだという、奇妙な安心感のようなものを感じていた。

「後ろに三歩か四歩下がれ」とユージーンは言った。

ヴィクターはそうした。

「膝《ひざ》をつけ、保安官。前かがみになって頭を地面につけろ。両手をおれに見えるように後ろにまわすんだ」

　今度もヴィクターはユージーンに指示されたとおりにした。

　ユージーンはヴィクターのベルトとホルスターを拾い上げた。後ろに下がって戻ると、ヴィクターに立ち上がるように言った。

「両手をおれの見えるところに出したまま、家まで歩け」

　ヴィクターはゆっくりと移動し、ユージーンが三から四メートル後ろをついていった。散弾銃はヴィクターの後頭部に向けられたままだった。

「そのままドアを開けろ」とユージーンは言った。「ゆっくりと家のなかに入るんだ。右の壁にスイッチがある。灯りをつけたら、おれが止まれと言うまで進め」

　ヴィクターはドアを開け、灯りをつけ、進んだ。

「よし、そこで止まれ」

　山小屋はものがまばらだった。右手にテーブル、ガンラック、椅子がいくつか、そして左には重そうな木製のトランクがあり、その上にスーツケースがひとつ乗っていた。

「その椅子をひとつ取れ」とユージーンは言った。「暖炉の前に置いて坐れ」

　ヴィクターは従った。

　ユージーンはヴィクターの拳銃をトランクの後ろに置いた。もうひとつの椅子を取るとヴィクターと向かい合うように部屋の反対側に置いた。

　散弾銃をヴィクターのみぞおちのあたりに向けたまま、優に一分以上ヴィクターを見つめてから腰かけた。

「どこかにレッダを捕らえているんだろ?」

「そのとおりだ」とヴィクターは答えた。「おまえの弟もだ」

「どっちがこの場所のことを話した?」

「おまえの女房だ」

「もう死んでるのか?」

ヴィクターは首を振った。

「だが傷つけたんだな?」

「考えていたよりは少ない」

ユージーンは微笑《ほほえ》んだ。「だがあいつが口を割るには充分だったんだろう? あいつが我慢できないことは充分わかっていた。あいつにこの場所のことを言うべきじゃなかった」

「それでも、見つけていただろう」とヴィクターは言った。「フランクは見つけた、そうなんだろ? おまえを逮捕しにここに来ようとした。だがおまえは事前にそのことを知って、弟が着く前に殺した」

ユージーンはゆっくりと頭を振った。「まあ、保安官としては、おれはおまえの弟のことが好きだった。理由を訊かれても答えられない。たぶん、あいつがクソ辛抱強かったからかもしれんな。あいつはしつこかった。ほんとうに飢えた犬のようだった。やめるということを知らないんだ」

「わたしよりも弟のことをよく知っていたんだな」

「かもな。だが今となってはどうでもいいことだ、違うか？　あいつは死んだ」

「一度殺したんだから、もう一度できるというわけだ」

「おまえを殺す？　おれがそうすると思ってるのか？」

「おまえが何をしたいかはわからん。おまえに尋ねるためにここに来た」

「だれもが望むことと同じだ」とユージーンは言った。「おまえのような男におれのことは放《ほう》っておいてもらい、おれの人生を歩ませてほしいのさ、どうだ？」

「そうさせてやってもいい、ユージーン」

「あの女の子を解放すれば」

ヴィクターはうなずいた。

「まあ、そんなところだと思っていた。そこでいくつか協定を結ぶ、どうだ？」

「いいだろう。聞く準備はできている」

ユージーンは深く息を吸った。椅子の背にもたれかかった。脚を組み、散弾銃を膝の上に置くと言った。

「ひとりで来たんじゃないんだろ？　だれを連れてきた？　フレデリクセンか？」

ヴィクターは答えなかった。

「言ったほうがいい。さもないと始まる前に終わってしまうぞ、保安官」

「そうだ」とヴィクターは言った。「マイク・フレデリクセンを連れてきた」

「いいだろう。あいつに何をさせるつもりだったのか知らないが、それも無駄だ。おれが出ていったら、やつにおれを撃たせるつもりなんだろ？　あの子がここにいると思ってるのか？　そう思ってるのか？　彼女を引き渡せば逃がしてやるとおれを説得して、おれが車で去るときにフレデリクセンに撃たせるつもりだろ？　そういう計画なんだろ？」

「そんなところだ」

「あの子はここにはいない。おれが誘拐したが、だれも見つけられない場所にいる。レッダもワスパーも、ウィーランも地獄に落ちやがれ。あいつらも知らない場所だ。おれが教えないかぎり、おまえがあの子を見つける望みはまったくない」

「何が望みだ？」

「ここを出る。おまえもいっしょに来てもらう。いっしょにハイウェイまで行き、おまえを解放する。おれはどこへでも行く」

「そうすればあの子の居場所を教えるんだな」

「もちろんだとも。おまえがそこに着く頃にはおれはとっくにいなくなっている。おれは過去になり、おまえは二度とおれを見つけられない」

「約束を求めたところで無駄だろう。おまえが約束するとも思っていない」

ユージーンは笑った。「それに約束したところでなんの意味もない。少なくともおまえにとってはな」

「なら、わたしが今ここでリスクを冒したところで問題はないだろう？　おまえはわたしを殺すかもしれないが、わたしを殺してもフレデリクセンがライフルを持って外にいる。一歩でも外に出れば、あいつがおまえの頭を吹き飛ばす」

「そんなことはしないさ。なぜならおまえにはまだ小さな希望があるからだ、違うか？　おれはおまえを驚かすことができるし、やると言ったことをやる。女の子の居場所を教えてやるかもしれない。その可能性があるかぎり、おれを信じ続けるしかない、そうだろ？　おれを殺せば、決して知ることはない」

ユージーンの言うとおりだった。ヴィクターにもわかっていた。そうではないと自分自身を納得させようとしても無駄だった。

「あの子が死んでいないとどうしたらわかる？」ヴィクターは言った。

「おまえにはわからない」とユージーンは答えた。「だが、保安官、おれだってモンスターじゃない、わかるだろ？　おれにできないと言ってるわけじゃないし、いざとなったときにやらないと言ってるわけでもない。だが今はあの子には利用価値がある。みんな同じだ。配られたカードで勝負するしかないんだよ、そうだろ？」

「なら、さっさとそうしよう」

ユージーンは立ち上がった。ジャケットから鍵を取り出し、ヴィクターに投げて寄越した。

「そこのスーツケースを持ってこい」と彼は言った。「車のところに行って、トランクに入れるんだ。そうしたらここに戻ってこい。おまえの相棒が万が一にもおれに向かって撃ってこないように、おまえのすぐ後ろについてここを出る」

87

　ふたりは一キロほど走った。

「スピードを落とせ」とユージーンは言った。「ここで車を止めろ」

　ヴィクターはトラックのスピードを落とし、停車した。

「キーをそのままにして、エンジンも切らずにおけ」とユージーンは言った。「ゆっくり降りて林のほうに歩くんだ」

　ヴィクターは車を降りて歩いた。振り向かなかった。ユージーンが降りてくる音がした。トラックの後部座席のドアがバタンと閉まる音がした。

「膝《ひざ》をついて両手を頭の上に置け」

　ヴィクターは従った。ユージーンの散弾銃の銃口を後頭部に感じていた。

「おまえの弟はおれを探しに来る前に死んだ」ユージーンは言った。「おまえも同じだ。これはおまえには関係ないことだ。なのに放《ほう》っておけなかった、そうだろ？　そのままにしておけなかった。おまえはスズメバチの巣を棒で突っつかずにはいられなかった。おまえらふたりは、ばかなガキみたいに何度も何度も突っついて、おれを怒らせた。だからおまえを殺してこの泥のなかに置き去りにしてやる、保安官。おまえが最後に考えるのはおれがあの子をどうするかだ。今、何歳だ？　十一歳か、十二歳か？　高く売れるぞ。だがおまえのせいで、売る前にやっておくことがあるから、その分、値段を下げなきゃならんな」

ヴィクターは胸に怒りが湧き起こってくるのを感じていた。眼を閉じ、拳を握りしめた。過呼吸になりだしていた。すべての筋肉がこわばり、恐怖で気分が悪くなった。自分自身のためではなく、姪《めい》のために感じた恐怖だった。

ユージーンが銃口でヴィクターを激しく突いた。ヴィクターはバランスを崩して前のめりに倒れ、ひざまずいて両手をついた。立ち上がろうとしたが、ユージーンが散弾銃の銃床を横に振り、ヴィクターの肩を激しく打った。

ヴィクターはまた倒れ、横に転がり、仰向けになった。そのままユージーン・ラッセルを見上げた。

トラックのライトに照らされ、ユージーンはシルエットにしか見えなかった。それでもヴィクターは彼の顔——半分は影になり、半分は光に照らされていた——を見ることができた。その顔に邪悪な笑みが浮かぶのを見た。そのまなざしから彼がこれから何をしようとしているかがはっきりと見て取れた。

「言っとくが、フランクのくそガキはすぐに大きくなるぞ——」

そのとき弱い光がヴィクターの左に見えた。車の音がした。

ユージーンが一瞬、集中を切らした。

ヴィクターは持てる力を振り絞ってユージーンの右脚を横に払い上げる。当たった感触があった。銃が発射され、銃声が耳をつんざく。散弾が木々を切り裂いた。

ユージーンが片膝をつく。ヴィクターは立ち上がった。

車が五メートルほど離れた道路の反対側に震えるようにして止まり、突然周囲が明るい光に照らされた。

ユージーンは立ち上がると散弾銃をヴィクターに向けた。ヴィクターはすばやく動き、左に身をかわしたが、銃床が顔の横を捕らえた。衝撃を受け、崩れ落ちたが、そのときフレデリクセンの声を聞いた。

「そのクソ散弾銃を下ろせ！　すぐに下ろすんだ！」

ヴィクターは意識がもうろうとしていて、左のほうで何かが動いているのしか見えなかった。そして二発目の銃声を聞いた。耳をつんざいた。暗闇に鳴り響いた。

ユージーンが肩に銃弾を受け、体をひねった。ぶざまによろめきながら、散弾銃を落とし、背中から道路に倒れ込んだ。

フレデリクセンが覆いかぶさるようにして立ち、ウィンチェスターの銃口をユージーンの頭にしっかりと向けていた。

「ヴィクター！　ヴィクター！　大丈夫か？」

ヴィクターはうめきながら立ち上がった。顎《あご》と頬骨の痛みで声を出すことができなかった。

うなずくと体を引きずるようにしてまっすぐ立った。動くとよろめいてしまい、また膝をついた。

「ヴィクター！　ヴィクター！　こっちに来て手を貸してくれ」

ただなんとかしなければという思いがヴィクターを突き動かした。這うようにしてユージーンのほうに動いた。ふたりのあいだに入り、フレデリクセンと協力してなんとかユージーンをひっくり返した。

フレデリクセンが左手で手錠を差し出した。ヴィクターは吐き気とめまいの波に襲われながらも、手錠を受け取った。ユージーンの両手を後ろにまわして手錠を掛けた。フレデリクセンがユージーンを引っ張って立たせた。

ふたりはユージーンをヴィクターの車に運んだ。

ヴィクターはトランクを開けた。ユージーンをそこに入れる前に、ジェンナのサルのぬいぐるみが入った証拠品袋を取り、後部座席に置いた。

ユージーンはかなり出血していたが、意識はあった。ふたりで持ち上げて横にして入れるとトランクを閉めた。

「山小屋に戻る」とヴィクターは言った。

「彼女はどこだ？」フレデリクセンが訊いた。

ヴィクターは首を振った。衝撃が襲った。横に動き、車の後部フェンダーのあたりに寄りかかって体を支えた。吐き気が襲ってきた。吐いても何も出てこなかったが、やがてひどく気分が悪くなった。

88

ヴィクター・ランディスはユージーン・ラッセルに覆いかぶさるようにして立っていた。フレデリクセンは至近距離から発砲していたため、ユージーンの肩には拳の大きさの傷口が広がっていた。

痛みにもかかわらず、ユージーンには意識があり、まだ話すことができた。ヴィクターは、ジェンナを見つける唯一の望みは、この男の生来の生き延びたいという衝動にかかっているとわかっていた。

「ジェンナの居場所を教えろ。それが、おまえがここから歩いて出ていける唯一の希望だ」とヴィクターは言った。

ユージーンはうなだれたまま、彼を見上げた。「歩いて出ていくだと？　おれが歩いていけるのは電気椅子だけだ。そうだろ？」

「ああそうだ、だがそういう意味じゃない」

ユージーンは顔をしかめた。「おれを逃がしてくれるのか？」

「肩に穴が開いている。自分の足で歩けば、トラックまで戻れるかもしれないし、戻れないかもしれない。戻れたとしてどこへ行くつもりだ？　運転もできないだろうに。だが、運転できるとしよう。ハイウェイまで出ることができた。車を止められるまでにどこまで行けるかな？　ガソリンが必要になって、だれかに通報されるまでにどこまで行ける、あ？　そんな遠くまで行けないだろう。だがユージーン、それしかないんだ。彼女がどこにいるか話してくれれば、逃がしてやる」

　ユージーンは言っていることの真意を見極めようとするかのように、ヴィクターを見つめていた。

「おれがそんな話に乗ると思うか？」

「くそっ、おまえがどう考えているかなんて、知ったこっちゃない」とヴィクターは言った。「ひとつだけわかってるのは、われわれが今どこにいるかってことだ。おそらくおまえには電話できる人間がいるんだろう。頼めば駆けつけてくれる人間がいるんだろう。思ってるほどおまえが頭がいいのなら、ここから生きて逃れるチャンスもあるはずだ」

　ユージーンはフレデリクセンを見た。彼は無言で立っていた。壁にもたれかかって、ウィンチェスターをユージーンの胸に向けていた。

「あいつを見ても無駄だ、ユージーン。今話してるのは、あいつの姪《めい》の話じゃない。わたしはおまえと協定を結び、彼はそれを守る。おまえが話さなければ、彼は一度おまえを撃ってるから、喜んでもう一度おまえを撃つだろう。わたしには今、知りたいことがある。おまえがその答えを持っていて、わたしがそれを手に入れることができるなら逃がしてやってもいいと思っている。喜んで取引に応じてやる。命と命の取引だ。ジェンナ・ランディスの命とユージーン・ラッセルの命の」

ユージーンの眼にはかすかに希望の光が浮かんでいた。ヴィクターははっきりとそれを見た。

「おまえには金がある。たっぷりとな。メキシコに逃げて二度と戻ってこなければいい。たしかにわずかなチャンスだし、ギャンブルは好きじゃないのかもしれんが、わたしだったらどうすると思う？　わたしだったら、ユージーン、相手が約束を守るかどうかじゃなくて、ほかに行くべき道があるのかって訊くがな」

ユージーンは何も言わなかった。肩の傷は貫通していて、体内に銃弾はないようだった。眼を見ていると、彼がヴィクターの言ったことをあれこれと考えているのがわかった。こいつは言うとおりにするだろうか？　少女の居場所を知ったら、おれを殺すんじゃないだろうか？　もし殺さなかったとして、おれはトラックまで歩いていけるだろうか？　運転できるだろうか？　妻も弟も助けてくれないなか、だれに電話をすればいい？　そいつが来るまでにどのくらいの時間がかかる？　助けが来るまでに失血死してしまわないか？

ヴィクターは煙草《たばこ》を取り出し、一本をユージーンに差し出した。ユージーンはそれを取った。

ヴィクターにはジェンナが生きているとわかっていた。直感的にわかっていた。それがユージーンの持っている唯一のカードであり、それを手放すはずはなかった。この男に話させる必要があった。約束を守るとユージーンに信じ込ませなければならなかった。彼がひとつ真実を話せば、さらに真実を話す可能性が高くなることは経験からわかっていた。

「フランクに何があったのか教えてくれ」

ユージーンは首を振った。「クソが、おまえだって眼には眼をということばを信じてるはずだ」

「ホルト・マックリン」

「ホルト・マックリン、ああそうだ」

「弟がやつを殺したのか？」

「そのようなもんだ。ホルトは州刑務所にいた。おまえの弟が殺させた。だれがやったかは知らねえが、おまえの弟が仕組んだってことはたしかだ。刑務所のなかのだれかが仮釈放を早めるため、以前は受け入れられなかった取引をした。おまえの弟が何を与えたのかはだれにもわからんが、やつがマックリンを殺したんだ」

「なぜならマックリンがレイ・フロイドを殺したから。彼がフレデリクセンの家族を脅迫したから」

「もう知ってるんなら、なんでおれに訊く？」

「おまえがそうさせたんだろ？」

ユージーンはフレデリクセンに眼をやった。「そいつとおまえの弟はおれの知っているだれよりもおれに悲痛を与えた」と彼は言った。「そいつらはくそアリみたいにおれたちにまとわりついたんだ。そこにいるやつはメッセージをしっかりと受け取った。おまえの弟はそうじゃなかった」

「何をした？　呼び出したのか？」

ユージーンはあざけるように笑った。「ああ、そうさ。やつを飲みに誘った。テネシーまで来て、煙草でも吸いながらおしゃべりでもしようぜってな」

ヴィクターは歯を食いしばった。今この瞬間ほど、人を殺したいと強く願ったことはなかった。

「弟はどうしてあそこに行ったんだ、ユージーン？」

「あいつはマウンテン・シティ出身の女の子のことを知っていた」

「サラ＝ルイーズ・レイシー」

「覚えちゃいねえ。名前なんかどうでもいい。マウンテン・シティ出身のガキだ。おまえの弟は彼女がまだ生きているという噂を耳にした」

「実際にそうだったんだな？　われわれは彼女を九月に発見した。死後一カ月しか経っていなかった」

「おまえがそう言うなら、そうなんだろう」

「弟はおまえから聞いたんだろう、違うか？　おまえがあいつに知らせたんだ。彼女がこのあたりにいるとだれかに伝えさせて、彼女を見つけて連れ戻すことができるかもしれないと。そうなんだな？」

ユージーンはただヴィクターを見つめていた。ヴィクターの求めていた答えはすべてこの男の眼のなかにあった。

「どうやって車から降ろした？」

「あの娘《こ》をあの場所に降ろした。道路のまさにあそこにな、保安官。あいつは彼女の様子を見るために車を降りてきた。まだ生きているかどうかたしかめるために。ワスパーがどこかに隠れていた。飛び出してきてあいつの頭を殴った。あいつは石みたいに倒れたよ」

「そしておまえが轢《ひ》いたんだな」

ユージーンはうつむいた。それから山小屋の玄関のほうを見た。

「やるか、やられるかだ、違うか？　たまにはこういうこともしなきゃならない。個人的な恨みじゃない」

「三回も四回も轢いただろうが。充分個人的なものに思えるがな」

「やっちまったことはやっちまったことだ。元には戻せない。おれが何をしたにせよ、どうでもいいだろう。それで終わりだと思っていた。おまえが、何が起きたのか知ろうとするとは思っていなかったよ。くそっ、会うまでは存在すら知らなかったんだ」

ヴィクターは息を吸った。胸のなかの怒りを鎮《しず》めた。もうわかった。弟に何があったのかはわかった。それを変えることはできなかった。今は自分に変えられることに眼を向けるしかない。

「あの子がどこにいるか教えろ」

ユージーンはフレデリクセンのほうを見た。

「教えたとして、おまえらのどちらかがおれを殺さないと言えるのか？」

ヴィクターは質問を無視した。

「教えれば、取引成立だ、ユージーン。さもなければ、おまえといっしょにこの場所を燃やしてやる」

ユージーンはかすかに笑みを浮かべた。

「おかしいか？」

「皮肉だな」

「皮肉？　ここで焼け死ぬことがか？」

ユージーンは冷たいまなざしでヴィクターを見返した。そこには何もなかった。慈悲も共感もなかった。この男が持っていたかもしれない人間性はとっくの昔に死んでいた。

「何が皮肉なんだ、ユージーン？」

ユージーンは答えなかった。同じように意味ありげな笑みを浮かべていた。

「彼女はここにいるんだ」フレデリクセンが言った。

ユージーンの眼が突然大きく開いた。

「だから皮肉なんだ。彼女はここにいるんだ、ヴィクター」

ヴィクターは立ち上がった。

「ここにはいねえ」ユージーンは言った。「まったく、おれがそんなばかだと思うのか？」

ヴィクターは体を乗り出し、顔を数センチのところまで近づけた。

「もう一度言ってみろ、ユージーン」

「ガキはここにゃいねえ」と彼は言った。が、しどろもどろだった。彼がフレデリクセンのほうに眼をそらしたのを見て、ヴィクターは悟った。

「そいつを静かにさせろ」とヴィクターは言った。「声を出させるな」

ユージーンが何か言おうと口を開いた。フレデリクセンがすばやく動いた。一瞬でライフルの銃口をユージーンの心臓から数センチのところにやった。フレデリクセンは首を振った。ユージーンは何も言わなかった。

「ジェンナ！」ヴィクターは叫んだ。動きだした。「ジェンナ！　ジェンナ、いるのか？　音を出すんだ！　聞こえるように音を出すんだ！」

ヴィクターは山小屋まで歩いた。叫んで、静かに待った。動いて、また叫んだ。じっと立って息をひそめた。

「ジェンナ、ヴィクターだ！」

何もなかった。死んだように静かだった。

ヴィクターはユージーンのところに戻ってきた。喉をつかんだ。

「あの子はここにいるんだろ、そうだな？　どこにいるか教えるんだ！」

ユージーンは答えなかった。憎しみのこもった眼でヴィクターを見つめ返すだけだった。

ヴィクターはまた動きだした。山小屋の周囲を探しまわり、壁をノックし、何度もジェンナの名前を呼んだ。耳を澄まして待ち、また動いた。山小屋の二階に上がった。部屋はひとつだけで、木製のベッドとわずかな身のまわり品があるだけだった。空《から》の食器棚があった。それを壁から引きずって離し、背後の壁を蹴《け》った。ベッドをひっくり返し、隠し穴の形跡がないか床かった。

を調べた。何もなかった。

階下に下りてくるとパニックが胸を襲った。憤怒と真の絶望感を味わっていた。

「あの子はどこだ?」吠えた。「あの子はどこなんだ?」

ユージーンは無言のまま、眼を閉じた。

そこに坐っている男を殺したかった。地面に叩きつけ、何もわからなくなるまで殴り続けたかった。

ヴィクターは山小屋を出た。周辺を歩いた。ジェンナの名を呼び、声をかぎりに叫んだ。その声は暗闇のなかをこだまし、あざ笑うかのように彼に返ってきた。

「ジェンナ! ジェンナ! ジェンナ!」

玄関ポーチのほうに駆け戻ると、足を踏み外した。バランスを崩して、前につんのめった。顔の横が地面に勢いよくぶつかった。しばらく呆然としたまま横たわっていた。

すべてが静かになった。心臓が止まった。呼吸も止まった。仰向けになり、上に広がる広大な漆黒《しっこく》を見た。敗北感を覚え、壊れて無力だった。やみくもに走り、叫びながらどこかに行ってしまいたかった。そして気づいた。今、ジェンナを見つけることができなければ、二度と見つけることはできないのだと。

残った力を振り絞った。横向きになり、手をついて立ち上がろうとした。

動きを止めた。ひざまずいたままでいた。

何か聞こえた? それとも聞こえたような気がしただけ?

息をこらして耳を澄ました。

何もない。

立ち上がった。一歩前に進んで、眼を閉じた。

「ジェンナ！」

左のほうを突然向いた。何かがある。あるはずだ。気のせいのはずはない。

「ジェンナ！　ジェンナ！」

またただ。山小屋の外壁近くの左手奥。五、六歩進んだ。そのとき足元にその音を聞いた。虚《うつ》ろな音。地面を踏む足音がその下に何もないように響いた。足を上げ、踏みつけた。間違いない。もう間違いなかった。この下に何かがある。空間、地下室、穴。ひざまずき、必死に土をかき分けた。ひとつかみ、ひとつかみと土を掘り起こしていくと何か固いもの、木の感触があり、その下から何かの音がした。だれかが助けを求める声がした。かすかだが間違いなく、集中するにつれ大きくなっていった。

「ジェンナ！　ジェンナ！　ヴィクターだ！」

そして彼の名前が返ってきた。こだまではなかった。自分を呼ぶ姪の声。自分の名前を呼ぶ声だった。今は大きく、何よりもはっきりと聞こえた。できるだけ早くひとつかみの土をどけると、その下にドアが現れた。さらに急いで、激しい勢いで腕いっぱいの土を払うと、くぼみがあり、そのなかに取っ手を見つけた。引き上げたが動かすことができず、さらに土をどけた。心臓の鼓動が高鳴り、血液が頭に流れ込んでいった。眼を大きく見開き、すべてを見て、すべ

ようやく充分な力で取っ手を握ると、持てる力をすべて使ってドアを引きずり開けた。湿ったにおいが彼を襲った。穴の縁《ふち》に木製のはしごの最上段があるのがわかった。

てを感じていた。

「ジェンナ！」彼は叫んだ。

「ヴィクターおじさん！」

89

ジェンナは、毛布にくるまり、まるで命綱のようにサルのぬいぐるみを抱きしめてヴィクターの車の後部座席に横たわっていた。

顔は汚れ、涙の筋ができていた。眼はショックで大きく見開かれていた。ヴィクターはずっと彼女を抱きしめていた。全身が怯えた鳥のように震えていた。

しばらくするとヴィクターは彼女を抱き上げ、山小屋に連れていった。

ユージーンは静かだった。自分はもう終わりだと悟っていた。

「彼はマイクだ」ヴィクターはジェンナに言った。「きみのお父さんの親友だったんだよ。おじさんはちょっと用事があるから、マイクがきみを車まで連れていくからね」

ジェンナはヴィクターを見上げた。腕をヴィクターの肩にまわし、きつく抱きしめた。

「大丈夫だよ、ハニー。何もかも大丈夫だから。ちょっとだけマイクといっしょにいておくれ。すぐに行くから」

彼女はヴィクターを見上げた。その眼は不安で大きく見開かれていた。

「もう安全だ。何も起きない。すぐにここを出る。ママのいる家に連れて帰るからね」

ヴィクターはフレデリクセンを見るとうなずいた。彼のところまで行くと、ウィンチェスターを受け取った。フレデリクセンはジェンナをヴィクターの腕から受け取った。ジェンナは一度彼を見てから眼を閉じた。

「車に行ってくれ。後部座席で彼女といっしょにいてくれ」ヴィクターは言った。「二、三分で行く」

フレデリクセンは山小屋をあとにした。ヴィクターは車のドアがバタンと閉まる音がするまで待った。

ユージーンが見上げた。「じゃあ、ドライブに行くんだな、あ」

ヴィクターは首を振った。「いや、ユージーン、ドライブには行かない」

ユージーンは口を開いて何か言おうとした。

「話は終わりだ」とヴィクターは言った。「さあ、立て」

ユージーンは動かなかった。

「立て！」ヴィクターはもう一度言うと、ライフルの銃床でユージーンの側頭部を強く押した。椅子が横に倒れ、ユージーンも倒れた。しばらくその場に横たわっていた。激しい痛みが体を襲っていた。やがて立ち上がった。

ユージーンに先を歩くように指示し、銃口を彼の腰のくびれた部分に当てて、ふたりは山小屋を出た。

山小屋の脇に行くと、ヴィクターは穴のなかに入るようにユージーンに言った。

「そんなクソ穴には入らねえ」とユージーンは言った。

ヴィクターは一歩前に出ると、ユージーンの足を蹴《け》り上げた。ユージーンはつんのめり、両手を広げてどうにか留《とど》まろうとしたが、体を横にひねりながら二から三メートル下の暗闇に落ちていった。

ヴィクターは穴に覆いかぶさるようにして立ち、男を見下ろした。そのときでさえ、男の眼に浮かんでいたのは憎しみと反抗だった。

「さあ、やれよ」とユージーンは言った。「やりやがれ。おれを撃ってさっさと終わらせろ」

一発目の銃弾がユージーンの左膝《ひざ》を撃ち抜いた。骨が粉々に砕け散った。

男の肺から漏れた悲鳴が夜にこだました。

「そんな簡単には殺さない」とヴィクターは言った。「すぐに殺してやる価値もない」

ヴィクターはもう一発撃った。右脚に命中し、脛《すね》を破壊した。

ヴィクターはあとずさった。数時間と持たないだろう。失血死するか、心臓が痛みに耐えられないかもしれない。どうであれ、この深い穴が彼の見る最後の場所だった。

ヴィクターはライフルを置いた。木製のはしごの上端を蹴ってはずした。それを引き上げると、十メートルほど歩き、林のなかに投げ捨てた。

穴に戻ると、ユージーン・ラッセルを見下ろした。穴の上部の扉を閉めると、山小屋の脇から落ちていた枝や石、十数本の丸太を引っ張り出してきて、扉の上に積み上げた。そして跡形がなくなるまで土を蹴ってかぶせた。

いっとき立ち尽くしていた。心臓の鼓動がゆっくりになり、呼吸も深くなった。そして背を向けると車のほうに歩きだした。五メートルほど歩いたところで、ユージーン・ラッセルの叫び声はもう聞こえなくなった。

90

バーバラ・ウェドロックは、ヴィクターが車のライトを消す前から、ベランダに出てきていた。

あっという間にエレノアが彼女を追い越し、彼らに駆け寄った。

フレデリクセンが後部座席からジェンナを腕に抱えて降りてきた。

エレノアはジェンナを受け取った。涙が顔を流れていた。

「ああ、ベイビー、可哀そうに。なんてこと、いったい何をされたの？」

ジェンナを抱きしめ、フレデリクセンを見て、ヴィクターを見た。またフレデリクセンを見た。

「ヴィクター」と彼女は言った。「ヴィクター……」

「彼女を家のなかに連れていこう」とヴィクターは言った。「彼女は大丈夫だ。怪我はしていない。きれいにしてやってくれ。バーブが手伝う」

エレノアはためらい、家のほうを見た。バーバラがふたりを迎えにベランダを下りてくるのが見えた。そしてまた泣きだしてしまった。

「行こう」とヴィクターは言った。

バーバラがふたりのところに着いた。
「さあ、行きましょう」バーバラはそう言うと、エレノアの手を取って小道を戻った。
ヴィクターはみんながなかに入るのを見守ってから、フレデリクセンを見た。
「トラブルの嵐を解決しなければならない」とフレデリクセンは言った。
ヴィクターはうなずいた。「じゃあ、始めようか」

91

十月の終わりだった。すっかり秋が深まっていたにもかかわらず、その日は晴れて暖かかった。

ウェドロック家に集まったのは、バーバラと彼女の夫エメットの計らいによるものだった。またしても彼がごちそうを振る舞ってくれた。

ミルステッドはブルー・リッジからやって来た。フレデリクセンとアビゲイル・ウェブスターもいた。エレノアとジェンナはキッチンでエメットを手伝っていた。バーバラはマーシャルに飲み物やいろいろなものを庭に運ばせていた。

「あの女は自白したわ。いったん話し始めたら止まらなかった」ウェブスターがヴィクターに言った。「よくあることよ。レッダ・ラッセルは何よりも自分の身が大切なのよ」

「検察局は彼女と司法取引をしたそうだな」とフレデリクセンが言った。

「死刑は求刑しなかった」とウェブスターは言った。「それが彼女の望みうる最後の線だった。そしてそのとおりになった」

「で、ワスパーは？」

「同じよ」とウェブスターは説明した。「ふたりとも仮釈放なしの終身刑よ」

「ユージーンは見つかると思うか？」ミルステッドが訊いた。

ウェブスターがフレデリクセンを見て、それからヴィクターを見た。「あなたたちの供述調書は読んだ」彼女は淡々と言った。「ローウェル捜査官は、誠実な人のようだけど、あなたたちの供述が一字一句ほぼ同じだということには気づかなかったみたいね」

ヴィクターは無表情なまま、何も言わなかった。

「でも彼は、ふたりの法執行官のことばとふたりの社会病質者《ソシオパス》のことばのどちらかを選択しなければならなかった」

「いろいろなことが起こった。しかもすべてあっという間だったんだ」とフレデリクセンは言った。

「やだ、マイク、問い詰めてるわけじゃないのよ」ウェブスターが答えた。「ただユージーン・ラッセルが独房のなかを見ることがないのはひどく残念に思うってだけ」

「あいつがジェンナを山小屋から連れ出そうとしたとき、とにかくあの子を取り戻すことが最優先だった」とフレデリクセンは言った。「ヴィクターが彼女を車から救い出したときには、ユージーンは消え失せていた。くそっ、おれは必死で追いかけたんだが、暗かったし、あの森は——」

ウェブスターは手を上げた。「報告書は読んだ。わたしに説明する義務はないのよ」

ミルステッドが体を乗り出した。「で、どのくらいの規模だったんだ？　どこまでだったんだ？」

「すべては判明しない可能性もある」とヴィクターは言った。「フローレンス・ウィーランは夫から寝返った。そこが解明の糸口となった。ローウェルは今、専任のタスクフォースを指揮している。この事件はヤ《Y》ング・リ《R》パブリカン・ボ《V》ランティアから児童福祉局、養子縁組機関、里親施設にまで及んでいる。子供たちは奴隷として売られていたんだ。そうとしか考えられない。売春、麻薬の運び屋、想像できるものすべてだ。最後に聞いた話では、南はフロリダから北はニューヨークまで捜査範囲を広げているそうだ。カナダやメキシコに送られた子供たちもいるようだ」

「ローウェルの記者会見を見たわ」とウェブスターは言った。「彼は最後のひとりに何が起きたのかわかるまで、捜査を続けるつもりよ」

「おれも見た」とフレデリクセンが言った。「資金の流れを追うために第二のタスクフォースも立ち上げている。数百万ドル規模になるようだ」

「レイ・フロイドの自殺も再捜査されるってほんとうなの？」とウェブスターが訊いた。

「ああ」とヴィクターは答えた。「ユージーンはホルト・マックリンが彼を殺したと言っていた。マックリンとグリーヴスはラッセル兄弟のために働いていた。ベスター・レイフォードの娘を誘拐するように指示されていたのはグリーヴスだ。どうやらユージーンは彼女を殺すつもりはなかったようだ。あれはグリーヴスの手違いだった。ホルト・マックリンを殺したのがだれなのかについては、たしかなことを知ることはないだろう。だがフランクが背後にいた可能性は高い」

「もうここで自分を弁護することはできない」とウェブスターは言った。

「彼の年金は全額支払われる」フレデリクセンが言った。

「そうあるべきだ」とミルステッドは言った。「ときにはその人物の善行がほかのすべてに勝ることがある」

ヴィクターは声に振り向いた。

エレノアとジェンナがバッファローウイング（手羽先を揚げて辛いソースをからめた料理）とスペアリブの皿を持って裏口から出てきた。

「はらぺこさんはだあれ？」とジェンナが訊いた。

「ケチャップをたっぷりかけてくれれば、道端で死んでる動物だって食べるよ」とヴィクターは言った。

彼はジェンナが皿を置くまで待ってから、手を差し出した。ジェンナが自分のほうに来ると抱きしめた。

「大丈夫かい、スイートハート？」

「もちろんよ」と彼女は言った。

「キッチンでもいい仕事をしたみたいだね」

肩をすくめた。「料理はエメットが全部やってくれたの。わたしは見てただけ」

「ここに坐っていっしょに食べないか？」

「先にマーシャルのところに行ってくる。バーバラが車に何かしてほしいんだって」

ヴィクターは彼女が走り去るのを見送った。エレノアもやって来て、バーバラとエメットも続いた。前回、この家で会合があってから一カ月余りが過ぎていた。ヴィクターが自分自身に真実だと思い込ませてきたことは、たった数週間ですべてひっくり返ってしまった。世界は変わっていなかった。変わったのは彼の見方のほうだった。

「あたまのいいお嬢さんね」とバーバラが言った。「あなたの姪《めい》とは思えないわ、ヴ、ヴィ、ク、タ、ー」

「あの子にはわたしたち全員を足してもかなわない」ヴィクターは答えた。「見守っていこう」

92

州によって建てられたフランク・ランディスの墓石を新たなものに置き換える儀式は二十分もかからなかった。

シンプルな黒い大理石の墓石にはこう書かれていた。

フランク・ランディス
一九四七年九月九日―一九九二年八月十四日
愛情深き父親にして夫、そして弟

出席したのはヴィクターとエレノア、ジェンナの三人だけだった。

そのあと、どこかで夕食でも食べようとエレノアは言った。

ヴィクターは賛成し、少しだけジェンナとふたりで話がしたいと言った。

エレノアはわかったというしるしにうなずいた。「車で待ってるわ」

「何が起きたのかについて訊きたいことはあるかい?」ヴィクターは姪《めい》に訊いた。

ジェンナは彼を見上げた。無邪気で純真なまなざしだった。「特にないわ」と彼女は言った。

「きみのお父さんが」とヴィクターは言った。「いい人だったたってことは、わかってるよね?」

「もちろん」とジェンナは答えた。「そうじゃないと思ってたのはおじさんでしょ?」

「間違っていた。おじさんがめちゃくちゃにしてしまった。そのことを謝りたかった。ごめんよ」

ジェンナは手を伸ばして、ヴィクターの手を取った。

「みんないろんなものを台無しにすることがあるのよ」と彼女は言った。

ヴィクターは弟の忘れ形見を見た。悲しみの波が胸を襲った。

「いっしょに夕ご飯を食べてくれたら許してあげるわ、ヴィクターおじさん」

ヴィクターは微笑《ほほえ》んだ。「おじさんにはいいことずくめにしか聞こえないけどな、お嬢さん」

ジェンナは笑った。「あいかわらずおかしなこと言うのね」

「変わらないものもあるんだろうね」

ジェンナがヴィクターの手を引いて進んだ。片手でサルのぬいぐるみを抱え、もう一方の手で伯父の手をしっかりと握っていた。

解説

三橋 暁

神話や聖書の昔より、兄弟の骨肉相食《あいは》む関係は数え切れないほど語られてきたが、そのもっとも知られる一つは、旧約聖書「創世記」にあるカインとアベルの物語だろうか。エデンの園を追われたアダムとイブの間に生まれたこの息子たちは、神（創造主）の寵愛《ちようあい》をめぐって行き違い、兄のカインは弟のアベルを手にかけてしまう。

人類が最初に犯した殺人事件とも言われるこの物語だが、兄弟の軋轢《あつれき》というテーマは、ジョン・スタインベックの原作をエリア・カザンが映画化した『エデンの東』をはじめ、さまざまな小説や映像作品を通じて現代に語り継がれている。そして、ここにご紹介するR・J・エロリーの『弟、去りし日に』もまた、カインとアベルの末裔《まつえい》たちの物語だ。

主人公のヴィクターと弟のフランクは一歳違いの兄弟だ。しかし二人が最後に顔を合わせた時、会話はいつしか殴り合いに変わってしまった。もともと仲がいいとは言えなかった兄弟はその日を境に絶縁状態となり別の道を行くが、それから十二年が経とうとしていたある日、思いもかけぬ形で再び道は交わる。この物語は、そこから始まる。

一九九二年八月、ジョージア州の地方都市ブレアズビル。その朝、ユニオン郡の保安官ヴィクター・ランディスのもとに、弟の訃報が届いた。いくつか郡を隔《へだ》てたデイドで、自分と同じ郡保安官の職に就いていたフランクが車に轢《ひ》かれ、亡くなったという。現場の状況は明らかに故殺で、なぜか弟は非番に高速道路《ハイウェイ》を隣州のテネシーへと向かっていた。

その葬儀のおこなわれる教会で、ヴィクターは自分を見つめる幼い瞳に気がつく。弟とその妻エレノアはすでに離婚していたが、二人にはジェニファー（ジェンナ）という娘がいた。父親に似ているヴィクターを伯父として慕い、なぜパパは死んだのかを知りたいと訴える姪《めい》の願いを、彼は聞き流すことができなかった。

しかし事件を担当するトレントン市警の刑事フレデリクセンは、木で鼻をくくるような態度で、捜査に本腰を入れる気配はない。裏社会で囁《ささや》かれる不正の噂や、娘の養育費の謎など、弟が悪しき何かに関わっていた疑惑が強まる中、ユニオン郡の貯水池のほとりで、少女の死体が見つかる。

本作『弟、去りし日に』の原著 *The Last Highway* は、二〇二三年三月、ロンドンの出版社オリオンから刊行された。タイトルの〝最後のハイウェイ〟は、高速道路上で無念の最期を遂げた主人公の弟フランクの運命を指しているのだろう。だが、「ハイウェイ」には〝幹線道路〟のほかに〝直截的《ちょくせつてき》な方法〟の意味もあるので、クライマックスに向かって主人公が選ばざるをえない最後の手段をも暗示しているのかもしれない。

日本の読者にエロリーの作品が届けられるのは、十五年前の『静かなる天使の叫び』（佐々田雅子訳・集英社文庫刊）以来で、この『弟、去りし日に』が二作目となる。本作でエロリーを初めて知る読者のために、作者について簡単におさらいをしておこう。

R・J・エロリー（Roger Jon Ellory）は、一九六五年六月、イングランド中部の大都市バーミンガムで生まれた。出生前に父は出奔《しゅっぽん》し、さらに幼くして母を亡くすと、両親に代わり彼を支えた祖母もやがて他界し、十代後半で学業を中断せざるをえなくなる。成人後しばらくして小説を書き始めるまでには、密猟で捕まった前科もあり、バンドのギタリストとして活躍した音楽活動歴もあるそうだ。

作家としてデビューした時はすでに四十歳が間近だったが、最初の *Candlemoth*（2003）はいきなり英国推理作家協会賞のイアン・フレミング・スチール・ダガー部門で最終候補となり、さらに四作目の *City of Lies*（2006）で再び同部門賞にノミネートされた。いずれも受賞は逃すものの、翌二〇〇七年刊の『静かなる天使の叫び』（*A Quite Belief in Angels*）によって、さらに大きな注目を浴びる。

影響を受けた一人にスティーヴン・キングを挙げるエロリーだが、『静かなる天使の叫び』はその先達の代表作『IT』に通じる年代記文学であり、成長の物語でもある。マイクル・コナリーの賛辞に「離《はな》れ業《わざ》」とあるのは、拮抗《きっこう》する豊穣《ほうじょう》な文学性とジャンル小説の面白さに目を瞠《みは》ったのだろう。主人公の変転の人生には連続殺人犯《シリアルキラー》の影と数奇な運命がつきまとい、背景には二十世紀のアメリカの田舎町と大都会の変遷《へんせん》が映し出されていく。

二十を超える言語に翻訳され、さまざまなミステリ賞に輝くなど、『静かなる天使の叫び』

でベストセラー作家の仲間入りを果たしたエロリーは、その後もほぼ年一作のペースで新作を世に送っている。日本では久しく翻訳紹介の機会に恵まれなかったが、ストーリーテラーとしての逞《たくま》しさを増し、語りの技に磨きがかかった『弟、去りし日に』のページを捲《めく》りながら、紹介の長いブランクを恨めしく思う読者は少なくないだろう。

ストーリーテラーとしての逞しさを感じさせるのは、家族の小説という骨格が鮮明な点である。突然もたらされたフランクの死の知らせが、ヴィクターの人生を揺り動かしたことは間違いないが、そそくさと弔いの場をあとにしようとしていた彼に、弟の死と向き合うよう背中を押すのは、初めて会う十歳の少女、すなわち姪のジェンナだ。弟の死という喪失がもたらした新たな家族との出会いが、この物語の出発点となる。

面白いのは、主人公をとりまく人物たちだけでなくその家族までが、善人や悪人の区別なく血の通った存在として登場するところだろう。それが両親と死別し、妻のメアリーを亡くし、さらには弟までも失ったヴィクターの孤独を際立たせる。人生における家族の意味を読者に考えさせながら、やがてそのかけ替えのない存在そのものが物語の中心となっていく。

一方、唇《くちびる》を震わせて調査を迫るジェンナに屈し、しぶしぶ捜査を始めるヴィクターだが、出足は芳《かんば》しくない。そもそも管轄外で権限がないうえ、悪の家系に生まれついた毒虫のような兄弟ユージーンとワスパーから醜聞《しゅうぶん》を吹き込まれ、弟への疑念を拭《ぬぐ》えずにいる。早々に捜査は隘路《あいろ》に陥《おちい》るが、そこで作者は見事なギア・チェンジを図る。先に貯水池のほとりで死体で見つかった少女と類似点のある死体が近隣の郡で発見されていたことが発覚するのだ。

かくして、ジョージア州の路上の死から始まった物語は、一見繋がりのない少女の死を介して、隣の郡、さらには複数の州へとその舞台を広げていく。被害者家族への丁寧な聞き込みは、やがて被害者少女たちを繋ぐ見えない糸をたぐり寄せていくが、さらに死者たちをめぐる意想外の展開が待ち受ける。一見無関係な二つの事柄を細心かつ大胆に繋ぐ、磨かれた語りの技には感嘆しかない。

ところで、アメリカを舞台にしたローカル・ミステリといえば、中西部の大自然の中で繰り広げられるC・J・ボックスの猟区管理官ジョー・ピケットやウィリアム・K・クルーガーの元保安官コーク・オコナーのシリーズがおなじみだが、『弟、去りし日に』の主な舞台は南部のジョージア州である。音楽ファンならば、レイ・チャールズやザ・バンドがカバーし、のちに州歌となったポピュラー・ソングの「我が心のジョージア《ジョージア・オン・マイ・マインド》」や、その曲名を歌詞に使ったビートルズの「バック・イン・ザ・U.S.S.R.」が思い出されるかもしれない。

また、有名なマーガレット・ミッチェルの大河小説『風と共に去りぬ』に登場する綿花の大農園《プランテーション》タラは架空の場所だが、所在地とされるクレイトン郡はジョージアの州都アトランタと同じ都市圏に属する。ヴィクターの管轄するユニオン郡は、そこから北東の方角にあるブルー・リッジ山脈の裾野《すその》にあって、北端でノース・カロライナと州境を接している。

この一帯は、かつてはアメリカ・インディアンで最大の種族チェロキーの故郷《テリトリー》だった。しかし、十九世紀のゴールド・ラッシュで移住者が急増すると、白人の身勝手な都合により先住民たちを州外の居留地に強制移住させた〝涙の道〟と呼ばれる民族浄化の史実がある。

一方、イギリスやヨーロッパをルーツとする入植者の中には苦労の末にブルー・リッジ山脈を含むアパラチアの山岳地帯に到達し、根を下ろした人々もあった。弟の死の手がかりを求めて主人公が訪ねる先には、チョーサーやシェイクスピアに近い英語を話し、コミュニティや家族を守りつつ、勤勉な民が穏やかに暮らしている。

そんなジョージア北部とノース・カロライナ南部の歴史的背景も顕然と織り込むエロリーだが、英国生まれで、今も故郷のバーミンガムに暮らす作者がなぜアメリカを舞台に小説を書くのか？　そんな素朴な問いかけへの答として、エロリーは〈ナショナル・ポスト〉に「作家R・J・エロリーが小説の舞台をアメリカにした理由」（二〇一二年八月十五日付）と題して次のように寄稿している。

本人曰く、『静かなる天使の叫び』ほか、初期の全作品がアメリカを舞台としているのは、この国の犯罪小説ほど社会の諸相を映し出すのに適したジャンルはないからだと。作者はアメリカを、陰謀、スリラー、ロマンス、歴史、政治、社会批評といった多様なテーマを描くのに適した広大なカンバスと見做《みな》している。また、自分がこの国を選んだのではなく、アメリカの犯罪小説が自分を選んだのだとも語っている。

本作で興味をそそる点がもう一つある。時代設定だ。〈EmOtionS, blog littéraire〉というフランス語のブログサイトでインタビューを受けたエロリーは、本作の設定が一九九〇年代である点を問われ、リアルタイムの物語を意識的に避けていることを認めた上で、インターネットを使っての捜査には興味がなく、直接人から話を聞いたり、調査で足を運んだりすることが大事なのだと説明する。テクノロジーや医学の進歩が、ミステリの興味を削《そ》ぎかねないと危惧《きぐ》しているのかもしれない。これら舞台や時代設定への徹底したこだわりは、作者の創作の根幹に関わる部分と考えて間違いないだろう。

アメリカは世界でも稀有な保安官《シェリフ》という公安職を有する国で、選挙で選ばれた法執行官が、市《シティ》と州《ステート》の中間にあたる郡《カウンティ》という行政区を管轄している。本作でも、FBIとの関係や、郡を跨《また》る事件への対応が描かれるが、弟の件から逃避するようにヴィクターはリーダーシップを発揮し、一国一城の主人《あるじ》である近隣郡の保安官たちに声を掛け、管轄を超えた連帯を図っていく。

また、州ごとに異なるアメリカの死刑制度（現在も約半数の州で死刑を存置）や、確立前のDNA鑑定と犯罪捜査の関係（FBIがデータベースを構築し、鑑定を捜査に導入したのは一九九四年）、さらには当時のジョージア州の政治情勢（長らく優位の座にあった民主党と機を窺う共和党の構図）など、細部に至るまで行き届いたエロリーのリサーチに、異邦人の甘えはない。

自己欺瞞《ぎまん》と向き合うことや、悪との壮絶な戦いなど、主人公に次々立ちはだかる難事は、いずれも容赦がない。しかし家族を失い、虚《うつ》ろだった彼の心にも、やがて変化の兆《きざ》しが訪れる。人と人が信頼し合うことの尊さを改めて肯定してみせる作者の姿勢に、読者もまた安らぎと静かな感動を覚えずにはおれないだろう。

訳者紹介　英米文学翻訳家。山形大学人文学部経済学科卒。主な訳書にベイリー「ザ・プロフェッサー」、ムーア「評決の代償」、ワイデン「喪失の冬を刻む」、ラング「彼女は水曜日に死んだ」などがある。

検印
廃止

弟、去りし日に

2024年9月27日　初版

著者　R・J・エロリー

訳者　吉《よし》野《の》弘《ひろ》人《と》

発行所　(株)東京創元社
代表者　渋谷健太郎

162-0814/東京都新宿区新小川町1-5
電話　03・3268・8231-営業部
　　　03・3268・8204-編集部
URL　http://www.tsogen.co.jp
DTP　工友会印刷
暁印刷・本間製本

乱丁・落丁本は、ご面倒ですが小社までご送付ください。送料小社負担にてお取替えいたします。

ISBN978-4-488-15506-3　C0197

創元推理文庫

コンティネンタル・オプ初登場

RED HARVEST◆Dashiell Hammett

血の収穫

ダシール・ハメット 田口俊樹 訳

◆

コンティネンタル探偵社調査員の私が、ある市《まち》の新聞社社長の依頼を受け現地に飛ぶと、当の社長は殺害されてしまう。ポイズンヴィルとよばれる市の浄化を望んだ社長の死に有力者である父親は怒り狂う。彼が労働争議対策にギャングを雇った結果、悪がはびこったのだが、今度は彼が私に悪の一掃を依頼する。ハードボイルドの始祖ハメットの長編第一作、新訳決定版。（解説・吉野仁）